红楼论稿集

马经义 著

四川大学出版社

项目策划：欧风偃
责任编辑：欧风偃
责任校对：黄蕴婷
封面设计：墨创文化
责任印制：王　炜

图书在版编目（CIP）数据

红楼论稿集 / 马经义著. — 2版. — 成都：四川大学出版社，2021.1
（经议红楼）
ISBN 978-7-5690-4007-4

Ⅰ. ①红… Ⅱ. ①马… Ⅲ. ①红学—文集 Ⅳ. ① I207.411-53

中国版本图书馆CIP数据核字（2020）第244894号

书　名	红楼论稿集
著　者	马经义
出　版	四川大学出版社
地　址	成都市一环路南一段24号（610065）
发　行	四川大学出版社
书　号	ISBN 978-7-5690-4007-4
印前制作	四川胜翔数码印务设计有限公司
印　刷	四川盛图彩色印刷有限公司
成品尺寸	170mm×240mm
插　页	2
印　张	21.75
字　数	379千字
版　次	2021年1月第2版
印　次	2021年1月第1次印刷
定　价	88.00元

◆ 版权所有 ◆ 侵权必究

◆ 读者邮购本书，请与本社发行科联系。
电话：(028)85408408/(028)85401670/
(028)86408023　邮政编码：610065
◆ 本社图书如有印装质量问题，请寄回出版社调换。
◆ 网址：http://press.scu.edu.cn

扫码加入读者圈

四川大学出版社
微信公众号

我与红学二十年（代序）

　　如果从我1997年在《绵阳日报》发表第一篇红学文章算起，到如今我与红学结缘已整整二十年了。二十年对于一个人来说意味着什么？意味着无穷无尽的变数，意味着数不胜数的选择与放弃，意味着要一次次检验从欣喜到厌倦的感知规律。然而当我站在这个时间节点上回顾我与红学二十年，它竟然意味着二十年持续不变且始终如一的生活状态。

一

　　我出生在一个传统知识分子家庭，父亲勤奋努力，一生风雨坎坷，终成国内知名眼科专家。母亲善良贤惠，含辛茹苦经营着一所小小的眼科医院，相夫教子，料理一家人的生活琐碎。我父亲极其喜爱《红楼梦》，他曾对我母亲说："教孩子儿歌还不如背诵《红楼梦》中的诗词，既押韵又朗朗上口。"正因如此，在我三岁那年，我开始在父亲一字一句的教读下背诵《红楼梦》中的诗文，所以在我的记忆库里，背会的第一首"儿歌"竟然是林黛玉的《葬花吟》。

　　在父亲这种稀奇古怪的教育理念下，到六岁那年，我带着一肚子红楼诗词上了小学。然而我并没有因此成绩名列前茅，反而显得愚钝。从小学到高中，从学业成绩上看，我都是名副其实的差生。那个时候和其他差生唯一不同的就是我安静不调皮。但是差生就是差生，老师不会因为你安静听话就喜欢你。小学四年级的时候，在班主任的一番说服下，我转学了。父母亲正处在事业的打拼期，忙碌奔波，故而将我托付给他们的一位老同学，一位优秀的山村教师，带着我去了一所极其偏僻的山村小学读书。一个十岁的孩子，突然之间从生活优越的城镇到了艰苦的农村，一切不适应是可想而知的。但最要命的是想家，想父母！每天日暮之时，同学们背着书包蹦蹦跳跳地回家，远近周边的村庄屋顶上开始冒出袅袅炊烟，牵着牛的、扛着犁耙的村民们陆续回家了。各村各寨的高音喇叭此时定点响起，开始播放音乐。此时的我只能一个人孤独地站在坑洼不平的操场中间，望着村口那条狭窄的道路，期盼着母亲的出现。在这种境况下，每天我都会偷偷地哭一场，直到现在我都害怕听那段音乐，它的曲调在我的脑海里永恒地定格，意味着远离父母，远离家的孤独与无助。

这时老师会叫我回屋烧火，因为他要开始做饭了。那两年间，我如同一个农村孩子一样，要洗衣做饭，帮助老师家里做农活儿，放牛喂猪，割麦子瓣玉米。这些对我而言都不算苦，最苦的还是想家。每天晚上我都会抱着父亲送我的一个笔记本入睡，里边全是他给我抄写的"儿歌"——《红楼梦》中的诗词。我想父母了就会翻开背一背，其实那个时候我根本不知道红楼诗词的含义，只觉得翻开它心里安稳一些。现在回想起来，那一段真实的生活体验为我后来理解林黛玉远离家乡，远离父母的苦痛奠定了基础。

1991年我父亲因工作需要调往绵阳市，筹建四川省第一所眼科医院，我们随之举家搬迁。1992年我从乡村小学回到了父母身边，在绵阳一中上初中。学业问题随之又来了，两年的乡村学习，虽然让我成绩有所起色，但是和城市里的孩子一比，差距就太大了。每次考试排名，后十名都有我。开家长会时，班主任会把前十名和后十名学生名单公布在黑板上。我父亲因为工作忙，从不参加家长会，都是我母亲去，可以想象我母亲当时的失望。我在家里更是如坐针毡，又羞愧又害怕，母亲回来忧心忡忡地对父亲说："你看怎么办？又是倒数几名！"我含着眼泪，坐在沙发上，父亲过来拍了拍我，表现得总是那么轻松，对母亲说："成绩好又怎么样？他们会背《葬花吟》吗？"我母亲苦笑，无言以对，转身去了厨房。父亲笑嘻嘻地对我说："不要怀疑自己的每一份辛劳，只要努力就可以了。走，吃饭，这才是大事！"

因为父亲的这几句话，我从初中的第一个假期开始就主动阅读《红楼梦》原著。那个时候我认为，虽然我成绩不如其他同学，但是我阅读《红楼梦》，背诵红楼诗词一定能超过他们。父亲定期让我向他汇报阅读《红楼梦》的情况，还要演讲给他听。为了表现得好一些，我又专门从父亲的书房里，把有关《红楼梦》的书籍找出来看，这个时候我才知道有"红学"的存在，它是一门研究《红楼梦》的专门学问，被列为华夏三大显学之首。突然之间，我兴奋异常，一直以为儿歌式的，不能上台面的《红楼梦》竟然是一门如此博大的显学，那一份熟悉《红楼梦》的自豪感油然而生。抱着家里的红学书籍，我如获至宝。也是在这个时候，我知道了周汝昌、冯其庸、李希凡、蔡义江、刘梦溪、吕启祥、梁归智等等红学家。当然了！当我沉浸在红学世界的时候，我的成绩也就越来越差了。初中班主任又把我母亲请了过去，美其名曰为了我的发展，劝我转学留一级，其实是怕我考不上高中影响班级的升学率。母亲没有多说什么，也没有怪我不努力，带着我到教室收拾书包，转学去了！这一次的经历让我对老师这份职业有了新的看法。回家的路上，我对母亲说："如果我以后当了老师，我不会让我的学生因为成绩差被迫转学的。"母亲没有回应我的话，我也不敢看她的表情。

这一次转学到了绵阳郊区的小枧中学，我的母亲把我托付给了她的朋友，也就是这所中学的一对教师夫妇，一位教我的英语，姓冯，一位教我的数学，姓谭。到了一个陌生的环境，一切都可以重新书写，对我来说，"差生"的头衔可以在这个新环境中被掩盖起来。冯、谭二位老师对我精心辅导，关怀备至，再加之我留了一级，很多东西都是学过的，如此一来我的成绩表现得非常优秀。转学后的第一次考试，我全班排名第三！一夜之间，我从一个差生逆转成为优生。在冯、谭二位老师的不断鼓励安排下，我开始在各种集会场合背诵《红楼梦》中的诗词，以显才能，这让我第一次感受到因为《红楼梦》而获得的荣耀。

在初中的这四年，我已经阅读《红楼梦》原著八遍，同时认真学习了《红楼梦新证》《红楼梦考证》《红楼梦辨》《石头记探佚》《红楼梦诗词曲赋鉴赏》《红楼梦人物论》等十余种红楼学术著作。那种在别人面前就《红楼梦》侃侃而谈的状态让我既满足又自豪。在这四年之间，因学业辗转奔波，真实的阅历让我体会到了一个差生遭人鄙视的心情，又让我尝到了因为一技之长、满腹才学受人尊重的滋味。所以从我一开始阅读《红楼梦》，我就能体会很多红楼人物的内心感受。我为林黛玉的孤独哭过，我为别人说贾宝玉"成绩不好""不爱读书"伤心过，我甚至为贾环遭众人鄙视愤愤不平过。

二

1996年，我在小枧完成初中学业之后又回绵阳参加中考，勉强上了普通高中调档线，鬼使神差又回到了绵阳一中。人生的轨迹，很多时候只能用"呵呵"来解释。高一的学业尚能维持，成绩在全班前十五名左右，高二又下滑了。但是无论我的学业成绩如何，我仍然在假期阅读《红楼梦》，课余阅读红学书籍，仍然要定期给父亲汇报并演讲，父亲也一如既往地鼓励支持我。母亲虽然时常为我是否能考上大学担忧，但也会因为我在红学上的表现而略感欣慰。此时的我心智成熟了许多，阅读红学书籍时，明显感觉不同意专家学者观点的时候越来越多了，时不时还会有自己的解释与分析，这让我父亲非常高兴，因此常常受到他的褒奖。

1997年3月初，一个周末的早晨，我正在美梦中，突然被母亲唤醒，让我起来诵读英语。我醒来揉揉眼睛，嗔怪我母亲说："你就不能晚一点叫我吗？正在做一个美梦，等我把这场美梦做完了不行啊！"母亲笑道："梦还能有做完的？醒了就完了嘛！"就这一句话，让我感觉触电一般，我突然有一个奇怪的观点蹦了出来——《红楼梦》不就是一场梦吗？我们一直认为曹雪芹留下的是一部残书，没有写完。其实是作者采用了一种梦幻结构的写作技法，整本书的叙事与结构就像人做梦一样，而梦不会有一个明显的结尾，醒来的一瞬间就是梦的结尾。曹雪芹留下的书稿"残缺处"正是梦醒来的时候。那么多的红楼探佚学家，三更灯火五更鸡，青丝白发，要探佚曹雪芹八十回后的故事情节，都是徒劳的。因为曹雪芹采用梦幻结构写作《红楼梦》，前八十回就是一部完整的小说。

我将这个新奇的观点讲给了我的父亲，在父母亲的鼓励下又将其形成文字，撰写了一篇1800多字的文章，反复读给父亲听，父亲总是击节叫好。后来我发现不管我讲什么，父亲都会赞扬我，所以从小到大，虽然学业成绩一塌糊涂，但是有一种莫名其妙的自信心却一直随着年龄的增长而增长。现在才明白，这份自信是在父母亲不断鼓励与肯定中有意"经营"出来的，这也是我没有因为学业成绩差而自暴自弃的根源。

同年3月下旬，我父亲参加绵阳市政协会议，和同为市政协委员的《绵阳日报》副刊总编辑文然先生坐在了一起。我父亲把我写的《〈红楼梦〉梦幻结构》拿出来给文然先生看，文先生笑笑说："这个观点有意思。"并决定在日报副刊发表，同时希望见见我。当天晚上，在我父亲的邀请下，文然先生来到了我家。母亲炒了几道好菜招待客人，我和父亲一直在席间相陪。文先生问了我很多关于《红楼梦》的问题，我也一一解答。他还让我当面背诵《葬花吟》《芙蓉女儿诔》等《红楼梦》中较长较难的诗文。后来才知道，这是文然先生在考验我，一开始他并不太相信一个中学生能对《红楼梦》如此熟悉，但在我对答如流，无任何障碍地背诵红楼诗文之后，他点头笑了。

1997年4月12日《绵阳日报》以"初生牛犊不怕虎，小小人物置疑大权威——中学生马经义提出《红楼梦》梦式结尾法"为题，隆重推出我的红学文章《〈红楼梦〉的梦式结尾法》。我在文章中有这样一段话：

> 什么叫做以"梦"的形式呢？梦是人人都会有的，并且它同样包含了人间的酸甜苦辣，悲欢离合，梦也可以说是人生的另一个世界。人人都要做梦，梦即飘飘然，是是非非，非非是是，不是也是，是也不是的感觉。试问哪一个人在做梦时是把一个梦从头做到尾的，有一个圆圆满满，明明显显的结局呢？相反，都是在关键时刻或高潮的时候醒来。醒来的那一刹那间就是梦的结尾。曹雪芹写到八十回就停笔了，后四十回难道真是"迷失无考"了吗？谜就在这里，《红楼梦》不是一部残书，也不是失迷，更不是没有完稿，而是伟大文学家一种超人的文学艺术创作手法。

现在看来，二十年前的语句语调是多么的稚嫩，且不论观点是否成立，就这样的文章，怎么好意思拿出来示人啊！还被我父亲夸得上天入地。不过话又说回来，谁没有第一次，在当年那已经是我的最高水平了。不久文然先生又以《绵阳学生"梦"红楼》一文将此观点发表于《四川日报》。"梦式结尾"的观点几经报道与转载，在绵阳乃至四川文化界、红学界引起了强烈的反响。反响主要来自三个方面。第一，人们惊叹一名中学生对我国古典名著竟有如此见解与思考，无论观点本身正确与否，都让老一辈文化人看到新一代文化人的生根发芽与茁壮成长。第二，"梦式结尾法"的提出对于红学研究，以至于文学创作方式研究都是一个极大的创新。第三，对于红学界来讲，此说过于新颖，并且文中的论证、论据尚显单薄。

1997年4月17日，绵阳《游仙报》记者张红霞走访了绵阳的另两位红学家，周玉清先生与克非先生。对于我提出的"梦式结尾法"，周玉清先生认为：

> 对于马经义同学的求异思维，我很欣赏，但对于他的观点，也只能求同存异。曹雪芹的第八十回，并没有痕迹表明已是结局，而第五回和第八十回，贾府都没有抄家，暗示的人物命运还很不清晰，人们不可能预见到人物命运的变化，即使是分析到了也只是感念化的、图解式的结局，并不是真正的小说所应有的结局。因为很多人都要来续写《红楼梦》也说明大家并不认为第八十回就是结局。

克非先生认为：

> 《红楼梦》后四十回究竟是谁写的，一直众说纷纭，没有定论。有许多专家认为《红楼梦》一百二十回都是曹雪芹写的。因为高鹗并不是写小说的，却在不到一年的时间里写出了几十万字，这不大可能，他最多是整理了后四十回；再者，真正的前八十

回也并不完全，只有七十七回多，大学者胡适、俞平伯曾痛骂后四十回，但现在也有部分专家对后四十回评价很高。我倾向于后四十回也是曹氏亲著的说法。因而，对于曹雪芹采用"梦式结尾法"写成八十回全本《红楼梦》一说，我认为没有支撑点，第八十回时并没有梦的痕迹。

同年7月，绵阳师范学院、绵阳教育学院中文系就我提出的"梦式结尾法"召开了学术研讨会。在整个研讨中，诸位专家学者肯定了我的创新精神，至于观点本身绝大多数学者都表示求同存异。然而这次研讨会对我而言意义是非凡的，我已经不太在意专家对我提出的观点是否赞同。我当时的感受是，我一个毛头小子也能在红学界搅动风云，那种满足感非语言能表达，我也成了那个年代绵阳一中的"风云人物"，从被别人鄙视到受人瞩目，怎一个"爽"字了得。曾经劝我退学转学的初中班主任，托同学带话，约我聊一聊，被我决然地拒绝了，现在回想起来，些许有些后悔。时隔多年之后，我才知道，那一次为我召开的学术研讨会是我父亲的同学、绵阳文史学家杨旭升教授安排的。而且召开这样的学术会议是需要花钱的，父母亲为了鼓励我，自家出资，目的是让孩子听听专家的言论，见一见高规格学术研讨会的世面，继续为我树立自信心，为我真正走向学术之路创造可能。

三

也许是我在红学研究这条路上走得太顺了，所以在其他方面屡遭挫折。高中会考结束后，母亲怕我考不上大学，计划送我去新加坡读书。我是乐意的，这样可以名正言顺地避开考不上大学的尴尬。就当我放下高考复习，家里大摆筵席，接受各方亲朋来贺，准备高高兴兴当"留学生"的时候，省教育厅取消了这次出国项目。我又只能灰溜溜地从西南交通大学出国预备学校回来，老老实实参加高考，结果可想而知。

现在回想起这些经历，感觉老天爷和我一路"玩笑"不断！在绵阳南山中学复读一年之后，跌跌撞撞上了大学。在大学读书期间，我因为"红学事迹"被辅导员钱成林老师看中，推荐到学生会，从部长一直做到校区学生会主席。我的组织能力、号召力在这几年当中得到了实实在在的锤炼。同时我也借助学生会主席的身份在成都各大高校进行友谊联络，从此拉开了我近百场红学演讲的序幕。这个时候我才恍然大悟，我的演讲能力为什么一开始就高于一般人，那是因为我中学阶段被父亲要求定期汇报《红楼梦》读书心得而练就的扎实的基本功，再加之如同刻录在脑海里的"儿歌式"的红楼诗词，这些条件支撑着我在讲坛上信手拈来，直到今天我都受益于此。

2001年9月，一件大事正在发生，它成了我研究《红楼梦》的重要转折点。当年中国科学院研究生院正在组织一项大型活动，召集在各领域有创新性的专家学者进京讲学，主讲人的身份、职称一律不限。这个消息是我的好友肖业成通过QQ聊天告知我的，他当时是中科院研究生院的在读硕士研究生。在父母亲和辅导员的鼓励下，我通过肖业成向组委会提交了相关材料和讲座题目。结果很快出来了，我幸运地被挑中，并受邀于2001年12月6日在北京中国科学院研究生院作公开讲座"《红楼梦》的梦式结尾法"。在长达两个月的准备期里，我又系统梳理了"梦幻结构说"的理论体系，补充了很多论据并反复试讲。那一次讲座非常成功，讲座厅的前后门以及过道都被挤得水泄不通，掌声此起彼伏。主持人总结发言的时候说："马经义成为有史以来，第一个以大学生身份到中科院讲座的人。"后来中科院研究生会主办的《新世纪·家园》全文刊登了我8000余字的讲座文章。

现在回忆这段往事，感到的不是一种成就感，而是后怕！当年我穿着风衣上台演讲的时候，压根儿就不知道台下坐的是各个学术领域的资深教授、著名博导。我反思那些掌声和鲜花都意味着什么？绝对不是对我学术观点的肯定，而是教授、学者们包容并鼓励一个年轻人的无畏与勇敢而已。讲座结束之后，一位老太太过来和我握手，夸赞我优秀并建议说："孩子，你的这些观点，虽然新颖，但是还不能完全自圆其说。你还要重新构建自己的理论体系。你可以写书，写书的过程能让你建构一套严密的知识理论体系。"其实我从来没有敢想过会写书，那是多么宏大而高尚的事业。然而这个建议就如同一颗种子一样在我心里播下了。遗憾的是，我到现在也不知道这位老太太是谁，是哪个方面的专家，后来多方打听，也没有一个结果。

从北京回到绵阳，当地的各大媒体又是一轮大张旗鼓的报道。这一次我没有被媒体的这种赞扬冲昏头脑，冷静了很多。"要构建学术体系，最好的方法就是写书"的建议一直在我心里装着。我把这个想法告诉了父母，当然家里是全方位支持。2002年春节我便开始了第一部书的撰写，谁也想不到，这一笔下去就一发不可收拾，以平均两年一部书的节奏持续到今天。

四

　　2002年9月，我完成了第一本书的撰写，书名叫《〈红楼梦〉的梦幻结构说》，全书15万字，整本书的核心观点仍然是"梦幻结构"。从红学研究的角度而言，这一本书的意义在于让我第一次完整而严密地构建了自己的红学知识体系，当然学术观点本身仍处于待商榷状态。我庆幸在我的治学路上总有贵人帮助，书稿完成之后，得到四川省巴金文学院著名儿童文学家邱易东老师的推荐，此书在中国文联出版社出版发行了。原本应该在2003年3月发行上市的，但是突如其来的"非典"让全国上下陷入恐慌，北京很多单位都暂停营业了，中国文联出版社也在此列。所以我苦苦等待到10月才拿到我的书，那种"喜大普奔"的心情远远超过了当年发表第一篇文章的成就感。因为这本书，我获得了绵阳市哲学社会科学优秀科研成果一等奖；因为这本书，我正式加入了四川省作家协会并成为当年巴金文学院"新苗工程"的重点作家；也是因为这本书，我破格受聘于四川师范大学成都学院当了一名大学老师。2005年8月我又在大众文艺出版社出版了我的第二部书《梦的痕迹》，再次补充并延续了我的学术思想与理论体系。

　　两本专著给我带来的好处是实实在在的，这让我深深地感受到学术不是死的，它可以让一个人思想丰富，生活绚烂；可以改变一个人的生命轨迹；可以让一个人找到存在的价值。所以我发誓，为了红学研究我可以放弃一切。也许正是因为这个誓言，直到现在我还是孑然一身。我把所有的时间和精力都花在了红学研究上，查阅红楼文献，阅读各类红学书籍成了我生活的常态。当然我也乐在其中，没有丝毫的倦怠与不适。

　　时间到了2005年9月，我自不量力，想撰写一部能介绍250年红学研究成果的书，定名为《中国红学概论》。虽然这些年我阅览过的红学书籍很多，也构建过自己的红学理论体系，但是要站在学术史的高度撰写两百余年的红学史，心中始终杂乱无章。现在回想起来，也着实佩服自己当年"初生牛犊"的勇气，竟敢去挑战如此浩大的工程。搜集整理完相关文献资料，同年11月我正式开始写作。对于《中国红学概论》的撰写，可以说夜以继日，废寝食，绝交友，断痴情，清六欲。除了工作，每天平均是六七个小时的写作时间。在此期间我几乎没有在凌晨两点前睡过觉，由于长时间的伏案写作，落下了严重的腰肌劳损。

我天资并非聪慧，小时候成绩差，也确实留下了很多后遗症。基础的薄弱，此时此刻显现出了它的弊端，红学史的梳理因此越走越艰难。在每一章节的写作之前，我脑子里几乎都是一片空白，要重新埋头于书堆之中吸取、分析、总结，最后形成文字。等写完这一章，回过头来审阅其稿时，又是那么的陌生。并非我在此故弄玄虚，真实的感受就是这样。当我写完初稿，已是2007年11月。当时内心充实之极，感觉百年红学竟在掌中，天际也不过如此。那当然是一种狂妄，但是我坦诚地说，当时的心境就是如此。我并非在张扬狂妄的心境，而是在体会和表达那一份难得的轻松与满足。

也许是前两本书得到邱老师的帮助出版得太顺利了，让我误以为只要是好书，出版社就会争相出版，现在看来真是傻得天真。我不忍心再麻烦邱老师，于是将60余万字的书稿前后投递给了中华书局、人民文学出版社、中国文史出版社等十余家出版机构，美滋滋地在家坐等好消息，幻想出版后再次轰动红学界的热闹场面，然而几个月之后却没有一家出版社理我。我开始着急了，并在自己的博客和多个网络平台发布出版合作的消息。

有一天我接到一个电话，对方告知我，他们是成都某文化传播公司，在网上看到了我发布的寻求合作出版的信息，并希望和我合作，解决《中国红学概论》出版问题。我当时欣喜若狂，感叹"酒好不怕巷子深"的真理。和公司总经理李某面谈之后，很快确定了出版方案、推广销售方案以及后期签售讲座方案。当李某在良木缘咖啡厅为我勾勒出版后各大书城排队抢购的场景时，我完全沉浸在学术明星的迷梦中，那种飘飘然的感觉就如同自己上了百家讲坛一般。几天后，李某打电话告诉我，因为前期策划需要资金，让我垫付8000元，书籍出版后连同版税一起给我。我没有丝毫的犹豫，将工作后的积蓄全部拿出，凑齐交给了他。自从我汇出8000元之后，李某先以各种理由说出版的困难，因为忙不再约见我，后来消失了，电话无法接通。我按照地址找到他公司，楼下的物业人员说早就解散走人了，而且这段时间陆续有作家找过来，情况和我相似，这时我才突然意识到上当受骗了。

回到家，我号啕大哭了一场，不是为了那几千块钱，我无法理解也想不明白他们为什么要骗文人，不仅仅是我，还有那么多和我一样年轻的作家、学者。这时父亲把我叫到书房对我说："你之所以上当受骗，不是因为你单纯，是因为你被名利绑架了。当年我带着你背诵红楼诗词，没有任何功利目的，我和你母亲也没有要将你培养成红学家的意图。后来你在红学领域崭露头角，我们才顺应了你的发展，鼓励你支持你，当年助你发文章办研讨会，都不是为了帮你出名,而是为了你能找到自己可以奋斗终生的事业。"这是我第一次见父亲如此严肃地说话。我低着头没有言语,但我从此明白了父亲能成就一番事业,成为一流眼科学家,受眼疾患者敬仰的真正原因。

又在父母亲的支持下,我辗转找到了四川大学出版社。2008年12月,61万字的《中国红学概论》分上下两册由四川大学出版社出版发行。因为这本书所涉及的内容几乎囊括了红学的方方面面,资料翔实,所以备受红学界关注。在《中国研究生》《四川农村日报》《成都日报》《绵阳日报》《绵阳晚报》等媒体平台相继报道之后,社会关注度也与日俱增。我也因此正式加入了中国红楼梦学会。

也就是从这一年起,我和川大出版社结下了缘分。2010年12月出版《红楼文化基因探秘》,2013年4月出版《红楼十二钗评论史略》,2015年3月出版《从红学到管理学》,连同本书,先后五本书都和川大出版社合作。

五

在各种机缘巧合之下,2013年9月我和四川国际标榜职业学院结缘了。缘分总是这样,不知所起,让人猝不及防。在标榜学院,我主要讲授管理学专业课程。我在讲授"管理学原理"时,总会运用《红楼梦》中的故事去解释管理的一般职能,而且学生们极有兴趣,于是我产生了一个念头,能否专门申请一个课题,以《红楼梦》为案例平台去诠释管理学中的计划、组织、协调、控制、指挥等基本职能呢?一番酝酿之后,我向学院学术委员会提交了题为"《红楼梦》作为'管理学原理'课程教学中的案例研究"的课题。

课题申报答辩会上,学术委员们的意见并不统一,有支持的也有反对的。支持者认为这是一种创新,可以开辟出案例教学的新思路。反对者认为,这种嫁接有无意义还需要商讨,更重要的是推广的可能性极小,对于教师而言既要懂得管理专业理论还要懂得红学,其案例教学的实施难度太大。无论是支持者还是反对者,其意见我都能理解,毕竟将《红楼梦》与现代管理学结合研究并运用于教学实施,是一个崭新的课题。不过我已暗下决心,一定要将此课题系统而完整地梳理并构建起来。

2015年3月该课题成果诞生,专著《从红学到管理学》出版。其中多篇文章陆续被新浪首页推荐,点击阅览次数累计30余万次。该课题成果用于教学实践之后,效果明显,深受学生好评。之后,红学与管理学结合教学的新思路被《绵阳晚报》、《北方文学》、新浪网等媒体平台相继报道。2016年该课题成果《从红学到管理学》一书获得四川省高职教育研究中心首届科研优秀成果二等奖。

《红楼梦》有着深刻的时代性和超强的现代性。所谓时代性是指这本书烙上了产生它的那个时代的方方面面的印记。所谓现代性是指这本书对现代社会有一种切入能力，往简单了说，就是我们可以将《红楼梦》作为平台去诠释自己想诠释的东西。用红学家孙伟科先生的话说："红学可以成为应用之学。"在此理念之下，我逐渐将红学研究用于教学实践，并拓展开去，与现代信息化结合，又完成了"《红楼梦》作为高职院校人文素养课程的内容与体系研究"等课题，且成果丰硕。微课"从王熙凤协理宁国府看领导的职能"荣获2015年全国高校微课教学大赛四川省赛二等奖。信息化课程"中国古典名著的读法——以《红楼梦》为例"荣获2016年四川省信息化课堂教学一等奖。同年12月该课程又以全国第一名的成绩荣获全国职业院校信息化课堂教学大赛一等奖。

六

一个人的成长不是孤立的，在我与红学结缘这二十年间，得到过许许多多红学前辈大家的指点与帮助。他们曾经在我生命中不经意地出现，却常常演化成一种推动力。当年我还在四川师范大学成都学院工作期间，突然收到一封信，信封上印有"辽宁师范大学"字样。我揣度这是谁呢？我并没有辽宁师范大学的朋友。当我拆开信封一看，吓我一跳！"梁归智"三个字赫然在目。万万没有想到红学大家、红楼探佚学创始人，我曾经读到的第一本红学著作的作者梁归智教授竟然亲笔给我写信了。信中除了鼓励的言语之外，还特意要了我的第一部书，表示想看看。得到红学大家的关注与来信，这着实让我兴奋了一阵，也因此演变成一种研究红学的热情。2013年当我撰写完《红楼十二钗评论史略》之后，得到了中国红学会秘书长孙伟科教授的作序推荐。题为《脱颖而出看马君——为马经义君〈红楼十二钗评论史略〉而作》的长序让书稿增色不少，也让拙著在红学界影响不小。除此以外，著名红学家胡文彬、邓遂夫、陈维昭、孙玉明、郑铁生、张书才等先生都曾不吝赐教，我在心里感念万分！在我以《红楼梦》为主题参加全国信息化教学大赛的过程中，还得到了国家级教学名师李学峰教授手把手的指点，这份恩情已经被我深藏心底了。

　　二十年就这样不可思议地过去了，昔日的"小小人物"如今已过而立，将近不惑了。从我发表第一篇红学文章算来，到如今我已出版红学专著8部，公开发表红学文章50余篇，累计创作300余万字。诚然对于学术内容本身不敢自夸，这需要时间和读者验证，我只能说这二十年我是充实的。"红楼梦"这三个字已经化为了一种生活色彩融入了我的生命体系。《红楼梦》给了我什么？有名吗？有。有利吗？也有。但最重要的是给了我一种安顿内心的方式，给了我一种能乐在其中的生活状态。在如此喧嚣的滚滚红尘之中，在天下熙熙皆为利来，天下攘攘皆为利往的现实社会中，如果一个人能找到一份情与感的依托，能在一本书中感悟大千，感受世界，能拥有一份安顿自己心灵的方式，我觉得没有比这更重要的了！所以我在此文开篇的时候说，这二十年对于我意味着持续不变且始终如一的生活状态。当这二十年如此过去后，下一个二十年又将如此一样地来。

作　者

目 录

史 论

红学研究的格局与意义……………………………………………（3）
红楼人物评论的模式与构架………………………………………（11）
林黛玉评论史略……………………………………………………（17）
薛宝钗评论史略……………………………………………………（42）
王熙凤评论史略……………………………………………………（77）
如何评价红学家周汝昌……………………………………………（97）
《红楼梦》与王国维之死…………………………………………（104）
是谁颠倒了红楼……………………………………………………（107）
"葬花吟"的名称演变………………………………………………（110）
红楼世界的三层现象………………………………………………（113）
平心论心武
　　——简析《刘心武续红楼梦》………………………………（116）

文 论

"红楼梦"书名的文化解析…………………………………………（133）
《红楼梦》与儒家文化……………………………………………（139）
《红楼梦》与墨家文化……………………………………………（147）
《红楼梦》与道家文化……………………………………………（153）
《红楼梦》与文化基因……………………………………………（157）
论红楼开篇的叙事艺术
　　——兼谈《红楼梦》的三层读法……………………………（172）
论《红楼梦》的"三层读法"………………………………………（179）
曹雪芹在《红楼梦》中使用的传播方法与技巧…………………（185）

曹雪芹笔下的还泪艺术………………………………………………(189)
红楼宝黛钗的内涵之谜…………………………………………(192)
小议荣国府的八处庄地…………………………………………(195)
林黛玉的自我与王熙凤的无我…………………………………(198)
《红楼梦》中"肮脏"的启示……………………………………(201)

人　论

贾宝玉心中的"书"………………………………………………(205)
贾宝玉的现实意义………………………………………………(209)
林黛玉的嘴与心…………………………………………………(211)
王熙凤的语言……………………………………………………(214)
薛姨妈的心计……………………………………………………(222)
刘姥姥的人际……………………………………………………(228)
贾雨村的时机……………………………………………………(240)
妙玉的茶道………………………………………………………(246)
门子的失误………………………………………………………(249)
贾环的委屈………………………………………………………(253)
贾母的回忆………………………………………………………(255)
贾瑞的情欲………………………………………………………(257)
王一帖的荒唐言…………………………………………………(262)
王熙凤与秦可卿的关系…………………………………………(264)

理　论

从控制职能的丧失看贾府的衰败………………………………(269)
贾府人力资源的构架与管理……………………………………(280)
从王熙凤协理宁国府看领导的职能……………………………(291)
从贾探春兴利除弊看管理的创新职能…………………………(295)
《红楼梦》作为人文素养课程的内容与体系研究………………(302)

言　论

为《红楼茶事》序言………………………………………………(309)
为《红学三十年论著选读》序言…………………………………(313)

为《情续红楼》序言…………………………………………（317）
为《红楼梦的职场人生》序言……………………………（320）
我与巴中的红楼情缘………………………………………（324）

跋：《红楼论稿集》渐悟典例拾零 …………………………（327）

史论

红·楼·论·稿·集

红学研究的格局与意义

如果我们把乾隆甲戌年（1754）脂砚斋重评《石头记》看作是红学形成与发展的原点，那么到如今红学研究已历260个春夏秋冬了。这是一段漫长的岁月，红学研究也在这段光阴中穿过梨花春雨，迈过阴霾沟壑，有过阳光明媚，也有过乌烟瘴气。虽然唇枪舌剑，笔墨官司至今无有竟时，但是谁也撼动不了它在中国学术之林的这份尊荣，百年红学可谓风光无限。260次风刀霜剑的轮回竟然丝毫没有泯灭它的光芒，反而成就了霜叶"红"于二月花。我们在惊诧之余定会沉思：红学的研究格局是什么？其意义究竟何在？

一

在红学史上，大规模的红学讨论不止一次，例如1954年至1955年由李希凡、蓝翎引发的《红楼梦》大讨论；1976年"文化大革命"浩劫结束后的红学反思；2005年由刘心武"揭秘《红楼梦》"导致的红学论战，等等。在每一轮沉思中都有大量的专著和文章问世，然而归纳总结众位学者的论述，不外乎两类。第一，综述性的红学研究与总结；第二，红学未来发展方向性的探究与展望。学者们在这两个方面的探寻上可谓硕果累累，然而"越研究越糊涂"的魔咒似乎永远挥之不去。万箭齐发的研究阵势，最终仍然归于众说纷纭和一家之言的宿命。原因何在？笔者认为，当我们综述《红楼梦》研究从而探寻红学未来发展的方向时，忽略了一个前提，那就是要看清当下红学研究的格局与找到红学研究的意义。

当我们积蓄力量整装待发去寻求红学研究的意义时，可能有一种惯性思维，那就是首先要定义什么是红学，似乎只有如此才能更准确、更精细地找到红学的意义。然而笔者认为，如果以定义"什么是红学"为切入口的话，迈开第一步后就坠入深渊了。1982年周汝昌在《河北师范大学学报（哲学社会科学版）》上发表《什么是红学》一文，引发的争论一直延续到30多年后的今天，论辩与商榷仍持续不断。由此可见，无论是红学泰斗的红学界定，还是一般研究者的红学界定都无法统一，只好暂时求同存异了！

既然如此，探究红学的意义应该站在一个什么角度上才能相对科学和全面呢？笔者认为应该站在"现实存在"的基础上。所谓现实存在，是指《红楼梦》研究以及一切与《红楼梦》相关的研究都应该纳入我们的视野。存在即有存在的道理，无论学术理念一致不一致，也无论观点相同不相同，都不能否认它现实存在的事实，只有承认存在才能认识其中的道理。那么问题随之而来了：以现实存在为基础去探寻存在的意义，就不能笼而统之地一概而论，因为现实中的存在可能是一堆七零八碎自由自在的片断，所以探究的第一步就必须对现实存在分门别类。260年的红学研究虽然浩瀚无边，但是其中仍然有迹可循，所以将其分门别类是可行的，也是科学的。

纵观两百余年的红学研究，虽然各个派别在学说观点、思想理念、研究方法上各有异同，它们之间相互渗透又相互排斥，整个状况看似复杂万分，但是稍加清理就会发现，红学研究的格局是以模块呈现的，而且这种模块的边界始终明晰。红学研究中的模块有一大特点：它不会因为时代、观念、理论的不同而变化。随着时间的累积，红学研究模块的变化不外乎越来越充实丰盈而已。有了这一点根基，我们再探究红学的意义就不难了。

二

当下的红学研究有四大模块。第一是以《红楼梦》为本的"内核模块"。所谓内核，就是把《红楼梦》真正放在一部纯小说的本位上展开研究，分析它的语言，欣赏它的诗词，解析它的结构，剖析它的人物，分辨它的思想。这是作为小说的《红楼梦》所具有的原始价值，也可以说这是一切红学研究的原始根基。第二是以《红楼梦》为原点展开对中华文化的梳理与辨识的"外延模块"。所谓外延，就是将《红楼梦》置于华夏文明的长河之中，以此去透视中国的传统文化、社会、人性等。在现实存在的红学现象中，研究《红楼梦》所涉及的中医、民俗、园林、美食、礼仪、哲学等，都属于"外延模块"。第三是以更好、更深入、更精细、更准确地研究《红楼梦》为目的的"辅助模块"。所谓辅助，是指它并非《红楼梦》研究的根本，而是为了根本去进行的支撑性与旁证性研究。从当下的研究格局来看，它分为四个方向：曹雪芹研究，脂砚斋研究，版本研究，探佚研究。然而让人意想不到的是，正是这个"辅助模块"，让红学界战火硝烟近百年，曾一度占据红学研究的半壁江山，让很多读者甚至一流学者都误认为这就是"真红学"。第四是以总结、归纳、梳理红学研究的方法、研究的旨趣为目的的"学术史模块"。红学研究有两百多年的历史，这意味着红学研究是变化着的，是以动态性质存在着的。从红学历史动态的文化表现中去发现它内在的规律与演变就成了红学史研究的终极指向。在学术史模块中也有不同的五个方向，在实际研究里我们称它为流派——题咏派、点评派、索隐派、小说批评派、考证派。

三

红学研究的四大模块清晰明了，我们谈论红学研究的意义时，就必须要在相应的模块下进行，这样才能做到有的放矢，不偏不倚，严谨公正。但需要指出的是，这四大模块在实际研究中并非绝对独立，换而言之它们之间千丝万缕紧相连属，然而这并不妨碍红学模块的分化。换句话说，千丝万缕不外乎是学术方法的借用以及思维意识的延伸而已。这就如同一个省里的两个城市，它们有着各自的行政区域，但四通八达的道路又让两地紧紧相连。下面我们逐一梳理四个红学模块的价值。

首先讨论红学研究中内核模块的意义。从现有的研究状况来看，内核模块主要由五部分构成，它们分别是《红楼梦》语言研究，《红楼梦》人物研究，《红楼梦》艺术结构研究，《红楼梦》思想研究，《红楼梦》中的诗词曲赋研究。随着这五个部分研究课题的展开，作为小说的《红楼梦》已被学者们解读得淋漓尽致。其中不乏精品著作传世，例如蔡义江的《红楼梦诗词曲赋鉴赏》，王昆仑的《红楼梦人物论》，梁扬、谢仁敏合著的《〈红楼梦〉语言艺术研究》，周思源的《〈红楼梦〉创作方法论》，等等。可以说内核模块就是红学研究的本源，当下呼声最高的"回归文本"，其实质就是呼吁回到内核模块上来。因为只有立足这个模块，才能不忘《红楼梦》是一部小说的原始本真。

在上面的表述中，内核模块的研究意义其实已经明朗化了。作为小说的

《红楼梦》就是通过语言、人物、故事结构来表达作者的思想情感，从而启迪读者的思想，打开读者的心灵。一部经典的传世之作，之所以能永恒，原因之一就是它深深地烙上了它所处时代的印记，这印记构成了它的特点，促成了它所具有的时代性。而内核模块正是发掘、探究这印记的切口。换句话说，内核模块的研究意义就是让《红楼梦》作为一部纯小说的价值原原本本、真真实实地被解析出来。

其次讨论红学研究中外延模块的意义。如果说内核模块是红学研究的根基的话，那么外延模块就是红学研究的生命之源。因为外延模块是以整个中华传统文化为依托的。它的研究路数就是以《红楼梦》作为窗口透视中国传统文化的方方面面。笔者认为，这个模块应当成为红学研究的主干，更是未来红学发展的主流方向。从现有的研究状况来看，它主要分为十个大类：《红楼梦》与哲学研究，《红楼梦》与宗教研究，《红楼梦》与民俗文化研究，《红楼梦》与典章礼法研究，《红楼梦》与中医文化研究，《红楼梦》与园林建筑研究，《红楼梦》与封建社会研究，《红楼梦》与美学研究，《红楼梦》与经济管理研究，《红楼梦》与戏曲、游艺、美食等研究。至今外延模块的学术成果也最多，例如胡文彬的《红楼梦与中国文化论稿》，邓云乡的《红楼风俗谭》，光华山的《〈红楼梦〉中的建筑与园林》，梅新林的《红楼梦哲学精神》，萨孟武的《红楼梦与中国旧家庭》，段振离的《医说红楼》，孙伟科的《〈红楼梦〉美学阐释》，等等，可以说精品不一而足。需要注意的是，虽然我们把大类分为十个，但是在实际研究中，这十类里面的分支又更为细腻和丰富，已经涉及并深入到了中国传统文化的各个领域。

如果说红学研究中的内核模块呼吁的是"回归文本"的话，那么外延模块呼吁的就是"回文归本"。同样的四个字，排列方式不同所带来的意义也迥异。"回归文本"中的"文本"指的是《红楼梦》本身，而"回文归本"的真实含义应当是"回到中华文化之中，归到发源之本"①。这一解释其实已经探寻到了外延模块的意义——以《红楼梦》作为引子和窗口，透视、欣赏、研究、传承中国传统文化的精粹。回到我们的传统文化之中去解释《红楼梦》里的所有现象并阐发导致这种现象的文化本源，以《红楼梦》作为载体研究与传承中华文化，更是红学外延模块所担当的历史使命。

外延模块除了上面阐述的核心要义外，它同时还兼有另外的一个意义。

---

① 马经义：《红楼文化基因探秘》，成都：四川大学出版社，2010年，第109页。

因为红学研究中外延模块的特殊性，它聚集起来的不仅仅是红学家，还有哲学家、文学家、民俗学家、美学家、建筑学家、美食学家、中医学家、社会学家，甚至还有数学家、经济学家、管理学家，等等。众多的学者把自己的专业专攻、治学方法一起融会贯通于红学的研究中，构建起了一套独有的学术体系。正因如此，红学才永远闪耀在中国学术之林，光辉夺目，生命亘古。

再次讨论红学研究中辅助模块的意义。辅助模块在红学史上地位极其尴尬。此话怎讲呢？我们知道，所谓辅助就是支撑性的，并非主心骨。对于红学研究中的辅助模块而言，它的终极目的就是为了更好地研究《红楼梦》，所以辅助模块属于铺垫性研究。然而正是这样一种铺垫性研究却"红"极一时。而且更让人匪夷所思的是，辅助模块成就了红学研究的一大亮点和特色，也正是这个辅助模块让红学研究区别于一般的小说研究。所以周汝昌才将红学界定为四学——曹学、版本学、脂学、探佚学[1]。虽然周先生的这一红学界定遭到了绝大多数红学家的反驳，但是我们平心而论，当今被称为"红学大家"的前辈们，也大多是在这"四学"的研究中硕果累累而享有如此尊荣的。当年那一场关于"什么是红学"的争论，虽然热闹异常，却随着应必诚先生"另立一门学问，叫《红楼梦》小说学亦无不可"[2]的言论而偏移了靶位，把"红学为什么能成为学的问题"转化成了"红学应该是谁的红学的问题"[3]。

那么红学研究中的辅助模块意义到底在哪里？在上面的论述中其实已经有了答案，它的第一个意义就是让红学研究更具独特性。这份独特是区别于其他学术，让红学独一无二的根源。辅助模块包括四个部分：曹雪芹研究，脂砚斋研究，版本研究，探佚研究。其实，这四个部分虽然相对独立，但是研究的意义都指向两个字——"求真"。研究作者曹雪芹是为了更好地理解文本，研究版本与脂批是为了更好地还原曹雪芹的创作思路，红楼探佚更是为了恢复残缺的文本。由此可见辅助模块的第二个意义就是"求真"。求真是中国传统学术的终极旨趣，也是文学导向中美与善的前提条件。当然在求真的过程中方法得不得当，理念科不科学，结论正不正确，这已经不在探究红学模块意义的范畴之中了。辅助模块的第三个意义在于它担负着对传统学

---

[1] 周汝昌：《什么是红学》，《河北师范大学学报（哲学社会科学版）》，1982年第3期。
[2] 应必诚：《也谈什么是红学》，《文艺报》，1984年第3期。
[3] 陈维昭：《周汝昌：新红学的巅峰》，《红楼》，2004年第3期。

术方法的传承任务。不难发现，辅助模块所使用的研究方法大多属于中国传统学术方法。例如脂砚斋研究中暗含的经学旨趣，曹雪芹考证研究中运用的诗骚学术传统，这些方法的运用与延展无不是对传统学术思想与方法的继承，可以说辅助模块研究延续着乾嘉以来学术思潮的脉搏。

最后讨论红学研究中学术史模块的意义。在两百多年的时间里，红学研究模块的形成是自然的，然而这并不代表红学研究在模块化的格局下一成不变，相反，红学的研究主题往往随着时代的变化而不断更迭。对红学流变的研究可以说一直伴随着红学的发展，相关的红学史著作也林林总总，不乏精品，例如潘重规的《红学五十年》，郭豫适的《红楼研究小史稿》，刘梦溪的《红楼梦与百年中国》，孙玉明的《红学：1954》，陈维昭的《红学通史》，苗怀明的《风起红楼》，等等。对红学史的梳理与研究，因学者研究方法与理念的不同而呈现出不同的状态，主要分为通史类、阶段史类和外国红学史类。从现有的研究来看，真正算得上通史的只有陈维昭教授在2005年出版的《红学通史》。

学术史模块的意义究竟是什么呢？主要有三点。第一，就是对已有的红学现象进行总结梳理，将各家的学说细化分类，辨其源，识其径，然后给研究者们提供一个可供参照的坐标系。大多数的红学史研究者习惯把已有的红学划分为评点、题咏、小说批评、索隐、考证五个流派，然后再分门别类进行研究。当然，对一门学科进行细化分类，其目的不在"分"，而在于"合"。换句话说，细化不是目的，只是一种治理学术的技巧而已，能让研究者将分类作为阶梯而最终融会贯通才是它的价值与意义[①]。第二，学术史模块能让红学研究的内在律动呈现出来。所谓内在律动，就是指导致一切红学现象的根源在哪里，为什么会出现这样的红学研究态势，让我们找到它最原始的根基。陈维昭先生的《红学通史》就是以上面两点作为叙述基准的。陈先生将红学放到整个中华文化的背景下"透视各种批评旨趣与研究方法，在传统的学术渊源与中西方学术思潮这一坐标系上捕捉各种批评旨趣与研究方法的历史位置和学术价值"[②]，可以说这就是学术史模块的核心价值，而核心价值支撑起了学术史模块的终极意义——学术反思。在反思中修正方向与偏差，这就是我们总结的学术史模块的第三点意义。在两百多年的红学史

---

① 马经义：《中国红学概论》，成都：四川大学出版社，2008年，第25页。
② 陈维昭：《红学通史》，上海：上海人民出版社，2005年，第5页。

上，学术的每一次进步都是在深刻的反思后得以蜕变的。例如从政治性到文学性的修正，从实证主义到艺术创作的修正，从探秘戏说到严谨论析的修正等，每一轮红学的反思都会迎来红学的又一次新生。

四

对于红学研究的格局与意义的探寻似乎在上面的论述中已经完成了，但是有一点我们不能忽略，或者说不能视而不见，那就是红学现象中，不在研究格局里面的现实存在——大众红楼。当下我们常常用"红楼学术"代指纯粹的红学研究，用"红楼娱乐"代指大众红楼。前者是学术层面上的问题，后者是文化娱乐层面上的现象。文章的一开始笔者就表达过"存在即有存在的道理"，只要是和《红楼梦》相关的话题与现象，都要纳入我们探究意义的范围。

那么大众红楼有何意义呢？其实它的意义是非凡的，甚至可以说凌驾于红楼学术之上。这并非危言耸听，因为学术的意义指向就是惠及读者与民众，只有惠及读者与民众的学术才是有价值和意义的。蔡元培曾经定义学术，指出所谓学就是学理，所谓术就是应用。红学研究是学术，这一点毋庸置疑，因为它的学理成分显而易见。但是红学研究的术在哪里？换句话说红学研究了，它的结果运用到哪里？遗憾的是这一点少有人思考，这也导致了大众对红学研究不屑一顾，因为民众认为红学研究就是"学而无术"。其实无论是红学研究的内核模块还是外延模块，是辅助模块还是学术史模块，它们综合的意义就是让读者更好地理解、欣赏《红楼梦》，这就是红学研究的"术"。从另一个层面上讲，红学学术就是为大众红楼服务的。但是有一点需要说明，大众红楼不等于庸俗红楼。所谓大众红楼，是指读者以自己的阅读方式在《红楼梦》中感悟到真善美，从而启迪他们的思想，净化他们的灵魂，安顿他们的内心。可以说这是小说《红楼梦》的终极旨归，是一切文学作品想达到的终极目的。

一位普普通通的读者能在《红楼梦》中找到生命的共感，能从贾府与大观园的锅碗瓢盆、茶余饭后感悟生活里的惬意，能在一本小说中感悟大千世界，能在纷繁复杂的现实社会中得到片刻的宁静，对于一个普通人而言，还有什么比这个更有意义与价值呢？正如刘梦溪所说，一部"《红楼梦》里仿佛装有整个的中国，每一个有文化的中国人都可以从中找到自己"①。这是什么原因？就是每一个普普通通的中国人都可以通过自己的人生感悟、人生阅历去激活一部经典，又在经典中找到一份生命的印证，最后和经典进行一次平民化、大众化的沟通。这就是《红楼梦》能传世并以一书名学的生命力之源，大众红楼的意义也就融在其中了。

---

① 刘梦溪：《红楼梦与百年中国》，北京：中央编译出版社，2005年，第17页。

红楼人物评论的模式与构架

人的自然生命是有限的，然而小说人物的生命似乎是无限的。虽然曹雪芹离世已经两百余年了，但是他笔下众多的艺术人物却始终活跃在读者的心中，一直伴随在我们的左右，未曾远离。从这一层面上讲，曹雪芹的生命会因为他笔下宝、黛等人物的艺术生命而达于永恒。

红学研究是中国学术之林的奇葩，尊列于三大显学之一，历经百余年而繁盛依旧。如此发展下去，恐怕真要印证冯其庸先生的"大哉《红楼梦》，再论一千年"的预言。在如此浩瀚的红学研究中，红楼人物评论可以说经久不衰。诚然它没有当年索隐派的大红大紫，也没有考证派的盛极一时，更没有探佚学的风光无限，然而它却始终保存着不温不火的状态，永远缄默微笑着屹立在红学研究的制高点上，笑看红学界你方唱罢我登场的风云变幻。

《红楼梦》人物评论到底算不算红学研究？周汝昌与应必诚二位先生在20世纪80年代曾经有一场关于什么是红学的论战。周汝昌先生认为，红学研究有它自身的独特性，不能将研究小说的一般方法误认为是红学研究，所以在周先生看来，"某个人物性格如何，作家是如何写这个人的，语言怎样，形象怎样，等等，这都是一般小说学研究的范围"[①]，而不是红学研究的领域。当然这一观点立即遭到了以应必诚先生为首的一大批红学家的反驳。当年学术论争的硝烟已经散尽，各家的言说以及交锋的过程都被封存在了红学的历史上。然而无论怎么给红楼人物评论定位，都无法阻挡它在强有力的生命推动下勇往直前。

在红学研究中，有关人物评论的文章和著作，其数量是惊人

---

① 周汝昌：《什么是红学》，《河北师范大学学报（哲学社会科学版）》，1982年第3期。

的，用不计其数来形容，一点都不过分。百余年来，评论者对红楼人物的解读可谓丰富多彩，观点、理念也五花八门，对红楼人物的批评、赞扬、贬斥、肯定也莫衷一是。在繁杂的人物评论文献资料里，读者首先感受到的是乱，似乎无章可循。但是细细梳理，将评论者的观念分门别类，理出异同，人们会突然发现在红楼人物评论的浩瀚宇宙中，有一种"自然"的评论模式与构架在默默支配着评论者的笔触与思维。

评论《红楼梦》中的一位人物，评论者一般会从这个人物的姓名说起，展开名字涵义研究。因为学者们认为，曹雪芹在为小说人物命名时，总会赋予这个名字一定的涵义。可能会在名字涵义中暗示这个人的命运，也可能会在名字涵义中点出这个人的性情，还可能在名字涵义中批判这个人的品行。所以名字涵义研究就成了评论红楼人物的第一步。紧接着评论者会将视点推进到这个人物的外貌特征上，再对这个人物的家世生平、来往经历作一番论述。于是这就构成了红楼人物评论的第二步——外貌研究、身世研究，等等。《红楼梦》中的人物之所以栩栩如生，其中有一个最重要的原因，就是这些人物性情各异，才华出众。所以评论他们的性情、才学、能力就成了评论者的重点。这样一来就产生了红楼人物评论的第三步——性情研究、才学研究，等等。对于红楼人物评论，有一个区别于其他小说人物评论的不同之处，就是增加了结局研究。原因在于曹雪芹给世人留下的是一本残书，书中主要人物的最终结局还需要读者猜测，于是第四步结局研究便成了红楼人物评论环节中的一个亮点，甚至还形成了专门的学派——探佚学。有了前面四个步骤，最后还需要探究一下人物的意义与价值，借鉴一下曹雪芹的写作方法与设计技巧，等等，所以一般来说，第五步都会以人物的价值与意义研究作为收尾。

至此，上面所勾勒的五个步骤与环节清晰可见：**名字涵义与外貌研究→身份与家世研究→性情与才学研究→命运与结局研究→价值与意义研究**。这一评论链条就是众多红楼评论者在评析人物时遵循的一种套路。在长达百余年的评论史中，这一套路经过不断的丰富完善、优化深入，逐渐形成了《红楼梦》人物评论的模式与构架。有一点需要特别指出的是，这种模式与构架并非某一个人或者某一个群体机构事先设计好，然后大家从此随流，而是在中国传统文化的导向之中，自然而然形成的天然模式。既然是天然模式，那么研究形成这种模式的文化基因就势在必行了。

《红楼梦》人物评论的模式与构架是如何形成的？这个问题看似复杂，

但如果找准了它的发源点回答起来又异常简单。那么这个发源点在哪里？首先我们要知道，无论是真实的社会中人，还是书本中虚构的艺术之人，他们的共同点都是人。既然都是人，那么在评价分析人物时，无论他是真实的还是虚构的，所使用的方法和切入点都一样。而且曹雪芹笔下的人物个个活灵活现，想必评论者们在点评他们时都是以真人对待之。

问题随之而来了。在现实社会中我们去了解评析一个人物的一生，也需要问五个具有哲学化的问题：**是谁？→从何而来？→能力何为？→去往何处？→意义何在？** 如果把这五个问题和红楼人物评论的五个步骤相对应，你会惊讶地发现它们结合得天衣无缝：原来如此——"是谁"对应的就是"名字涵义与外貌研究"，"从何而来"对应的就是"身份与家世研究"，"能力何为"对应的就是"性情与才学研究"，"去往何处"对应的就是"命运与结局研究"，"意义何在"对应的就是"价值与意义研究"。

用这种方式回答《红楼梦》人物评论的模式与构架是如何形成的，意在把问题简化，便于理解。然而这种模式与构架的形成却有着非常复杂的文化因素。换言之，这种红楼人物评论的模式与构架仍然是传统文化基因导致的。至此我们还需要简单介绍一下文化基因的概念。"文化基因是一个民族所秉承的世界观、价值观、人生观以及各种品质，在族人身上幻化成的举动、认识与思维；而这种'举动'、'认识'和'思维'会在不同的意识状态下自然流露，从而形成一个民族的生存样态，进而历经承袭、演化、优胜劣汰并代代相传。"[①] 如何用文化基因去解释红楼人物评论模式与构架的形成，还有待于研究探讨，在这里我只能做一些简要分析，算是抛砖引玉吧！

（一）为什么评论者在评论红楼人物时，要从名字涵义与外貌切入

纵观"红楼十二钗"的论文，你会发现一个有意思的现象，绝大多数的评论者切入论文核心都是以名字涵义与外貌为入口的。这一现象看似随机，但是其中却包含着一种文化心理。换句话说，所谓的随机其实是被相关的文化基因支配着的。

名字与外貌是组成一个人所独有的特征的中心因素。名字虽然是符号，但是它代表的却是一个人，它就像一张标签，其中注明了这个人的品行、学识以及为人处世。所以我们常听到说"要用自己的信誉去维护自己的名字"

---

① 马经义：《红楼文化基因探秘》，成都：四川大学出版社，2010年，第14页。

就是这个道理。一个人的外貌更是独一无二的。所以名字加上外貌组合起来的就是一个人所独有的特征。

评论者以名字涵义与外貌为切入点，进而评析红楼人物，就是想用最便捷的方式瞬间抓住红楼人物的特征。这一文化心理导致了红楼评论家们的不约而同。

（二）为什么评论者在评论红楼人物时都习惯于就其身份与家世作一番论述

在日常生活与工作中，如果遇到需要进行自我介绍或者填写履历的情况，人们一般都会述说自己的籍贯、家庭出身然后再讲到自己。这已经形成了一种惯用模式，似乎每一个人也都在自觉地遵循着这种模式。久而久之惯用模式就会变成一种思维模式，在这种统一的思维模式下，评论者在评析红楼人物时，就会首先介绍一番人物的身份与家世。

这种评论现象归根结底还是由中国固有的史官文化基因所决定的。当人们研究某一个历史人物时，一般都会去追溯他的祖籍，勾勒其家族的迁徙踪迹、姓氏变化等等，似乎只有梳理完这一切才能言归正传。翻开司马迁的《史记·项羽本纪》，一开头就是"项籍者，下相人也，字羽。初起时，年二十四。其季父项梁，梁父即楚将项燕，为秦将王翦所戮者也"。这种写人物史传的方式被后来的史书所遵循。所以人们在看到评论者评析林黛玉时，总会讲述她的父亲林如海是"前科探花，进士及第，祖上乃五世侯爵"，等等。所以我们把一些学术现象放到大文化背景中去审视其根由，辨识其产生的来龙去脉，人们就会见怪不怪了。

（三）"性情与才学"为什么会成为红楼人物评论的重点

虽然曹雪芹在书中明言，他笔下的这几个女孩子，不过是"小才微善"，但是到了评论者笔下，"十二钗"各个身手了得，吟诗作对，琴棋书画，治家理财，没有一个是等闲之辈，甚至感觉不让她们去治理天下、著书立言都屈才了。

性情与才学是构成红楼十二钗的核心要素，曹雪芹要让闺阁昭传，其彰显的也是十二钗的性情与才学。从这个角度讲，将性情与才学列为评论的重点似乎也顺理成章。然而这是从文本的角度而言的，如果从评论者的角度而言，又是什么原因导致他们将性情与才学视为评析重点的呢？要厘清这个文化内因，稍微麻烦一点。

　　中国文化博大精深，学派纷呈，可以说是百花齐放。然而其中儒家文化的主流地位从汉武帝独尊儒术开始就正式确立了，所以在中国知识分子身上所承袭的或者彰显的儒家思想也最多。儒家文化当然是一个庞大的体系，如果以人为核心去理解儒家，它要塑造的理想人格就是一个内圣外王的人。在儒家看来，所谓内圣就是道德的完成，所谓外王就是事功的完成。道德的完成最终也要通过事功来完成。[①] 人们常常说的"格物、致知、诚意、正心、修身、齐家、治国、平天下"，其中"修身"就可以理解为"内圣"，"齐家、治国、平天下"就是"外王"。每一个承袭着儒家思想的中国人，都自然而然地尊崇着这一理想人格，并且也在积极地向理想人格靠拢对齐。同时也会用这种理想人格去审度他人。

　　上面讲述了那么多，绕了那么大的一个弯子，我想表达什么呢？其实不难看出，所谓红楼人物的性情与才学就是构建理想人格的必备要素。评论红楼人物的性情与才学就是评论者们在有意无意之间用自己秉承的儒家思想去审度《红楼梦》中人。如此一来就形成了以评论红楼人物才情为重心的评论模式与构架。

　　（四）红楼人物的命运与结局为什么如此让红学家们着迷

　　生从何来？死往何去？这两个终极问题一直困扰着人类，或者说这是一个永恒的哲学命题。如果不以个体生命历程去做出诠释的话，这两个问题永远也不会有标准答案。然而似乎只有深入探究一件事情的起因、经过、结果这三个方面，才能构成事理的完整性，也才不会让人鄙视你"一问摇头三不知"。"三不知"中的"三"指的就是起因、经过和结果。红楼人物的起因和经过都在作者的明示下交代清楚了，唯一的结局却还没有答案，于是乎这一好奇心便促使红学家们乐此不疲。

　　与其说是好奇心促使了红学家们对探讨红楼人物命运与结局的痴迷，还不如说这就是一种文化审美情趣引起的痴迷。中国文化的审美情趣意在朦胧，旨在揭示隐幽。曹雪芹未完的书稿恰巧暗合了这种朦胧与隐幽的美学状态，也完全切合了评论者们的揭秘心态，于是为此着迷就衍生出来了。

[①] 成穷：《从〈红楼梦〉看中国文化》，昆明：云南人民出版社，2005年，第95页。

（五）红楼人物的价值与意义为什么会仁者见仁，智者见智

回答这个问题似乎也很简单，每一个人都是单独的个体，其思维方式、学识高低等都可能导致其对同一件事情有着不同的看法。仅是这样的回答，仍然还停留在问题的表面，因为见仁见智的背后有着特殊的文化基因。

首先，对于中国传统文化而言，重在一个"悟"字。所谓"悟"，就是当人们的知识积累到了一定的层面，通过融会提升，让人们的认知达到一个更高的境界，面对人生与社会，面对纷繁复杂、形形色色的关系网络，在人们内心能做出一种什么样的判断力。从"悟"字的结构上看，它是"吾"和"心"的结合，重在自我的体会。所以对于某人某事，其意义与价值也就见仁见智，理所当然了。正因为如此，才有了鲁迅先生在《中国小说史略》中那句精辟的名言——"正因读者的眼光而有种种"。

其次，中国传统式文人做学问的出发点就是述而不作。所谓述就是叙述，作就是发明创造。谦虚是我们的传统美德，所以历代文人都认为自己只是叙述、阐发前人的思想，谦称自己的言论不过是转述圣贤的理念而已。殊不知，在为圣贤阐发要义时处处都渗透着自己的思想与理论。评析红楼人物的价值与意义似乎意在转述曹雪芹早已设置好的理念，然而这恰恰为评论者们表述自己的观点开辟了一条通道。

再次，中国传统治学方式之一，就是在春秋笔法中阐释微言大义。春秋笔法是我国古代书写历史的一种方式与技巧，或者说是一门语言艺术。它是孔子最先创造的写作技法。曹雪芹将这一技巧运用得炉火纯青，所以读者很难看到他在书本中直抒胸臆的议论言辞。曹雪芹的思想似乎抛洒在众多红楼人物身上，如此一来，正切合了评论者们借阐释"微言大义"直抒胸臆的欲望。紧接着，红楼人物的价值与意义也在一番微言大义的阐释中自然而然地见仁见智了。

最后，在中国思想史中，对于一件事情，摆在第一位的就是如何获得它的意义。在评论者们看来，这是重中之重，这也构成了中国思想的特点。无论事物还是人物，只有具有意义和价值才能存在于当下，按照这样的理念去评论《红楼梦》中的人物，自然就会形成以探求价值与意义收尾的方式。

探析《红楼梦》人物评论的模式与构架是一个复杂而庞大的工程，非笔者如此三言两语就能诠释得清晰明白的。总结、梳理评论家们的观点，将其分门别类，理出章法，如果这样的简陋工作能给红学研究带来些许便利，它的意义也就自在其中了。

林黛玉评论史略

　　林黛玉这三个字原本是曹雪芹笔下一个虚构的人名符号，然而曹公如椽的大笔却让她越过了文字，跨出了书本，穿越了时空，走进了万千读者的心灵深处，到如今缓缓悠悠已历两百余年。谁曾想到在这弱不禁风的小女子身上却承载了中外读者难以计数的情感。林黛玉简简单单的三个字，却包含着无数的意义，既有纯真、直爽、真诚、聪慧，又有孤傲、任性、尖酸、刻薄。林黛玉并非十全十美，她有不少的缺点，然而得到的却是读者更多的同情与怜惜。吕启祥先生曾说，她不仅仅是《红楼梦》中的一号女主角，"在某种意义上，也可以看作整个中国文学史的第一女主人公"[①]。可以说林黛玉在中国古代小说人物中就是花的精魂与诗的化身。

　　据不完全统计，在国内各大刊物上仅在论文题目中出现"林黛玉"的文章就有近400篇，这个数目在小说人物评论中是惊人的。纵观关于林黛玉的评论，会发现对林黛玉的评析有一个显著的特点，那就是淡化了个人形象，突出了形象所包含的意义。为了让读者对众多学者的观点有一个清晰而全面的认识，本章将从名义、身世、性情、才华、缺点、为人处世、结局以及形象的意义与价值八个方面进行梳理。

一、名字涵义研究

　　林黛玉在《红楼梦》中，仆人们称呼她为林姑娘，平辈姊妹们称呼她为颦儿。林是她的姓，黛玉是她的乳名，颦颦是贾宝玉初见

[①] 吕启祥：《花的精魂，诗的化身——林黛玉形象的文化蕴含和造型特色》，《红楼梦学刊》，1987年第3辑。

黛玉时见她眉尖若蹙而取的表字。周春曾在《红楼梦约评》中说："案香山《咏新柳》云：'须教碧玉羞眉黛，莫与红桃作麹尘。'此'黛玉'两字之所本也。"① 这是迄今发现的关于"黛玉"解释的最早资料。关于"林黛玉"名字的解析，从现有的评论文章来看，主要有三种方式。

（一）谐音解析

谐音原本是指文字的声韵相同或者相近，在中国文字中这种现象大量存在。中国文人也常常运用文字的这一特点设置一些有趣的文字游戏，曹雪芹似乎对此情有独钟。例如在《红楼梦》中，"甄士隐"谐音"真事隐"，"贾雨村"谐音"假语存"，等等。红学评论者正因为抓住了曹雪芹在创作中的这一独特手法，所以常常运用谐音规律来解析人名。然而谐音解析法的随意性很大，因为相同的文字所谐音者甚多，谁能保证所谐出的文字一定就是曹雪芹的本意呢！在这种寻求微小概率的情况下，评论者往往会根据自己所理解的意思或者按照自己已经设定好的意义去索求谐音，于是谐音解析法在很大程度上就成了评论者的一厢情愿了。

"林黛玉"三个字所谐何音呢？在早期的评论者中有一种观点认为，"林黛玉"谐音"宁待玉"。话石主人就在《红楼梦本义约编》中提出了这种观点，他说："十二钗命名，各有喻义。曰林黛玉，读宁待玉。"② "宁待玉"的涵义其实就是指林黛玉的心只属于贾宝玉，日后非贾宝玉不嫁。洪秋蕃先生也赞同这样的说法，曾在《红楼梦抉隐》中说："何为黛玉？待宝玉也。谓惟宝玉是待，非宝玉不嫁也。"③ 如果说这种谐音解析还有它的道理，那么杜世杰先生的谐音解析就显现出随意性了。林黛玉在《红楼梦》中是多情的，这是她的性情所致，所以杜先生说："黛玉谐韵读带欲，是情欲的化身，应扮多情人。"④

（二）寓意解析

人名的寓言解析是指从名字中寻求它的引申义从而解释这个人物的性

---

① 周春：《红楼梦约评》，载朱一玄编：《红楼梦资料汇编》，天津：南开大学出版社，2001年，第566页。
② 话石主人：《红楼梦本义约编》，载一粟编：《古典文学研究资料汇编·红楼梦卷》，北京：中华书局，1963年，第180页。
③ 洪秋蕃：《红楼梦抉隐》，载《古典文学研究资料汇编·红楼梦卷》，第238页。
④ 杜世杰：《红楼梦考释》，香港：中国文学出版社，1995年，第248页。

格、才情等。例如徐景洲先生认为，黛玉是一种未经雕琢的墨玉，这种青黑色的玉在自然界中极为罕见，在众多玉色中有鹤立鸡群之感，不同凡响。曹雪芹以此为女主人公命名，凸显了她的天真率直、任性而为的性格。再加之黛色是冷色调，也极为符合林黛玉不幸的遭际、忧郁的性情、冷嘲尖酸的语言等。所以徐先生说："林黛玉命名的奇崛，则更见出其品格、才情的独异超群，以及作者对她的钟爱和激赏。"[①]

(三) 文化解析

所谓文化解析是指从中国传统文化以及典故中寻找人名所依据的文化根源，再结合人物在小说中的生活状态揭示人名所蕴含的特殊意义。例如孙虹先生在《山海经·海外北经》中找到了"林"的原始意象。其中记载了夸父逐日的典故。《山海经》载："夸父与日逐走，入日；渴欲得饮，饮于河渭，河渭不足，北饮大泽。未至，道渴而死。弃其杖，化为邓林。"孙虹先生认为："这是一个执著追求而不能实现理想的寂寞跋涉者形象，也是'林'所具有的内蕴。"[②] 林黛玉的内心一直都是孤独寂寞的，而跋涉者的形象正切合了她为爱执著追求的意愿。

林黛玉除了姓名以外，还有颦颦一字和潇湘妃子的别号。吕启祥先生认为颦颦和潇湘妃子所依据的文化基因是吴越国美女"西施捧心而颦的传说和舜帝二妃娥皇、女英泪洒斑竹的典故"[③]。这种观点在红学界几乎达成了共识，这种运用传统文化解析人名的方式也极大地丰富了小说人物的内涵。

关于林黛玉的名字，在早期的抄本中小有异同。己卯本、庚辰本上绝大部分写成的是"代玉"。很多学者认为这是抄手在誊抄的过程中的笔误，然而徐乃为先生认为这并非笔误，而是曹雪芹最早的原始命名。徐乃为先生作出这样的推断其中有一个根据是，现今保存下来的己卯本和庚辰本都并非一个人誊抄完成的，而是由七八个人共同作业，可是抄手们都写的是"代玉"，这说明最初的原稿上就是"代玉"而非"黛玉"。然而如果真是"代玉"又蕴涵着什么意思呢？徐先生说，"代"有替代、取代、更迭、交替之意，"代玉"在《红楼梦》中的终极涵义是："林黛玉在与宝玉的婚恋关系中，是被

[①] 徐景洲：《贾宝玉、薛宝钗、林黛玉命名之寓意》，《阅读与写作》，1998年第3期。
[②] 孙虹：《黛玉宝钗形象的原型意义》，《红楼梦学刊》，1997年第3辑。
[③] 吕启祥：《花的精魂，诗的化身——林黛玉形象的文化蕴含和造型特色》，《红楼梦学刊》，1987年第3辑。

替代的角色。所以，黛玉的命运与结局，她与宝玉的婚恋关系是不可能有终结的，是被替代的，是要'谢'的，早早结束的。"①

二、外貌研究

　　林黛玉是金陵十二钗中最早出场的一位，整个过程犹如一段美妙的音乐悠悠扬扬从远处飘来。舒芜先生曾有专门的文章分析林黛玉的出场。舒先生说在曹雪芹的笔下，女主人公林黛玉的出场一共分为了三步：第一步曾在第二回中远远一现，由作者介绍了她的家世、父母等基本情况，这是林黛玉形象的最模糊的轮廓，最朦胧的影子。第二步仍然是在第二回，通过林黛玉的启蒙老师贾雨村的回忆初步把林黛玉的形象从凡女子中突显出来。第三步正式登场是在第三回，林黛玉洒泪拜别父亲，登舟而去。舒芜先生说："这一走，就走出了序幕，结束了序幕，走出了第一幕，揭开了第一幕。"②

　　随着林黛玉的正式登场，她的容貌也就慢慢清晰起来。曹雪芹对于林黛玉的外貌描写主要集中在第三回，书中写道：

　　　　两弯似蹙非蹙罥烟眉，一双似喜非喜含情目。态生两靥之愁，娇袭一身之病。泪光点点，娇喘微微。闲静时如姣花照水，行动处似弱柳扶风。心较比干多一窍，病如西子胜三分。

　　如果稍加留意就会发现，作者对林黛玉的外貌描写运用的是大写意的手法。历来的评论家们在评析林黛玉的外貌时都突出了一个核心意象，那就是"病态美"。早在清代富察明义的《题红楼梦》诗中就写到了林黛玉的病容。其诗云："病容愈觉胜桃花，午汗潮回热转加。犹恐意中人看出，慰言今日较差些。"由此可见在早期的《红楼梦》读者群中就有了林黛玉病态美的印象。

　　从上面的外貌描写来看，林黛玉是娇弱、袅娜、风流、标致的，这种描写方式侧重于人物的气质情态，所以曹立波先生说："林黛玉的气质和情态可以说集仙女的神韵、西施的病容以及淑女的气派于一身。"③

　　评论者除了在这段外貌描写中看到了病态美的核心意象外，还抓住了另

---

① 徐乃为：《宝钗结局，其悲孰甚：兼论〈红楼梦〉对称性美学结构》，《明清小说研究》，2003年第4期。
② 舒芜：《红楼说梦》，北京：人民文学出版社，2004年，第78页。
③ 曹立波：《红楼十二钗评传》，北京：清华大学出版社，2007年，第5页。

外一点，那就是林黛玉的聪慧。太平闲人张新之就曾评点说，作者刻画林黛玉的容貌"多从'心''病'二字着笔"。林黛玉的心较比干的七窍玲珑心还要多出一窍来，这是彰显林黛玉聪慧的艺术化表达。作者用比干和西施来类比林黛玉，孙虹先生认为这里面还包含着一种忧患意识。"忧患意识的表现形态往往是反传统的超强意识。"[①] 这与林黛玉在整部《红楼梦》中的表现不谋而合。

曹雪芹对林黛玉的外貌描写是大写意的手法，是诗化了的语言。邱瑞平先生认为林黛玉的肖像之所以与众不同，"正是作者融化了传统文化中诗与画的笔意创造出来的，给人一种只能意会，很难言传之美"[②]。在林黛玉的外貌描写中渗透着什么样的文化内涵，或者说传统文化中的哪些文化因子支撑着林黛玉的容貌与形象，评论者的观点主要集中在三点上。

（一）西施是支撑林黛玉形象的文化因子之一

西施作为中国古代吴越国的美女，她的风韵与美丽早已深入人心。因为时时心痛所以常常"捧心而颦"，这一状态不仅仅得到了大众的怜惜，还定格为了病态美的典范。从林黛玉的"眉尖若蹙"到"娇袭一身之病"可以说处处都彰显着病西施的形象。所以吕启祥先生说："林黛玉形象是得到了西施的铺垫、映衬、补足、充盈。如若对西施完全陌生，恐怕也难以理解黛玉其人。"[③]

（二）舜帝的两位妃子娥皇、女英是支撑林黛玉形象的又一文化因子

据《述异记》记载："舜南巡，葬于苍梧，尧二女娥皇、女英泪下沾竹，文悉为之斑。"这段凄婉动人的传说故事，在华夏大地传颂了几千年而经久不衰，其中有一个重要的原因是它包含着一段真挚执着的情感。林黛玉的别号"潇湘妃子"就是从这个典故中脱胎出来的。再加之林黛玉天性爱哭，又居住在潇湘馆，其中的竹子岂不被泪沾而化成斑竹？所以娥皇、女英就成了

---

① 孙虹：《黛玉宝钗形象的原型意义》，《红楼梦学刊》，1997年第3辑。
② 邱瑞平：《"孤标傲世偕谁隐"——禀赋优秀传统文化而生之林黛玉》，《红楼梦学刊》，1988年第1辑。
③ 吕启祥：《花的精魂，诗的化身——林黛玉形象的文化蕴含和造型特色》，《红楼梦学刊》，1987年第3辑。

构成林黛玉形象的又一文化成分。

（三）《楚辞》中巫山神女是支撑林黛玉形象的第三个文化因子

巫山神女是屈原笔下的文学形象，这位神女"既含睇兮又宜笑"，这种神态和林黛玉的"似喜非喜含情目"异曲同工。神女所居之处"余处幽篁兮终不见天"又与林黛玉所居潇湘馆"有千百竿翠竹遮映""凤尾森森，龙吟细细"的环境不谋而合。正因如此，朱淡文先生说："曹雪芹在构思林黛玉形象的外貌风度与精神世界时，对《楚辞》中的巫山女神特别是屈原笔下的巫山女神明显有所借鉴。"①

在《红楼梦》文本中，这段比较详细的关于林黛玉的外貌描写，虽然只有简短的几句话，但是在早期的抄本中却存在着很多的异文。例如"两弯似蹙非蹙胃烟眉"在乾隆五十六年（1791）刊行的程甲本上却是"两弯似蹙非蹙笼烟眉"。关于林黛玉的眼睛，一些抄本上是"一双似喜非喜含情目"，但是在列藏本上却是"一双似喜非喜含露目"。如此种种。据周汝昌先生考证，关于林黛玉眉与眼的描写在脂本中就有七种不同的版本。② 为什么会出现这样的情况，曹立波先生说："从不同阶段的抄本对黛玉容貌描写上存在的异文，我们可以看出作者对林黛玉容貌的描摹是煞费苦心，反复修改的。"③周汝昌先生也根据甲戌本上这两句文字中留出的空白推测，当年的曹雪芹在刻画林黛玉的外貌时确实大费心思。

三、前世与今生研究

关于林黛玉的身世，在金陵十二钗中她是最特殊的一位，因为林妹妹不仅有今生还有前世。今生是果，前世为因，因与果的结合才导致了林黛玉诸多与众不同的地方。

（一）评论者对林黛玉前世的评析

林黛玉的前世原本是西方灵河岸边三生石畔的一株绛珠草，因为得到神瑛侍者的甘露浇灌，而蜕去了草本化为了女体。然而对于神瑛侍者的灌溉之

---

① 朱淡文：《林黛玉形象探源》，《红楼梦学刊》，1994年第1辑。
② 周汝昌：《红楼夺目红》，北京：作家出版社，2003年，第302页。
③ 曹立波：《红楼十二钗评传》，第5页。

情,绛珠仙子始终没有报答。后来神瑛侍者下世为人,绛珠仙子征得警幻仙姑的同意随之一同下世,誓言用一生的泪水偿还曾经的灌溉之情。对于《红楼梦》中的这段神话,有学者认为这是为林黛玉的身世增添神秘色彩。王跃飞先生就说:"黛玉诗一样的身世初见端倪。她伴随着灵河岸的温软香风,离恨天的飘渺仙乐,似明似暗,似真似幻地映入读者的视野,令人无不为黛玉身世的诗情美所惊奇。"[①]

然而绛珠草到底是什么草,引起了评论者的兴趣。朱淡文先生根据《说文》中关于"绛,大赤也"的解释,结合《红楼梦》甲戌本的脂批,比对形状,最后得出"绛珠仙草应即古代方士和诗人想象中的灵芝草,亦即古代神话中所记载的灵芝仙草"[②]。这种观点几乎得到了红学界的公认。

在众多的红楼评论文章中,对于林黛玉的前世,其焦点几乎都集中在了"还泪"上。"还泪"在整部《红楼梦》中起到了什么作用?评论者有四种解析角度,第一种从人物塑造的角度看,为林黛玉爱哭的性格作了铺垫。第二种从故事发展脉络上看,"还泪"成了宝黛爱情的核心意象。所以蒋勋先生说,"还泪"故事贯穿《红楼梦》的始终,"这一则看来'荒唐'的神话,却正是《红楼梦》中贾宝玉与林黛玉情爱的主线"[③]。第三种从小说结构上看,曲文军先生说,"绛珠'还泪'的情节构成了《红楼梦》的总体框架,使作品具有了超现实世界和现实世界的二重复合机制"[④]。第四种从传统文化的角度看,"还泪"包含了丰富的文化意蕴和哲学思辨,曲文军先生就认为其极大地丰富完善了中国传统文化中因果报应的模式。

(二) 评论者对林黛玉今生的解析

林黛玉出身于官宦世家,幼时居住在扬州。母亲贾敏是荣国府的千金小姐,其父林如海乃前科探花,进士及第,官至兰台寺大夫。林家祖上曾袭五世侯爵,可以说门第高贵,显赫不亚于贾府。然而不幸的是,林黛玉幼年丧母,后来父亲林如海又因病离世。一连串的家庭变故让这个小女子孤苦无依,后因外祖母怜惜被接到贾府客居。正是因为如此,学者们在梳理林黛玉

[①] 王跃飞:《试论林黛玉形象的诗情美》,《淮北煤炭师范学院学报(哲学社会科学版)》,2005年第3期。
[②] 朱淡文:《林黛玉形象探源》,《红楼梦学刊》,1994年第1辑。
[③] 蒋勋:《蒋勋和他的红楼梦》,上海:上海三联书店,2011年,第11页。
[④] 曲文军:《绛珠"还泪"的文化意蕴初探》,《南都学坛》,1997年第5期。

的家世背景时都会突出她寄人篱下、孤苦伶仃的生活境遇。例如佘树声先生说林黛玉："幼年就丧了父母，因此她不得不'寄人篱下'。尽管名义上是贾府的贵宾，实际上她已经是一个孤苦伶仃的沦落者了。尽管出身于官宦之家，然而由于父母死后，林家无人，实际上她已经由'官宦家的女儿'下降为一个被侮辱、被损害者了。"①

在红楼评论中，学者们的论点从来就不会单一，视角永远广阔。就以林黛玉的家世背景而论，虽然孤苦无依、寄人篱下是主要论调，但是很多学者还是提出了自己不同的看法。例如周思源先生认为，虽然林黛玉父母双亡，但是却得到了贾母的百般疼爱。周先生认为，不能把林黛玉"孤苦无依""寄人篱下"的心理状态当成客观事实。根据书中第五回的明确交代："林黛玉自在贾府以来，贾母百般怜爱，寝室起居，一如宝玉，迎春、探春、惜春三个亲孙女倒且靠后。"所以周思源先生说："黛玉不是'寄人篱下'，而是充分享受到了贾府小姐的一切正常待遇，并未受到什么额外的'白眼'或'牙眼'。"②

还有学者认为，林黛玉不仅没有寄人篱下，相反还是《红楼梦》中第一"女富豪"。原因在于林如海死后，按照当时的财产继承制度，林黛玉是林府遗产的唯一继承人。例如李俊先生说，林如海没有多的子嗣，只有林黛玉一人，"所以按照律例，林如海的家产只有一个法定继承人——林黛玉，林府的遗产应该全部归林黛玉所有"③。

这样的争论看似围绕着一个中心，其实评论者的立足点各不相同，支持林黛玉寄人篱下、孤苦无依说的学者多是从她内心感受出发的，最后想证明的是黛玉的悲剧性格和悲剧人生。主张林黛玉并非寄人篱下，而是享受了一切正常待遇说的学者多是从客观环境出发的，最后要证明的是黛玉的悲剧多是性情的悲剧。

无论林黛玉是否孤苦无依，其父母双亡已成事实。关于曹雪芹对林黛玉曾经离丧的描绘，吕启祥先生认为作者采取的是一种虚写手法。换而言之，书中关于林黛玉幼年丧母、抛父进京、背井离乡，后来又奔父丧，等等，在书中都一笔带过，然而这样的变故不可能不对一个人产生巨大的影响，"而作者对此并没有作平实琐屑的叙写，只是让读者从人物的精神个性中去体察

---

① 佘树声：《略谈林黛玉》，《文艺学习》，1954年第9期。
② 周思源：《周思源看红楼》，北京：中华书局，2005年，第69页。
③ 李俊：《红楼梦证悟》，济南：山东画报出版社，2006年，第151页。

这种'曾经离丧'的印记"①。评论者不厌其烦地梳理林黛玉的前世今生最终的目的是什么？从评论文章上看，研究者的指向有三个方面。

第一，身世背景决定林黛玉的性格。例如李辰冬先生就认为，林黛玉所遭受如此种种的家庭变故，以及在贾府中所受的待遇"造成了黛玉性格的伤感与善妒"②。

第二，环境决定性格，性格决定命运。既然孤独无依的生活境遇是林黛玉性情特质的主要诱因，那么在这样的特殊性格下，悲剧命运是在所难免的。例如朱萍先生说："作者为世外仙姝的存在安排了一个残酷的理想环境：丧失所有直系亲属，寄人篱下，孤独多病。从接受当时的世俗教育的角度来说，在黛玉的身边，形成了一个教育的真空。正是这个教育的真空，成就和保持了黛玉的自然人格。也正是这个教育的真空，形成和加固了黛玉的悲剧性格，使她终生都被摒弃在世俗的幸福之外。"③

第三，酿成林黛玉的悲剧，除了她自身的性格以外，外部环境也需要为此负责。例如薛瑞生先生说，小说人物都是从他们所处的时代中孕育出来的，在小说人物身上跳动着时代的脉搏。林黛玉也不例外，她在《红楼梦》中所表现出来的一切都是环境孕育的必然反应。正是家庭变故和所处环境酿成了个人情绪，因此"林黛玉的忧郁感伤显得更加沉重与动人"④。

四、性情研究

性情原本是一个复杂而笼统的概念，以红学家对林黛玉性情的评析为例，就至少有三个方面，分别是性格、爱情、眼泪。

（一）林黛玉的性格

所谓性格是指一个人对现实的态度以及在这种态度下所显示出来的行为方式。性格具有相对稳定性，俗话说"江山易改本性难移"就是性格稳定性的另外一种表达方式。对于林黛玉的性格评定，研究者用得最多的词汇就是

---

① 吕启祥：《花的精魂，诗的化身——林黛玉形象的文化蕴含和造型特色》，《红楼梦学刊》，1987年第3辑。
② 李辰冬：《知味红楼》，北京：中国档案出版社，2006年，第44页。
③ 朱萍：《孤独中的得与失——林黛玉形象小议》，《红楼梦学刊》，2001年第1期。
④ 薛瑞生：《捧心西子玉为魂——林黛玉论》，《红楼梦学刊》，1993年第3辑。

"小性儿""敏感""尖酸刻薄""多愁善感",等等。然而在分析林妹妹的性格时,评论者都持有什么样的态度呢?总结起来主要有四种态度。

第一,批评的态度。持批评态度的读者,大多都不喜欢小心眼儿的人。对于林黛玉的性格持批评态度的学者古已有之。例如清代的评论家二知道人就说:"大观园,醋海也。醋中之尖刻者,黛玉也。"[①] 林黛玉虽然背井离乡,但毕竟生活在侯门公府,衣来伸手饭来张口,在各种闲情逸致中打发岁月。沈天佑先生认为,林黛玉那弱不禁风的娇小姐体质,一本正经的娇小姐气派,异想天开的娇小姐恋情,是她小性儿的根源。沈先生说:"其浓厚的娇小姐恶习,在红楼众多女儿中,林黛玉是较突出的一个。"[②]

第二,理解的态度。所谓理解的态度是指承认林黛玉小性儿的性格,但是却不去苛责她小性儿的行为。持这种态度的评论者都认为林黛玉有一颗直率而坦诚的真心。王昆仑先生就说:"当这个瘦弱的姑娘,抱着一腔幽怨,含着泪独自地走回那苦竹凄风的潇湘馆,而别人却在她背后投射出冷视的眼光,只有在这时候你可以了解黛玉的孤愤之所以造成了。"[③]

第三,赞扬的态度。所谓赞扬的态度,并非是肯定小性儿的行为,而是认为林黛玉小性儿的背后有一种支撑她我行我素的勇敢和坚持自我本真的理念。例如韶华先生说林黛玉反对虚伪,一向心直口快,一度任情任性,"看来她孤高自诩,其实她是鄙视环境;看来她心胸褊狭,其实她是对现实的抵抗"[④]。纵观现有的评论文章,对林黛玉的性格持赞扬态度的评论者占据了绝大多数。

第四,探寻根源的态度。所谓探寻根源的态度,是指无论怎么评价林黛玉的小性儿,找到造成这种性格的根源才是重要的。根源究竟是什么呢?评论者有一个几乎能达成共识的观点,那就是林黛玉身上有超强的叛逆性。例如陆侃如、冯沅君二位先生就认为,林黛玉在书中以一个纯洁、多才、多感、多病的孤女形象出现。在"缺少温暖的依人生活中,加强了她的孤僻、高傲、猜疑、伤感的性格。这性格中具有对封建官僚地主阶级的叛逆性"[⑤]。

---

① 二知道人:《红楼梦说梦》,载《古典文学研究资料汇编·红楼梦卷》,第101页。
② 沈天佑:《金瓶梅红楼梦纵横谈》,北京:北京大学出版社,1990年,第99页。
③ 王昆仑:《红楼梦人物论》,北京:生活·读书·新知三联书店,1983年,第222页。
④ 韶华:《谈薛宝钗和林黛玉的个性——评俞平伯"双美合一"论的错误观点》,载《红楼梦问题讨论集》,北京:作家出版社,1955年,第5页。
⑤ 陆侃如、冯沅君:《中国文学史简编(修订本)》,北京:作家出版社,1957年,第259~260页。

这种叛逆性观点，在20世纪50年代风靡一时。

林黛玉性格中的叛逆到底存不存在，有些学者持否定态度。例如陈松柏先生认为，林黛玉所表现出来的言行举止虽然不怎么符合封建伦理的要求，但是主要的原因并非是她要叛逆而为之，而是在一种不懂规则的状态下自然流露出的举动而已。陈先生说："不了解封建伦理对一个闺中女儿的要求，不知什么是符合女儿'身份'的，只要有人教她，她是乐于接受的，亦如心悦诚服于宝钗的指点那样。一个一旦明白了封建伦理的要求就乐意接受的女孩子，将怎么背叛自己所属的阶级呢？"①

无论评论者持有什么样的态度，林黛玉的小性儿、尖酸刻薄、敏感都是她性格的外在表现，那么林黛玉性格的本质特点是什么呢？研究者的评论主要突出三个核心。

第一，纯真。在历来评论林黛玉的文章中，没有一个人会说林黛玉的心地是邪恶的。所谓刀子嘴豆腐心指的是内心的善良。纯真的灵魂总是善良的，善良与纯真的结合也总会焕发出强大的精神力量。所以吴宗惠先生说："林黛玉的性格是丰富的，她的主要性格特征——纯真，恰像一条红线贯穿在她性格的诸多方面，达到了真善美的完美结合。"② 很多评论者都不否认林黛玉是一个有性格缺陷的封建女子，但是又都肯定她性格中的真。贺信民先生说："林黛玉的'真'，虽然并不是处处都指向着'善'（如对刘姥姥的刻薄），然而却无一不深通于'美'。她的真性情，真人格，像一泓秋水，澄澈明净，一无尘杂。"③

第二，维护人的尊严。有学者认为林黛玉的尖酸刻薄，就是在捍卫人的尊严。林黛玉在书中表现出来的所作所为都是在突出这一特征。例如曾扬华先生说林黛玉的这种性格特征就是"要求尊重人，维护人的尊严，不能容忍对人格和自尊心的丝毫亵渎"④。

第三，追求个性自由。在追求自由这一点上，历来的评论者都会有相似的表述，认为林黛玉叛逆、孤傲的最终目的都是在追求自由。林黛玉这种追求自由的思想被评论者拔得最高。为什么会这样？胡文炜先生说："林黛玉这种追求个性自由的性格正是人们心中的向往，因为人心总是希望赤诚相

---

① 陈松柏：《黛玉别论》，《益阳师专学报》，1990年第3期。
② 吴宗惠：《冷月葬花魂——论林黛玉》，《求是学刊》，1980年第3期。
③ 贺信民：《林黛玉命运悲剧新论》，《海南师院学报》，1993年第4期。
④ 曾扬华：《论林黛玉的美》，《中山大学学报（哲学社会科学版）》，1983年第3期。

待，自由交往，讲话不用担心，心中没有设防，无拘无束，无所忌讳，不受压抑"①。

辩证统一、一分为二的方法论在近现代红学研究中使用得比较多。就以林黛玉的性格表现而论，评论者除了关注她的小性儿、刻薄的表现形式外，还关注了她另外的一面，例如幽默诙谐，在书中第四十二回林黛玉就曾展示了一把自己的幽默。刘永良先生说："林黛玉的幽默诙谐主要风格在于一个'雅'字，在小说中，她的活泼天真的性格，常常是借助于她的雅谑而体现出来。"②再例如林黛玉还有可爱的一面。正是因为林妹妹性格表现的多元化，有学者指出林黛玉的性格特征是多面性的。例如王朝闻先生说："她的个性特征是从并非固定不变的关系中逐渐显示出来的，所以她的个性不能被人物的肖像性所替代。"③

田晓鸣、黄晨二位先生曾经运用现代心理学理论分析林黛玉的性格，认为林黛玉具有六对十二种突出的性格特征，这些性格特征之间彼此关联，相互照应，互为因果，构成了黛玉"既孤标傲世、尖酸刻薄、自卑自贱、脆弱怯懦、多愁善感、笃实迟钝，又谦和乐群、宽厚豁达、自尊自爱、执拗果敢、情趣高雅、睿智机敏的多重性格结构"④。

在评论者的文章中，除了围绕以上三个性格核心，运用一分为二的方法展开论述外，还有学者指出林黛玉的性格中有一种病态元素。这种病态元素是造成林黛玉病态美的原始根源。沈新林先生认为，林黛玉的这种病态元素不仅形成了她外在的病态美，还构成了她心灵的病态美。沈先生说："黛玉的美与病是相互关联、密不可分的整体。没有病就没有黛玉，更没有她的美。哭是她的天性，蹙是她的嗜好，这都是病态，是美的组成部分。"⑤

林黛玉的这种病态美是如何形成的呢？主要有两种说法。

第一种是身体疾病的影响。因为林黛玉从会吃饭时就吃药，到了贾府仍然没有离开过药罐子。疾病缠身，年复一年，痛苦、抑郁、焦躁无不在她的性格上留下鲜明的印记。

第二种是现实社会与环境影响。林黛玉的性格本质和她所处的环境形成

---

① 胡文炜：《贾宝玉与大观园》，北京：华艺出版社，1995年，第143页。
② 刘永良：《天真活泼幽默诙谐——林黛玉性格的另一面》，《南都学坛》，2001年第1期。
③ 王朝闻：《质本洁来还洁去——林黛玉的审美趣味》，《文学遗产》，1982年第1期。
④ 田晓鸣、黄晨：《试用现代心理学理论剖析林黛玉的性格结构》，《银川师专学报》，1988年第1期。
⑤ 沈新林：《试论林黛玉形象的病态美》，《盐城师专学报（社会科学版）》，1986年第2期。

了矛盾，美好的内心世界总是和残酷的现实撕扯在一起，正是基于此，林黛玉的性格病变扭曲了。吴国光先生曾说："林黛玉性格是在黑暗中诞生与成长的，因此带有浓厚的阴影；它在冲破旧社会巨大磐石的压力而萌生的同时，也因这巨石的压迫而成为畸形。"①

曹雪芹为什么要塑造林黛玉的病态美，评论者多从两个方面切入分析。

第一，从《红楼梦》写作的整体结构上讲，林黛玉的病态美可以增加悲剧氛围。例如黄锦秋先生说："林黛玉的病态人格有其深远的文化历史根源和现实意义，加强了人物的真实生动和永恒的悲剧美，增加了宝黛爱情曲折跌宕的艺术魅力，更突出了《红楼梦》的悲剧氛围。"②

第二，从人物塑造上看，病态美使林黛玉这个形象更为闪耀。换句话说，林黛玉能在古代小说人物中光彩夺目，风流千古，病态美这一元素起到了关键性的作用。例如沈新林先生说："美的本质就是事物的典型性，就是事物的个别性显著地表现着它的本质规律。写出人物形象的病态美，能表现生活中的真人，加强典型的客观性，又突破了传统的写作方法，有助于表现悲剧的崇高美。"③

（二）林黛玉的爱情

《红楼梦》的主线是什么？绝大多数的读者都认为是"宝黛的爱情"，这种观点就是在学术界也是主流。当然红学研究众说纷纭，就以《红楼梦》的主线为例，有学者认为，宝黛的爱情不能称为主线，只能算是副线。例如何宁先生就曾发文说："《红楼梦》是以贾府为主体，以大观园为附庸。贾府的兴衰成败，主要是围绕着以王熙凤为核心的各类矛盾而反映出来。"④ 何宁先生所支持的观点是王熙凤才是《红楼梦》的主线，宝黛爱情只是一根副线。然而类似于何先生的这种说法并没有占据上风，黄立新先生曾经总结出了三条支撑"宝黛爱情"是主线的理由："第一，符合曹雪芹对全书情节安排的启示和作品描写的客观情况；第二，符合在当时的特殊社会环境下作者不得不标榜'谈情'的特点；第三，与当时文坛上作品以写情为主线而内寓'伤时骂世'政治内容的颇为普遍的情况相一致。根据这些理由，不难看出，

---

① 吴国光：《〈红楼梦〉矛盾论》，《红楼梦学刊》，1985年第2辑。
② 黄锦秋：《林黛玉病态人格及其文化意蕴》，《哈尔滨工业大学学报（社会科学版）》，2001年第4期。
③ 沈新林：《试论林黛玉形象的病态美》，《盐城师专学报（社会科学版）》，1986年第2期。
④ 何宁：《论〈红楼梦〉的主线》，《红楼梦学刊》，1983年第4辑。

以宝黛爱情作为主线，是'确切'的，符合实际情况的。"① 其实无论《红楼梦》的主线是什么，有一点是可以肯定的，那就是宝黛之间的情感变化总会牵引故事情节的波动和走向。

对于林黛玉而言，爱情到底意味着什么？蒋和森先生说，爱情就是林黛玉生活中的太阳；王昆仑先生说，没有恋爱生活就没有林黛玉的存在；周思源先生说，爱情就是林黛玉的生命。总而言之一句话，爱情就是林黛玉赖以生存的精神支柱。对于林黛玉的爱情，评论者多从三个方面入手解析。

第一，林黛玉对爱情的态度。林黛玉持有什么样的爱情观，总结各家的观点，主要集中在四点上。

一是专一。脂砚斋曾评点林黛玉为"情情"。所谓情情，大多数评论者的理解是用情专一，当然这里的专一是对贾宝玉而言。例如刘相雨先生说："黛玉的'情情'与宝玉的'情不情'的主要区别在于宝玉'爱博而心劳'，他的爱是一种泛爱，而黛玉只对宝玉一人用情。"②

二是忠贞。林黛玉从不看重功名富贵，也从不劝说宝玉求取功名，这正是两人相爱的基础与前提。段启明先生曾说，"虽然金玉姻缘的巨大压力，使她蒙受着无穷的痛苦，但她坚贞不渝"③，甚至可以为爱情付出生命。就如同王志先生所说："林黛玉为情而生，又殉情而死，她对贾宝玉爱得真诚，爱得执著，始终如一。"④

三是纯洁。宝黛爱情之所以可贵，根本的原因就在于他们之间情感的纯洁性。正如郑佩芳先生所说："黛玉虽然和宝玉情感很好，却从来严谨守礼，从不和宝玉胡来，更常言辞斥责，这是她的可敬之处。"⑤

四是不懈地追求。在封建时代，女孩子敢爱就已经是出格的了，然而林黛玉不仅仅敢爱，还在不懈地追求。自从和宝玉之间萌发恋情就一发不可收拾，所以王增斌先生说："《红楼梦》中的林黛玉，一以贯之的思想是什么呢？那就是对爱情永存的希冀和不懈的追求。"⑥

第二，宝黛爱情悲剧的原因。林黛玉爱了，爱得那么浓烈，爱得那么哀

---

① 黄立新：《宝黛爱情故事应是〈红楼梦〉的主线》，《红楼梦学刊》，1980年第4辑。
② 刘相雨：《情的追求与爱的失落——论黛玉形象的文化情结》，《红楼梦学刊》，1998年第3辑。
③ 段启明主编：《中国古代文学史长编·明清卷》，北京：首都师范大学出版社，2000年，第859页。
④ 王志：《试论林黛玉的精神美》，《怀化师专社会科学学报》，1989年第1期。
⑤ 郑佩芳：《红楼梦人物——林黛玉》，《红楼梦研究专刊》，1968年第4辑。
⑥ 王增斌、田同旭：《中国古代小说通论综解（下）》，北京：中国文联出版社，1999年，第954页。

婉，爱得那么撕心裂肺，然而最终还是以失败而告终。宝黛爱情悲剧的原因是什么呢？评论者的观点主要分为四个方面。

一是人为原因。所谓人为原因是指因为他人的阻碍或阴谋，最终导致了宝黛爱情悲剧的发生。那么这里的他人是谁？红学家们的观点不一，有人认为是贾母，例如蒋和森先生说："最后摧毁了这一纯洁美丽的爱情，偏偏不是那个使一切感到窒息的封建政治暴君——贾政，却仍然是这个曾经如此为贾宝玉祈求幸福，并且又是对林黛玉如此'口头心头，一刻不忘'的贾母。"① 有人认为是王熙凤，例如高鹗续写的后四十回中，就是王熙凤设计的调包计导致了宝黛爱情的悲剧。有人认为是贾元春，例如徐恭时先生说："拆散宝黛婚姻的是谁？原来是皇妃元春。"② 还有人认为是赵姨娘，例如周汝昌先生曾在他的代表作《红楼梦新证》中提出了这一观点。

二是自身原因。所谓自身原因是指爱情悲剧应该由宝黛二人自己负责。评论者认为，在宝黛二人身上有封建阶级思想的烙印，这种烙印形成了他们致命的弱点。例如刘世德先生说："最鲜明的是贾宝玉、林黛玉在强大的封建势力面前，都不能坚强有力地维护自己的爱情。这又在林黛玉身上表现得更为明显。"③ 林黛玉在封建势力下显得软弱，那么贾宝玉呢？陈节先生说，贾宝玉也是这样，而且还自觉不自觉地遵循着封建的家礼，所以"宝玉的不能彻底和封建观念决裂，也是原因之一"④。

三是阶级与家庭原因。所谓阶级与家庭原因是指，宝黛爱情的悲剧归根结底是因为那个罪恶的封建阶级和礼教森严的家庭环境造成的。例如郭预衡先生说，宝黛爱情的悲剧，不是哪一个人造成的，而是"家族的神圣势力，也就是政治势力，宝黛爱情悲剧，归根结底，还是个政治问题"⑤。

四是伦理与世俗原因。所谓伦理与世俗原因是指除了政治因素以外，还有些世俗的观念导致了宝黛爱情的悲剧。早在清代周春的《红楼梦约评》中就指出了这一点，例如四大家族联络有亲，婚嫁成了他们一荣俱荣的资本。周春指出世俗嫁娶，没有不重财的，此时的林黛玉已经孤身一人，而薛宝钗

---

① 蒋和森：《红楼梦论稿》，北京：人民文学出版社，2006 年，第 106 页。
② 徐恭时：《是谁破坏了宝黛婚姻？——徐恭时谈红楼人物的另一种结局》，《大众电影》，1984 年第 2 期。
③ 刘世德、邓绍基：《〈红楼梦〉的主题》，载张宝坤选编：《名家解读〈红楼梦〉》，济南：山东人民出版社，1998 年，第 209～210 页。
④ 陈节：《中国人情小说通史》，南京：江苏教育出版社，1998 年，第 231 页。
⑤ 郭预衡：《神圣的家族，爱情的悲剧》，《红楼梦学刊》，1980 年第 4 辑。

家私丰厚，所以贾府的家长们最后选择了薛宝钗。

从评论林黛玉的文章来看，虽然上述四点是导致宝黛爱情悲剧的根源，但是评论者往往不会单一地支持一种说法，而是将四个方面融合起来分析。

第三，宝黛爱情悲剧的意义。孙伟科先生曾经在《〈红楼梦〉美学阐释》一书中说："悲剧问题，是《红楼梦》美学的中心问题，不仅涉及结构，而且还与作品美感有关。"① 正如孙先生的解析，宝黛爱情的悲剧不仅仅是两个青年男女之间情感的悲剧，还是一个爱情悲剧与家族悲剧、青春悲剧与人生悲剧、历史意义的悲剧与哲学意义的悲剧的多位合一。

在众多的评论文章中，红学家们是怎么看待宝黛爱情悲剧的意义的呢？主要有两个方面：一是宝黛爱情悲剧能让我们看到一个时代的真实面貌。例如李中华先生说，宝黛的爱情闪烁着个人自由和个性解放的民主主义思想，"透过这一悲剧，可以看到一对觉醒青年正当的爱情是怎么被扼杀、被埋葬的"②。另外一方面是从哲学命意上看，例如李庆之先生认为，十全十美只是人们的希望或者期盼，尽善尽美也是由人的主观愿望构成的假象，客观现实中并没有尽善尽美。"曹氏正是在这个最高的理性层次上来思考爱情的归宿问题，所以他不满足世人看到圆满结局的愿望，而示人以'美中不足'造成的遗憾。"③

在讨论宝黛爱情悲剧的意义时，其实我们已经默认了一个前提，那就是宝黛的这段情感是悲剧性的。然而悲剧性的认定是以什么作为标准的呢？是以中国传统文化中有情人终成眷属的文化心态作为衡量标准的。正基于此，似乎所有的中国读者都认为宝黛爱情没有婚嫁的结果就是一场悲剧。如果以这样的传统文化模式去审度《红楼梦》中的爱情，可能就会走向一个难以自拔的深渊。如果难成眷属就是悲剧，那么终成眷属就一定是幸福的吗？我很赞同曹立波先生所说的一句话："从言情的角度而论，《红楼梦》就是在追求一种爱我所爱、无怨无悔的理想境界。"④ 宝黛的爱情，是不是悲剧已经不太重要了，重要的是它让我们看到了超越成败、超越离合的爱情观。

---

① 孙伟科：《〈红楼梦〉美学阐释》，昆明：云南大学出版社，2009年，第195页。
② 李中华：《中国文学史（下）》，北京：高等教育出版社，1989年，第480~481页。
③ 李庆之：《宝黛悲剧构撰的思想底蕴新探》，《鞍山师范学院学报》，1994年第2期。
④ 曹立波：《红楼十二钗评传》，北京：清华大学出版社，2007年，第236页。

(三）林黛玉的眼泪

《红楼梦》中的神瑛侍者和绛珠仙草在西方灵河岸边三生石畔结下了一段仙缘，前世得甘露滋润的绛珠草已经蜕变成了今生的林黛玉，当日殷勤灌溉的神瑛侍者也幻形成了而今的贾宝玉。因灌溉之情而誓将毕生眼泪予以还报的承诺便在大观园中缓缓谱写成了一段唯美的"还泪"故事。纵观中国古代小说，以"还泪"之说而构建故事情节的，曹雪芹恐怕还是头一个。曹公用他的生花妙笔绘制了一位用泪水来展示行为艺术的林黛玉，又用"哭"的创作手法来成就了《红楼梦》的诗意境界。林黛玉的眼泪似乎在中国古代文化中已经成了一种具有象征性的文化符号。对于林黛玉的眼泪，历来的评论家们把焦点集中在了两个方面。

第一，林黛玉为谁而哭。根据笔者统计："曹雪芹笔下的林黛玉在《红楼梦》前八十回中，一共哭了 37 次。"[①] 她到底为谁而哭呢？主要有三种说法。

一是为宝玉而哭。林黛玉的眼泪是用来回报恩情的，"还泪"是她最主要的任务，所以在《红楼梦》中她为贾宝玉哭了 22 次。这样算来，约 60% 的眼泪都用来偿还前世欠下的情债了。

二是为身世、父母而哭。林黛玉父母双亡，客居他乡，虽然锦衣玉食，但是无依无靠的感受像影子一样挥之不去。在前八十回中，她为身世哭了 7 次，所以为身世而哭便成了仅次于为宝玉而哭的又一大哭泣根源。

三是为亲情而哭。虽然林黛玉只为亲情哭了 3 次，但是在《红楼梦》中林妹妹的哭泣却是从亲情开始的。剩余的几次哭泣都是比较综合性的，追其原因仍然是上面三种的结合。

林黛玉为谁而哭，其实还包含着另外一层意思，那就是林黛玉为什么哭？综合评论家们的观点，最终可以归纳、浓缩成一个根源——为情而哭。为爱情而哭，为亲情而哭，为友情而哭。但是我们需要明白的是流泪未必就是忧伤，所以在林黛玉的眼泪中有一份感怀，有一份怜悯，有一份体贴，还有一份难得的自我。

第二，林黛玉哭的意义。许多评论家认为，林黛玉的哭首先是作者用来塑造小说人物的独特手法，这种手法可谓前不见古人，后不见来者。换句话

[①] 马经义：《曹雪芹笔下的"还泪"艺术》，《青年文学家》，2011 年第 8 期。

说，从小说的创作角度而论，眼泪的意义就是塑造了一个千古不磨的小说人物。正如顾鸣塘先生所说："林黛玉的哭与诗是她的这个形象的魅力所在。"①

对于林黛玉眼泪的意义，许多红学家还有一个核心观点，那就是它代表着控诉。例如马达先生曾说，林黛玉的哭不仅仅是为了自己，更是为了普天之下女性的共同不幸而哭。"集这些不幸而罪风刀霜剑之恶，率天下之控诉而控诉之，这是黛玉之哭的强烈的思想内容之所在。"② 韩文志先生也有相同的观点，认为林黛玉的泪"不仅是为了爱，也是对阻挠、破坏这种爱的封建礼教及封建势力的深沉控诉和顽强的抗争"③。

五、才学研究

林黛玉的才学，主要表现在她的诗才上，所以历来的评论者也主要围绕她的诗词才能展开论述与评析。的确，林黛玉与诗似乎形成了一组不可分割的美丽意象，有人说她是红楼女儿国中最富诗人气质的少女，有人说她是大观园中最杰出的诗人，有人说她一生的心血全寄予在她的诗稿中。她用诗词发泄自己的痛苦与悲愤，她用诗词书写命运与爱情，同时她还在用诗词为自己缝制生活。

在《红楼梦》中，林黛玉一共写了25首诗词，共计256句，1659个字。所涉及的诗歌体裁有8种，分别是四言、五律、七绝、七律、歌行、五排、集句和词。对于林黛玉的这种才华，研究者的评论焦点主要集中在五个方面。

（一）林黛玉为什么如此有才

红楼十二钗的才学各不相同。以管理论，王熙凤当属第一；以绘画论，惜春当属第一；以书法论，探春当属第一。然而在作者心中诗才应该排在众才之首，所以曹雪芹笔下的两大女主人公林黛玉和薛宝钗都是以诗词创作见长的。那么林黛玉的诗词才能因何而来呢？总结各家的观点，主要有四个方面的原因。

---

① 顾鸣塘、高晨贤：《孤标傲世偕谁隐——浅论林黛玉其人其诗》，《红楼梦学刊》，2004年第4辑。
② 马达：《"隔帘消息风吹透"——谈林黛玉之哭》，《红楼梦学刊》，1982年第4辑。
③ 韩文志：《从〈红楼梦〉的前八十回看续书中的林黛玉之死》，《红楼梦研究集刊》，1982年第9辑。

一是林黛玉天资聪慧。二是名师指点，这里的名师是指进士出身的贾雨村。三是家学渊源，耳濡目染。四是生于江南，诗词文化繁荣，环境造就。例如王怀义先生说，林黛玉成长中的各方面因素最终促成了她的诗词才学。"首先，以苏州文化为核心的江南才女文化为林黛玉阅读生活的形成提供了外部环境。……其次林黛玉的父母具有较高的文化修养，他们在林黛玉极小的时候就有意培养她的文学艺术修养以及女子必备的各种生活技能和品德规范。……最后在为林黛玉选择启蒙老师的问题上，林如海夫妇甚为谨慎"[1]，最后选中了颇具才华的贾雨村。

（二）林黛玉对诗词的态度

如果说爱情就是林黛玉的生命，那么诗词就是林黛玉的灵魂。评论者指出，林黛玉对诗词的创作是积极主动的，她把作诗填词当作生活中的重要组成部分，她把作诗当成心灵的慰藉、情感的告白以及对世俗的控诉。周思源先生曾统计，林黛玉有 11 首诗（占 40%）是独自之作，即自由创作式，这与薛宝钗的集体创作式完全不同，这说明林黛玉对诗词的态度是一种积极的、与生命融入的、与生活交织的态度。

（三）林黛玉的诗词特点

林黛玉的诗词特点是评论者热衷于谈论的话题。综合各家的观点，所论述的内容主要集中在三个层面。

一是林黛玉的诗歌中带有浓厚的感伤色彩。根据周思源先生的统计，在林黛玉的所有诗作中，如眼泪、抛、洒、点点、斑斑等描写泪状的字有 44 个；关于死亡的词汇有 11 个；体现哀伤的词汇有 100 多个；表达孤独感受的词汇有 223 个；宣泄情感的问句有 15 句，叹句 7 句。[2]

二是林黛玉的诗歌善于翻古出新。评论者指出林黛玉的诗词从题材上看并没有多少新颖，都是一些滥熟的题材，然而就在这种已有的题材下却能够让人耳目一新。例如《葬花词》就是中国传统的伤春诗词，它的主旋律就是怀念、悼亡即将消失的春天和已经枯萎的落花。很多学者都指出《葬花词》的精神是源于刘希夷的《代悲白头翁》，也有学者认为《葬花词》是受到了

---

[1] 王怀义：《红楼梦与传统诗学》，上海：上海三联书店，2012 年，第 73 页。
[2] 周思源：《周思源看红楼》，第 96 页。

唐寅葬花逸事的影响。然而无论寻找什么样的出处，有一点是大家认同的，那就是林黛玉的诗词翻出了新意，仿出了具有林黛玉特殊气质的韵味。

三是林黛玉诗词中的素材多用花卉作为意象的依托。李小兰先生曾指出，桃花成了林黛玉笔下的主要素材。《葬花词》《桃花行》等具有代表性的诗作都是围绕桃花铺陈的。李小兰先生通过对中国古代诗文的类比，总结出桃花的两大内涵："一类指向生命，借桃花来咏叹生命的美丽与青春流逝的感伤；一类指向女性，借桃花来表达女性的情感、心绪、命运，以红颜薄命来感士之不遇。"[①] 而林黛玉正是借用了这样的内涵，在自己的诗文中表现了生命的凋残、青春的易失、红颜的枯萎以及梦想的破灭。

（四）林黛玉的诗词在《红楼梦》中所起到的作用

虽然林黛玉的诗词代表着中国古代小说诗词的巅峰，但是其诗归根结底还是作者曹雪芹的诗。对它的解读，评论者把重点放在了它能塑造什么样的人物以及它能表达什么样的主旨上。换句话说，林黛玉的诗词在《红楼梦》中能起到什么样的作用，归纳评论者的解析，有三种说法。

一是诗歌丰富完善了林黛玉这个人物形象。没有《葬花词》的林黛玉恐怕就不是我们心中的林黛玉了。二是林黛玉的诗词能掀起故事的高潮，推进情节的发展。三是林黛玉的诗词构成了宝黛爱情的另一种交流方式，为这段千古不磨的爱情故事增加了色彩。四是林黛玉的诗透露出曹雪芹对女性问题的思考。王海燕曾评析说："从《葬花词》到《桃花行》，到《五美吟》，再到《柳絮词》，林黛玉诗词不仅表达了她作为女性个人的情感体验，而且对女性同类的命运有一种觉悟，不愧群芳之代言，也是历史上所有女性的代言人。她的整个的人，她的情，她的诗，都无愧于这一点。她的生命，由此显示出非凡的意义和光辉。可以说，曹雪芹写出了林黛玉，也就写出了中国红妆的一部青史。"[②]

（五）林黛玉的诗词所包含的哲学思考

在评论者看来，《红楼梦》可谓字字珠玑，林黛玉的诗词除了它作为小说文本所应有的功效以外，还包含着深厚的哲学反思。例如薛海燕就指出，

---

① 李小兰：《桃花的双重文化意蕴和林黛玉〈桃花行〉的悲剧力量》，《名作欣赏》，2005 年第 2 期。
② 薛海燕：《花魂诗魄女儿心——林黛玉新论》，北京：中国社会科学出版社，2007 年，第 111 页。

林黛玉的诗词表现了人与自然生命的共感共振,以及它能领着读者重温历史上那些伟大的人格魅力。所以我们在林黛玉的诗文中除了能感受到诗意美以外,还能与屈原、阮籍、陶渊明、陈子昂等古人心灵相通,神交意会。再如成穷先生说:"从《葬花词》的诗句中,从无数伤春悲秋的作品中,我们听到了人和文人、自然和历史、天命和人命交织而成的深沉旋律。这是林黛玉,曹雪芹和中国文人发出的最为焦虑痛苦的呼唤!"①

六、结局研究

《红楼梦》之所以能打动人心,人物的悲剧结局是其中最重要的原因之一。然而悲剧并不等于悲观,当曹雪芹把美好的事物一样样撕碎了给人看的时候,并不代表他对美失去了信任,而是思考美如何才能长久。金陵十二钗的结局都是悲剧性的,林黛玉身上更是笼罩着一层与众不同的悲剧色彩。纵观评论者对林黛玉悲剧色彩的解析,其重点主要集中在七个方面。

第一,宿命性悲剧。这里的宿命性并非是哲学意义上的悲观主义,而是美学范畴中的概念。曹雪芹开篇就讲述了凄美的"还泪故事",林黛玉下世为人主要的目的就是以泪报恩,所以先天就注定了她生命中的悲剧色彩。

第二,境遇性悲剧。林黛玉虽然身份高贵,但是父母相继去世。寄居外祖母家,虽然有贾母疼爱,有众多姊妹相伴,但是内心的孤独和寄人篱下的感受是挥之不去的,种种现实构成她生命中的境遇性悲剧色彩。

第三,爱情的悲剧。对于爱情,林黛玉追求的是心灵上息息相通的知己,感情至上。然而爱情最终带给她的却是无穷无尽的哀愁。周思源先生曾说:"黛玉的最大悲剧——而且具有现代意义——是,由于她总把宝玉看作是自己的一切,她的生活与命运就进入了非良性循环。"②

第四,时代性悲剧。这一悲剧色彩历来是评论者强调最多的一点。评论者认为,林黛玉的悲剧归根结底是封建时代的悲剧,是封建旧道德旧礼教的悲剧。例如宋锡福先生说:"通过林黛玉悲剧的一生,深刻地揭露了封建礼教伦理道德的腐朽和罪恶……林黛玉的悲剧,是她性格的悲剧,爱情的悲剧,是叛逆者的悲剧,也是社会和时代的悲剧。"③

---

① 成穷:《从〈红楼梦〉看中国文化》,昆明:云南人民出版社,2005年,第88页。
② 周思源:《周思源正解金陵十二钗》,北京:中华书局,2006年,第84页。
③ 宋锡福:《论林黛玉的悲剧》,《南宁师专学报》,1981年第4期。

第五，性格的悲剧。林黛玉的性格极具个性，这种个性在现实社会中就演化成了尖酸、小性儿、孤傲自许。林黛玉的性格和社会伦理、人际关系等形成了尖锐的矛盾，难以调和，这就必然构成她悲剧性的因素，即她的性格悲剧。

第六，才能的悲剧。林黛玉才华横溢，这一点无可异议。诗才更是她自信的源泉，而且她总希望有施展自己诗词才能的机会，无论是诗社，还是在元春归家省亲的晚上，作者都在心理描写中透露出了这一点。然而在女子无才便是德的时代，林黛玉的才能和无才是德的观念格格不入、相互冲突。所以庄克华先生说："这是严酷的社会现实。妇女的才能悲剧，在封建专制的时代是绝对无法解决的，也是永远不可消除的。"[①]

第七，文化冲突性悲剧。所谓文化冲突性悲剧是指林黛玉所具有的理念和当时传统主流文化中的理念相违背。就《红楼梦》所处的历史背景而言，儒家文化是主流。就以情感而论，儒家主张"发乎情"但是要"止乎礼"。然而林黛玉却没有这样，她不仅没有"止乎礼"，而且还想突破这种礼。所以朱世丽先生说："在中国儒家礼教的统治下，防范再严，自由恋爱时有发生，追求者与礼冲突，构成悲剧。黛玉的悲剧是追求者的悲剧。……从这个意义上讲，林黛玉的悲剧是在儒家文化窒息中的'早醒者'的悲剧。"[②]

上述虽然有七种悲剧色彩，但是在评论者的文章中并非是单一地强调某一个方面，而是综合性的，或者综合中突出某一种或某几种悲剧色彩。蒋晓兰曾在《林黛玉悲剧新论》中说道："林黛玉的悲剧有多重性。其悲剧的内涵是如此丰富，不仅反映了先行者、叛逆者的悲剧特征，而且较集中地反映了那一时代中国女子不幸的悲惨命运，甚至还反映了不同时代不同民族的某一些共有的悲剧因素。所有这些，就熔铸成林黛玉这个绝代悲剧的典型，使她成为震撼人心的悲剧的塑像。"[③]

对于林黛玉结局的探析，黛玉之死是一个重要的板块。围绕这个板块，评论者从三个方面进行了剖析，分别是林黛玉的死因、林黛玉死亡的方式与时间、林黛玉死亡的启示。

首先是林黛玉死亡的原因。林黛玉的死亡似乎是必然结果，因为从作者

[①] 庄克华：《略谈林黛玉艺术典型的悲剧结构》，《厦门大学学报（哲学社会科学版）》，1986年第2期。

[②] 朱世丽：《论儒学礼教与黛玉性格的悲剧冲突》，《榆林高等专科学校学报》，1999年第4期。

[③] 蒋晓兰：《林黛玉悲剧新论》，《贵州民族学院学报（哲学社会科学版）》，2003年第1期。

构架的情节而言，林妹妹泪尽之后就要回归"离恨天"，从某种意义上讲林黛玉的死就是一种回归。然而在《红楼梦》的现实情节中，林黛玉的死亡总需要有一个原因，这个原因是什么呢？评论者有五种说法。

第一，林黛玉死于人品才情的曲高和寡。在早期的评论家中，涂瀛就持这样一种观点。涂瀛认为，林黛玉的人品才情是《红楼梦》中最高的一位，她的死亡也是因为才情天分极高而得不到众人喜爱，最后郁郁而终。

第二，死于爱情的失败。林黛玉和贾宝玉的爱情最终是没有结果的，她的死亡归根结底是因为爱情。所以这一论调几乎成为评论者探讨林黛玉死因的"背景色"。

第三，死于社会环境与封建礼教。在20世纪五六十年代，这种论点几乎占据了探析黛玉死因的一半。例如说林黛玉死于贾府顽固分子的独裁集团的迫害，死于自己小资产阶级的自由意识的毒害，等等。持这种观念的学者大多数都站在了同一个政治视角上。

第四，死于贾府的变故。其实不难看出，上述三种死因都是理念性的，而这一说似乎才落到了具体的故事情节中。张锦池先生在《论林黛玉性格及其爱情悲剧》一文中分析说："要而言之，贾宝玉与薛宝钗定亲是在林黛玉生前，由贾母等人做的主，贾宝玉曾予反抗。定亲不久，贾府便被查抄，时在秋天。林黛玉死前贾宝玉被关在'狱神庙'，二人没能见面。她的死是由于受到双重的致命打击，一是贾宝玉与薛宝钗定亲，一是贾宝玉身陷囹圄。"[①] 蔡义江等红学家也持有相似的观点。

第五，死于他人陷害。这一说和上面的观点都是涉及具体的故事情节，在红学研究中属于"探佚学"范畴。死于他人陷害，他人是指谁？周汝昌先生认为元凶是贾元春、贾政、王夫人、赵姨娘。周先生推测其故事情节为："一、受赵姨娘的诬构，说她与宝玉有了'不才之事'，病体之人加上坏人陷害，蒙受了不能忍受的罪名和骂名，实在无法支撑活下去了；二、她决意自投于水，以了残生；三、其自尽的时间是中秋之月夜，地点即头一年与湘云中秋联句的那一处皓皣清波、寒塘冷月之地。"[②]

其次是林黛玉死亡的方式与时间。在上面引用的周汝昌先生的文字中，就包含了林黛玉死亡的方式和时间——中秋之夜投湖自尽。对于这种观点，

---

① 张锦池：《红楼十二论》，天津：百花文艺出版社，1982年，第239页。
② 周汝昌：《冷月寒塘赋宓妃——黛玉夭逝于何时何地何因》，《河北师范大学学报（哲学社会科学版）》，1984年第2期。

刘心武先生运用到了续书的创作中，不过刘心武先生认为投湖自尽的细节应该是沉湖，即慢慢走向深水之处。

对于林黛玉死于中秋之夜，梁归智先生有不同的理解。梁先生认为林黛玉应该死于贾宝玉离家之后的次年春天，并用《葬花词》中"一朝春尽红颜老，花落人亡两不知"的诗句作为证据。又根据《枉凝眉》这首词指出："句句有事实依据而非泛拟，'秋流到冬尽，春流到夏'正说宝玉秋天离家，黛玉哭到次年春末泪尽而死也。"[①]

对于林黛玉的死，还有学者认为是病死，因为林黛玉一直体弱多病，又遭遇贾府的大劫，于是病死。还有学者依据判词中"玉带林中挂"的诗文而认定林黛玉是上吊死的。不过持林黛玉的死亡和水有关的评论者占据多数。例如端木蕻良先生就说："我认为'质本洁来还洁去'这句诗上，可以推断林黛玉是赴水而死的。"[②]

第三是林黛玉的死有什么样的启示。对此各家众说纷纭。从政治角度而论，认为林黛玉的死是对罪恶封建社会的控诉和永不妥协；从美学的角度论，认为林黛玉的死成就了悲剧性的艺术巅峰；从哲学反思而论，认为林黛玉是一个理想主义者，她的死说明太理想化也注定要失败。

七、价值与意义研究

对于林黛玉的价值与意义的探讨，评论者的观点主要集中在三个角度。

（一）从社会与阶级的角度探析林黛玉的价值与意义

在20世纪50年代，因为特殊的历史背景，让许多红学家的意识聚焦在了政治上，所以在那个时代，对红楼人物的评析就突出了他们所具有的社会因素。在探寻林黛玉的价值与意义时也就自然而然地向这个方向靠拢。例如佘春声先生就说："如果不是林黛玉这一形象，那么就没有可能将这种压迫反映到如此精确的程度，从而也就不可能唤起读者同情林黛玉那样的深切的同情，因而产生仇恨封建压迫者的强烈情绪。"[③] 从社会与阶级这个层面看，林黛玉的价值与意义就在于她揭露了封建社会的黑暗，向旧道德、旧礼教发

---

① 梁归智：《石头记探佚》，太原：山西人民出版社，1983年，第91~92页。
② 端木蕻良：《林黛玉之死》，《红楼梦学刊》，1993年第4辑。
③ 佘春声：《略谈林黛玉》，《文艺学习》，1954年第9期。

出控诉。杜景华先生认为林黛玉在《红楼梦》中所表现出来的伤春与悲秋其实"是一种要求社会制度变革的信号"①。

(二) 从审美的角度探析林黛玉的价值与意义

林黛玉最终死了,这确实是一出悲剧。然而悲剧的价值并非只是描写了美的毁灭。就以林黛玉而论,持这个观点的评论者认为,林黛玉这个形象的终极意义是体现了人性解放的觉悟。例如吴新雷先生说:"林黛玉渴望爱情自主而又不可能实现的感伤情绪,以及因此呈现出来的愁、泪、病、瘦的形神特征,便超越了一般的病态美的范畴而升华为悲剧形象的悲剧美了。"②

(三) 从传统文化的角度探析林黛玉的价值与意义

所谓传统文化的角度,是指从林黛玉身上发现中国传统文人士大夫的品格与精神,以及在林黛玉身上所承载的文化意蕴。朱伟明先生说:"林黛玉这一形象的独特的审美价值在于,她不仅是封建时代名门闺秀悲剧命运的历史缩影,同时也是中国古代士大夫文人执著于个体内心自觉与自主人格精神的写照。"③ 从传统文化的角度探析林黛玉的意义与价值,在红楼人物评论中逐渐被凸显出来,这也是红楼人物评论最值得探寻的方向。

---

① 杜景华:《黛玉的伤春与悲秋》,《红楼梦学刊》,1982 年第 4 辑。
② 吴新雷:《论林黛玉形象的美学境界及其文学渊源》,《红楼梦研究集刊》,1989 年第 14 辑。
③ 朱伟明:《两种生命的存在方式——林黛玉、薛宝钗形象及其文化意义》,《红楼梦学刊》,1994 年第 1 辑。

薛宝钗评论史略

《红楼梦》中的一号女主角到底是林黛玉还是薛宝钗，百余年来争论不休，似乎作者曹雪芹在这个问题上也犯了难，所以才让薛林二人同处于一首判词，并列金陵十二钗之首。如果说林黛玉赢得读者的眼泪、同情、爱怜最多的话，那么薛宝钗赢得了什么呢？这个问题回答起来非常困难，因为对于薛宝钗的评论两极分化的现象尤为突出，可以说褒贬参半，而且在不同的时代背景下评论中的政治色彩也极其浓烈。

薛宝钗在《红楼梦》中的出场是平淡的，可以说没有任何的光彩可言。出场的前奏竟然是她哥哥薛蟠的一件人命官司，随后她又以世代皇商之女，待选秀女的身份进京出场。朱淡文先生曾经说薛宝钗的出场："没有神话，没有诗意，甚至也没有美的氛围。在她周围的一切都是那么世俗，那么平凡，却又笼罩着富贵豪奢的宝色金光。"[①] 以极其现实的社会画面为背景引领主要人物的出场，在曹雪芹笔下薛宝钗是一个突出的典型，在这种没有美，没有一点神话般诗意的状态下，作者想表达什么呢？舒芜先生说，想表达的"只有封建主义的最粗恶最鄙陋的一面"[②]。然而从这种简单的看似没有光彩的场景中走出的一号女主角却引来了读者之间太多的口角是非，研究者对薛宝钗的评析主要集中在名字涵义、外貌、象征、性情、学识、为人处世、与宝黛关系、结局等方面。

---

① 朱淡文：《薛宝钗形象探源》，《红楼梦学刊》，1997 年第 3 辑。
② 舒芜：《红楼说梦》，北京：人民文学出版社，2004 年，第 89 页。

一、名字涵义研究

在现实社会中，人名虽然只是一个代号，但是父母在为我们取名的时候总会赋予一定的涵义，从而寄托长辈们的希望与祝愿。《红楼梦》中的人名所包含的意义可谓丰富，大大超越了代号的范围，薛宝钗这个名字就是一个最好的例子，评论者对薛宝钗名义字涵的解析，主要集中在三个方面。

（一）姓名的字面之意

宝钗姓薛，"薛"历来被认为是"雪"的谐音，作者曹雪芹在护官符"丰年好大雪，珍珠如土金如铁"的诗句中也证实了这一点。谐音法是历来的红学评论者惯用的解析名字涵义之法，所以洪秋蕃先生说："薛雪也，有阴冷之像。"① 然而谐音法也有它的随意性，例如和"薛"同音者不在少数，除了同"雪"音，还可以同"血"音，于是刘铄先生推测，曹雪芹将"贾史王薛"连起来，用谐音法重新组装就成了"明亡血史"②，这无疑又落入索隐派的深渊了。

"宝钗"这个词，原本指的是古代妇女用的高档首饰，从字面上看有珠光宝气之意。然而作者用此为主要人物命名，有典故出处吗？答案当然是肯定的。从《红楼梦》第六十二回中的情节可知，"宝钗"这两个字源于李商隐的一首诗词："残花啼露莫留春，尖发谁非怨别人。若但掩关劳独梦，宝钗何日不生尘。"也有学者认为用珠光宝气的首饰为人物命名其中暗含着一种讽刺。阚铎先生就说："簪即钗也，十二金钗，宝钗等等皆簪之意，瓶儿屡以金头簪赠人，玉楼之金簪，春梅之金头簪，皆钗之意，俗者为钗，雅者为黛。"③

对"薛宝钗"这三个字的理解，翟胜健先生的解析尤为新颖，他认为"薛宝钗"的本义应该指的是一种仙草。翟先生根据《诗经》、司马相如的《子虚赋》、郑玄的《毛诗传笺》以及李时珍的《本草纲目》得出"薛"是一种类似于"苹"的植物，而且还可以作为药材食用，所以"'薛'字之本义，

---

① 洪秋蕃：《红楼梦抉隐》，载一粟编：《古典文学研究资料汇编·红楼梦卷》，北京：中华书局，1963年，第238页。
② 刘铄：《红楼梦真相》，北京：华艺出版社，1993年，第136页。
③ 阚铎：《红楼梦抉微》，载《红楼梦考评六种》，香港：人民中国出版社，1992年，第81~82页。

乃生长在'高燥'之地的一种蒿草"①。又根据《本草纲目》中"石草类"的记载，得出"宝钗"也是一种草，全称为"宝钗石斛"，这种植物同样可以入药。一番细加厘剔，追根溯源之后，翟胜健先生总结道："'宝钗'系一种生长在高山山石间，'茎似小竹节''状如金钗之股'的仙草。曹雪芹所拟'薛宝钗'其名，即含有'仙草'之义。"②

翟胜健先生为了支撑自己的观点，还在《红楼梦》文本中找出例子作为证据，例如，第五回的《红楼梦曲·终身误》中，称薛宝钗为"山中高士"。再有薛宝钗居住的院子叫"蘅芜苑"，她的雅号叫"蘅芜君"，"蘅芜"也是一种香草名。

（二）姓名的象征性

对于薛宝钗姓名的解析，研究者的重点落在了它的象征性上。

首先象征着薛宝钗的冰冷性情，因为薛宝钗所表现出来的"不干己事不开口"的处事作风，被很多读者认为是一种"无情"，而这一特点刚好和"雪"的冰冷性极其相似，又联系着"薛"和"雪"的谐音，所以薛海燕指出："宝钗被誉为'冷美人'和'任是无情也动人'，足见'雪'在性情上喻其冷静、理性乃至'无情'。"③ 这一象征性被绝大多数的研究者所认可。因为支撑这一观点的例证在《红楼梦》文本中非常多，例如薛宝钗所居之处像"雪洞一般"，吃的药物叫"冷香丸"，等等。所以俞晓红先生说："'冷'是其'无情'的基本色调；'冰''雪'的'冷'与'洁'，正象征着宝钗的情感世界的'冷'与'洁'。"④

其次象征着薛宝钗的道德品行。同样是一枚"宝钗"，有的学者看到的是世俗的珠光宝气，而有的学者看到的却是高贵的道德品行。徐景洲先生认为，薛宝钗的命名非常符合她的思想、性格、品行。因为薛宝钗具有封建社会贤妻良母所有的才德，"所以作者以古代妇女的代称'钗裙'之首字'钗'来命名之，又是妇女插于头顶之饰物，更可见其独占鳌头之意，这显然又意指薛宝钗为最符合封建礼教的妇女典型。又因为她所具有的才德，大则可以

---

① 翟胜健：《薛宝钗姓名新解》，《红楼梦学刊》，1998年第2辑。
② 翟胜健：《薛宝钗姓名新解》，《红楼梦学刊》，1998年第2辑。
③ 薛海燕：《红楼梦：一个诗性的文本》，北京：中国社会科学出版社，2003年，第183页。
④ 俞晓红：《任是无情也动人——试探曹雪芹笔下薛宝钗感情世界的发展》，《红楼梦学刊》，1983年第4辑。

安邦定国，小则可以相夫教子，在贾府的女性中，能力不让最为出众的凤姐，而才华则远高于其之上，故而以'宝'冠之，意指德才压群芳，是钗（妇女）中的最为出类拔萃者"[1]。

(三) 姓名的预示性

很多学者认为，薛宝钗这个名字预示着薛宝钗未来的命运。雪虽然是纯洁、冰冷的代表，然而它还有一个特性就是遇热即化，一旦春暖花开就会消失无踪，所以宋淇先生说："这暗示宝钗乃'薄命司'中人物，虽然得嫁宝玉，可是宝玉有了娇妻美婢，却仍'悬崖撒手'出家，到头来还是一场空。"[2]

薛宝钗的命运是和贾宝玉与林黛玉密切相关的，所以吴竞存先生认为"宝玉是合钗黛之名……钗黛是分取宝玉之名"[3]。吴世昌先生根据中国古典文学中有关"宝钗"的典故推测，"宝钗"象征着生离死别。"宝钗"二字最早见于东汉秦嘉《赠妇诗》，诗人们常用"钗"作为分离的象征，吴世昌先生以陆罩的《闺怨》、白居易的《长恨歌》为例证，最后得出结论："说明在作者全书计划中，她是注定要与书中的男主角先结婚而后离异的。"[4]

二、外貌研究

《红楼梦》中关于薛宝钗的外貌描写最集中的两处在第八回与第二十八回，都以贾宝玉的视角加以描写。两处分别写道："（薛宝钗）唇不点而红，眉不画而翠，脸若银盆，眼如水杏。""雪白一般酥臂……忽然想起金玉一事来，再看看宝钗形容，只见脸若银盆，眼似水杏，唇不点而红，眉不画而翠。"对于这两处外貌描写，不难发现，文字几乎是相同的，为什么会出现这样的情况？朱淡文先生说："大概宝钗的容貌的确难以令人产生浪漫的想象，只能令贾宝玉有这种最实际的感觉吧！"[5]

然而对于大多数读者而言，薛宝钗是美丽大方的。所以徐子余先生认

---

[1] 徐景洲：《贾宝玉、薛宝钗、林黛玉命名之寓意》，《阅读与写作》，1998年第3期。
[2] 宋淇：《〈红楼梦〉识要——宋淇红学论集》，北京：中国书店，2000年，第358页。
[3] 吴竞存主编：《〈红楼梦〉的语言》，北京：北京语言学院出版社，1996年，第20页。
[4] 吴世昌：《红楼梦探源外编》，上海：上海古籍出版社，1980年，第379页。
[5] 朱淡文：《薛宝钗形象探源》，《红楼梦学刊》，1997年第3辑。

为，薛宝钗的这种美："不论是先天带来的还是后天造就的，所受阶级和时代的局限都较小，具有长远的审美价值"①。换而言之，徐先生认为宝钗的美是一种绝对的美，而非相对的美。如果不以时代道德的价值标准来衡量的话，薛宝钗的容貌确实属于美女行列，然而就在曹雪芹的这种描写方式下，朱淡文先生却读出了另外一番意蕴。通过比对，朱先生认为曹雪芹描写薛宝钗的手法直接源于《金瓶梅词话》对潘金莲和吴月娘容貌的描写，所以《红楼梦》中渲染的薛宝钗不过就是一个世俗的美女罢了，作者借鉴潘金莲和吴月娘的容貌来塑造薛宝钗，其中还暗含着贬义，所以朱淡文先生说："曹雪芹用写市井世俗妇人容貌的词句写宝钗之容貌，不能不说是暗含贬义。"②

　　薛宝钗的外貌在书中有两大特点，丰满和素白。白不仅仅指薛宝钗的肤色，同时也指她喜欢的色调。她住的房间像雪洞一般，吃的药也全部都是以白色的花为原料，最出色的诗词是咏白海棠与柳絮，所以刘万里先生说，在姹紫嫣红的大观园里，姑娘丫鬟们都是穿红戴绿，唯有宝钗与众不同，"以素为主，以白为本是宝钗的当行本色"③。

　　薛宝钗喜欢素白的原因，研究者的分析主要集中在三点。

　　第一，表现朴素的艺术品位。薛宝钗在《红楼梦》中自始至终都彰显出清新淡雅的格调，无论是从她的住所、穿戴，还是喜欢的花卉等都能证实这一点。所以曹立波先生认为，薛宝钗偏爱白色是作者有意的安排，用来烘托薛宝钗"朴素的艺术品位"。④

　　第二，崇尚简朴的品质。薛家虽然贵为皇商，但是到薛蟠这一代已经逐渐衰退，大不如以前的光景。整个薛家只剩下孤儿寡母三人，薛宝钗心里自然有一本账。所以胡子先生说："宝钗生活简朴，有花不戴，当然不是他性情古怪，而是她懂事，会做人。"⑤

　　第三，命运的暗示。研究者认为，薛宝钗喜欢素白，很有可能与她的命运相联系，因为按照探佚学家的推测，薛宝钗最后守寡，如同李纨一样，虽然生活在富贵场中，但是却没有一点绚丽色调。

---

① 徐子余：《美的毁灭和封建文明的衰落——论作为审美对象的薛宝钗》，《红楼梦学刊》，1986年第2辑。
② 朱淡文：《薛宝钗形象探源》，《红楼梦学刊》，1997年第3辑。
③ 刘万里：《万红丛中一片雪——薛宝钗对红的排拒与隐藏及其心理透视》，《红楼梦学刊》，2002年第2辑。
④ 曹立波：《红楼十二钗评传》，北京：清华大学出版社，2007年，第28页。
⑤ 胡子：《红楼梦写真》，台北：实学社出版有限公司，2003年，第157页。

薛宝钗和白色相对应是绝大多数红学研究者的共识，然而苏鸿昌先生认为象征宝钗的色彩是金色，这一观点的主要依据是薛宝钗有一把金锁。苏先生认为，自从宝钗听说"金锁是一个和尚给的，等日后有玉的方可结为婚姻"等语之后，就有意识地接近贾宝玉，并且在饰品的用色方案上颇费心机，薛宝钗把红、黑、金、黄定为正色，其余都是杂色，还强调装饰贾宝玉的通灵宝玉"杂色断然使不得"，要"把那金线拿来配"才好看。苏鸿昌先生由此推测，薛宝钗的这些言行是"企图通过以金色来排斥黛色，以应和尚的关于'金玉良缘'的谶语"[①]。苏鸿昌先生的观点是基于薛宝钗的心机来展开推断的，也正因为有一个先行的主观意见才有这样的论断，所以苏先生说："从色彩学的观点看，尽管宝钗所作的这种颜色搭配，无疑也是美的。但是，任何人只要识破了宝钗的这种丑恶的用心，看到了在这样的色彩搭配后面竟然藏着个丑恶的灵魂，就会对此感到厌恶。"[②]

三、象征物研究

在《红楼梦》中和薛宝钗相关的事物比较多，例如牡丹花、冰雪等，其中最具有典型性的象征物有三样——冷香丸、金锁、蘅芜苑，历来的评论者对这三种事物与薛宝钗的关系总是见仁见智。

（一）众学者对冷香丸的解析

冷香丸是薛宝钗吃的一味药，最早出现在《红楼梦》第七回，书中这样写道：

> 周瑞家的道："正是呢，姑娘到底有什么病根儿，也该趁早儿请个大夫来，好生开个方子，认真吃几剂，一势儿除了根才是。小小的年纪倒作下个病根儿，也不是顽的。"宝钗听了便笑道："再不要提吃药。为这病请大夫吃药，也不知白花了多少银子钱呢。凭你什么名医仙药，从不见一点儿效。后来还亏了一个秃头和尚，说专治无名之症，因请他看了。他说我这是从胎里带来的一股热毒，幸而先天壮，还不相干，若吃寻常药，是不中用的。他就说了一个海上方，又给了一包药末子作引

[①] 苏鸿昌：《论曹雪芹的美学思想》，重庆：重庆出版社，1984年，第163页。
[②] 苏鸿昌：《论曹雪芹的美学思想》，第163页。

子,异香异气的。不知是那里弄了来的。他说发了时吃一丸就好。倒也奇怪,吃他的药倒效验些。"

周瑞家的因问:"不知是个什么海上方儿?姑娘说了,我们也记着,说与人知道,倘遇见这样病,也是行好的事。"宝钗见问,乃笑道:"不用这方儿还好,若用了这方儿,真真把人琐碎死。东西药料一概都有限,只难得'可巧'二字:要春天开的白牡丹花蕊十二两,夏天开的白荷花蕊十二两,秋天的白芙蓉蕊十二两,冬天的白梅花蕊十二两。将这四样花蕊,于次年春分这日晒干,和在药末子一处,一齐研好。又要雨水这日的雨水十二钱……"周瑞家的忙道:"嗳哟!这么说来,这就得三年的工夫。倘或雨水这日竟不下雨,这却怎处呢?"宝钗笑道:"所以说那里有这样可巧的雨,便没雨也只好再等罢了。白露这日的露水十二钱,霜降这日的霜十二钱,小雪这日的雪十二钱。把这四样水调匀,和了药,再加十二钱蜂蜜,十二钱白糖,丸了龙眼大的丸子,盛在旧磁坛内,埋在花根底下。若发了病时,拿出来吃一丸,用十二分黄柏煎汤送下。"

纵观研究者对冷香丸的解析,其论点主要集中在四个方面。

第一,冷香丸的药理性。具有中医学背景的红学家们认为,冷香丸无论是从原始配料上看,还是从药引子药末子上分析,都具有清热解毒的功效。针对薛宝钗的热毒咳嗽可谓对症下药,没有丝毫的错乱。用黄柏煎汤服下,汪佩琴先生认为:"这是因为黄柏是治肾的要药,清下焦之热,且有滋阴之功。中医认为'肾为先天之本'。胎里带来的热毒与肾有关,所以用黄柏汤送服,大有引药下达肾府之意。"[①]

冷香丸的主要原料是分别开放在春、夏、秋、冬的四种花蕊,这四种花都必须要白色,这里面包含着什么医学原理呢?段振离先生认为:"这要从中医的五行学说来说明。五行即木、火、土、金、水,与五脏肝、心、脾、肺、肾相配,分别为肝木、心火、脾土、肺金、肾水;与五色相配,则青属木,入肝;赤属火,入心;黄属土,入脾;白属金,入肺;黑属水,入肾。薛宝钗的病是喘嗽,属于肺经,故用白色的花蕊,能够入肺经。"[②]

学者们指出,就以四种花蕊的药性而言,白梅花蕊,性寒,味酸涩。

[①] 汪佩琴:《红楼医话》,上海:学林出版社,1987年,第19页。
[②] 段振离:《医说红楼》,北京:新世界出版社,2004年,第74页。

《百草镜》说它"能解先天胎毒""开胃散郁""止渴生津"。白牡丹花蕊,性平,味苦淡,具有调经活血的作用。白荷花蕊,苦甘温,能够活血止血,去湿消风,也能"清心凉血,解热毒"。白芙蓉花蕊,味辛平,也能清肺凉血,散热解毒。稍加留意我们不难发现,这四种花蕊有一共性:"清热、解毒、凉血",刚好对应治疗薛宝钗"从胎里带来一股热毒"之症。

所以冷香丸虽然是曹雪芹笔下的一种"艺术性药物",但是药理与病情的搭配并没有错乱,宋淇先生就说:"这一长段文字,虽然牵涉到癞头和尚,看上去神妙,却含有丰富的具体资料,而且很多地方可以和现代西方医学相印证。"①

冷香丸除了实实在在的中医药功效以外,还有一项作用,那就是心理暗示,也可以称为心理治疗。冷香丸的配制要求十分苛刻,从里到外散发出一种难得与精巧的意蕴,所以笔者曾指出这味药"就是强调一个'巧'字,从'巧'中感受'难得',从'难得'中体会'珍贵',从'珍贵'中享受'奇效',从而达到心理治疗的目的"②。

第二,冷香丸的真伪性。冷香丸是真是假?这原本就是一个伪命题,因为现实社会中并没有这样一种药,它原本就是曹雪芹笔下的艺术化产物,但是红学家们所探析的真与伪其实是从小说的文本中来辨别的。

《红楼梦》中的冷香丸是从薛宝钗口中描述出来的药物,这种药专门治疗她的病症,那么冷香丸到底是真是假,只要弄清楚薛宝钗是否真的有病就可以迎刃而解了!换句话说,薛宝钗如果没有这种所谓的热毒,冷香丸也就根本不存在了。祝秉权、梅玫二位先生就认为,薛宝钗在第七回自叙的"小恙"全是假装出来的,理由是根据薛宝钗叙述的病症"从胎里带来的热毒"和她临床表现"也不觉着什么,只不过喘嗽些"是根本对应不起来的。祝、梅二位先生查阅传统中医学书籍,认为薛宝钗所说的病以及临床表现完全不符合中医典籍的记载,所以得出结论"从薛宝钗的神色、言谈、举止看,完全不像个病人"③。病都不存在又何来冷香丸这种药呢!"薛宝钗所说的治她这种病的所谓冷香丸,一听便知道是海外奇谈。冷香丸中的那些配方,不但根本不能按期、按量、按质配足,而且,配方中那些药料,既不能治疗如宝

---

① 宋淇:《〈红楼梦〉识要——宋淇红学论集》,第206页。
② 马经义:《中国红学概论》,成都:四川大学出版社,2008年,第151页。
③ 祝秉权、梅玫:《从"互看通灵金锁"看薛家母女的为人术——〈红楼梦〉第八回探味》,载贵州省红学会主编:《红楼梦人物论》,贵阳:贵州人民出版社,1988年,第236页。

钗所云的那种'喘嗽'，更不能治疗真正的胎毒病。"①

胡文彬先生对冷香丸真伪的看法也倾向于伪。胡文彬先生指出："我们倘若真的相信薛宝钗的话，去'研究'它的医理，甚至试制几丸，那就会是脂批所说的'被作者瞒过'，真的成了'呆雁'了。"② 然而胡先生认为的伪和祝、梅二位先生所认为的伪有着本质性的区别。胡先生所谓的伪是指这种药方在现实社会中不存在，是作者假借癞头和尚杜撰出来的。祝、梅二位先生所谓的伪是指书中薛宝钗自己的伪造。

第三，冷香丸的美学性。正如汪佩琴先生所说，曹雪芹笔下的冷香丸就是"艺术药品"，既然是艺术品，它的艺术价值在何处呢？胡菊人先生认为，冷香丸就是一种暗喻，它就如同贾宝玉在梦中见的"群芳髓"一样，万艳同悲，最后指向的都是红颜命薄。冷香丸的美学性就是从不同的侧面演绎着人生的悲剧，"它的喻义不是治生理上的病，也不是什么实际的某某花蕊可医治，而是一种人生的哲学课题。它所指的是人生的欲望、需求、情思是与生俱来，只有和尚指示的药可解脱。病常犯，药常吃，直至死，只有死才能彻底脱灾"③。

第四，冷香丸的象征性。冷香丸的象征性是历来评论者解析最多的，其观点也见仁见智。冷香丸象征着什么？主要有四种观点。

首先，象征着薛宝钗的性情。宝钗在《红楼梦》中的表现是温柔端庄，随分从时，这种品质属于儒家观念中的"平和"理念。刘晓林先生认为，冷香丸的配方正好体现的就是"平和"。立足于封建时代，薛宝钗是一个十全十美的女性形象，德才兼备，忠孝节贞，这扣合了中国古代审美的理想境界。所以"从'冷香丸'成方结构及配伍原理看，其性之不偏不倚，其量之尽善尽美，恰也是最为符合'中和'之德。曹雪芹为什么要给薛宝钗杜撰一个这样的药方，其意恐怕就在这里。作者把'冷香丸'作为一个完整的审美意象，作为一个代表某种深层意义的象征物，而指属这种深层意义的审美主体就是服其方者的薛宝钗"④。冷香丸的制作突出了一个"时"字，在功效

---

① 祝秉权、梅玫：《从"互看通灵金锁"看薛家母女的为人术——〈红楼梦〉第八回探味》，载《红楼梦人物论》，第237页。

② 胡文彬：《魂牵梦萦红楼情》，北京：中国书店，2000年，第95页。

③ 胡菊人：《冷香丸新解》，载罗宗阳编：《红楼梦轶事》，南昌：江西人民出版社，1989年，第117页。

④ 刘晓林：《"冷香丸"的象征意义与薛宝钗的形象》，《衡阳师专学报（社会科学版）》，1995年第2期。

上突出了一个"冷"字,所以朱淡文先生说:"这正是薛宝钗'随时俯仰'性格的象征。""显示了薛宝钗性格中'冷'(或者'无情')的特征。"①

其次,象征着薛宝钗的品行。冷香丸制作所用的四种白花,都有着高雅的品质,牡丹的稳重,荷花的纯洁,芙蓉花的清逸,梅花的坚贞,再加以白色为底,将四种花组合起来更突出了四个字——淡雅素净,所以杨罗生先生说:"'冷香丸'是诗意的象征,高洁的象征。"② 对冷香丸品质的肯定无疑也是对薛宝钗品行的肯定。然而在红学评论中,有肯定就必定有否定。就冷香丸所象征的品行而言,持有否定态度的学者不在少数。例如朱眉叔先生认为,冷香丸的清冷是用来掩饰热毒的,而薛宝钗身上所谓的热毒实际象征的是强烈的封建意识,这种意识与生俱来,所以"弄清冷香丸掩饰下的热毒,是作者提示读者正确理解薛宝钗的重要方法。他希望读者能透过陶醉人的冷香,清醒地看到薛宝钗的庐山真面目"③。

再次,冷香丸象征着命运。红楼人物的最终命运,往往会用一些物品的特性暗示出来。冷香丸就是其中的一个代表。王希廉在《红楼梦》回评中就指出:"薛宝钗冷香丸历经春夏秋冬,雨露霜雪,临服用黄柏煎汤,备尝盛衰滋味,终于一苦,俱以十二为数,真是香固香到十二分,冷亦冷到十二分也;又埋在梨花树下,不免于先合终离矣。"④

最后,除了以上三种主要的评议以外,杨罗生先生认为,冷香丸还象征着理性精神对现实世界的救治作用。"胎里带来的热毒"其实就是一种私欲,私欲属于人的本性,然而一旦超出生存的正常需要就会变成现实世界中的"热毒"。"则需要用'冷香丸'的理性精神去冷却、去治疗。"⑤,面对人世间的酸甜苦辣,风波迭起也需要冷香丸去镇定、平静心态,这可能就是冷香丸最大的现实意义了。

第五,冷香丸配方的灵感来源。冷香丸的配制方法是很奇特的,这需要作者敏锐而智慧的头脑。冷香丸的整个制作过程最讲究时序、数量、地利,作者创作冷香丸的灵感来源都有文化基因的支撑。例如冷香丸的配方无一不

---

① 朱淡文:《薛宝钗形象探源》,《红楼梦学刊》,1997年第3辑。
② 杨罗生:《漫说薛宝钗的"冷"》,《红楼梦学刊》,2004年第2辑。
③ 朱眉叔:《红楼梦的背景与人物》,沈阳:辽宁大学出版社,1986年,第271页。
④ 王希廉:《红楼梦回评》,载朱一玄主编:《红楼梦资料汇编》,天津:南开大学出版社,1985年,第550页。
⑤ 杨罗生:《漫说薛宝钗的"冷"》,《红楼梦学刊》,2004年第2辑。

是以"十二"为数,在中国文化中"十二"这个数字是非常神圣的,所以"文化基因"[①] 是导致曹雪芹产生灵感的一个重要原因。还有学者认为,《红楼梦》借鉴于《金瓶梅》,所以冷香丸的灵感也源于《金瓶梅》。例如阚铎说:"冷香丸方,四种花名亦非偶然。荷即莲也,芙蓉即是瓶儿,梅即春梅。"[②] 当然这种解释乃一家之言耳。

(二)众学者对金锁的解析

在《红楼梦》中,"木石前盟"对应的就是"金玉良缘",二者之间似乎永远处于对立面。贾宝玉出生之后口中含有一块石头,关于石头的来历,书中介绍得非常清晰,然而象征金玉良缘的金锁的来历却让很多学者费解。

金锁的第一次出现是在第八回,按照薛家人的说辞,这是一个癞头和尚给的,上面有八个字:"不离不弃,芳龄永继。"薛宝钗的母亲薛姨妈曾说,要等有玉的方可配婚。正因为一切传言都出于薛家,所以读者对于金锁的真实性就产生了怀疑,而且持"金锁伪造说"观点的学者还不在少数!

是谁伪造了金锁?陈其泰先生认为是薛宝钗。陈先生说:"若金玉姻缘之说,信而有征。何以总冒处叙通灵缘起,绝无一字提及金锁耶?宝钗伪造金锁,倡金玉之说以惑人,显然可见。"[③] 曾扬华先生也持有这种观点。曾先生说:"所谓'奇缘'和'巧合',其实都是薛宝钗在早有预谋的情况下一手导演而成的。"[④] 然而在红学界,绝大多数的研究者认为,金锁的伪造者是薛姨妈。这样做的原因至少有三点:第一,为自己的女儿寻找一个好的归宿。第二,看着家道逐渐衰落,希望通过与豪门联姻而起死回生。第三,亲上加亲,知根知底;郎才女貌,天设地造。

研究者除了辨析金锁的真伪性以外,还在挖掘它的象征与内涵,例如崔耀华先生根据中国文化以及传统风俗判断,认为"这里'锁'的含义,是将宝玉和宝钗紧密地联结在一起的意思"[⑤]。其实无论金锁真伪,有一点是可

[①] 文化基因是一个民族所秉承的世界观、价值观、人生观以及各种品质,在族人身上幻化成的举动、认识与思维;而这种举动、认识和思维会在不同的意识状态下自然流露,从而形成一个民族的生存样态,进而历经承袭、演化、优胜劣汰并代代相传。参见马经义:《红楼文化基因探秘》,成都:四川大学出版社,2009年。
[②] 阚铎:《红楼梦抉微》,载《红楼梦考评六种》,第86页。
[③] 陈其泰:《红楼梦回评》,载《红楼梦资料汇编》,第701页。
[④] 曾扬华:《红楼梦新探》,广州:广东人民出版社,1987年,第108页。
[⑤] 崔耀华:《红楼探幽》,北京:北京出版社,1993年,第56页。

以肯定的，那就是"人为"。《红楼梦》的金玉良缘之说，完全就是薛姨妈一人自编、自导、自演的游戏，所以"二宝"之间就是人为的撮合。

笔者认为金锁的人为性还藏着另外一个涵义："贾宝玉与薛宝钗，真真实实地活在当下，在前世，他们没有瓜葛，虽然有金玉良缘的世俗约定，那也是掩人耳目，不外乎想寻找一份华丽的说辞，为人为的事件披上一件天然的因由而已。"①

（三）众学者对蘅芜苑的解析

《红楼梦》中对蘅芜苑的描写主要集中在第十七回和第四十回，两回分别这样写道：

> 只见许多异草：或有牵藤的，或有引蔓的，或垂山巅，或穿石隙，甚至垂檐绕柱，萦砌盘阶，或如翠带飘，或如金绳盘屈，或实若丹砂，或花如金桂，味芬气馥，非花香之可比。（第十七回）

> 进了蘅芜苑，只觉异香扑鼻。那些奇草仙藤愈冷愈苍翠，都结了实，似珊瑚豆子一般，累垂可爱。及进了房屋，雪洞一般，一色玩器全无，案上只有一个土定瓶中供着数枝菊花，并两部书，茶奁茶杯而已。（第四十回）

从书中原文来看，蘅芜应该是一种植物，然而在现实中似乎很难找到相对应的实体。朱淡文先生考证，"蘅芜"典出晋代王嘉《拾遗记》卷五所录的关于汉武帝与李夫人的故事。《拾遗记》上面说："（汉武）帝息于延凉室，卧梦李夫人授帝蘅芜之香。帝惊起，而香气犹著衣枕，历月不歇。"根据这个典故，朱淡文先生得出"'蘅芜'系仙草杜蘅和蘼芜的合称"②的结论。朱先生还通过蘅芜苑的对联"蘅芜满净苑，萝薜助芬芳"，得出蘅芜苑中主要有四种植物，分别是藤萝、薛荔、杜衡（蘅）、蘼芜。

书中第十七回，以贾政视察大观园的建筑工程为立足点展开对蘅芜苑的描述，体现出蘅芜苑的设置之美以及布局之巧。它符合中国式审美的特点——渐入佳境。黄葆芳先生就曾说："全用藤萝异草来作'蘅芜苑'的布置材料，又是别具一格。迎面插天的玲珑大石，把前后分开，很有诗的意境。一片翠绿茂叶，其中仅有一些朱实及金桂般的米状花蕊，香浓色淡，摒

---

① 马经义：《红楼梦中"二玉"与"二宝"的文化内涵》，《北方文学》，2010年第1期下。
② 朱淡文：《薛宝钗形象探源》，《红楼梦学刊》，1997年第3辑。

弃了艳卉繁花,以杜若蘅芜的香味取胜。"① 第四十回以贾母的视觉展示蘅芜苑的室内陈设,有学者认为"雪洞"一般的色调暗含着薛宝钗的"冷"性情,以及暗示将来守寡的人生结局。

从现有的评论文章来看,对蘅芜苑的解析其重点主要集中在它所包含的意义之上。有学者认为,从蘅芜这种植物的特性上就能看出薛宝钗的心机。蘅芜是一种攀缘植物,其特点就是柔软蔓生,依附他物。在生长的过程中顺着山石、墙壁或者树枝绵亘而上。正因为如此,历来很多诗人都以它们比作依赖男性而上升的女子。所以朱淡文先生认为曹雪芹以蘅芜来暗喻薛宝钗,想突出的就是她"性格稳重和平,坚忍不拔,意图通过婚姻劝导夫君'立身扬名'以实现自己'好风凭借力,送我上青云'的欲望,这就是她这一性格特征的显露"②。朱眉叔先生也持有这样的观点:"这些牵藤引蔓植物垂檐绕柱象征着薛宝钗向上爬,穿绕山石象征着她控制着贾宝玉。"③

除了蘅芜的象征性以外,研究者还指出,蘅芜苑中的这些植物可能还隐藏着薛宝钗未来命运的走向。白艳玲先生根据屈原《九歌·少司命》中的一句诗"秋兰兮蘼芜,罗生兮堂下"解释说蘼芜经常出现在诗歌中,多象征弃妇形象。同时又列举了唐代鱼玄机的《闺怨》诗证明这一点,再比对薛宝钗的《忆菊》最后指出,蘅芜苑中的蘼芜所隐含的秘密也就显露出来,金玉良缘的失败,贾宝玉最后离家出走,薛宝钗就成了孤苦伶仃的思妇,她的命运最终定格在弃妇之上,所以"宝钗不幸命运,金玉良缘的失败结局通过蘼芜这一文化符号做了预言"④。

四、性情研究

薛宝钗的性情是红学界讨论得最多的话题之一,就众位学者所持有的观点而论,呈现出三层现象——正、反、合。而且在这三层现象中两极分化尤为突出,从古至今的红楼人物评论皆是如此。下面将逐一梳理。

---

① 黄葆芳:《大观园的布置》,载胡文彬、周雷编:《海外红学论集》,天津:百花文艺出版社,1982年,第476页。
② 朱淡文:《薛宝钗形象探源》,《红楼梦学刊》,1997年第3辑。
③ 朱眉叔:《红楼梦的背景与人物》,沈阳:辽宁大学出版社,1986年,第273页。
④ 白艳玲:《试析"蘅芜苑"的文化意蕴》,《语文学刊》,2004年第5期。

(一) 对性情的正面评析

所谓正面评析，其立足点在于认可薛宝钗的真善美。持这一立足点的学者最爱用的词汇就是品格端方、性情稳重、行为豁达、随分从时。例如牟宗三先生就说："（薛宝钗）有涵养，通人情，道中庸而极高明。这种人最容易被了解被同情，所以上上下下无不爱她。她活脱是一个女中的圣人，站在治家处世的立场上，如何不令人喜欢？"[①] 在早期的脂砚斋评语中也有相同理念的话："薛家女子何贞侠，总因富贵不须夸。发言行事何其嘉，居心用意不狂奢。世人若肯平心度，便解云钗两不暇。"[②] 如此看来对薛宝钗的肯定是不言而喻的。在薛宝钗身上，处处散发着一种安详之美。这种安详被许许多多的读者所赞扬和欣赏。在现实社会中，一个人要想具有如此境界，就必须活得踏实、活得自在、活得潇洒，并且安于自己的责任和义务。一个满怀心机、胸藏奸诈的人是做不到的，因为安详的前提是要有独立的人格，淳美的个性，并且自尊、自重、自爱、自觉、自我。刘敬圻先生说，薛宝钗的性情中就包含着这种安详的美。"薛宝钗的出现，从另一个侧面展示了智力结构、意志结构、审美结构相对健全的人比平庸脆弱紊乱无奈嫉妒专横之辈的卓异卓绝之处。"[③]

(二) 对性情的反面评析

在浩瀚的评论文章中，对薛宝钗反面评析的数量远远超过了正面评析。所谓反面评析，其立足点在于否定薛宝钗的现实表现并深究她背后的假、恶、丑。持这一观点的学者最爱使用的词汇是虚伪、奸险、市侩、无情。

民国时期的评论家闻天先生就指出，薛宝钗的宽大和善都是假装出来的，虚荣心和名利心深藏心底，"伊受了伊底假自我的支配，失了伊底真情，失了人性。就是偶然有些流露，伊就拼命地压制下去，伊终究变了机械人了"[④]。

对薛宝钗作反面评析最有代表性的是张锦池和俞晓红二位先生的文章。

[①] 牟宗三：《红楼梦悲剧之演成》，载吕启祥、林东海主编：《红楼梦研究稀见资料汇编》，北京：人民文学出版社，2001年，第611页。
[②] 陈庆浩：《新编石头记脂砚斋评语辑校（增订本）》，北京：中国友谊出版社，1987年，第185页。
[③] 刘敬圻：《薛宝钗一面观及五种困惑》，《红楼梦学刊》，1991年第1辑。
[④] 闻天：《读〈红楼梦〉后的一点感想》，载《红楼梦研究稀见资料汇编》，第68页。

张锦池先生说薛宝钗的性格:"貌似温柔,内实虚伪;看来敦厚,实很奸险;随时而不安分。或者说:封建淑女其表,市侩主义其里。"① 在张先生的眼里,薛宝钗的一切举动和表现都暗含着心机。例如对通灵宝玉上面的"莫失莫忘仙寿恒昌"八个字的反复咏读,就是有意提醒丫鬟莺儿,企图借她的口说出自己的心里话。佩戴红麝串的行为就是想说明"日后有玉的方可结为婚姻"。张锦池先生认为薛宝钗的市侩"并不只由于她满口'三从四德',却暗中追求宝玉,有违封建'妇道',还由于从她身上不仅令人闻到一股道学先生的腐酸气,同时也令人嗅到一股强烈的铜臭味"②。

如果说张锦池先生对薛宝钗的揭露重点在于"伪淑女,真市侩"两个方面的话,那么俞晓红先生的评析就主要落在了"无情"二字上面。俞先生认为无情是薛宝钗的情感特点,也是薛宝钗"冷"的基本色调。薛宝钗身上的无情分为两个时期。第一个时期是少女时期。这一时期她的无情表现得十分复杂而隐曲。用俞晓红先生的话来说:"温情渗透于浓重的冷漠,冷漠主宰着淡淡的温情。"③ 在薛宝钗的情感世界里,似乎温情与冷漠总是交叉并行的,相互渗透,又相互矛盾。"这种矛盾具体表现在她对爱情的要求和封建礼教的理性内容之间产生的冲突上。"④ 第二个时期是婚后时期。俞先生认为这一时期的薛宝钗又陷入了情与理的矛盾交织中。

在反面评析中,对于薛宝钗所表现出来的冷漠和无情是很多学者评析的重点,大家都不可思议如此稳重美丽的大家闺秀竟然绝情如此,通过薛宝钗对柳湘莲出家的态度以及尤三姐的拔剑自刎、金钏之死等情节看,吴颖先生说她"已经没有了'恻隐之心'"⑤。

对薛宝钗反面评析,虽然表面是在指责薛宝钗的种种无情与冷漠、市侩与伪装,但是从众多评论文章的最终落脚点来看,都是想挖掘造成薛宝钗如此这般性情的根源。例如张锦池先生认为形成薛宝钗这种性情的原因有三点:一是深厚的阶级性。出身于皇商之家的薛宝钗耳濡目染种种封建劣习,失去了个性与天真,滋生出了种种欲念。二是深远的社会根源。商品经济的

---

① 张锦池:《论薛宝钗的性格及其时代烙印》,《哈尔滨师范学院学报》,1964年第1期。
② 张锦池:《论薛宝钗的性格及其时代烙印》,《哈尔滨师范学院学报》,1964年第1期。
③ 俞晓红:《任是无情也动人——试探曹雪芹笔下薛宝钗情感世界的发展》,《红楼梦学刊》,1983年第4辑。
④ 俞晓红:《任是无情也动人——试探曹雪芹笔下薛宝钗情感世界的发展》,《红楼梦学刊》,1983年第4辑。
⑤ 吴颖:《论薛宝钗性格》,《红楼梦研究集刊》,1983年第10辑。

发展，刺激着封建统治者对金钱、权势的追求，促使封建地主阶级自上而下的日趋市侩化，薛宝钗生于其中无法避免。三是一定的政治气候。封建统治阶级是残酷的，它需要一些比较能够克己的笑面虎来为自己服务，以便笼络人心缓和阶级矛盾，而薛宝钗正是这样的典型。

张锦池先生的三点分析是非常具有代表性的，换言之，立足于揭露薛宝钗假、恶、丑的学者，最后挖掘导致这种假、恶、丑的根源都会聚集在这三个方面，不同的不外乎是表达方式而已。

对于薛宝钗的无情，贺信民先生运用了西方心理学家马斯洛的理论来剖析。贺先生说："纵观薛宝钗的心理结构，'超我'的理性原则窒息了'本我'的美好天性，从而使'本我'成为'非我'；同时，'超我'又指导、规范着'自我'的一切利害计较，使之染上浓重的功利色彩。而这种重复交错的矛盾运动的总结果，便逐渐形成她'以不变应万变'的超稳心态，造就了'无情'的薛宝钗。"①

（三）对性情的合面评析

所谓"合"是众多因素的综合体现，换言之是把薛宝钗放在一定的社会背景下，基于人性本身展开剖析，放下道德标签还原成一个真实的人。

其实在这个层面上的人物评析也是评论家自我转变的结果。摒弃主观意见，淡化时代政治色彩，站在一个公正而人性化的立场上来点评，这也是红学评论走向成熟的一个标志。早期的评论者羽白先生就用了一个非常有意思的笔调来抗议高鹗后四十回对薛宝钗的塑造。羽白先生说："您（高鹗）把宝钗写得卑劣，太不堪了。虽说宝姐姐是一个比较冷静而具有深心的人，但她有尊贵的品格和高度的理智。在大观园诸姐妹之中，除了林妹妹以外，就算她最可爱可敬。"②潘知常先生针对反面评析中所指的薛宝钗的冷、无情等观点表达了自己的意见，潘先生认为不能因为薛宝钗的冷而认定她坏。其实这也是在呼吁评论家，千万不要把对某一个时代的愤恨转嫁到某一个人物的身上。所以吕启祥先生说："所谓现象和本质的矛盾当然是存在的，但并非她的每一个'极明智极贤淑'的外部表现都包藏着'最奸最诈'阴险狠毒的内在本质。因为薛宝钗并不是某种邪恶本质经过伪装了的化身或是封建道

---

① 贺信民：《略论薛宝钗的超稳心态及其美学意义》，《汉中师院学报（哲学社会科学版）》，1987年第2期。

② 羽白：《贾宝玉致高鹗的抗议书》，载《红楼梦研究稀见资料汇编》，第1372页。

统名教的形象图解，这是一个活生生的人、一个丰满完全的艺术形象。"①
对于薛宝钗合面的解析，曹立波先生的一句话说得非常到位："她的情感世界是发乎情而止乎礼的。"②

五、学识研究

就金陵十二钗而言，其学识才能各有不同，有善于管理的，有工于绘画的，有精于书法的，有专于诗词的。虽然作者曹雪芹开篇明义他笔下的这几个异样女子属于"小才微善"，但是整部《红楼梦》却在大书特书其能，大展特展其才。薛宝钗的学识在十二钗中如果单项比拼未必样样第一，然而综合全能薛宝钗定能夺冠。正如李景光先生所说，曹雪芹在力图显示十二钗的聪明灵秀，而在薛宝钗身上又是一个集大成的展示。"薛宝钗更是无事不知，对文学、历史、艺术、医学以至佛学等都有发言权。"③ 梳理对薛宝钗的评论文章，研究者对她的学识评析主要集中在三个方面。

（一）文学才能

文学才能是金陵十二钗才能中的重要组成部分，所占据的比重也最大。对于薛宝钗而言，文学才能是一个综合称谓，其中包含了诗词才能、绘画才能、医学才能以及杂学才能。

首先看薛宝钗的诗词才能。

薛宝钗在《红楼梦》中所作的诗文并不是最多的，但是质量都属于一流。根据周思源先生统计："宝钗写了七律、五言排律、七绝和词 4 种体裁，9 首诗词，共计 67 句，444 个字。"④ 薛宝钗的诗词风格迥异于林黛玉，她以冷和无情为基调，所以俞晓红先生说："在她的诗词创作中表现为一种含蓄浑厚的风格，淡雅高洁的情调。"⑤ 曹立波先生也持相似的理念，曹先生认

---

① 吕启祥：《形象的丰满和批评的贫困——关于薛宝钗这一典型及其评价》，《红楼梦研究集刊》，1982 年第 8 辑。
② 曹立波：《红楼十二钗评传》，第 28 页。
③ 李景光：《关于薛宝钗的评价问题——兼论曹雪芹笔下的薛宝钗》，《沈阳师院学报》，1985 年第 3 期。
④ 周思源：《周思源看红楼》，北京：中华书局，2005 年，第 95 页。
⑤ 俞晓红：《任是无情也动人——试探曹雪芹笔下薛宝钗情感世界的发展》，《红楼梦学刊》，1983 年第 4 辑。

为薛宝钗的才,很多时候是通过冷表现出来的,这是一份冷静的思考,更是稳重成熟的表现。

薛宝钗的《临江仙》算是她的代表作了,其中的"好风凭借力,送我上青云"的句子更是被学者们津津乐道。陈诏先生认为,薛宝钗的《临江仙》并非是她首创,而是模仿了宋代侯蒙的《临江仙》,"思想内容及语言均极相似,而尤以'好风凭借力,送我上青云'与'当风轻借力,一举入高空','几人平地上,看我碧霄中'最为明显"①。如果按照这样的思路寻找下去,《红楼梦》中所有的诗文都是有文化基因的,因为作者曹雪芹的诗词修养原本就源于华夏的诗词文化,所以在古人的诗句中查找红楼诗词的影子一点都不稀奇。罗漫和马建华二位先生曾设想"也许正是曹雪芹在寻找有关风筝资料的时候,偶然见到了侯蒙的《临江仙》,于是就有了宝钗的《柳絮词》和一场热闹的放风筝游戏"②。

对于薛宝钗诗词的风格,评论者也说法不一。周寅宾先生曾经撰文指出,薛宝钗的诗词风格和台阁体大诗人杨士奇极其相似,这种相似不仅仅是对诗歌的认识方面,而且在诗歌创作风格上也相似,"特别是她(薛宝钗)对诗歌功能的看法,就与台阁体的代表人物杨士奇不谋而合"③。

分析薛宝钗诗词的风格,有一个非常重要的前提,就是要把握住薛宝钗对诗词创作的态度,有什么样的态度决定什么样的风格。薛宝钗对诗词的态度与林黛玉完全相反,诗词对于黛玉而言那是生命,对于薛宝钗而言那是玩意儿。所以宋淇先生说:"宝钗并不认为诗写得好是一种了不起的成就,诗词只不过是小技,最重要的是不可'移了性格'。"④ 可以说这就是薛宝钗对待诗词的态度。早期评论者脂砚斋也指出了这一点。批语道:"宝钗诗全是自写身份,讽刺时事,只以品行为先,才技为末。纤巧流荡之词,绮靡浓艳之语,一洗皆尽,非不能也,屑而不为也。"⑤

《红楼梦》第三十七回,薛宝钗有一段关于如何作诗的言论,历来的红学家都喜欢从这一段言论中寻找薛宝钗作诗的理念,其中有这样几点是评论

---

① 陈诏:《红楼梦小考》,上海:上海古籍出版社。1985 年,第 194 页。
② 罗漫、马建华:《薛宝钗的〈临江仙〉与宋词》,《红楼梦学刊》,2000 年第 2 辑。
③ 周寅宾:《论黛玉宝钗的诗学观点与明清诗歌流派的关系》,《红楼梦学刊》,1986 年第 1 辑。
④ 宋淇:《冷月葬花魂》,载胡文彬、周雷编:《香港红学论文选》,天津:百花文艺出版社,1982 年,第 181 页。
⑤ 陈庆浩:《新编石头记脂砚斋评语辑校(增订本)》,第 554 页。

者比较认可的：一是薛宝钗主张诗词创作要立意清新，反对运用险韵；二是诗词创作需要"寄兴写情"；三是主张勇于"翻古出新"。

其次看薛宝钗的绘画才能。

薛宝钗并没有在《红楼梦》中真正地展示过她的画技，评论者乐于言道的是她那一份关于绘画的理论陈述。这一段文字出自《红楼梦》第四十二回，书中写道：

> 宝钗道："我有一句公道话，你们听听。藕丫头虽会画，不过是几笔写意。如今画这园子，非离了肚子里头有几幅丘壑的才能成画。这园子却是像画儿一般，山石树木，楼阁房屋，远近疏密，也不多，也不少，恰恰的是这样。你就照样儿往纸上一画，是必不能讨好的。这要看纸的地步远近，该多该少，分主分宾，该添的要添，该减的要减，该藏的要藏，该露的要露。这一起了稿子，再端详斟酌，方成一幅图样。第二件，这些楼台房舍，是必要用界划的。一点不留神，栏杆也歪了，柱子也塌了，门窗也倒竖过来，阶矶也离了缝，甚至于桌子挤到墙里去，花盆放在帘子上来，岂不倒成了一张笑'话'儿了。第三，要插人物，也要有疏密，有高低。衣折裙带，手指足步，最是要紧，一笔不细，不是肿了手就是跐了腿，染脸撕发倒是小事。……今儿替你开个单子，照着单子和老太太要去。你们也未必知道的全，我说着，宝兄弟写。"宝玉早已预备下笔砚了，原怕记不清白，要写了记着，听宝钗如此说，喜的提起笔来静听。宝钗说道："头号排笔四支，二号排笔四支，三号排笔四支，大染四支，中染四支，小染四支，大南蟹爪十支，小蟹爪十支，须眉十支，大著色二十支，小著色二十支，开面十支，柳条二十支，箭头朱四两，南赭四两，石黄四两，石青四两，石绿四两，管黄四两，广花八两，蛤粉四匣，胭脂十片，大赤飞金二百帖，青金二百帖，广匀胶四两，净矾四两。……再要顶细绢箩四个，粗绢箩四个，担笔四支，大小乳钵四个，大粗碗二十个，五寸粗碟十个，三寸粗白碟二十个，风炉两个，沙锅大小四个，新瓷罐二口，新水桶四只，一尺长白布口袋四条，浮炭二十斤，柳木炭一斤，三屉木箱一个，实地纱一丈，生姜二两，酱半斤。"

关于这一段文字，评论者读出了薛宝钗是懂画的，而且造诣颇深。张庆善先生认为："薛宝钗这种认识其实是对中国绘画理论的继承和发展，也是古代一些绘画经典言论的形象阐释。"①

最后是薛宝钗的杂学才能。

杂学是相对于四书五经而言的，换句话说，在《红楼梦》时代，只要和科举考试无关的一切学问都称为杂学。薛宝钗的杂学在书中表现得最为丰富。例如第八回论酒性，第二十二回和贾宝玉谈论《寄生草》的戏文，第二十三回谈论佛学，第四十二回论画，第四十五回和林黛玉谈论病情及食疗方法，等等，都表现了薛宝钗是一个百科全书式的人物，所以在评论者的文章中赞扬她使用得最多的两个成语就是"博闻强记"和"博古通今"。

关于薛宝钗为什么能在书中表现出如此丰富的文学才能，舒芜先生有一段阐释能为我们解开迷雾："在那样的时代，那样的家庭，那样的教养之下，一个聪明好学的姑娘，具备这些常识，不是不可能的。从艺术上说，作者写宝钗这些学识，第一并无夸张，如上所述的宝钗各方面的学识，都没有什么真正高深专门的东西；第二服从于人物形象塑造的需要，宝钗这些学识都是她那'世事洞明皆学问，人情练达即文章'的形象的组成部分。"②

（二）管理才能

薛宝钗的管理才能在书中并没有被曹雪芹放大特写，只是在第五十六回中，贾府因为种种事务繁杂，于是王夫人委派了薛宝钗协助料理家政，因此才有了一段管理才能的展示。从书中的回目上看是"时宝钗小惠全大体"，所以很多学者对薛宝钗的管理理念分析也从这个回目中来。例如曹立波先生认为，薛宝钗的管理突出了一个"时"字，延续着她行为豁达、随分从时的一贯作风。这里的"时"不仅体现了薛宝钗善于审时度势，还展示了她与时俱进的精神。薛海燕指出，薛宝钗和贾探春同时管理家政，探春的改革重在一个"利"字，而薛宝钗的辅助措施却重在一个"体"字。薛宝钗所坚持的原则是公私兼顾、利益均沾、和平过渡。所以在这场家政改革中，如果说"探春表现出敏锐果敢的改革家风度，那么宝钗则显示了深谋远虑的政治家气质"③。

对于薛宝钗在第五十六回展示的管理才能，绝大多数的评论者都是持肯定态度的。例如姜戈先生就说："宝钗虽然强调学问，重视务虚，但她不是

---

① 张庆善、刘永良：《漫说红楼》，北京：人民文学出版社，2000年，第48页。
② 舒芜：《说梦录》，上海：上海古籍出版社，1982年，第155页。
③ 薛海燕：《红楼梦：一个诗性的文本》，北京：中国社会科学出版社，2003年，第167页。

空头理论家,她很务实,很有经济眼光,注重理论联系实际,她不搞花架子,也不在枝节问题上纠缠,而是直奔主题,抓住要害,在大观园承包中,着重解决好用人、分配和管理三个关键问题,尽可能减少承包的弊病。"①

薛宝钗管理的理念源于何处,评论者主要有两种看法,一是源于儒家思想。例如王春瑜先生认为,"小惠全大体"的改革方案,看似照顾到了所有的人,但是细细分析是很荒谬的,"谬就谬在:煮了一锅饭,不管三七二十一,每人一勺!当然,这种主张,并非薛宝钗的独创,本质上不过是传统儒学唱了几千年的'不患寡而患不均'的老调子的翻版而已"②。然而还有学者认为,薛宝钗的管理方法是源于道家的。例如徐子余先生就认为薛宝钗的社会政治理想是"无为而治"。

薛宝钗理家这一段,研究者除了能读出薛宝钗的管理才能与治家理念,还能读出她的命运来。曾扬华先生就说,王夫人让薛宝钗管理家政,这是一个严峻的信号:"它预示了在贾府内部的激烈争斗中,一个新的重要人物将登场了,它同时也就宣告了宝黛的爱情必将以悲剧告终。"③ 万萍先生在《红楼梦趣谈》中也谈到了这一点,并幽默地指出,王夫人让薛宝钗管理贾府是"宝二奶奶的试用期"④,当然这里的试用期是指薛宝钗和贾府的关系,并非和贾宝玉的关系。

(三) 思想与哲学

无论是薛宝钗的管理之才还是文学之才都有一个共同的根基,那就是薛宝钗所具有的思想和哲学之道。思想与哲学展开来说就是薛宝钗所承袭的思想和处世的哲学,可以说这是她一切才能的出发点。白盾先生把薛宝钗的思想和哲学综合称为"薛宝钗的精神"。白先生说:"在这个未出闺阁的青年姑娘的身上,如聚光镜中的焦点一样地集中了如此鲜明又如此复杂的所谓'薛宝钗精神'的典型形象,在中外文学画廊中是并不太多的,令人惊异的。"⑤ 那么对于薛宝钗所承袭的思想和处世哲学,评论者是如何评析的呢?

首先看薛宝钗承袭的思想。

---

① 姜戈:《宝钗说理的境界》,《公关世界》,2002年第6期。
② 王春瑜:《"土地庙"随笔》,北京:光明日报出版社,1988年,第83页。
③ 曾扬华:《末世悲歌红楼梦》,汕头:汕头大学出版社,1997年,第129页。
④ 王萍:《红楼梦趣谈》,南昌:江西人民出版社,1989年,第71页。
⑤ 白盾:《红楼梦新评》,上海:上海文艺出版社,1986年,第251页。

对于薛宝钗承袭的思想，学者们说得最多的一句话就是"她是封建社会大家闺秀的典范"。例如早期的评论者张天翼先生就说："她有最正统的妇女观。"①刘大杰先生也认为，薛宝钗类似于《列女传》中的人物，在她身上"体现了几千年来封建社会所要求妇女的封建伦理封建教养的精髓"②。正是因为典范所以成就了薛宝钗"封建社会完美少女"的形象，聂绀弩先生就说，撇开阶级观念，"薛宝钗岂止不是坏人，而且是一个十全十美的人"③。

然而评价薛宝钗是"封建社会女性的典范"，这是褒义还是贬义呢？从现有的文献资料和评论文章来看几乎都是贬义。于是我们在一篇文章中往往听完"封建社会女性典范"的言语之后，紧接着就是"封建的卫道士"。这种评论模式在20世纪五六十年代的中国非常普遍，几乎成了红楼人物评论的范本。例如蒋和森先生就说："封建主义的道德礼法，始终是薛宝钗思想行动的准则。她不仅是一个自觉的封建主义的恪守者，而且还是一个不惜殉之以身的卫道者。"④再例如企明、学智二位先生说，薛宝钗"是一个穿着红装的'假道学'，面目可憎的'巧伪人'，反动顽固的封建礼教的卫道士，是曹雪芹在《红楼梦》中着力抨击的反动统治阶级的代表人物之一"⑤。当下这种评论模式已经渐渐远离了我们，评论者也更加理智地非政治化地评价着薛宝钗。

其次看薛宝钗的处世哲学。

对于薛宝钗所承袭的思想，无论我们是持褒还是贬，有一点是可以肯定的，就是封建伦理与道德在她身上发生了巨大的作用，导致了薛宝钗的言行举止，成就了她的处世哲学。

如果站在褒义立场上看薛宝钗的处世哲学，会认为她有四种特质：孝顺、忠厚、温柔、学识渊博。李辰冬先生就说："曹雪芹要描写她的，想从她的性格里找到中国女性一切的美德，那就是说当代大家都承认的女性美德。"⑥然而站在贬义立场上看薛宝钗的处世哲学，她的这四种特质就会变味，成了虚伪、现实主义和实用主义的代名词。例如李长之先生说薛宝钗：

---

① 张天翼：《贾宝玉出家》，载《红楼梦研究稀见资料汇编》，第824页。
② 刘大杰：《红楼梦的思想与人物》，上海：古典文学出版社，1950年，第43页。
③ 聂绀弩：《略谈〈红楼梦〉的几个人物》，《红楼梦研究集刊》，1979年第1辑。
④ 蒋和森：《红楼梦概说》，上海：上海古籍出版社，1979年，第55页。
⑤ 企明、学智：《大观园里的阴谋家——薛宝钗》，《江苏师院学报》，1974年第2期。
⑥ 李辰冬：《红楼梦重要人物分析》，载《红楼梦研究稀见资料汇编》，第561页。

"不是实用的东西,她决看不到眼里。她有远虑,她有处事待人的方法,她决不讨别人的厌憎,她总是取消了自己的意见,使别人喜欢。……真是彻头彻尾的实用主义者。"①

薛宝钗是一个接受儒学处世观念很深的人,所以在她的处世哲学中"克己复礼"是最为明显的一点。高明阁先生说:"薛宝钗的生活目标,就是妄图恢复已经腐朽透顶的封建伦理纲常,以支撑行将倒塌的封建阶级的大厦,而这一切又是披着'温柔敦厚'的'克己'的画皮进行,所以她实在是《红楼梦》所成功描绘人'克己复礼'的一个活标本。"②

对于薛宝钗如此种种的处世方式,评论者认为她在思想上有一个接受认可的前提条件。认可什么呢?认可的是封建伦理与道德,会自觉地以儒家伦理原则协调人际关系,处理人际事务。所以朱伟明先生就说:"薛宝钗这一形象最大本质的特征,则是对现实社会中伦理原则的自觉认同。对于传统的伦理原则、现实社会的秩序,以及现存的人际关系,薛宝钗都不是一个被动的接受者,而是一个积极主动的认同者。"③王蒙先生也持这样的观点。他说:"薛宝钗体现的是一种认同精神:认同于已有的价值标准体系,认同于孔夫子谆谆教导的'礼',即秩序、服从、仁爱的原则,认同于人际关系的平衡与实利原则。"④

对于这种认同精神,其实并不能用简单的是非标准去判定它,因为评判的前提就是立足于一种认同精神之上的,认同精神和评论者所持有的理念一致,评论者就会给出正面积极的评价,相反就会给出反面消极的评价。

六、为人与处世研究

薛宝钗在《红楼梦》中的为人与处世得到读者的广泛认可,然而从评论的角度看又呈现出"正邪二论"。在文章一开始笔者就说过,红学界对薛宝钗的评析正邪两极分化极为突出,可以说这种评论模式渗透到了每一个

---

① 李长之:《红楼梦批判》,载《红楼梦研究稀见资料汇编》,第450~452页。
② 高明阁:《"克己复礼"的活标本——薛宝钗(我对这一形象的再认识)》,《辽宁大学学报》,1974年第2期。
③ 朱伟明:《两种生命的存在方式——林黛玉、薛宝钗形象及其文化意义》,《红楼梦学刊》,1994年第1期。
④ 王蒙:《钗黛合一新论》,载《中国当代名人随笔·王蒙卷》,西安:陕西人民出版社,1993年,第244页。

薛宝钗评论史略　　**65**

层面。

　　对于薛宝钗的为人，有评论者认为她热情大方，真诚友好。例如吴戈先生就说："她暗中每每'体贴救济'那寄人篱下的邢岫烟；照应那父母双亡，依哥嫂度日，'做活做到三更天'的史湘云；庇护那'平生遭际实堪伤'的香菱，带她进园子，学会了作诗，参加了诗社。连那人人践踏，个个歧视的赵姨娘、贾环，她也一视同仁，赠土仪时给予同样的一份。"[①] 然而与此针锋相对的观点却认为薛宝钗这一切做法都具有不可告人的意图，都是虚伪的表现。哈斯宝就曾评点说："（薛宝钗）上对贾母、王夫人谄谀备至，下对仆妇丫环笼络讨好……淋漓尽致地揭出了她是何等奸狡。"[②] 早期的《红楼梦》点评者如此解析并非哈斯宝一人，像陈其泰、话石主人等都有类似言论。这对后来的红楼人物评论产生了很大影响，再加之时代政治环境的需要，在很长一段时间，薛宝钗几乎成了一个"奸佞"与"虚伪"的代名词了。在1954年的"红学大潮"中这种观点几乎被推向了极致，李希凡与蓝翎二位先生曾经撰文说："在她（薛宝钗）那'容貌美丽''端庄贤淑'的外衣下，掩盖着一颗封建主义信奉者的极为虚伪的灵魂。她很善于奉承、迎合，而又做得自然，懂得在什么场合说什么话。"[③]

　　对于薛宝钗为人虚伪的评定，似乎不能完全说服大众读者，反而会让人觉得偏执，于是乎红学界评论薛宝钗的构架又出现了一种新型的模式——就是把这种虚伪、奸佞的祸根归结于封建主义思想，这一评论方式被大多数评论者所采用。例如王昆仑先生就说："我们从薛宝钗这一典型形象中所看到的，则是封建主义虚伪做作的本来面目，同时在它的上面又蒙盖着一层典丽大方、色泽悦目的外衣。"[④] 这种评论方式似乎也为薛宝钗找到了开脱虚伪、奸佞的最好理由。于是指责、唾骂薛宝钗的种种言行之后，又开始同情这位姑娘。单世联先生就说："我们与其责备宝钗，倒更应当把锋芒指向传统的'礼'，它才是本源的伪。强调'礼'的必要性的荀子，也同时指出它是'伪'——对自然人性的改造、陶铸。若不是礼，宝钗也依然是个可爱的姑娘，而当她因袭传统接受'礼'的规范以后，无论怎样委曲求全，补苴罅

[①] 吴戈：《评薛宝钗》，《江淮论坛》，1980年第4期。
[②] 哈斯宝：《新译红楼梦回评》，载《红楼梦资料汇编》，第778页。
[③] 李希凡、蓝翎：《〈红楼梦〉中两个对立的典型》，《新观察》，1954年第23期。
[④] 王昆仑：《红楼梦人物论》，北京：北京出版社，2004年，第224页。

漏，也丝毫掩盖不了'礼'的反人性本质。宝钗虚伪的深刻意义也就在于此。"①

在评论者的笔下，薛宝钗和王熙凤都有一个共同点，那就是会做人。学者们认为这源于她们的世故和虚伪，然而两者之间又有着本质性的区别。王熙凤的虚伪和奸诈会让人发指，简直是可恨。但是薛宝钗的虚伪却让人有不同的反应，可恨的不是这个人物而是那个封建社会。蓝田玉先生就说："薛宝钗式的虚伪，在某些场合，客观上还能起到一定的积极作用。人际交往中，我们不是允许甚至欢迎'美丽的谎言'吗？"②所以薛宝钗到底虚不虚伪，红学界的争论直到现在也没有停止过。一言以蔽之，站在什么样的立足点上就会有什么样的结论。你如果拥林就可能贬薛，你如果想借薛宝钗的行为控诉封建主义思想，就可能痛骂了薛宝钗之后又同情这个无辜的女孩子。

评价薛宝钗的为人，其焦点主要集中在她是否虚伪上，那么分析薛宝钗的处世评论者又是什么态度和观点呢？

关于薛宝钗的处世态度，评论者的表达方式虽然不尽相同，但是所指的实质内容几乎一样。主要集中在两句话上：一是装愚守拙，二是不干己事不开口。对于这两种处世方式，评论者的态度也有两种：第一种认为这就是薛宝钗在书中表现出来的行为豁达和随分从时，这是一个大家闺秀所具有的修养，这是为人处世的一种境界。第二种认为，在装愚守拙和不干己事不开口的行为背后暗藏着心机。例如艾斐就说："在薛宝钗的身上，一个'愚'字掩盖着'诡'字，一个'拙'字苦遮着'狠'字。她就是这样一'诡'二'狠'结束了林黛玉的生命，爬上了宝二奶奶的宝座的。其实，她的这个'诡'和'狠'虽然是被'愚'和'拙'掩饰着的，但是只要'细按'则'趣味'全出。"③在评论中持这种态度的学者还不在少数。

除了站在道德层面来评价薛宝钗以外，还有学者站在传统文化哲学的层面来审视薛宝钗的处世哲学。王蒙先生就曾说："无论人们从浪漫的、性情的乃至'路线斗争'的观点出发对宝钗如何贬抑，宝钗的清醒与明哲保身之高人一筹仍是常常令人叹服。"④薛宝钗这种所谓的明哲保身到底使用的是

---

① 单世联：《理想的冲突：在崩溃面前——金陵八钗的人生态度》，《红楼梦学刊》，1990年第1辑。
② 蓝田玉：《宁可多几个薛宝钗》，《交际与口才》，1995年第1期。
③ 艾斐：《且说薛宝钗——"钗凤论"之一》，《山西师院学报（社会科学版）》，1981年第1期。
④ 王蒙：《红楼启示录》，北京：生活·读书·新知三联书店，1991年，第175页。

什么哲学理念呢？何力柱先生认为她使用的就是中庸之道。这是儒学对待整个世界的一种看法以及儒生们处理事物的基本原则。在中国几千年的传统文化中，人们都在追求着中庸之道，它已经成为我们奉行的伦理与境界。"在中国封建社会里，许多人却在自觉地追求着这种理想，薛宝钗就是其中的一个。"①

从传统文化哲学层面上来分析红楼人物是当下红学评论的一大趋势。就薛宝钗而论，除了何力柱先生所说的儒家处世哲学以外，葛鑫先生认为其中还包含着道家的处世哲学。

葛鑫先生曾经在《薛宝钗的处世哲学》一文的摘要中这样写道：

> 《红楼梦》中的薛宝钗善于交往，长于处世，她采取的是一种儒道互补的处世哲学。对待亲人，薛宝钗采取的是儒家的孝悌之礼、忠孝思想；对待其他人，薛宝钗体现的是儒家的"仁爱"思想，但这种"仁爱"绝非"兼爱"，其本质是"爱有差等，推己及人"。从道家角度看，薛宝钗在与他人交往过程中，善于回避矛盾，钝化矛盾；对己则做到修心养性，独善其身。薛宝钗用这种儒道互补的严正的生活态度来处身涉世，将自己塑造成符合当时社会需要的、近似完美的封建淑女形象，但社会回报给她的是一生的悲剧，宝钗的悲剧正是这种处世哲学的悲剧，是时代的悲剧。②

七、与宝黛关系研究

薛宝钗与宝黛的关系，原本属于她为人处世的评论范畴，但是在评论者的笔下往往会把她与宝黛的关系与纠葛单独罗列分析。薛宝钗与宝黛的关系，并不是指血缘关系上的关系，而是指三者之间的情感纠葛。主要集中在两点上。

（一）薛宝钗对待贾宝玉到底属于哪种情感

牟宗三先生曾经说过，贾宝玉与薛宝钗之间的关系是单一的，一元的。

---

① 何力柱：《"现实的历史的人"的深刻显现——薛宝钗心理探美》，《红楼梦学刊》，1998年第2辑。
② 葛鑫：《薛宝钗的处世哲学》，《内蒙古民族大学学报（社会科学版）》，2001年第1期。

换句话说，贾宝玉对薛宝钗就是一种敬重之情、朋友之情。但是薛宝钗对待贾宝玉是什么情感呢，说法不一，总结起来主要有三种观点。

首先是"薛宝钗爱着贾宝玉"。研究者依据的是书中的相关情节，例如贾宝玉挨打之后薛宝钗的表现以及言语；贾宝玉睡午觉的时候，薛宝钗在旁边守候，等等。所以周志诚先生说："宝钗自从住进贾府，就对宝玉有深深的爱，她默默地但却是整个地把自己的心交给了宝玉。"[①] 林黛玉爱着贾宝玉这是毋庸置疑的，而且方式是直白的，但是薛宝钗爱贾宝玉却是隐晦的，其方式完全不同。李道显先生说："宝钗也是真心爱宝玉的，只是她的性情比较平和、开朗，不像黛玉那样狭窄善妒。黛玉与宝钗所争取的目标都是贾宝玉，所不同的是，黛玉是明争，宝钗是暗斗，黛玉以刚，宝钗以柔；黛玉是单刀直入，宝钗是迂回包围。"[②]

其次是"薛宝钗对贾宝玉的爱情是以婚姻为目的"。这一观点的意思是，薛宝钗对贾宝玉的爱不像林黛玉的爱那么纯洁，而是以婚姻或者权势为目的的结合。朱眉叔先生就指出："结合作品实际看，薛宝钗对贾宝玉还是有爱情，问题是什么样的爱情。……宝钗除爱宝玉的财势以外，几乎认为宝玉一无可取之处。"[③] 当然这样的言论有些言过其实了。

最后是"薛宝钗对贾宝玉的情感是复杂矛盾的"。这种观点是一种"折中处理法"。因为说薛宝钗对贾宝玉一点情感都没有似乎不靠谱，说薛宝钗对贾宝玉的爱轰轰烈烈又不太真实。所以许山河先生说："宝钗对宝玉的爱，不像黛玉那样热烈执著，而是一种欲露还藏，若即若离的复杂、微妙的情感。"[④] 这种表现也非常符合封建闺秀的身份。如果单纯地指责薛宝钗处心积虑，一心只想坐上宝二奶奶的位置是不可取的。

为什么薛宝钗对贾宝玉的情感是复杂矛盾的，学者们认为这和薛宝钗所受的礼教观念息息相关，难得的是这一点几乎成了评论者的共识。陆玉才先生就指出，薛宝钗牢固的封建礼教观念，使她拉开了同宝玉的思想距离；她那冷寂的少女之心也难唤起对宝玉的爱情。"宝钗对宝玉的复杂矛盾的爱情，

[①] 周志诚：《闲话红楼》，桂林：漓江出版社，2001年，第135页。
[②] 李道显：《〈红楼梦〉之写作技巧与艺术世界》，载胡文彬、周雷主编：《红学世界》，北京：北京出版社，1984年，第151~152页。
[③] 朱眉叔：《红楼梦的背景与人物》，第274~277页。
[④] 许山河：《牡丹芙蓉俱风流——论薛宝钗、林黛玉的艺术形象》，《衡阳师专学报（社会科学版）》，1991年第2期。

这是封建礼教思想同反封建礼教生活要求互相冲突而又勉强统一起来的爱情。在宝钗看来,她既不愿意随便放弃这种爱情,但也并不积极完成这种爱情。"①

(二) 薛宝钗对待林黛玉是真友谊还是假友谊

薛宝钗与林黛玉的关系最难让人准确把握,其中的原因非常复杂。首先,在读者心中早已有了一个"木石前盟"与"金玉良缘"的情感偏向。有偏向就会造成失衡,失衡就会出现观念上的对立,观念上的对立往往就会引起读者的错觉,认为钗黛二人在生活中始终是敌对的。其次,在早期的评论者中出现了拥林派和拥薛派。两派的争斗对后来的红楼人物评论产生了极大的影响,似乎拥林就必须贬薛,拥薛就必须伐林。这原本是评论家们的笔墨官司,口角是非,然而却慢慢地演化成了林黛玉与薛宝钗之间的争斗。那么薛宝钗对林黛玉到底是什么态度呢?两人之间的关系究竟如何呢?梳理评论家们的观点,主要是三类。

一是死敌论。所谓死敌论是指薛宝钗把林黛玉当成最大的敌人,时时处处都机关算尽,心怀鬼胎,最终以扳倒林黛玉为目的。持这一观点的人古来有之,例如解盦居士就说:"薛宝钗者,林黛玉之大敌也。"②再如陈其泰评点薛宝钗的相关情节时说:"宝钗用心,实为深险,正与窃听小红私语,推在黛玉身上,一样机械,初不必实与宝钗何倾轧黛玉。"③但凡持有死敌论的评论者,无论薛宝钗有什么样的举动,在他们眼里都是暗藏凶险的。例如薛宝钗给林黛玉送了一些姑苏的风土特产,在哈斯宝眼里这也是有算计的。哈斯宝评点说:"薛宝钗害潇湘,已胜过杨玉环讥梅妃。她送土物,是爱还是害?她是否知道黛玉脾气?'人离乡轻,物离乡贵',三尺童子都通晓这话,岂不刺透潇湘骨髓?鹃姐姐劝姑娘:'这不是宝姑娘送东西来,倒叫姑娘烦恼不成?'这是聪明还是傻?"④从这些早期的评语中可见一些评论者已经到了草木皆兵的程度了。

二是知己论。所谓知己论是指薛宝钗对待林黛玉是真友谊,不含虚情假意。这一观点刚好和死敌论相对立。而且持知己论的学者也不在少数,同样

---

① 陆玉才:《红楼梦诠释与解读》,北京:中国少年儿童出版社,2003年,第52~53页。
② 解盦居士:《石头臆说》,载《古典文学研究资料汇编·红楼梦卷》,第190页。
③ 陈其泰:《红楼梦回评》,载《红楼梦资料汇编》,第719页。
④ 哈斯宝:《新译红楼梦回批》,载《红楼梦资料汇编》,第805页。

是古来有之。就以上面哈斯宝点评的情节为例，刘履芬就给出了完全相反的评点。刘先生说："宝钗给各人送东西，'只有黛玉的比别人不同，且又加厚一倍'一句上墨笔眉批曰：'钗、黛两人亲爱逾常，随地皆见敦厚，独于南桥路上，不能稍为宽解，情之累人如是。'"① 早期的《红楼梦》评点家王希廉、姚燮都在自己的评点中指出薛宝钗和林黛玉是真知己。王希廉评点道："宝钗与黛玉原是宝玉境中人意中人，且宝钗亦独与黛玉最为亲厚，实是闺阁知音。"②

三是无矛盾论。所谓无矛盾论主要是针对死敌论展开辩驳的。持无矛盾论的学者认为，薛宝钗和林黛玉之间的关系是普通朋友和亲戚之间的关系，并没有关乎生死存亡的利害冲突。死敌论的核心观念认为，薛宝钗的终极目的是当上贾府的宝二奶奶，在这条路上林黛玉是最大的拦路石，所以陷害、扳倒林黛玉就成了薛宝钗的第一要务。持无矛盾论的学者要辩驳这一观点，首先就要弄清薛宝钗是不是真的喜欢贾宝玉，或者说是不是真的一心一意要当宝二奶奶。梁归智先生认为，把薛宝钗和林黛玉当成是一对千古情敌，实在是一大冤案，"按雪芹原作，宝钗根本未和黛玉争宝玉，她绝不是一个'一心想登上宝二奶奶的宝座'的阴谋家和伪君子，而是封建制度下另一类型的牺牲品"③。梁先生认为，薛宝钗是一个深受封建礼教洗礼的大家闺秀，而根深蒂固的封建道德观念是不允许她主动地去恋爱一个异性，更不可能为了贾宝玉和林黛玉针锋相对了。

除了上面的三点外，评论者还把焦点对准在了一件公案上，那就是书中有名的滴翠亭风波。很多红学家认为，在这件事情上最能真实地反应薛宝钗对待林黛玉的态度。

《红楼梦》第二十七回，因为薛宝钗捕捉蝴蝶来到了大观园的滴翠亭旁，此时亭子里面的小红和坠儿正在谈论隐私，无意之间被薛宝钗听见了。对于这段故事，书中这样写道：

> （小红）说道："嗳呀！咱们只顾说话，看有人来悄悄在外头听见。不如把这格子都推开了，便是有人见咱们在这里，他们只当我们说顽话呢。若走到跟前，咱们也看的见，就别说了。"

---

① 王卫民辑：《〈红楼梦〉刘履芬批语辑录》，北京：书目文献出版社，1987年，第56页。
② 王希廉：《红楼梦回评》，载《红楼梦资料汇编》，第609页。
③ 梁归智：《石头记探佚》，太原：山西人民出版社，1983年，第100~104页。

宝钗在外面听见这话，心中吃惊，想道："怪道从古至今那些奸淫狗盗的人，心机都不错。这一开了，见我在这里，他们岂不臊了。况才说话的语音，大似宝玉房里的红儿的言语。他素昔眼空心大，是个头等刁钻古怪东西。今儿我听了他的短儿，一时人急造反，狗急跳墙，不但生事，而且我还没趣。如今便赶着躲了，料也躲不及，少不得要使个'金蝉脱壳'的法子。"犹未想完，只听"咯吱"一声，宝钗便故意放重了脚步，笑着叫道："颦儿，我看你往那里藏！"一面说，一面故意往前赶。那亭内的红玉坠儿刚一推窗，只听宝钗如此说着往前赶，两个人都唬怔了。宝钗反向他二人笑道："你们把林姑娘藏在那里了？"坠儿道："何曾见林姑娘了。"宝钗道："我才在河那边看着林姑娘在这里蹲着弄水儿的。我要悄悄的唬他一跳，还没有走到跟前，他倒看见我了，朝东一绕就不见了。别是藏在这里头了。"一面说一面故意进去寻了一寻，抽身就走，口内说道："一定是又钻在山子洞里去了。遇见蛇，咬一口也罢了。"一面说一面走，心中又好笑：这件事算遮过去了。

关于薛宝钗使用的金蝉脱壳，虽然评论者的评析方式各不相同，但是都无一例外地围绕着一个中心展开论述——薛宝钗是不是在陷害林黛玉。总结起来主要有两种说法。

一是避嫌说。所谓避嫌说是指薛宝钗在紧急关头急中生智，只是想避开这件事情，没有嫁祸林黛玉的心思。薛宝钗接受的是正统儒家思想，非礼勿听这是她认为女孩子应该遵循的本分，然而无意之间听见了，又不能落一个品行不端的名声，再加之原本就是过来找林黛玉的，所以才脱口喊出了"颦儿"。

二是嫁祸说。嫁祸说和避嫌说刚好相反，认为薛宝钗在情急之中喊出林黛玉的名字以达到金蝉脱壳其本质就是一种嫁祸。然而嫁祸说这一论点又分为两种——无意嫁祸和有意嫁祸。所谓无意嫁祸是指薛宝钗并非主观想去陷害林黛玉，但是实质上已经构成陷害了；所谓有意嫁祸其意思更为明确，可以说薛宝钗从主观到客观都是实实在在的嫁祸。

对于"滴翠亭风波"的评价，无论是持嫁祸说还是避嫌说，最终的焦点都指向了薛宝钗的道德层面。王昆仑先生说这压根儿就是一种不道德的事情。邸瑞平先生说："'金蝉脱壳'的办法，本身就不道德，它必须把有利的留给自己，把不利的推给别人，在'扑蝶'这一细节里，宝钗便显得城府深严，心机细密，手段圆滑，这一切都源于一个罪恶的渊薮——那就是'私心'。"① 蒋和森先生也曾指出，从书中情节看，的确无法判断薛宝钗是有意还是无意，但是"薛宝钗的这个'金蝉脱壳'，根本就是一种不道德的行为，因为即使她喊的是'凤姐'或其他任何一个人，也不能改变她这一行为的损人利己的实质"②。

八、结局研究

金陵十二钗中任何一个人物的结局都是悲剧，虽然曹雪芹并没有把《红楼梦》写完，更准确地说，我们没有看到曹雪芹笔下众钗的结局，但是"悲凉之雾，遍布华林"的观念似乎在每个评论者心中都根深蒂固，在评论与探佚时自觉与不自觉间都要把十二钗的命运涂上一层悲凉的底色，薛宝钗当然不会例外。

关于薛宝钗的悲剧是什么性质的悲剧，主要有两种观点。

第一，个性的悲剧。薛宝钗的性情是典型的封建大家闺秀型，是传统的贤妻良母型。她对那个时代价值观念的认同，成就了她"三从四德"的典范，然而正因为这种"三从四德"的个性导致了她人生悲剧的演绎。

第二，时代与社会的悲剧。绝大多数的评论者都会在分析薛宝钗命运的过程中把个性的悲剧最终归结在时代与社会的悲剧之上。例如周中明先生说："如果说贾宝玉、林黛玉是叛逆者的悲剧，那么薛宝钗便是顺从者的悲剧。在某种意义上，可以说后者是更深刻地反映那个时代的社会的、历史的悲剧。因为是时代雕塑了她，又是时代毁灭了她；她以扼杀自己情欲的'冷'，适应那个时代的需要，可是那个时代却更加冷酷地使她的美貌、才华、爱情、婚姻和其他一切幸福归于毁灭。"③ 陈克勤先生认为，宝钗的悲剧，是"旧制度本身还相信而且也应当相信自己的合理性"④ 的悲剧。换句话说，这是薛宝钗认同她所处时代的价值观并且按照这种价值观为人处世的悲剧。

薛宝钗的结局在十二钗中属于比较明朗清晰的，虽然评论者之间仍有求同存异的地方，但是主线是明了的，这条主线就是薛宝钗与贾宝玉的结合是

---

① 邱瑞平：《红楼独步》，上海：上海古籍出版社，2010年，第354页。
② 蒋和森：《红楼梦论稿》，北京：人民文学出版社，2006年，第140页。
③ 周中明：《化丑为美——论薛宝钗形象的塑造》，载《红楼梦人物论》，第230页。
④ 陈克勤：《论薛宝钗性格》，《中国文学研究》，1987年第1期。

大家公认的事实。

《红楼梦》的主线历来被认为是宝黛的爱情，而薛宝钗又是导致宝黛爱情悲剧的罪魁祸首，所以她的悲剧命运主要体现在她的婚姻上。对于薛宝钗的婚姻，看似明了然而争论却依然很多。评论者的论点主要集中在四个方面。

第一，薛宝钗主观上有没有和林黛玉争夺过贾宝玉。其实，红学的争论在每一个论点层面都有正反双方。就薛宝钗主观上有没有争夺过贾宝玉而言，正方说有，因为这一方的基点是立在薛宝钗想当宝二奶奶的观念上论述的；反方说没有，因为这一方的基点是立在薛宝钗性情上论述的。作为封建闺秀，主观上去和另一个女孩子抢爱人，这是极其不道德的，所以梁归智先生说薛宝钗绝不可能如此行事。

第二，是谁促成了薛宝钗与贾宝玉的婚姻。无论薛宝钗在主观上有没有和林黛玉争夺过贾宝玉，但是两人的婚姻已经构成了事实。那么是谁促成了这段婚姻呢？高鹗在后四十回的情节设计中明确地指出是王熙凤使用的调包计促成了宝钗与宝玉的结合。

王熙凤会不会使用调包计来促成金玉良缘，评论者的观点不一。有赞同的，例如朱眉叔先生就说："王熙凤所以破坏宝玉、黛玉的婚姻，促成宝玉、宝钗的结合，固然和她重视和宝钗的血缘关系，意图在贾府扩大王氏家族势力，讨好王夫人有关，也必然和她厌恶黛玉性格，想在难以收服的宝玉身边安排一个自己人分不开。"[1] 也有不赞同的，认为调包计并非曹雪芹的构思，只是高鹗的一厢情愿而已。例如周思源先生就指出："荣府的命根子贾宝玉将来如果娶了只会作诗不会理家的林黛玉为妻，对王熙凤继续掌握荣府大权十分有利；若宝钗成了宝二奶奶，那她就得退出荣府权利核心。"[2] 李景光先生从成书研究的角度出发，也认为调包计在曹雪芹的原稿中根本不存在。李先生说："曹雪芹原是用黛玉先死，宝钗后嫁的方法来解决宝钗、黛玉之间的爱情纠葛的，根本不存在什么'掉包计'的问题。"[3]

大多数评论者否定了调包计的说法，然而到底是谁促成了宝钗和宝玉的婚姻呢？综合众多评论家的意见，主要有三点。

首先是因财联姻。有评论者认为，此时的贾府因为坐吃山空已经到了经

---

[1] 朱眉叔：《红楼梦的背景与人物》，第 314 页。
[2] 周思源：《〈红楼梦〉创作方法论》，北京：文化艺术出版社，1998 年，第 147~148 页。
[3] 李景光：《关于薛宝钗的评价问题——兼论曹雪芹笔下的薛宝钗》，《沈阳师院学报》，1985 年第 3 期。

济崩溃的边缘，让贾宝玉娶薛宝钗的原因是想借助薛家的经济实力缓解贾府的经济危机。早期的评论家周春在随笔中就写道："须看种种世态炎凉，世俗嫁娶未有不重财者。黛玉父母早丧，孑然一身，宝钗母兄俱存，家私尚厚，贾政之取宝而舍黛也宜矣。"①

其次是政治联姻。评论者认为贾史王薛四大家族有联姻的传统，主要的目的是一荣俱荣。佟雪曾指出："对于贵族地主阶级来说，婚姻是一种政治行为，是一种借新的联姻来扩大自己势力的机会。四大家族根据这个原则，强制决定了贾宝玉和薛宝钗的婚事。"②

最后是奉旨成婚。贾府地位最高的是贾母，然而能让贾母改变主意或者说能左右贾母决定的只有元妃一人。王夫人喜爱宝钗胜于黛玉，这一点毋庸置疑，所以有学者推测促成宝钗和宝玉结合的主要原因是元春的懿旨。

第三，薛宝钗与贾宝玉的婚姻是在林黛玉仙逝之前还是在仙逝之后。这看似是一个无关痛痒的问题，但是之前之后对于薛宝钗而言却有着完全不同的意义。如果结婚在林黛玉死亡之前，薛宝钗就很难洗刷清争夺宝玉的嫌疑，无形之间就将薛宝钗打入了不道德的深渊。如果结婚在林黛玉死亡之后，一切都有可能变化，对于薛宝钗的道德评价也会重新定位。

按照高鹗的设计，二宝成婚之夜就是林黛玉回归离恨天之时，然而这样的安排却招来很多探佚学家的质疑和否定。例如梁归智先生认为，《终身误》中"都道是金玉良缘，俺只念木石前盟"说得非常明白，木石前盟在前，金玉之姻在后，"宝钗是在黛玉死后才嫁给宝玉的。宝玉在前一年秋天离开贾府，黛玉在宝玉走后日夜思念悲啼，又受赵姨娘一党的陷害打击，于第二年春末泪尽夭亡……秋天宝玉回到贾府，只能在'落叶萧萧，寒烟漠漠'的潇湘馆'对景悼颦儿'。略前，元春从爱护宝玉和维护家族利益出发，下旨宝玉和宝钗结成'金玉姻缘'"③。

第四，贾宝玉出家之后，薛宝钗有无再嫁。关于薛宝钗有无再嫁，红学界曾因此而热闹异常，其争论的焦点就在这一点上。高鹗在后四十回的情节中并没有设计宝钗再嫁这一出戏，而是宝玉出家后，宝钗幸有一子，最后母凭子贵。然而吴世昌先生在 20 世纪 80 年代初期提出了一个石破天惊的探佚观点——薛宝钗最后嫁给了贾雨村。

---

① 周春：《阅红楼梦随笔》，载《古典文学研究资料汇编·红楼梦卷》，第 76 页。
② 佟雪：《红楼梦人物论》，南京：江苏人民出版社，1978 年，第 115~116 页。
③ 梁归智：《石头记探佚》，第 62 页。

吴世昌先生根据贾雨村在第一回亮相时作的对子，"玉在椟中求善价，钗于奁内待时飞"作出推测，"时飞"是贾雨村的表字，"钗"是指薛宝钗，"钗于奁内待时飞"中暗含的就是薛宝钗期待的正是像贾雨村一样的达官贵人，这也是薛宝钗最后的婚姻归宿。吴先生再根据薛宝钗的性格以及贾雨村在书中的行动轨迹最后判定："从全书故事的完整性来看，宝钗最后嫁给雨村，不但极有可能，而且几乎断不可少。再从全书结构和故事组织的严密性来看，香菱的结局必然要与她父亲甄士隐的故友贾雨村有关。而贾雨村之所以能最后见到香菱，也只有通过他与宝钗结合的关系，才有可能。"①

对于吴世昌先生的观点，有赞同的，但是反对之声远远高于认同之声。例如胡文彬先生说："如果以吴世昌的解释，那么前一句中的'玉'又指何人？是'贾宝玉'之玉，还是'林黛玉'之玉？'待时飞'是'待'贾雨村，那么'求善价'又是'求'的何人？'善价'无论怎么样'谐音'也难于'谐'出个人名来。倘若硬是要谐出个'单'假（贾），在《红楼梦》中也找不出的，因为小说中只写了一个'单骗人'。"②

卓守忠先生曾在《红楼梦学刊》上发文，从文化、考证等方面系统解构薛宝钗嫁贾雨村的不可能性。卓先生认为贾雨村的楹联，抒发的不过是自己的抱负，偶吟前人之句，这种手法在中国传统诗词中比比皆是。卓先生指出，如果薛宝钗真的嫁给了贾雨村，那么很多问题就无法解释。例如脂砚斋等人对《红楼梦》后半部是有了解的，为何在前面的批语中只字未提，而且从现有的脂批来看，对薛宝钗的批语多是溢美之词，往往把贾雨村评为下流之人、阴险小人，等等。"如果后半部确实写到宝钗再嫁雨村，在脂砚斋等人看来，不低于爆炸性新闻，即使不愤怒，也会大失所望，那么，在前八十回的诸多批语中断不会有如此之多的褒美之词（于薛宝钗）。"③

当然吴世昌先生的这一观点也并不孤单，虽然反对之声大于支持之声，毕竟还是有后来者。例如田同旭先生依据"影子说"的观念，认为《红楼梦》中的人物都是相互陪衬的，晴雯是林黛玉的影子，袭人是薛宝钗的影子，"作为薛宝钗影子的花袭人改嫁了他人，其性格与人生追求和薛宝钗又极相类"④，按照这种构思推测下去，薛宝钗改嫁贾雨村是极有可能的。

---

① 吴世昌：《红楼梦探源外编》，第379~386页。
② 胡文彬：《魂牵梦萦红楼情》，第14页。
③ 卓守忠："虽离别亦能自安"——也谈宝钗的结局》，《红楼梦学刊》，1987年第4辑。
④ 田同旭：《薛宝钗另有情缘》，《山西大学学报（哲学社会科学版）》，2001年第4期。

九、作者的态度与写法研究

对于薛宝钗这个人物，作者曹雪芹持什么态度呢？这也是评论者所关注的。其实这是一个伪命题，因为标准答案永远也找不到，然而这似乎又是一个极其容易回答的问题，因为答案就在评论者笔下。

有学者说曹雪芹对薛宝钗是赞许的，例如李景光先生根据判词《终身误》中"山中高士""停机德"等指代，判定作者曹雪芹对薛宝钗是肯定的。也有学者说曹雪芹对薛宝钗是持否定态度的，哈斯宝就是这一观点的代表人物。也有学者说曹雪芹在塑造这一人物时是充满矛盾的，例如吕启祥先生说："作者对薛宝钗的态度不能只用'贬斥'或'否定'一言以蔽之，实际上要复杂得多，有贬也有褒，褒中又带贬，而且不论是贬还是褒，都不是抽象的孤立的，总是在同各种人物的对照中显现出来，具有不同的性质和含义。"[①] 所以与其说是在探究作者曹雪芹对待薛宝钗的态度，还不如说是评论者在抒发自己对薛宝钗的态度。

关于曹雪芹是如何塑造薛宝钗的，换句话说塑造薛宝钗使用的是什么手法，虽然评论者给这种手法命名不一，但是在观念上是基本相通的。许多学者认为曹雪芹在整部《红楼梦》中使用得最多的一种创作技法就是对比法。所谓的"袭为钗副"就是这一技法的别称。早期的评点家张新之就说，曹雪芹写林黛玉"极不善处世，不善提防，以致坠入术中者示警，与宝钗作大对照也"[②]。汪文科先生总结得最清楚："曹雪芹常常采取多种多样手法来对比，有时让他们二人都把对方放在眼里、心里相互比较；有时把他们放在宝玉的心里进行比较；有时把他们放在同一事件上，让他们各自表示自己的态度和对待的方法，展现各自的个性特征；有时在同一件事情上，通过别人的议论，说出他们各自不同的态度；有时当然也就是作者自己站出来发表评论，或作不同的描写。"[③]

[①] 吕启祥：《形象的丰满和批评的贫困——关于薛宝钗这一典型及其评价》，《红楼梦研究集刊》，1982年第8辑。

[②] 张新之：《红楼梦回批》，载郭豫适编：《红楼梦研究文选》，上海：华东师范大学出版社，1988年，第85页。

[③] 汪文科：《〈红楼梦〉里的艺术对比》，载中国作家协会贵州分会《红楼梦》研究组编：《红楼梦论集》，贵阳：贵州人民出版社，1983年，第174~175页。

王熙凤评论史略

　　王熙凤在曹雪芹的笔下可谓浓墨重彩，她在金陵十二钗中虽然排名比较靠后，但戏份却是最多的一位。正是因为她的存在，大大提升了《红楼梦》的可读性。如果说宝黛是作者高度理想化中的一号男女主角儿的话，那么王熙凤就是作者笔下极度现实化中的一号主角儿。曾有学者说，如果《红楼梦》中没有了王熙凤，文本的可读性会少去三分之二；如果《红楼梦》中没有了王熙凤，红楼人物的构架就会坍塌。这并非夸张之词，王熙凤在《红楼梦》中的地位和作用确实如此。

　　细数评论金陵十二钗的文章，其中关于王熙凤的文章数量不亚于黛钗。评论者对于王熙凤的评价可谓褒贬参半，其评论重点主要集中在名字涵义、才干、品行、性情、结局、作者的态度以及人物形象的典型意义等方面。

一、名字涵义研究

　　对王熙凤名字的解析，评论者主要运用两种方法切入：第一种是红楼人物评论的惯用方法——谐音解析法，第二种是典故解析法。在这两种方法中，谐音法主要出现在早期的评论文章中，典故解析主要出现在近现代的人物评论中。

　　王熙凤的"凤"字，从字义来看是指凤凰中的雄性，换句话说王熙凤取了一个男性化的名字，这一点在《红楼梦》文本中就能得到证实。第五十六回，说书的女先生为贾母等人说书助兴，讲道：

　　　　"残唐之时，有一位乡绅，本是金陵人氏，名唤王忠，曾做过两朝宰辅。如今告老还家，膝下只有一位公子，名唤王熙凤。"众人听了，笑将起来。贾母笑道："这重了我们凤丫头了。"媳妇忙上去推他,"这是二奶奶的名字,少混说。"贾母笑道:"你说,你说。"女先生忙笑着站起来,说:"我们该死了,不知是奶奶的讳。"凤姐儿笑道:"怕什么,你们只管说罢,重名重姓的多呢。"

重名重姓虽然属于巧合,但是从这段故事中足以证明王熙凤原本就是男孩子的名字。作者为什么要这样为她命名呢,俞平伯先生认为其中的主要原因是显示王熙凤的才干和见识。俞先生说:"她所以能够比并男子,既不在装扮形容上,也不在书本知识上(此所以凤姐不识字却无碍其有学名),而在于她的见识才干上。"① 对于这样的解释,李劼先生也持相同的观点,只不过李先生使用的是谐音法,"王熙凤谐音稀凤,意谓一个鲜见的具有男性阳刚之气的强硬女子"②。

从典故法解析王熙凤的名字,评论者多用许慎的《说文解字》,此书"鸟部""凤"字条说,凤是一种神鸟,这可以暗指王熙凤的聪明才干,然而"凤"的繁体一分为二就是"凡"和"鸟"的组合。林冠夫先生认为,这里面包含着作者对王熙凤这个人物的贬义情感。据《说文解字》上的解释,凤凰一旦出现,则表示"天下大安宁",然而王熙凤这只"凤"却偏从末世来,所以林冠夫先生把二者联系起来分析说:"二者的含义刚好相对。也就是说,作为神鸟的凤出现,则是'天下大安宁'的盛世;而'偏从末世来'的,就是'凡鸟'了。特别用一个'偏'字,当是指《说文》而言。所以,判词中的'凡鸟'似乎带一点贬义。"③ 赖振寅先生也持这种"贬义"说观点。赖先生根据王熙凤的判画分析说:"此'凤'现于冰山,生性冷酷,不仁不义,冰心冷肠,薄情寡德。此'凤'雌雄颠倒,阴阳失伦,盛气凌人,雌威害世。"④

不难看出无论学者们用哪种方法对名字涵义解析,其指向都是想表达出对王熙凤这个人物的态度,谐音解析法的大多表达"王熙凤"这个名字中暗含她的秉性刚强和杀伐决断的男性气质。而用典故解析法的学者多持否定意见,认为王熙凤这个人物生性贪婪、阴毒刻薄。

---

① 俞平伯:《〈红楼梦〉中关于"十二钗"的描写·凤姐》,《文学评论》,1963年第4期。
② 李劼:《历史文化的全息图像——论〈红楼梦〉》,上海:东方出版中心,1995年,第86页。
③ 林冠夫:《红楼梦纵横谈》,北京:文化艺术出版社,2004年,第293页。
④ 赖振寅:《"末世凡鸟"的文学镜像与文化意蕴——兼谈"一从二令三人木"》,《红楼梦学刊》,2003年第3辑。

二、外貌与表情研究

王熙凤在第三回出场，曹雪芹给了她一个漂亮的亮相，读者通过林黛玉的眼睛看到了一个恍若神仙妃子般的贵妇。书中这样写道：

> 这个人打扮与众姑娘不同，彩绣辉煌，恍若神妃仙子：头上戴着金丝八宝攒珠髻，绾着朝阳五凤挂珠钗，项上戴着赤金盘螭璎珞圈，裙边系着豆绿宫绦，双衡比目玫瑰佩，身上穿着缕金百蝶穿花大红洋缎窄裉袄，外罩五彩刻丝石青银鼠褂，下着翡翠撒花洋绉裙。一双丹凤三角眼，两弯柳叶吊梢眉，身量苗条，体格风骚，粉面含春威不露，丹唇未起笑先闻。

在《红楼梦》中，这是一段难得的写实性外貌描写，历来被评论者津津乐道。这段是写王熙凤出场之后，她的出场方式，评论者给了一个标签"未见其人，先闻其声"。通过对文本的分析，评论者除了赞叹曹雪芹的写作技巧以外，还认为王熙凤的出场方式与外貌刻画足以锁定她的性情、气质和神色。

脂砚斋就曾批语道："阿凤三魂六魄都已经被作者拘定了，后文焉得不活跳出来？"活跳出来的是什么呢？王希廉在后来的评语中写道："王熙凤出来，另用一幅笔墨，细细描画。其风流、能干、权诈、阴薄气象已活跳纸上：真是写生妙手。"[①]

对于王熙凤的外貌评析，评论者除了夸赞她的美丽以外，更多的是从外貌入手，以探析其为人和性格。例如王朝闻先生认为，在凤姐漂亮的容貌里，隐藏着一些可怕的特征。一般来说，"春"和"威"是不相容的，但是曹雪芹却让这两样特质并存于王熙凤的身上，她那如春的外貌，将在别的情势下，露出她的威猛来。所以王朝闻先生说："这如春的外貌里包含着不露的威势，就越看越显得她的可怕，诱人的美和可怕的丑对立统一，是有些读者称凤姐为'美女蛇'或'胭脂虎'的一种原因。"[②]

王熙凤在《红楼梦》中的第一次亮相是非常精彩的，然而这样的亮相给

[①] 王希廉：《红楼梦回评》，载朱一玄编：《红楼梦资料汇编》，天津：南开大学出版社，1985年，第545页。

[②] 王朝闻：《论凤姐》，天津：百花文艺出版社，1980年，第58~59页。

人的感觉是浓妆艳抹式。为什么凤姐要画着浓妆出来呢,宋淇先生认为这和凤姐的身体健康状态有很大的关系,因为血气不足才导致脸色暗黄,所以必须要靠脂粉来为自己的形象增光添彩。宋先生曾在前八十回中寻找出有关王熙凤的健康描写十三处。①

在《红楼梦》中,王熙凤的表情也非常丰富,在众多的表情中笑是尤为突出的一种。有学者认为王熙凤是《红楼梦》中笑得最多的一位。王朝闻先生曾总结说,曹雪芹在描写凤姐笑的笔法上是千变万化的,并且注意到了个别与一般的辩证关系,笔墨极其洗练。"常常只用'忙笑道''冷笑道''假笑道'或'笑道'的简笔,有时连'笑'也省略了,读者却能够从她和什么人说什么话,感到她是在笑着说的。"② 笑原本是一种充满喜悦的表情方式,但是很多评论者都从王熙凤的笑声中感觉到可怕与恐惧。舒芜先生以"贾瑞戏熙凤"时凤姐的笑为例,指出了她的笑中藏刀。王熙凤在和贾瑞的接触中,总是满脸堆笑,书中其明写"凤姐笑道"就有四次。舒芜先生说:"这四次笑,都是诱敌深入的武器……凤姐前后用了六次假笑,实现了'几时叫他死在我手里'的计划。"③

从评论者对王熙凤笑的解析来看,大多持否定态度,认为她的笑是取悦上层的手段,是谋权机变的心思,是奉承与狠毒的表现。李醒骧先生说:"王熙凤作为一条线索,连接着贾府纷繁错综的矛盾,她那变幻多姿的'笑'则有出神入化的力量,从而使那'悲'的结局显现着不可抗拒的趋势。封建家族的腐朽没落在笑声中是那样的惨然无救,这是一种多么大的讽刺啊。"④

三、才干研究

王熙凤的才能在曹雪芹的笔下得到了充分的展示,可以说这是凤姐最为闪耀的一面,她的才干也得到了历来评论者一致的肯定。所以有学者说,王

---

① 这十三处关于王熙凤的健康描写分别在第十四、十九、四十三、四十四、五十五、六十一、六十四、七十一、七十二、七十四、七十六回中。宋淇先生归纳曹雪芹写王熙凤的病,所采用的手法可谓多姿多彩,其中伏线四次,正面详细描写两次,正面交代两次,因病不能参加家事活动两次,借他人之口吐露病情三次。此统计见宋淇:《〈红楼梦〉识要——宋淇红学论集》,北京:中国书店,2000年,第226~243页。
② 王朝闻:《论凤姐》,第98页。
③ 舒芜:《说梦录》,上海:上海古籍出版社,1982年,第201~203页。
④ 李醒骧:《王熙凤的"笑"——谈曹雪芹对凤姐的形象刻画》,《红楼梦学刊》,1987年第1辑。

熙凤是幸运的,有真才实学,而且在现实社会中又能得以施展,这是人生的一大快事。评论者分析凤姐的才干主要从以下三个层面展开。

(一) 口才

在《红楼梦》中,王熙凤的口才是出了名的。第二回冷子兴在演说荣国府时就说她"言谈爽利"。第六回刘姥姥一进荣国府周瑞家的向她介绍王熙凤时,说若"赌口齿,十个会说话的男子也说不过她"。就连以说书为生的女先生对凤姐的口才也赞不绝口,说"奶奶要一说书,我们连吃饭的地方都没有了"。所以从红楼人物的只言片语中对王熙凤的口才就可窥见一斑。

王熙凤在《红楼梦》中的语言数量是最多的,其内容丰富,风格也多种多样。评论者对她语言的分析最终的落点是指向王熙凤的泼辣、机警、虚伪以及歹毒的内心活动。所以王昆仑先生说,王熙凤的口才与她的性格一样富有传奇色彩,除了展示幽默与吹嘘以外,"口才又成为她抬高自己打击别人的锋利武器"[1]。

在早期的评点派中,研究者对王熙凤的口才评点也极为丰富,大多以简短而精练的文字总结王熙凤的语言特色,从而揭示其语言背后的真实心理。例如第十六回,贾琏料理完林如海的丧事回府,和王熙凤聊起家事,贾琏感谢王熙凤的操持劳碌,王熙凤说道:

> 我那里照管得这些事!见识又浅,口角又笨,心肠又直率,人家给个棒槌,我就认作"针"。脸又软,搁不住人给两句好话,心里就慈悲了。况且又没经历过大事,胆子又小,太太略有些不自在,就吓的我连觉也睡不着了。我苦辞了几回,太太又不容辞,倒反说我图受用,不肯习学了。殊不知我是捻着一把汗儿呢。一句也不敢多说,一步也不敢多走。你是知道的,咱们家所有的这些管家奶奶们,那一位是好缠的?错一点儿他们就笑话打趣,偏一点儿他们就指桑说槐的抱怨。"坐山观虎斗","借剑杀人","引风吹火","站干岸儿","推倒油瓶不扶",都是全挂子的武艺。况且我年纪轻,头等不压众,怨不得不放我在眼里。更可笑那府里忽然蓉儿媳妇死了,珍大哥又再三再四的在太太跟前跪着讨情,只要请我帮他几日,我是再四推辞,太太断不依,只得从命。依旧被我闹了个马仰人翻,更不成个体统,至今珍大哥哥还抱怨后悔呢。你

---

[1] 王昆仑:《红楼梦人物论》,北京:北京出版社,2004年,第157页。

这一来了，明儿你见了他，好歹描补描补，就说我年纪小，原没见过世面，谁叫大爷错委他的。

在这段话语旁边，王希廉评语道："凤姐备酒接风，戏谑趣话，描尽美俊口吻。其自谦处正是自伐才能，善用反挑笔法。"①

王先霈先生认为，王熙凤的语言特色在于"用最诚恳的词语隐藏最歹毒的心肠，用最火热的声调掩饰最冷漠的灵魂"②。这一点在王熙凤诓骗尤二姐进贾府时体现得最为突出。从评论者关于王熙凤的语言的分析来看，有一点能达成共识，那就是王熙凤语言的基本特色是机巧、泼辣与鄙俗的统一。所以傅继馥先生说，王熙凤用语言布成了相思局，安排了迷魂阵，让贾瑞自投罗网。这时她的语言已经从机巧演变成了奸猾，她对尤二姐的那段"肺腑之言"展示出她的自谦、自悔、又自我褒扬，一边在敬爱丈夫，一边又体贴尤二姐，"明明全是虚情假意，偏偏能说成是倾心吐胆。每一句话都淌着蜜汁，每一句话也都藏着一个陷阱。机巧于是就成为阴险"③。

对于王熙凤在《红楼梦》中所展示的语言特点，孙剑霖先生给了一个名词叫"主体自显性特征"。所谓自显性特征，就是王熙凤个性化的语言心理结构的直接外化。这在王熙凤的语言交际中表现得尤为突出。孙剑霖先生总结王熙凤语言交际行为中主体自显性的语用表达模式特征有三种，第一种是主体语题化，第二种是主体焦点化，第三种是主体习套化。第一种特征很能反映出王熙凤好强自持的性格特点；第二种特征往往能引起人们的超常注意以至联想，以此来显示她的权势和地位；第三种特征是凸显自我的最好方式。所以"从语言风格角度来看，王熙凤口吻的实质或核心，就是其话语表达中的主体自显性功能特征，而主体话题化、主体焦点化、主体习套化是王熙凤口吻的主要的构成要素和手段。其言语中所表现出来的机巧、辛辣、刻薄以及骄大等在相当程度上是与上述几种语用手段分不开的"④。

（二）管理才能

王熙凤是脂粉队里的英雄，这一点已经成为定论。曹雪芹给王熙凤提供

---

① 王希廉：《红楼梦回评》，载《红楼梦资料汇编》，第 557 页。
② 王先霈：《小说技巧探赏》，成都：四川文艺出版社，1986 年，第 36 页。
③ 傅继馥：《〈红楼梦〉人物语言的性格化》，《红楼梦学刊》，1981 年第 1 辑。
④ 孙剑霖：《论王熙凤语言交际中的主体表现及其语用模式特征》，《红楼梦学刊》，1989 年第 1 辑。

的展才空间非常宽广，对于"脂粉英雄"的塑造似乎也从不吝惜自己的笔墨。王熙凤的"英雄壮举"主要表现在管理家政上，历来的评论者往往会以她协理宁国府作为例证，从而解析、评论凤姐的才干。

对于王熙凤协理宁国府时的表现，大多数的研究者都持肯定态度。章培恒先生就曾说道："以贵族阶级的标准来说，王熙凤确是一个极有才干的人物；在这一点上，贾府的男人没有一个比得上她的。不说别的，只要看她'协理宁国府'，不到一个月的时间，就把原来'都忒不像了'的宁府，整治得'众人不敢偷闲。自此兢兢业业'。在贾府的男人中，有哪一个能具备这样的统治才能呢？"①

对于王熙凤的管理才能，也有持否定态度的。例如周启志先生认为，王熙凤并非是协理宁国府的唯一人选，最后选择了她，主要是三个方面的原因促成的。第一是王熙凤因为性格中具备男孩子的特性，天生有一股魄力；第二是王、贾两家的特殊婚亲关系；第三是王家的豪富可力敌贾府。正是因为这三方面的原因，协理宁国府非凤姐莫属了。周启志先生认为，王熙凤的管理存在诸多误区，例如她对宁国府管理弊病的分析以及采取的应对措施都存在错误。《红楼梦》第十三回写道：

> 这里凤姐儿来至三间一所抱厦内坐了，因想：头一件是人口混杂，遗失东西；第二件，事无专执，临期推委；第三件，需用过费，滥支冒领；第四件，任无大小，苦乐不均；第五件，家人豪纵，有脸者不服钤束，无脸者不能上进。此五件实是宁国府中风俗。

周启志先生认为，王熙凤总结的这五件事，在贾府中不过是皮毛琐屑之事，不是主要矛盾或矛盾的主要方面。然而不管怎么样，毕竟王熙凤寻找出了她认为的弊端。在后来的改革中，王熙凤的管理模式存在着严重的缺陷，那就是只有惩罚没有奖赏。"所以凤姐便是这样以严酷法替代王风教化而树起自己的权威，这与传统的管理模式是风马牛不相及的。"②

对于王熙凤的管理才能，除了肯定与否定的态度之外，评论者还通过她的管理表现得出了"有才而无德""才足以济奸"的观点，所以在读者眼中王熙凤的才干往往成了她作威作福的资本。王希廉就曾点评说："福、寿、

---

① 章培恒：《论〈红楼梦〉的思想内容》，《复旦大学学报》，1964年第1期。
② 周启志：《奸雄乱世之术——王熙凤管理术之批判》，《明清小说研究》，1996年第3期。

才、德四字,人生最难完全。……王凤姐无德而有才,故才亦不正。"① 在现代评论者笔下,绝大多数都肯定王熙凤的才,但是同时又否定她的德。

为什么王熙凤会给读者留下有才而无德的印象呢?林冠夫先生认为,因为凤姐的才干往往和私利联系在一起,只要能给自己带来好处的,哪怕是损害家族的利益,她也会去做。协理宁国府,为改变原先的管理不善,出了一番力气,算是发挥了她的才干。可是,就在这次代摄宁府事务的过程中,为了一场婚姻纠纷,包揽词讼,插手官场,为的就是一个利字。然而如此行径终会留下把柄,对于家族的垮塌焉能没有影响?所以"从这个意义上说,王熙凤的才干,反而成了裙钗一二可'破家'了"②。

(三) 见识与心机

见识与心机原本是两个不同的概念,在使用中也并不常常连用,但是在王熙凤身上,见识与心机总是同时出现,而且结合得严丝合缝。例如在探春理家之时,改革带来了很多变故,王熙凤和平儿议论道:

"你知道,我这几年生了多少省俭的法子,一家子也没个不背地里恨我的,我如今是骑上老虎了。虽然看破些,无奈一时也难宽放;二则家里出去的多,进来的少,凡百大小事仍是照着老祖宗手里的规矩,却一年进的产业又不及先时。多省俭了,外人又笑话,老太太、太太也受委屈,家下人也抱怨刻薄;若不趁早儿料理省俭之计,再几年就都赔尽了。"平儿道:"可不是这话!将来还有三四位姑娘,还有两三个小爷,一位老太太,这几件大事未完呢。"凤姐儿笑道:"我也虑到这里,倒也够了:宝玉和林妹妹他两个一娶一嫁,可以使不着官中的钱,老太太自有梯己拿出来。二姑娘是大老爷那边的,也不算。剩了三四个,满破着每人花上一万银子。环哥娶亲有限,花上三千两银子,不拘那里省一抿子也就够了。老太太事出来,一应都是全了的,不过零星杂项,便费也满破三五千两。如今再俭省些,陆续也就够了。只怕如今平空又生出一两件事来,可就了不得了。——咱们且别虑后事,你且吃了饭,快听他商议什么。这正碰了我的机会,我正愁没个膀臂。虽有个宝玉,他又不是这里头的货,纵收伏了他也不中用。大奶奶是个佛爷,也不中用。二

---

① 王希廉:《红楼梦回评》,载《红楼梦资料汇编》,第149～150页。
② 林冠夫:《红楼梦纵横谈》,第298～299页。

姑娘更不中用，亦且不是这屋里的人。四姑娘小呢。兰小子更小。环儿更是个燎毛的小冻猫子，只等有热灶火坑让他钻去罢。真真一个娘肚子里跑出这个天悬地隔的两个人来，我想到这里就不伏。再者林丫头和宝姑娘他两个倒好，偏又都是亲戚，又不好管咱家务事。况且一个是美人灯儿，风吹吹就坏了；一个是拿定了主意，'不干己事不张口，一问摇头三不知'，也给十分去问他。倒只剩了三个姑娘一个，心里嘴里都也来的。又是咱家的正人，太太又疼他，虽然面上淡淡的，皆因是赵姨娘那老东西闹的，心里却是和宝玉一样呢。比不得环儿，实在令人难疼，要依我的性早撵出去了。如今他既有这主意，正该和他协同，大家做个膀臂，我也不孤不独了。按正理，天理良心上论，咱们有他这个人帮着，咱们也省些心，于太太的事也有益。若按私心藏奸上论，我也太行毒了，也该抽头退步。回头看了看，再要穷追苦克，人恨极了，暗地里笑里藏刀，咱们两个才四个眼睛，两个心，一时不防，倒弄坏了。趁着紧溜之中，他出头一料理，众人就把往日咱们的恨暂可解了。还有一件，我虽知你极明白，恐怕你心里挽不过来，如今嘱咐你：他虽是姑娘家，心里却事事明白，不过是言语谨慎；他又比我知书识字，更利害一层了。如今俗语'擒贼必先擒王'，他如今要作法开端，一定是先拿我开端。倘或他要驳我的事，你可别分辨，你只越恭敬，越说驳的是才好。千万别想着怕我没脸，和他一犟，就不好了。"

在王熙凤的这段话语中既有她的见识，又有她的心机。所以罗书华先生说："（王熙凤）打心底里对探春的执政赞许，没有丝毫的妒贤嫉能，只有那英雄惜英雄，惺惺相惜的情怀。她不担心探春的出头，盖了自己的半世英名，反而感激。"① 罗先生夸赞的是王熙凤具有见识的一面，然而这种见识的目的并非完全是为了家族利益，也是为了转移众人对她的嫉恨，所以又在见识中透露出她的心机。

王熙凤的心机是一个相对中性的概念，换句话说，评论者对王熙凤心机的评价有褒也有贬。持褒扬观念的学者认为，王熙凤的心机主要展现在她做事细心周到，万事力求完美。例如在列藏本《红楼梦》第三回就有一条批语："黛玉到荣国府良久，众人未尝想到诸事，独熙凤一人无想不到的地方，

---

① 罗书华：《凤凰惜作末世舞——论凤姐兼说"一从二令三人木"》，《红楼梦学刊》，1998年第2辑。

可见心细而条理亦甚可观。"① 《红楼梦》第四十六回，贾赦要讨鸳鸯做妾，让邢夫人帮忙说合，邢夫人一味地顺从贾赦，不敢违抗，但是又知道此事难办，于是就找到了王熙凤商议，让凤姐出主意。王熙凤早知道此事不会有好结果，但是如何应对这件事呢？王蒙先生分析文本总结了凤姐在此过程中的精彩六招——顶、转、防、躲、伪、哄解，最后让自己脱险。对于这样的心机，王蒙先生说："凤姐在此事中，应对进退，有理有利有节，举措得体，料事如神，无懈可击。鉴于她的尴尬处境，夹在邢夫人贾赦与鸳鸯贾母当中，本是极易陷于猪八戒照镜子——两头不是人的境地的，由于她处理得法，化险为夷，化凶为吉，令人佩服！"②

在评析王熙凤心机的文章中，持褒扬的人相对较少，大多数都持贬抑观点。持有贬抑观的学者认为，王熙凤的心机主要用于如何博取上层的欢心上了。这种奉承是对她权利的维护，所以王昆仑先生说，王熙凤把博取贾母欢心作为自己日常最重要的工作。胡文彬先生把凤姐的这种行为定性为"谀"。然而凤姐身上的"谀"是两个方面的结合体，一个是阿谀别人，一个是受人奉承。所以胡文彬先生说："所谓'谀'态，一是指她对'最高'领导贾母的阿谀奉承，二是她自己的'悦谀'——即喜欢别人对她的阿谀奉承。"③

对于王熙凤而言，心机的使用除了讨好贾母、王夫人等以外，其实最主要的目的还是为了掌权和敛财。吕启祥先生还认为："凤姐的心机固然用于敛钱聚财，更体现在处理人际关系上，在这方面凤姐的心机深细、谋略周密，有更为精彩的表演。"④ 比如她善于探测对方的心理，调整自己的言行。她善于周旋在各种人际交往间，能不卑不亢、分寸得宜地处理各种人际关系，这些都是王熙凤的心机。所以"凤姐的心机"是一个非常复杂的话题，并非一个简单的褒与贬能界定的。

对于否定王熙凤心机的学者而言，常用一种比喻，就是王熙凤像曹操。早在评点时期，涂瀛就作过这样的比喻，说："凤姐古今人孰似？曰：似曹瞒。"⑤ 后来王昆仑先生的那句"骂凤姐，恨凤姐，不见凤姐想凤姐"，就直

---

① 朱一玄编：《红楼梦脂评校录》，济南：齐鲁书社，1986年，第593页。
② 王蒙：《红楼启示录》，北京：生活·读书·新知三联书店，1991年，第125~128页。
③ 胡文彬：《红楼梦人物论——胡文彬论红楼梦》，北京：文化艺术出版社，2005年，第45~46页。
④ 吕启祥：《红楼梦寻——吕启祥论红楼梦》，北京：文化艺术出版社，2005年，第245页。
⑤ 涂瀛：《红楼梦问答》，载一粟编：《古典文学研究资料汇编·红楼梦卷》，北京：中华书局，1963年，第144页。

接来源于"骂曹操,恨曹操,不见曹操想曹操"之句。这种比喻可谓影响甚广!

除去褒与贬以外,还有学者持中立态度,例如周汝昌先生就说:"有心机的,又要分是为明哲保身,还是为了利己害人。两种心机不可错认错评。凤姐的心机是自保多,也不是真想害人。她是心田仍在,疼怜邢岫烟,爱惜小红。反对赵姨娘,同情被'抄检'。她没有站在坏人奸邪一边。"①

四、品行研究

曹雪芹在塑造红楼人物上有一个比较鲜明的特点,就是人物的性格是随着故事的发展不断展开的。我们称之为展开式。需要指出的是,展开式和发展式是两个不同的概念。所谓展开式是指这个人物的性情一开始就确定了,在之后的故事中不断围绕这一中心性情进行渲染。而发展式是指这个人物的性情可能会随着故事情节的推移发生翻天覆地的变化。

曹雪芹对于王熙凤的塑造就采用的是展开式的手法。王熙凤一出场,贾母就给了一个"辣"的定位。周思源先生曾经总结说,王熙凤是"五辣俱全"——香辣、麻辣、泼辣、酸辣、毒辣。② 王熙凤在整部《红楼梦》中自始至终都围绕着五辣性情展开。正因为如此,评析王熙凤的难度就增加了,因为五辣中包含的品行往往不是单独出现,而是综合式的,三三两两结合着出现的。对于王熙凤品行的分析,研究者的观点主要分为四种。

(一)贪婪

王熙凤的贪婪似乎是铁证如山,《红楼梦》中多次明写她放高利贷,而且常常扣发仆人们的工资以此作放贷的本钱,实属重利盘剥;铁槛寺弄权就坐享三千两银子。这些事情给读者留下的印象就是贪婪。

在评论者看来,贪婪就应该进行谴责。姚燮曾评点道:"凤姐放债盘利,于十一回中则平儿尝说旺儿媳妇送进三百两利银,第十六回云旺儿送利银来,三十九回云将月钱放利,每年翻几百两已钱,一年可得利上千,七十二回凤姐催来旺媳妇收利账,叙笔无多,其一生之罪案已著。"③ 所以佟雪说,

---

① 周汝昌:《红楼夺目红》,北京:作家出版社,2003年,第243页。
② 周思源:《周思源看红楼》,北京:中华书局,2005年,第107~113页。
③ 姚燮:《读红楼梦纲领》,载《古典文学研究资料汇编·红楼梦卷》,第165页。

王熙凤都成了一个嗜利成性的吸血鬼了。曾扬华先生认为，王熙凤如此爱财和她出身的家庭背景有一定的关系，金陵王家就是一个专管外贸生意的官僚家庭，所以"王熙凤之所作为，不管在什么情况下，都忘不了一个钱字。可以说，要钱，这就是王熙凤的极端利己主义的核心"[1]。

对于王熙凤的贪婪，评论者几乎能达成共识，然而爱财的目的是什么？又众说纷纭了。林文山先生认为，王熙凤的爱财，除了秉性使然以外，最主要的是满足了她作为贵妇人的体面，也是她摆脱精神痛苦的一种手段。"例如硬拉赵姨娘凑份子给她过生日，那目的更多的是为了显示她有脸面，并从赵姨娘的痛苦中得到乐趣。"[2] 可以说这份贪婪已经成了一种病态。

对凤姐的爱财行为也有十分理解的。例如罗书华先生认为，王熙凤作为贾府的管理者，她放贷、典押东西都是在为这个家族艰难度日作谋划。所以"她的贪赃捞钱却并不是一件私积体己钱的简单事儿。从她对诗社的支持，对贾母、薛姨妈的故意输钱也可看出凤姐并非那种中饱私囊、贪得无厌的守财奴，更非一毛不拔，只愿进不愿出的吝啬鬼"[3]。我们且不论罗先生判定得是否中肯，至少表现出评论者评价红楼人物的一种倾向，"正""反""中"都需要考虑才不失偏颇，也正是因为需要顾及如此多的方面，才导致了红楼人物评论的复杂性。

（二）悍妒

悍妒就是指王熙凤辣性中的酸辣。在上文中就曾提到，曹雪芹塑造人物不会在一件事情中单单展现人物性情的一面，而是多面的。王熙凤的酸辣往往和毒辣掺和在一起。所以二知道人就曾点评说："大观园，醋海也。……王熙凤，诡谲以行毒计，醋化鸩汤矣。"[4]

在《红楼梦》中真正能称得上悍妒的女人，只有两人，一个是夏金桂，另一个就是王熙凤了。但是读者对二人的态度却大相径庭。对于夏金桂式的悍妒只有愤慨，然而对于王熙凤式的悍妒又多了一份理解和同情。所以在历来评论者的文章中虽然对于王熙凤的悍妒都持贬斥态度，但是往往又会寻找

---

[1] 曾扬华：《漫步大观园》，南京：江苏古籍出版社，1992年，第132页。
[2] 林文山：《凤姐形象漫议》，《红楼梦研究集刊》，1982年第9辑。
[3] 罗书华：《凤凰惜作末世舞——论凤姐兼说"一从二令三人木"》，《红楼梦学刊》，1998年第2辑。
[4] 二知道人：《红楼梦说梦》，载《古典文学研究资料汇编·红楼梦卷》，第95页。

其中的理由来为她开脱一些罪责。例如在尤二姐这件事情上，王熙凤的悍妒就展现得淋漓尽致，是她一手策划并最终害死了尤二姐。另外表现凤姐悍妒的事件就是贾琏和鲍二家的偷情，被王熙凤撞见。然而罗德荣先生认为："这样的结果，对于一个权力受到伤害而又报复心极强的妻子来说，自然是难以接受的；贾母的'宏论'，虽然使风波暂时平息，但同时也使凤辣子深深感到封建社会男权中心的强大威慑，因而才不得不在偷娶尤二姐的事件中，采取更为隐蔽然而也更为狠辣的报复方式。这里，凤姐性格的前后转变，完全是由于互动关系的巨大冲击和影响所造成的心理上的逆转所致，是内在性格逻辑自身运动的结果，因而也无疑是深沉的，个性化的。"①

（三）阴毒

阴毒是王熙凤性情中毒辣的表现。历来的评论者主要以"毒设相思局"和"逼死尤二姐"以及害死张金哥等为例，来解读王熙凤的阴毒伎俩。对于凤姐的阴毒品行，受到了各个时期批评者们的贬斥和愤恨。

现代红楼人物评论和早期红楼人物评论有一个显著的区别，早期评论多停留在人物的表现层面，现代红楼人物评论除了指出表现外，还要深究导致这种表现的原因。例如王熙凤的阴毒，研究者除了否定这种品行以外，还挖掘背后的因缘。例如章培恒先生认为，王熙凤的狠毒是她所持有的人生哲学决定的，在她的心里，权力和物质是第一位的，其余一切都要靠后。这也反映了封建贵族阶级贪婪、凶恶、残酷的本质。"总之对于她来说，最重要的就是她自己和自己的利益；别人的幸福和生命则是毫无价值的。所以，只要她觉得需要，她就可以用任何残忍的手段把无辜的人害死，丝毫不以为意。"②

在现代的红楼人物评论中，有一股新的潮流就是"旧案新解"。例如王熙凤毒设相思局，早期的评论者认为贾瑞罪不当诛，正是因为王熙凤的狠毒才导致了贾瑞的死亡。然而现代很多研究者认为，贾瑞之死完全属于自找。例如凌解放先生分析了"贾瑞戏熙凤"的四个步骤，最后认为整个过程王熙凤没有责任！"进一层说，果然贾瑞目的得逞，对王熙凤将意味着什么呢？她坠入情网，一旦为人所知，秦氏吊死天香楼的下场就是'例'！不治瑞，

---

① 罗德荣：《曹操与王熙凤——关于典型形态问题的一个侧面》，《红楼梦学刊》，2002年第1辑。
② 章培恒：《论〈红楼梦〉的思想内容》，《复旦大学学报》，1964年第1期。

必为瑞所治,岂不是反被贾瑞吃掉了吗?至今读这段风流故事,赞凤姐者有之,同情这个色欲迷心登徒子、卑鄙无耻的'瑞大爷'者却甚为寥寥,就是因为这件事的'真理'在凤姐一边。贾瑞自要死,有什么办法?"①

红学界对于一个问题的解读历来就是正反两面切入,甚至是正中反三面切入,贾瑞和王熙凤的这段公案也不例外。其实单从一个角度看,只能得出一个结论,同情贾瑞的,贬斥王熙凤的狠毒;理解凤姐的,指责贾瑞的色心不改。其实双方各有责任。

(四)权术

王熙凤有权,所以在家族中玩弄权术也就顺理成章。和王熙凤的其他品行一样,她玩弄权术仍然招来一片否定贬斥之声。但是对于权术这个词,研究者的理解不大相同。郭预衡先生认为,人一旦有了权势,就会霸道起来,古今男女概莫能外。从吕后算起到慈禧,这些女人有了权势,谁又不玩弄权术呢!当年的凤姐也同样是水做的骨肉,只因为当了管家奶奶,"有了权势,便霸道起来。凤姐的权势欲是有所发展的,日甚一日的。此人早些时候,在别个场合,也非一无是处;但到后来,便越来越不像样子"②。

如果说郭预衡先生是通过人性发展论来看待王熙凤的权术的话,那么王一纲先生则从社会学和伦理学的角度给我们分析了凤姐的权术。王先生认为,王熙凤生性好强、最喜欢揽事的性格"其实就是指最喜抓权,善于玩弄权术阴谋。《王熙凤弄权铁槛寺》这个回目本身,就突出地表明,凤姐的权势欲是与贪欲合二为一的。无穷的贪欲和权势欲,乃是驱使这个性格行动的真正动力,它比'协理宁国府'更易为人看清"③。

五、性情研究

在十二钗的评论文章中,性情一项原本是重点,然而对于王熙凤却是一个例外,因为她光芒四射的才干、劣迹斑斑的品行已经把评论者的注意力吸引了一大半去,再加之她的才干和品行又往往和性情错综纠葛在一起,所以单独评析她性情的文章就相对较少了。

---

① 凌解放:《凤凰巢和凤还巢——另一个王熙凤》,《红楼梦学刊》,1983年第4辑。
② 郭预衡:《神圣的家族,爱情的悲剧》,《红楼梦学刊》,1980年第4辑。
③ 王一纲、杨若蔚:《观水集》,广州:花城出版社,1983年,第296页。

对于王熙凤的性情虽然评析不多，但是在不多的文章中有一个非常突出的共同点，那就是认为王熙凤具有男性特质。很多评论者在分析凤姐的才干时都会提到她从小是"假充男儿教养"的，所以杀伐决断、果敢坚毅就不是无根之木了。王富鹏先生运用心理学家桑德拉·贝姆建立的一项理论，测试出王熙凤身上的阳性特质非常突出。"这种特征在她日常生活的方方面面都有所表现。她雄心勃勃、乐于冒险的竞争意识和她杰出的领导才干，使她稳操管家之权。她信赖自己的能力，常常武断地作出决定，支配别人的生活，操纵他人的命运。在贾府中她是一个活跃分子，几乎贾府中一切事务都要经过她的裁处。她的所作所为，她的处事风格也使她与贾府中的其他女性判然有别，从而使她的性格凸显出较明显的阳性特质。"[①]

阳性特质在一个女人身上凸显得如此明显，是好还是坏呢？周启志先生认为，这是一种不和谐的状态，王熙凤从小假充男儿教养并不符合少年儿童的天性，与正常儿童那种天真烂漫、活泼可爱的童心性格比较，是一种很不和谐、很不正常的早熟，所以王熙凤身上的这种特质"实际上是一种人格分裂的变态性格。由于她在特殊环境里养成了那种特殊性格，成年后自然'越发历练老成了'"[②]。

对于王熙凤的性情判定，还有一种说法就是认为她身上呈现出市民特征。王克韶先生就王熙凤性格的内在心理和外在表现、明清文艺思潮、社会文化历史积淀以及曹雪芹所处的时代和家庭环境影响等方面作了探讨，最终认定王熙凤属于市民性格的特征。王先生还特别指出："凤姐的性格不是纯粹的市民性格，其中渗透着许多封建性的杂质，这是由于凤姐所处的时代，资本主义新生力量还很微弱，而封建势力还相当强大的时代特征所致。"[③]

六、结局研究

王熙凤的结局同其他金钗一样，在评论者笔下呈现出多种解读，但是悲剧性的色调仍然没有改变。研究者在探讨王熙凤的结局时所运用的手法也大致相同，先要否定高鹗续写中的王熙凤。例如王朝闻先生说，高续中的王熙凤太令人失望了，最为失败的一点就是把王熙凤活着"哭向金陵"的情节，

---

① 王富鹏：《论王熙凤的阳性特质及其成因》，《红楼梦学刊》，2005年第2辑。
② 周启志：《奸雄乱世之术——王熙凤管理术之批判》，《明清小说研究》，1996年第3期。
③ 王克韶：《试论王熙凤性格的市民特征》，《延边大学学报（社会科学版）》，1986年第2期。

改变成了"王熙凤历幻返金陵"的情节。石昌渝先生也对高鹗续书中所涉及的王熙凤的结局不满意，石先生根据庚辰本第二十一回的总批语分析，凤姐前后的地位发生了巨大的变化，"脂批还透露她在贾家执帚扫雪，获罪坐牢，可能还被贾琏休弃，总之是历经种种苦难最后死去，其惨痛之态是远远超过程高本后四十回的"①。

无论评论者怎么否定高鹗的续书，最终目的仍然是想找到一个解析王熙凤命运结局的最合理方案。研究者所依据的重点还是第五回中的判词：

一片冰山，上面有一只雌凤。其判曰：

凡鸟偏从末世来，都知爱慕此生才。
一从二令三人木，哭向金陵事更哀。

[聪明累]机关算尽太聪明，反算了卿卿性命。生前心已碎，死后性空灵。家富人宁，终有个家亡人散各奔腾。枉费了，意悬悬半世心，好一似，荡悠悠三更梦。忽喇喇似大厦倾，昏惨惨似灯将尽。呀！一场欢喜忽悲辛。叹人世，终难定！

对于王熙凤判词的解析，争论的焦点在"一从二令三人木"这句诗上，可谓众说纷纭。最早的解析见于周春的《阅红楼梦随笔》："案诗中'一从二令三人木'句，盖二令冷也，人木休也，一从月从也，三字借用成句而已。"② 周春的这种解析结果，对后世产生了极大的影响，可以说"冷"与"休"几乎成了定论。但是"一从二令三人木"又怎么解释呢？观点很多，具有代表性的有如下三点。

第一，暗指王熙凤和贾琏夫妻关系的三个阶段。"一从"是出嫁从夫，"二令"是指王熙凤对贾琏的压制和命令，"三人木"是指被"休"回娘家。所以高阳先生说："第一阶段出嫁'从夫'，以彼时的伦理观念，理所当然；第二阶段，阃'令'森严，贾琏处处受凤姐的压制，前八十回已写得淋漓尽致；第三阶段凤姐被'休'回娘家，是曹雪芹在后四十回中的构想。"③

第二，罗书华先生认为，"一从"是指王熙凤处在大观园女儿国中，显

---

① 石昌渝：《论〈红楼梦〉人物形象在后四十回的变异》，载刘梦溪编：《红学三十年论文选编（下）》，天津：百花文艺出版社，1983年，第579~580页。
② 周春：《阅红楼梦随笔》，载《古典文学研究资料汇编·红楼梦卷》，第69页。
③ 高阳：《曹雪芹对〈红楼梦〉的最后构想》，载郭豫适编：《红楼梦研究文选》，上海：华东师范大学出版社，1988年，第817~818页。

示出的顺从、和善、亲切、自然。"二令"是在贾府男人世界，凤姐杀伐决断，威重令行。"三人木"是指王熙凤为这个家族心力交瘁，虽然想力挽狂澜，但是孤掌难鸣，最终一命呜呼，在大厦倾塌之际玉石俱焚了。①

第三，王志尧先生认为，"一从"是指王熙凤尊崇"三从四德"，"二令"是指她在贾府的命令与威权，"三人木"是指被贾琏"休妻"。"从""令""休"三个字像三个特殊的人生里程碑，"把王熙凤一生不同阶段的不同情况生动准确地展现在读者面前，世人不能不佩服曹雪芹写人叙事和遣词用字的天才技巧"②。

其实在以上这具有代表性的三个观点中，又都包含着一个共同点，就是"一、二、三"是一个时段过程的链接，或者说这三个阶段是相互支撑从而发生变化的。但是对谜语的解析，只要不是制谜的人最终给出答案，谁也不敢说他猜的就一定对。所以蔡义江先生曾经呼吁："希望红学爱好者不要再继续花费心思去猜这个谜了，因为这已经是个谁也找不出确定谜底来的谜。"③

不管怎么解释，王熙凤的命运都指向一个不同于其他金钗的悲剧。梁归智先生给出了一个结局方案，认为王熙凤先受到贾府内部敌对势力的压迫，其中斗争的尖锐化则在贾母死后，其后才是各种罪恶暴露，抄家后哭向金陵娘家的途中而死，故而情节发展顺序应是："贾母死后与邢夫人关系恶化—因多姑娘头发事与贾琏反目—赵姨娘一派攻击—扫雪拾玉—抄没后流落狱神庙—哭向金陵—惨痛而死。"④

王熙凤的结局是悲剧性的，是什么原因导致的呢？评论者认为主要有两点原因，第一是她的性情所致，机关算尽，最后众叛亲离，所以林语堂先生说："凤姐事败，自有应得，但到了后来气馁，亦是可怜。"⑤ 为什么又"可怜"了？因为很多评论者认为导致她悲剧的另一个原因，是当时的社会，她自己也无能为力，所以可怜。余皓明先生说："她的结局向我们阐释着一种历史的乖谬，即一个女人，作为第二性，她必须按照男权文化所规定的女性

---

① 罗书华：《凤凰惜作末世舞——论凤姐兼说"一从二令三人木"》，《红楼梦学刊》，1998 年第 2 辑。
② 王志尧：《王熙凤生平三部曲的真实写照——"一从二令三人木"新解》，《明清小说研究》，2000 年第 3 辑。
③ 蔡义江：《红楼韵语》，北京：中华书局，2004 年，第 159 页。
④ 梁归智：《被迷失的世界——红楼梦佚话》，太原：北岳文艺出版社，1987 年，第 107 页。
⑤ 林语堂：《高本四十回之文学伎俩及经营匠心》，载《红楼梦研究文选》，第 837~840 页。

模式塑造自己，以适应男性对她的需要。"① 所以王熙凤的命运早就在男性模式的安排下成为定局。

七、形象意义研究

王熙凤这个人物形象太经典了，从她在曹雪芹笔下诞生一直到当下都闪耀着光芒，而且丝毫没有退减的迹象。评论者在分析王熙凤这个人物时，除了剖析她的性情、才干、品行等以外，形象的典型意义也是研究者探寻的重点。从现有的评论文章来看，对王熙凤所具意义的分析主要集中在四个方面。

（一）对人性的警示

在《红楼梦》中，关于王熙凤的故事很多，曹雪芹通过对"协理宁国府""弄权铁槛寺""毒设相思局"等情节抛出了王熙凤的性格来，她是才干、贪婪、阴毒的融合体。作者通过这个人物传递出了对人性的一份警示——极度的贪权与好利，必然和残酷的心机、纵欲的生活密不可分，然而当欲壑难填之时必是自我葬送之日。

（二）对封建社会的认知

从王熙凤身上看封建统治阶级的行径，以此进行阶级批判，这是红楼人物评论的一大流派。如果站在这个角度看《红楼梦》，王熙凤就是封建统治阶级的代表，所以王熙凤的一切行动都带有政治色彩。杜景华先生就说："王熙凤既充当着吃人的角色也充当着被吃的角色。她既毁灭着别人也使自己不能免于毁灭。"②

从红楼人物身上看时代的罪恶，是评论者最乐于触及的话题。研究者认为王熙凤这一典型形象所产生的时代，正是中国封建制度从表面繁荣昌盛转向实际没落衰微的时代，走向灭亡是必然的事，所以王熙凤有才，也无济于事，更重要的是王熙凤的才干仍然是为封建统治阶级服务的，所以邢治平先生说："'机关算尽太聪明，反算了卿卿性命'为一切反动、没落的上层统治

---

① 余皓明：《王熙凤形象的独特文化内涵初探》，《红楼梦学刊》，1995年第3辑。
② 杜景华：《王熙凤与〈红楼梦〉的结构艺术》，《文史哲》，1982年第1期。

阶级有'才干'的代表人物的必然下场。这就是王熙凤这个典型创造的重大的社会意义。"①

(三) 对小说文本的结构意义

研究者认为，王熙凤是红楼人物构架的中心，她在整部《红楼梦》中起到了十分重要的结构意义。众所周知，《红楼梦》是两大主线齐头并进，宝黛爱情线和四大家族衰败线。朱淡文先生认为，曹雪芹在《红楼梦》中以贾府兴衰史为脉络展开典型环境，则必须创造一个能与此主线相始终的主要人物以贯穿家族的兴亡史，这个主要人物必须要与宝黛的爱情线密切联系，如此一来就塑造出了王熙凤这个人物，"因为只有这样，通过两大主线的平行及交叉发展乃至最终合并，小说才可能熔铸成统一而密不可分的完美整体"②。所以王熙凤在文本中就具备了贯穿家族兴亡史，展开典型环境与宝黛钗悲剧相联系的两大功能。

(四) 对世俗价值观念的反思

王熙凤从十几岁就开始管理一个复杂而庞大的家庭。她每天都在思考算计，她从一个美丽的小媳妇，慢慢变成了一个让人畏惧的管家婆，然而在这样一个即将倾塌的大厦中，再能干也是枉然。王熙凤苦苦地支撑，最后搭上了自己的性命。生命往往如此，有点像《圣经》里面讲的，赚取了全世界，可是赔上了自己。生命的本质到底是什么？王熙凤的一生，有才、有貌、有势、有钱，唯独没有自己。她的一生其实就为了两个字——"名"和"利"。可是古往今来，名和利谁能看破，看破的人不是满腹经纶的人，而是曾经经历过大名和大利之人。你让一个正在为名为利而生活的人看破名利，这根本不现实。有这样一句话："鹪鹩巢于深林，不过一枝；偃鼠饮河，不过满腹。"意思是说：一个小小的鸟儿，即使有广袤的深林让它栖息，它能筑巢的也只是一根树枝；一只小小的鼹鼠，即使有一条大河让它畅饮，最多也只是喝饱肚子。王熙凤的一生，太过于聪明，太过于能干，太过于要强，机关算尽的同时她忘记了自己。这有点像黎巴嫩著名的诗人纪伯伦曾经的感叹："我们已经走得太远，以至于忘记了为什么出发。"王熙凤太强悍了，以至于

---

① 邢治平：《〈红楼梦〉十讲》，郑州：中州书画出版社，1983年，第96~97页。
② 朱淡文：《红楼梦论源》，南京：江苏古籍出版社，1992年，第169~170页。

忘记了她如此强悍的目的。其实这很像我们今天的生活，我们在行走，我们在奔波，我们终日忙忙碌碌，然而我们已经忘记为什么而出发。很多时候，我们会置身于这样的茫然中，王熙凤就是我们的镜子，希望我们从她的反射中看清自己的目的，看清自己的方向，看清眼前的权衡。

如何评价红学家周汝昌

在红学研究的两百余年中，周汝昌谱写了其中引人注目的一段传奇。周先生因为《红楼梦》研究而名扬海内外，红学也因为有周先生的研究而更加耀眼于中国学术之林。周汝昌1918年出生于天津，2012年5月31日在北京逝世，一生有六十余部学术著作问世，《红楼梦新证》是其中最具代表性的红学著作，周汝昌因此成就了"新红学"的巅峰。可以说他的一生都交给了红学，正如周汝昌自己诗中所云："借玉通灵存翰墨，为芹辛苦见平生。"对于周汝昌的红学研究，历来争议最多，他所引发的红学"纠纷"至今未歇。在他身上集聚着赞扬、谩骂、肯定、否定、质疑、高尚、败坏等多种评价。在中国文学史上有说不完的《红楼梦》，如今在《红楼梦》研究中又多了一个绕不开的周汝昌。该如何评价周汝昌以及他的红学研究呢？这已经成了红学历程中的新课题。

一、评价周汝昌红学研究的两个基点

对于周汝昌先生的红学评价，笔者认为首先要树立两个基点，只有确立了以下两个基点才能更科学、更理性地评价周氏红学。

(一) 如何看待周汝昌红学研究的意义

学术上的任何尝试都有可能被尘封在历史里，研究过程中的任何探索也极可能会导向一个错误的轨迹。然而无论是尝试或探索都可以做出自己的贡献——用成功或失败为后人树立一个正确的坐标系。无论周汝昌先生的红学体系在你看来是正确的还是错误的，是严谨的还是漏洞百出的，周氏红学体系成为红学历程中的一个不可忽略的坐标系，这已然成为事实。

高淮生先生在《非求独异时还异，难与群同何必同：周汝昌的红学研究》一文中说："他（周汝昌）这几十年的人生旅途也'随着中国局势的动荡而动荡'，时世的推移把他推到'红学泰斗''红学大师'位置上去，他再也走不下来了。他作为一个'公共人'为这一显赫的俗世虚名付出了极大的代价：他正被赤裸裸的'消费'着，至今难以消退。"[①] 无论我们是闲聊周汝昌还是评论周汝昌，不正是在"消费"着这位曾经的红学泰斗吗？红学有历史，这表明红学是活着的，红学史形成的根源不正是像周汝昌先生这样的学者给我们留下了许许多多待释、待辩的话题吗？所以从这个角度而言，"周汝昌"三个字对于红学界，已经不是一个简简单单的人名符号，而是被赋予了一种学术色彩、精神色彩，甚至是生活色彩的立体感知。正因为如此，周汝昌与现代红学的意义也就深在其中了。

（二）如何看待对周汝昌红学的继承

周汝昌红学研究已经成了红学历程中的重要组成部分，我们绕不开更不能硬生生地将其割裂，我们只有继承周汝昌红学，才能光大红学研究。然而如何看待对周汝昌红学的继承呢？

钱钟书先生说过，不管你对某学术观点是赞同还是反对，只要做出了评价与判断，都是对这一学术理念的继承。我们彼此围坐在一起，雅谈周汝昌与现代红学，或者在书房深思熟虑之后下笔千言，无论你持何种立场，有一点是可以肯定的——你对周汝昌先生的学术体系有过深入而系统的剖析。此过程难道不是一种传承吗？肯定周氏红学的梁归智先生、邓遂夫先生有对周汝昌红学的继承，否定周氏红学的胥惠民先生、纠正周氏红学若干错误的杨启樵先生同样有对周汝昌红学的继承。所以批评与赞扬、否定与肯定只关乎学术立场，而不会妨碍学术的继承。

二、评价周汝昌红学研究的三个维度

有了前面两个基点，再来评价周氏红学就相对容易得多了，也可以平心静气地剖析周氏红学体系。红学观点与治学理念的评论，原本就难以给出对

---

① 高淮生：《非求独异时还异，难与群同何必同：周汝昌的红学研究——当代学人的红学研究综论之十》，《河南教育学院学报（哲学社会科学版）》，2012年第4期。

与错的评判。红学历史本来就是零碎的自在呈现，对它的梳理与诠释不应该以判断对错为目标。对于如何评价周汝昌红学研究，我认为可以从以下三个维度分别切入。

第一，时间维度。所谓时间维度，从宏观层面上说就是产生某种学术观点与理念的社会、政治、经济大背景，从微观层面而言就是在某一特定领域里其研究发展的学术史背景。

第二，人为维度。所谓人为维度，就是作者所做研究的目的是什么？运用的方法是什么？所造成的影响是什么？

第三，文化维度。所谓文化维度，是在时间维度和人为维度下，研究是什么样的文化基因支配着作者有如此这般的学术见解和思考，它的文化根源在何处？换而言之，出现这样的学术思想的文化依据是什么？

中国传统文艺的评论，最为讲究"知人论世"，时间维度、人为维度、文化维度的综合考察正是"知人论世"的全方位立体式解读。就周汝昌先生而言，从他的学历背景、生活环境、修养学识上看，他是跨越了民国和新中国的文人，在他的认知与理念系统以及世界观、人生观、价值观中都融合了传统与创新以及中西兼容与冲突的复杂元素；再加之学界中的恩恩怨怨，生活中的坎坷艰辛，身体上的失聪失明，这一切造就了周氏红学的博大与独特。所以对于周汝昌红学研究的妙论与奇谈，只有基于"三维"评析才能解开其中的秘密。

三、对周氏"大对称结构说"的三维评析

上文阐释了对周汝昌红学研究的"二基三维"评价理论，下面我们借助一个实例看看如何运用这一评价法。

红学界给周汝昌的定位是"考证派的集大成者"，的确周先生在红学考证方面下的功夫最多，收获的成就也最大。与此同时他在《红楼梦》艺术研究、文本研究方面也多有精彩论述。例如周汝昌先生在研究《红楼梦》文本结构时提出了一个"大对称结构说"。周汝昌先生在《红楼梦与中华文化》一书中论述，《红楼梦》"整部书中采用的是'大对称'之结构法"，曹雪芹的真本《红楼梦》"本分两'扇'，好比一部册页的一张'对开'，分则左右

对半，合则前后一体，其折缝正在当中，似断隔而又实联整"。① 周先生认为大对称的"折缝"就在书中第五十四与五十五回之间。周氏"大对称结构说"新颖别致。然而这种结构在《红楼梦》文本中是否存在？周汝昌先生提出"大对称结构说"对于他的学术体系有何意义？如何评价周氏"大对称结构说"？下面我们就运用三维评价法分层评析。

（一）时间维度

周汝昌先生的"大对称结构说"最早收录在1989年中国工人出版社出版的《红楼梦与中华文化》一书中。这本书的内容是他在美国客居讲学时的研究成果，时间是1986年至1987年。从时间维度的宏观层面而言，这是一个思想、文化刚刚解冻的时代，是各类思想交融、新旧交汇的时代，美学方法、文化方法、叙事学方法统统汇入红学研究中。从时间维度的微观层面看，此时的红学界，正是红楼探佚学萌芽并茁壮成长的关键时期。1983年和1987年梁归智先生的探佚二书《石头记探佚》和《被迷失的世界》分别出版。1989年蔡义江的《论红楼梦佚稿》出版。在此期间还有多位学者的探佚文章在各大期刊公开发表，《红楼梦》探佚研究已经蔚为大观，并且得到了很多读者的关注。

正是这样的研究背景，催生了周汝昌先生的《红楼梦》"大对称结构说"。《红楼梦与中华文化》一书的写作方式是以文化方法为基础的，周汝昌先生认为《红楼梦》是一本融汇了中华民族文化精粹的小说。他阐述的"《红楼梦》文本大对称结构"自始至终都是为红楼探佚学服务的。所以从时间维度来看，此时周汝昌先生撰写《红楼梦与中华文化》一书并构建"大对称结构"就容易理解了。

（二）人为维度

周汝昌先生研究"大对称结构"的目的是什么呢？就是为了更好地进行《红楼梦》八十回后故事情节的探佚。探佚研究的几大问题都可以在"大对称结构说"里找到答案，例如全书总回数问题，主要人物贾宝玉、林黛玉、王熙凤等的结局与贾府命运问题，情榜问题，以及其他人物结局问题，等等。在"大对称结构"理论下，周先生认为《红楼梦》全本应该是108回，

---

① 周汝昌：《红楼梦与中华文化》，北京：华艺出版社，1998年，第183页。

因为它是前后对称结构，前后各54回，总和刚好108回。周先生进一步分析，认为《红楼梦》全书一共写了三个元宵节和三个中秋节，在"大对称结构"中形成了一一对应的情节大关键。正面描写的第一个元宵节是第十八回元妃省亲，这是贾元春的人生辉煌期；第二个元宵节就应该落于原著的第九十回或者第九十二回中，它描写的是元春之死，这是贾元春的毁灭期。这样元春的人物命运线路就清晰地勾勒出来了。书中正面叙写的第一个中秋节是林黛玉和史湘云在凹晶馆联句，"寒塘渡鹤影，冷月葬花魂"的名句就产生于此。所以周汝昌先生认为第二个中秋节应该是林黛玉死亡的情节点。依周先生"大对称结构说"的推理，《红楼梦》主要人物以及贾府的命运都可以找到变化的轨迹。

周汝昌先生研究"大对称结构"的方法是什么？首先从中华传统审美观念切入，以建筑对称之美为例；再运用中国传统的阴阳论诠释中华文化原本就是一个"最大的对称美"，进而说明曹雪芹承袭了中华文化中的"对称美学"并运用到了《红楼梦》的创作之中。周先生的这种逻辑结构似乎能讲通，然而详细探究起来，问题就出现了。例如阴阳之间的关系到底是"对称"还是"对比"？在中国文化中阴与阳肯定是"对比"关系。我们可以评价说周先生在这个问题上偷换了概念，用语言逻辑完成了"对比"向"对称"的过渡。正如陈维昭先生所说："于是义理命题被转换成逻辑命题，诠释的命题被转换成还原的命题。"[①]

周汝昌先生在"大对称结构说"下推理《红楼梦》的故事情节并找到相关人物的命运轨迹，从方法上看似乎合理，但是从逻辑上看并不严谨。例如全书写了三个元宵三个中秋的说法就并不准确。《红楼梦》中第一个中秋和第一个元宵的描写都不在贾府，而是落在第一回甄士隐与贾雨村的故事中。周先生解释说这是写甄家祸变，不在贾家之数。如果是这样，那么设定三个中秋三个元宵为"关键情节"的依据是什么呢？同在《红楼梦》文本里，一个中秋算关键，另一个中秋可以忽略不计，如此一来就难自圆其说了。

周汝昌先生研究的"大对称结构"有何影响？从探佚学研究本身而言，影响当然是巨大的，例如浦安迪的《红楼梦原稿百回本的设说》、王国华的《太极红楼梦》都受到了周汝昌先生"大对称结构说"的影响。

在笔者看来，周氏"大对称结构说"的影响不仅仅在红学研究的技法层

---

① 陈维昭：《红学通史》，上海：上海人民出版社，2005年，第754页。

面，还在于红学研究的理念层面。周氏"大对称结构说"是周汝昌先生主张"回归文本"的主要表现。周汝昌先生所理解的回归文本并非简单的红楼人物欣赏、情节解读等，而是着眼于曹雪芹的创作依据着何种文化精神与理念。例如，《红楼梦》原本为什么应该是108回？周先生认为《红楼梦》全书的结构布局是以每"九"回为一个大段落，一共有"十二"个大段落，合计正好108回。那为什么是"九"和"十二"呢？周先生从中华文化角度做了诠释，例如中国古代历法，一年12个月，每个月30天，每季90天，故而有"九秋""数九"等计法；又从文学创作的角度证明了"九"的运用，例如孙悟空七十二般变化，七十二是九的倍数。中华武术"十八般"兵器也是九的倍数，"三十六"种计策也是九的倍数，文学作品中《九歌》《九章》都以九为篇数。周先生认为是中华文化中"数字文化基因"影响了曹雪芹，于是才有了108回的回数。

红学研究"回归文本"的呼吁是在当年"什么是红学"的讨论之后而留下的大命题。然而当下的回归文本又导向了另外一个轨迹，那就是一头扎进红楼情节中，探寻那些鸡毛蒜皮的隐秘之事，偏离回归文本十万八千里了。所谓"回归文本"，其含义是回到《红楼梦》文本之中，探寻中华文化之本。窃以为这才是"回归文本"的真正内涵。然而"回归文本"也有一个方向性问题：是透过《红楼梦》了解中国文化，还是从中华文化基因中看《红楼梦》文本创作。笔者认为周汝昌先生选择了后一种。

（三）文化维度

周汝昌先生用一辈子的时间和精力研究《红楼梦》，以探佚学为精神宗旨，以文献学为研究基础，以悟证为研究方法，去捕捉、建立各种文献资料之间的关系，是何种文化基因让他满怀激情，始终不渝？这是周汝昌红学研究文化维度评析的重点。

在周汝昌先生的"大对称结构说"中，从科学考证的角度看有很多地方并不严谨。例如周先生认为曹雪芹设置《红楼梦》为108回是受到了《水浒传》创作的巨大影响。《水浒传》是从三十六人演变而成为三十六天罡、七十二地煞的，合而称为梁山泊一百单八条绿林好汉。雪芹深受此意之启示，遂尔灵机一转，说：我也学《水浒》，但他写的是一百单八位英豪，我写的却正相反，是一百零八个弱女。——自然，从我们民族文学传统说，对仗是时时要讲求，要应用的，所以这分明是说：施公写的既是百零八条绿林好汉，曹侯写的乃系百零八位红粉佳人！此悟最有意味。"①

　　从考证角度而言，周先生上述文字没有一点可靠的证据能证明曹雪芹就是参照了施耐庵的创作方法，但从逻辑的角度看似乎也有这种可能，所以周汝昌先生将这样的考证方法称为"悟证"法。所谓悟证法就是在找不到材料之间的实际关联的时候，通过体悟、联想，用逻辑推理的方式建立材料之间的关系，从而证明自己的观点。这种方法在周先生的红学考证中运用得最多，因此常常被红学界的学者们诟病。

　　那么是什么样的文化基因导致了周汝昌先生有如此这般的悟证推演呢？周汝昌先生治学最讲究悟，曾在其自传中说："治学不易，要有才、学、识、德、勇、毅、果、静、谦……也要能悟。悟有顿、渐之分；顿时一见即晓，当下即悟。渐就是涵泳玩味，积功既久，忽一旦开窍，洞彻光明。"② 周汝昌是红学家，同时他也是一位地地道道的传统诗人，周先生身上散发着中国传统文人的浓厚气息，他的思维方式最能体现中国文人的特色。中西两种文化相比较而言，从思维方式的角度看，西方注重思维的逻辑与理性，所以在西方的文化史上充满着哲学思辨。中国古代文化讲究直观体悟，并不太注重逻辑推理，悟性的高低往往是判断一个人聪明才智的重要标准，所以提升"悟性"是中国传统学者的一贯主张。中国文化"注重心物交融，直观体悟，知情意相贯通"③，所以在中国文化语境下"用心"获得的知识、技艺、方法等大多都有"可意会而不可言传"的奇妙之感。周汝昌出生于1918年，他接受并承袭着最为纯正的中国式思维方式，是中国传统思维基因导致了周先生运用"悟证"去研究《红楼梦》，所以从文化维度看周汝昌先生的"悟证"研究法就非常容易理解了。

　　周汝昌似乎成了"新红学"的代名词，他的一生风雨艰辛、光辉灿烂，他的红学体系宏伟而博大。在红学的历史长河中，这座耀眼的坐标系是值得我们深入探究的，本文提出的"二基三维"评价法则可以为我们正视周氏红学打开一条路径。

---

① 周汝昌：《红楼梦与中华文化》，第193页。
② 周汝昌：《天地人我》，北京：北京十月文艺出版社，2001年，第197页。
③ 王前：《中西文化比较概论》，北京：中国人民大学出版社，2005年，第4页。

《红楼梦》与王国维之死

王国维的大名对我们来说早已如雷贯耳。在百年文坛之中,他有着不可撼动的学术地位。他又是一代史学宗师,桃李满天下,赵万里、吴其昌、戴家祥等都是他的学生;私淑于王国维的弟子更是不计其数,著名的史学家郭沫若、侯外庐就承袭了王国维的学术之路。王晓清先生在《学者的师承与家派》一书中就说过:"以王国维为学术宗主的专门之学,构成了20世纪中国史学研究的半壁江山。"[①]

因为王国维先生的《〈红楼梦〉评论》是至今被奉为经典的名作,所以很早我就细细地拜读过了,但对王国维的了解也仅限于他对红学的研究。前段时间在图书馆无意间翻到了王国维的《静安文集》,读罢感慨颇多!

1927年6月2日,王国维在颐和园纵身跳入昆明湖。在那个政治风云突变的年份,王国维让自己的生命牢牢地定格在了一片水波之中。

我一直都很纳闷:这样一个大学者,这样一个深研《红楼梦》精神的人,在"红楼"之中苦苦寻求到了"解脱之道"的一代国学大师,怎么会去自杀?王国维先生在《〈红楼梦〉评论》中就明确地表示过,自杀不是真正的解脱。《红楼梦》中的解脱之道,是"存于出世,而不存于自杀"。在王国维先生看来,《红楼梦》中,最后真正解脱的只有三个人——贾宝玉、贾惜春、紫鹃,他们最终都皈依佛门。而在这三人之中,惜春和紫鹃的"解脱"是"观他人之痛苦"后得到的人生感悟,是一种自然的觉醒,这种解脱的层次其实并不深刻。王国维认为,贾宝玉才是书中唯一能够从人生的痛

[①] 王晓清:《学者的师承与家派》,武汉:湖北人民出版社,2007年,第47页。

苦之中自拔而解脱出来的人，这才是最高层次的"解脱之道"。

但问题随之而来了。好一个解脱之道"存于出世，而不存于自杀"！王先生，您为什么最后用一条惊世骇俗的"弧线"沉入湖底？这种自杀有什么"超然脱俗"呢？

在阅读了《静安文集》之后，我渐渐有了零星的答案。王国维自幼坎坷，3岁丧母，29岁父亲去世，30岁继母和妻子相继离开人间。生活的变故使他性格内向。在文集中，他说自己"体素羸弱，性复忧郁""人生之问题，日往复于吾前"。曾经，就是这样一个身体单薄的年轻人，日日思考，忧虑的都是人生的终极问题。后来他接触到了叔本华的悲观主义哲学思想。这种哲学理念和他的人生经历与感悟不谋而合，于是他便开始沉溺于叔本华的思维之中。

叔本华认为，人生就是一种痛苦，一个人所感受的痛苦与自己生存意志的深度成正比。"意志"就是生活的欲望。所以悲观主义哲学认为，生命因意志而存在，对人生的终极理解就是求得一种解脱。王国维认为，人生的苦痛是多方面的，但男女之间的情欲所酿成的悲剧具有无限的永久的意义。男女之欲，一旦陷入而不易自拔，便有害无利。对于人而言，肉体本身就是一种"欲"苦。这种思想，其实不单单是王国维所有，老子也说过："人之大患，在吾有身。"

王国维最后投湖自杀，是因为他没有得到叔本华的"解脱之道"，还是没有真正悟出《红楼梦》的解脱精神？很多学人都断定王国维是消极的，但是就文学评论而言，并非"积极就好""消极就差"。文学评论只能代表评论者所持的价值观念而已。对于"积极"与"消极"的定义，持不同哲学观念的人各有其不同的解释。例如儒家认为，挖掘自身的潜力，投身于工作，修身齐家治国平天下，这就是"积极"；而道家认为，看破生死，看破功名，修其身心，超越自我，这才是"积极"；而佛家认为的"积极"却是超脱凡尘，六根清净，度苦度难。那哪一种才是真正的"积极"呢？恐怕只是"修儒说儒，修佛说佛"了。

我记得叶嘉莹先生在研究王国维的时候，对王国维的性格作出了两点评论：第一，理智与感情兼长并美；第二，忧郁且悲观。这两点也是造成王国维最后自杀的主要原因。

问题仍然回到"自杀"上来：一个在《〈红楼梦〉评论》中"斜视"自杀的人，为什么最后还要选择这样一条道路？

抱着这样的问题，我又重新阅读了《〈红楼梦〉评论》。这次我发现了一个微小的信息，就是王国维对鸳鸯之死的评价。鸳鸯反抗贾赦，不愿意去做他的小老婆。后四十回中，贾母死了，鸳鸯知道自己的命运已经捏控在了贾赦的手里，最后上吊自杀了。王国维认为，鸳鸯之死和金钏、司棋等的自杀有所不同。王国维说："鸳鸯之死，彼固有不得已之境遇在。"看到这句话，我豁然开朗——王国维的自杀，是否也有"不得已之境遇在"呢？

通观王国维的生前文字，虽然他没有皈依佛门，但是已经有了出世的觉悟。例如他对"悲剧"的理解也是新颖而深刻的。他认为世间的悲剧有三类：第一类是由阴险恶毒之人造成悲剧；第二类是偶然性的错误所造成的悲剧；第三类是"存在悲剧"，是由人物的相互关系和彼此地位的不同造成的。在这三种之中，第三类悲剧是最可怕的，也是随时存在于我们身边却无声无息而不见血腥的悲剧。《红楼梦》演绎的就是这样的悲剧。

历史发展到北伐的前夕，北京城有一种传言：当北伐军进入北京城之后，那些顽固的、保守的、循旧的清朝遗老都要被统统治罪。王国维是清朝的遗老吗？也说不上。但是我们不要忘了，王国维是溥仪的师傅。在溥仪年幼之时，他手把手地教溥仪读书写字。王国维是一个情感和理智兼长并美的人。他也曾经感慨过，清朝的衰亡不是溥仪的"罪过"——他不过是在亡国之时做了一个亡国之君而已。所以在王国维内心深处，和溥仪的那段师生情谊是不能轻易断绝的。如果北伐军以清朝遗老来治罪于他，他可能也就有口难辩了。

如此，我们便可理解其因"不得已之境遇"而自杀了。但是，王国维的"情感"和"理智"兼并，是优点，还是缺点？从学术研究来说，这是难得的"兼美"。文学研究的本身需要情感去体悟，同时又需要理智来剖析。正是因为两者兼得，王国维才成了一代宗师。但是恰恰又是因为"情感"和"理智"二者的矛盾和摩擦，他最后走向了昆明湖底。

是谁颠倒了红楼

2010年6月，上海辞书出版社出版了赵同先生的著作《颠倒红楼》。其实这本书稿早在2001年就由新加坡的八方文化出版了，当时的书名为《红楼梦醒时》，因为畅销曾经多次再版，但遗憾的是，销售只在海外以及中国台湾等地，大陆红学爱好者难得一见。基于此，上海辞书出版社将原来的繁体书稿改为简体，并且重新拟定书名"颠倒红楼"，继而出版面世了。

《颠倒红楼》洋洋洒洒近二十万言，起初吸引我眼球的一个重要原因是，一翻看目录就看到了赵同先生披露《红楼梦》的"缺陷""大缺陷""更大缺陷"和"最大缺陷"。赞扬《红楼梦》的书籍和文章可以说成千上万，堆山填海，当然指出《红楼梦》缺点的也有，但是像赵同先生这样系统的、规模宏大的，我还是第一次看见。

细细拜读完赵先生的著作，其中梳理的很多缺陷我都表示赞同，例如《红楼梦》中的时间错乱，大观园中各位小姐所住的地名前后不一致，辈分与世袭爵位之间的不对等以及肿瘤式的故事穿插，等等，可以说分析得精细万分。从书中透露出的学术理念来看，赵同先生所使用的方法仍然没有脱离考证，是一本不折不扣的红楼索隐之书。赵先生考证之后得出结论，《红楼梦》"隐射整个雍正夺嫡事件初期时的经过，虽然其中有作者的主观成见，但是却可以视为正史的补充"。《红楼梦》中的人物在赵同先生笔下几乎和康熙朝众皇子一一对等起来了，例如薛宝钗影射的是皇三子允祉，贾宝玉影射皇太子允礽，等等，不可胜举。这些红学研究的老方法、老观念并不新鲜，所以我也就不在此赘言了。

赵先生梳理《红楼梦》中的这些"缺陷"是因为他想证明一个问题：《红楼梦》的原始作者不是曹雪芹，而是他的父亲曹頫。曹雪芹只是一个编订、批阅、整理者。赵同先生在书中说："曹雪芹不是原作者。原作者没有写完，曹雪芹只负责增减，无力或无暇续写，如此而已。"正是因为曹雪芹不是原作者，对原稿的文心匠意把握不准，所以在对《红楼梦》书稿进行增减时才造成了如此这般的重大"缺陷"。

在当下看来，持"《红楼梦》的作者不是曹雪芹"这样的观点也不新鲜，理来论去也没有个定论，然而我想和赵同老先生商榷什么呢？不是这个观点，而是想商榷赵先生在书中列举的一个证据。

《颠倒红楼》的第二章是关于作者的，其中第二节的题目是"曹雪芹只是增删者"。赵同先生在论证曹雪芹不是原作者的过程中利用了这样一个证据：《红楼梦》中的诗词和曹雪芹的诗词风格完全不一致。

曹雪芹的诗词是什么风格？赵同先生根据敦诚的诗句"直追昌谷破篱樊""牛鬼遗文悲李贺"得出"曹雪芹的诗，风格近于李贺"。如果单单从敦诚的这句诗词来理解，得出这样的解释无可厚非，但是以此来论定曹雪芹的诗词风格，就显得单薄而无力了。这是孤证，从考证的方法论上讲，这是最为忌讳的。这一点还在其次，最为主要的是，除了《红楼梦》中的诗词，我们现在能读到的只有敦诚《四松堂集》里保存的曹雪芹的一句残诗——"白傅诗灵应喜甚，定教蛮素鬼排场"。在红学界曾经出现过这句残诗的"完整版"，然而1979年2月周汝昌先生在《教学与进修》杂志上澄清了事实，"完整版"的诗文是周先生和红学家们开的一个玩笑，原本出自他的手笔，是为了缓解学术界的沉闷气氛，所以大家玩笑一把。至于甲戌本第一回之前"凡例"末尾的"浮生作甚苦奔忙，盛席华筵终散场……字字看来都是血，十年辛苦不寻常"等诗句，当年胡适先生认为是曹公的诗，后来很多学者又持有不同观点，一句话，这首诗还不能确定是不是曹雪芹的。

李贺是唐代的大诗人，有诗界的"鬼才"之称，他的诗句晦涩、幽冷，用字遣词诡谲而险峻，所以读来常有佶屈聱牙之感。在这一点上我和赵同先生的感受不谋而合。但是我们按照赵先生的思路，从现在确定的，并保存下来的曹雪芹的残诗来看，并不佶屈聱牙，晦涩难懂，反而流畅幽默。这说明什么呢？曹雪芹的诗句也有不同风格的展示，并非死守着李贺的文风。我们不能因为敦诚的一句话而论定曹雪芹的诗词就这一个风格与特点。

说了这么多，其实还没有落到我要和赵同先生商榷的重点上来。赵同先生在书中说："《红楼梦》中的许多诗词，都属于清新流畅一类，不要说宝钗湘云那些轻盈爽快的句子，即使是黛玉缠绵凄恻的哀怨之作，读起来也是顺口易懂的。甚至宝玉题大观园景的对联，也被脂批喻为'香奁体'的作品。这样的诗句和李贺的风格相比，可以说是南辕北辙，完全背道而驰。"

赵同先生拿《红楼梦》中的诗词和李贺的诗词对比，犯了一个错误，这个错误是致命的，也是读者最容易犯的。如果我问："《红楼梦》中的诗词是谁写的？"你肯定会笑话我说："废话，当然是作者曹雪芹写的。"没错，它确实出自曹雪芹的手笔，但实际上这是曹雪芹帮书中人物写的，换句话说，这些诗词不能代表曹雪芹个人，只能代表书中写诗的这个人物。

赵同先生也说了，宝钗、湘云的诗句轻盈爽快，黛玉的诗句缠绵悱恻，这正是书中人物的个性与诗风。如果大观园中女儿们的诗作都像李贺诗般神出鬼没，那就千篇一律了，何来大观园中的五彩纷呈呢！赵同先生也写道："如果《红楼梦》里的诗词，都像李贺的诗那样佶屈聱牙，相信不会有读者肯喜欢它。"这就对了，这不就回答了为什么作者本人的诗风和书中人物的诗风迥异了吗？

《红楼梦》是小说，小说的关键在于人物形象塑造，人物形象塑造的关键在于语言，而《红楼梦》的诗词正是红楼人物语言的一部分，这些语言的设计，一定是根据人物的个性、情怀、修养而来的。换而言之，无论《红楼梦》是谁写的，其中的诗词绝对不能和代表作者个人的诗词相提并论。正是《红楼梦》中的诗词呈现百花齐放的姿态，才成就了它的与众不同。

"葬花吟"的名称演变

《红楼梦》中的"黛玉葬花"早已成了经典名段，林妹妹在展示行为艺术的同时，口中念念有词，那一串长长的诗句和着黛玉的眼泪早已定格成了一幅永恒的风景。在《红楼梦》文本里，曹雪芹并没有为这篇作品定题目，我们现在看到的"葬花词"等名称都是后人在注解诗句时添加的。

林黛玉的这首诗作，我读到的题目有三种：葬花词、葬花辞、葬花吟。就这三个题目而言，"葬花吟"流传最广，这与蔡义江先生有密切的关系，因为他撰写的《红楼梦诗词曲赋评注》从1979年至今，已经再版无数次，粗略估计已发行几百万册了，影响巨大，评注中蔡义江先生使用的就是"葬花吟"这个题目。后来又有多家出版社出版了蔡义江先生的评注，在不同的版本中蔡先生对书稿内容虽然作了一些校正与修改，但是"葬花吟"这个题目一直沿用。

蔡义江先生为什么用"葬花吟"这个名称？据我推断是受了脂砚斋的暗示，换句话说是借用了脂砚斋的命名。《红楼梦》甲戌本中有脂砚斋批语说："余读《葬花吟》至再，至三四，其凄楚感慨，令人身世两忘，举笔再四，不能下批。"脂批中明确地给林黛玉的作品命名为"葬花吟"，而且蔡义江先生也在自己的诗词评注中运用了这段脂批作为注解。1988年，上海古籍出版社出版了由上海市红学会与上海师范大学文学研究所编著的《红楼梦鉴赏辞典》，其中收录了"葬花吟"这个词条。

排名第二的是"葬花辞"。1981年，广西人民出版社出版了由毛德彪、朱俊亭等先生编著的《红楼梦注解》，其中为林黛玉的这篇作品定名为"葬花辞"。其实在这之前的1975年，山东省临沂师专中文系就编撰了一部《红楼梦注释》，此书中用的题目就是"葬花辞"。这本书并没有正式出版，属于内部教学参考书，正因为这样，其中有不少错误，虽然在1977年又重新修订了一次，但是有些错误仍然没有被发现。例如目录中使用的是"葬花词"，而正文中又是"葬花辞"。红学家林冠夫先生曾经撰写了一本《红楼诗话》，2005年由山东画报出版社出版，使用的仍然是"葬花辞"这个名称。2010年诗词学家刘耕路先生的《红楼诗梦》由生活·读书·新知三联书店出版，其中使用的还是"葬花辞"。

排名第三的是"葬花词"。对这个名称，现在的读者和学者使用得都相对较少。然而这个题目在早期的《红楼梦》读者群中就已经出现了。曹雪芹的好友富察明义在《题红楼梦》这首诗中就有"伤心一首葬花词，似谶成真自不知"的句子。可见在曹雪芹时代，就有了对这篇作品的命名，而且还是他的好友。可能这是迄今为止能查到的关于"葬花词"命名的最早文献了。

对于林黛玉这首作品的命名，红学界似乎显示出了一种让人出乎意料的宽容。2010年，文化艺术出版社出版了增订本的《红楼梦大辞典》，由冯其庸、李希凡二位先生当主编，编写小组的成员都是当今红学界的大家，所以这本大辞典是如今最具权威性的红学工具书。这本辞典中选取的是流传最广的"葬花吟"这个名称，然而在作品注解里又出现了这样的话："这首诗又称《葬花辞》，是小说中最优秀的诗篇之一。"并且也提到了明义的"葬花词"。

那么对于林黛玉的这篇诗作，三个名称中，哪一个最为合适呢？在我读过的所有红楼诗词评注的集子中，都没有谈及这个问题。我认为还是"葬花吟"最为恰当，原因有两点。

第一，使用"词"与"辞"为这首作品命名，实质上运用了一个笼统的概念。词是诗的别体，这种文学形式兴起于唐代，经过长期不断的发展，到了宋代便进入了全盛时期，它最大的特点就是可以配合曲谱唱出来。"辞"也是古诗的一种，它讲究句式和押韵，因为这种文体最早起源于战国时期的楚国，所以又称为楚辞。到了汉代辞与赋被统称为"辞赋"，一直沿用至今。

林黛玉的这首诗，从体裁上看是仿效了初唐时期的歌行，如果按照体裁来命名，那么就应该叫"葬花行"。林黛玉另外一首作品就是按照这个来命名的，那就是书中第七十回的《桃花行》，这是曹雪芹在书中明白无误地帮助林黛玉确定的题目，所以没有争议。

第二，林黛玉的这首诗作，出现在《红楼梦》中的第二十七回，她借景抒情，以花喻己，两者在诗作中结合得十分完美。其实从这首诗词中透露出来的是中国文人历来对命运和死亡的焦虑，林黛玉葬的虽然是花，其实质是埋葬未来的自己。从林妹妹的吟唱中我们听到了她对命运的感叹，听到了她对爱的渴求，听到了她对自由的向往，这是天命与人命交织而成的深沉旋律，这也是作者最为焦虑痛苦的呼唤。

然而当我们阅读这首诗作的时候，除了感受文字唯美与凄楚以外，留下的最大印象是苦吟葬花的行为艺术。此时葬花的动作与飘零着桃花瓣的背景会在林黛玉哭哭啼啼的念叨声中合而为一，融为一个整体，所以"吟"是读者听不见但是又能感受到的美学意象。无论是"词""辞"还是"行"都太务实了，而诗词创作追求的境界是"意与境浑"，唯有一个"吟"字方能体现动与静的结合，方能渲染黛玉葬花的美学意蕴。

参考文献

蔡义江. 红楼梦诗词曲赋全解 [M]. 上海：复旦大学出版社，2007.

成穷. 从《红楼梦》看中国文化 [M]. 昆明：云南人民出版社，2005.

冯其庸，李希凡. 红楼梦大辞典（增订本）[M]. 北京：文化艺术出版社，2010.

红楼世界的三层现象

红楼学术、红楼文化、红楼娱乐是当今红学环境中的三层现象，单独理解这三个名词，并不困难。所谓红楼学术，是以《红楼梦》为根本构建起来的一套具有中国传统学术思想、理念和研究技法的学问。它的核心是用传统的治学理念解析文本，提炼《红楼梦》的精华与旨归。所谓红楼文化，是以《红楼梦》为核心拓展开去，从而达到对中国传统文学、美学、哲学等文化领域的切入与了解。它的核心是以《红楼梦》作为窗口，旨在透视、欣赏、感悟中国大文化的魅力以及中华文化各领域理念相通的特殊现象。所谓红楼娱乐，是以《红楼梦》为平台，让任何一个喜欢《红楼梦》的人在上面载歌载舞，自娱自乐。它的核心是以《红楼梦》为载体，怡情养性，安抚心灵，陪伴生命成长。

在红学环境的三层现象中，红楼学术是根本，红楼文化是核心，红楼娱乐是平台。如果三层现象单独存在，各不相扰，问题也就简单得多了，但是，麻烦就在于它们之间相互勾连，互为依靠，在一定的条件之下还会相互转化。这种情况往往会让人辨识不清层次，如坠五里雾中。本身是红楼娱乐，却偏偏误认为是地地道道的红楼学术，例如几个朋友围坐在一起，今天讨论的话题是林黛玉继承了多少遗产，林如海死了之后遗产如何分配，贾府有没有挪用林家的产业，大家你一言我一语，气氛活跃，分析鞭辟入里，道理层层推进，最后在一片欢声笑语中达成共识，握手言和；本身是一厢情愿的自我解读，却偏偏误认为是惠及大众的红楼文化推广，例如刘心武先生揭秘《红楼梦》，闹得沸沸扬扬的"秦学"，以及红学历史中索隐派的种种言说，都曾红极一时，占据了红学环境的半壁江山。

请问这些是学术还是娱乐？说它是学术，但是牵强附会，仅可称一家之言，更重要的是它不仅仅有虚构性，而且还有大量的幻想性。说它是娱乐，但是其中又运用了传统学术的技法，本着考证的思想，引经据典，史海钩沉，推理丝丝入扣，逻辑清晰而又严谨。此时学术与娱乐早已分别不清了。如此一来，红学环境就成了混淆与幻想齐飞，乌烟与瘴气一色，再加上一场场歇斯底里的呐喊，唾沫横飞的争辩，几挥老拳，自己觉得冤枉委屈不说，还伤了和气。

那么我们如何来辨识学术与娱乐呢？我认为有这样四点可供参考：第一，红楼学术的终极指向是惠及大众，而红楼娱乐的终极指向是欢愉个体；第二，红楼学术是其他研究的根据与基石，而红楼娱乐除了引人会心一笑而外，不能作为文化依靠；第三，红楼学术具备文化的使命感和责任心，而红楼娱乐唯心是本，不兼文化义务；第四，红楼学术的生命具有长期性，而红楼娱乐的生命是短暂的。

写到这里，我必须要做一个解释：在辨别学术与娱乐的时候，并没有褒贬之意，因为它们同属于红学环境中的现象，只是性质不同而已。学术的地位并非高于娱乐，而娱乐的作用也并非亚于学术。对于当下的我们，忙碌之中，进行一段红楼娱乐，放松了心情，优雅了生活，它的意义恐怕不是金钱能衡量的。学术的意义更不必我赘言了，它兼顾的是一种文化的反思与传承，意义大如天。

此时我有一种感受，红楼学术就如同我们的儒家，它让我们在成长中担当，有一份责任，有一份义务；红楼娱乐就如同我们的道家，它让我们在生活中悠然自得，多一份随心，多一份惬意。如果说红楼学术是地，那么我们就应该脚踏实地，认认真真；如果说红楼娱乐是天，那么我们就应该展翅游心，快快乐乐。这二者兼具是最难得的红楼现象，可以把它当成一种境界，也可以把它当成一种高度，而我认为这是红楼精神所传递出来的情愫。

在红楼三层现象中，红楼文化处在当中，承上启下，意义是非凡的，我认为这也是红学研究的重点。只有红楼文化才能上通娱乐，下接学术。如果现实中只有学术就会枯燥，只有娱乐就会缥缈，可喜的是红楼文化不仅有学术的严谨，还有娱乐的欢愉。

红楼学术与红楼文化的区别在于，前者的重点是《红楼梦》文本，后者的重点是产生《红楼梦》的文化背景、学术渊源以及《红楼梦》与它们的关联。如果我们以窗子做比喻的话，红楼学术就是窗子本身，我们研究它的做工、质地、年代、出于哪个匠人之手，等等，红楼文化则是窗子外边的景致,我们通过这个窗子能看到什么样的山川河流,能听到什么样的莺歌鹤鸣,能感受到什么样的清新空气,而红楼娱乐就是我们研究者站在窗口的感受了。

所以红学环境中的三层现象一层都不能少。在红学研究中只有学术没有文化,你的视野就不会开阔,你不会真正理解研究版本、曹雪芹、脂砚斋的意义与目的;只有文化而没有学术,那就失去了根本,没有立足点,你所有的言论都可能演化成不切实际的假大空;如果有了学术与文化而缺失了娱乐,那我很难判断做研究的是活人还是机器人,因为一切领域的学术与文化,其终极关怀都是人,活生生的人。知道了这一点,就会豁然领会红楼娱乐的价值。如果没有了娱乐,我担心终有一天我们会被几千年的文化积累压垮,那个时候你会认为这不是文化而是累赘。

所以我们不要因为自己从事的是纯学术研究而去讥讽红楼娱乐。如果你把纯学术当成一种享受,其实你也已经在娱乐红学了。我们也不要因为娱乐而去讥讽纯学术,扬言那是一种无用功,因为你所娱乐的正是从学术中延伸出来的一种高级玩意。

需要声明的是,我们提倡的红楼娱乐绝不等同红楼庸俗。把"怡红院"的匾额挂在妓院当招牌,这不仅仅亵渎了经典,也丢失了做人的资格。

乐,如此简单的一个字,它的意义却非同一般。人生除了解决温饱以外,似乎一切追求都可以用"求乐"来概括。安居乐业,这是现实层面上的求乐;知足常乐,这是心态上的求乐;长乐未央,这是对求乐的期望。孔子所言的"乐知",更是千百年来读书人追求的理想境界。所以"乐"不仅仅是一种状态,还是一种高度,一种信念,一种乐此不疲的追求,于是乐的意义也就在其中了。在红楼学术和红楼文化中都有"乐"的成分,所以我们常在红学家的自述中听说,虽然治学枯燥,但往往"乐"在其中。但凡在某一个领域有所建树的学者,想来都是如此吧!

我给出了划分红楼学术与红楼娱乐的参考建议,然而如何进行红楼娱乐就因人而异了,只要不违反法律,不逾越道德底线,一切围绕真善美的娱乐都是会被尊重的。

所以,站在红学窗口的人们,我们一起爱护窗子吧,因为那是我们看世间万物的基本点;我们一起保持愉悦的心境吧,因为那是人们一生都在追求的东西;我们一起去体悟中国大文化吧,因为那才是红学最大的天地。

平心论心武

——简析《刘心武续红楼梦》

> 我佩服续写《红楼梦》的人,不是因为他们具有非凡的才华,而是他们能够承受众人的唾骂,单单这份勇气,就非常人所有。自清代至今,续写《红楼梦》的不下三十家,从高鹗到刘心武,没有一家有"好下场"的。有意思的是,同为续写《红楼梦》的作者,刘心武曾经也把高鹗"骂"得永不超生,如今风水轮流转,刘先生也站在了浪尖上,滋味如何,自有当事人体会。林语堂先生曾经为高鹗翻案,著书《平心论高鹗》,如今我也附庸风雅,借着林先生的题目,平心论心武。不过我不是"骂",而是平心去"论"。有一说一,才是做学问的正道,也才对得起刘心武先生的一片痴心。
>
> ——题记

2011年3月,江苏人民出版社隆重推出《刘心武续红楼梦》,这已经是刘心武先生关于红学的第八本著述。但较之前七本著作,这本书不是学术类著作,而属于小说范畴。刘心武先生原本就是著名作家,这本《刘心武续红楼梦》算是归了他的正道。

刘心武先生前七部红学类著作分别是《红楼望月》、《刘心武揭秘〈红楼梦〉》(一、二、三、四)、《〈红楼梦〉八十回后真故事》、《红楼眼神》。从学术研究上看,虽然这七部书都独立成册,但学术思想、研究方法却一脉相承,更重要的是,这七部书都是刘先生为了续写《红楼梦》而作的必要研究。换而言之,这七部书都可以归纳在《红楼梦》探佚学的范畴。人物如何结局,故事如何发展,千丝万缕、草蛇灰线又如何在文中布置,刘心武先生在这七本书中都作了详细的探讨,丝丝入扣,奇妙万分。然而这一切最终都要汇总在"续《红楼梦》"中来,将一切学术研究化为小说文字,正因如此,才有了今天的《刘心武续红楼梦》。

介绍这些,只想阐明一个立足点——简析《刘心武续红楼梦》就只是把它当成一部小说来分析,换句话说,我只是针对语言、人物、情节等加以探讨,至于书中故事为什么那样发展,人物为什么如此结局,已经不是我们评析这本小说的重点了,那应该让探佚学家去理论。

一、《刘心武续红楼梦》的语言

《刘心武续红楼梦》(以下简称"续书")的"说明"中明确指出,"为了使其阅读感觉尽量接近曹(雪芹)体",一些字、词、句遵照前八十回,不取现代汉语写法[①]。刘心武先生这样做,目的是让续书风格更为接近曹雪芹的文本。但遗憾的是,续书的阅读体验,就我个人感受而言似乎距离曹体甚远,相反,现代笔调甚为浓厚。这主要表现在以下几个方面。

(一)人物对话中现代词汇过多

语言原本是由词汇构成的,在不同的时代背景下,就有不同的词汇,这往往是区分语言风格的途径。使用什么样的词汇,就有什么样的风格。续书试图模仿《红楼梦》时代的语言风格,但是在书中我们却能品尝到现代"快餐"的味道。

例如,续书第八十二回,因为史湘云的婚嫁,贾宝玉和林黛玉商量送什么礼物,紫鹃在一旁说道:"我们姑娘亲去,什么贺礼比得了?就是天大的礼物!"林黛玉笑道:"你这么夸张,我倒不敢去了。"

再如,续书第八十六回,紫鹃在外屋做女红,贾宝玉走过来,问那披风上的红宝石从哪里来的,紫鹃让他猜猜看,贾宝玉说:"凤姐姐送的?"紫鹃摇头,贾宝玉又猜:"敢是妹妹从扬州带来,一直没有拿出来过的。"紫鹃方道:"这回还靠点谱。"

"夸张""靠谱"这样的"超时代"词汇在续书中还很多,却很难在前八十回中找到。想来刘心武先生是被当下的年轻人"毒害"得深了。

---

① 本文所引《刘心武续红楼梦》原文及相关情节叙述,均据江苏人民出版社 2011 年版,为简明起见,仅随文说明所自章回,以下不再一一注释。

(二)人物对话的内容也充满了现代时尚气息

小说的故事情节往往在"对话"中推动,人物性格往往在"对话"中展示。这种技法司空见惯,续书也不例外,然而其人物对话的内容却充满了现代时尚气息。

例如续书第八十四回,小红和贾芸结婚后,想找点能发达的营生来做,于是夫妻二人开始筹划,小红计议:"莫若咱们先开个花厂,供应这京城富户,路子趟顺了,则接揽造园的活计,造不了大观园,布置个四合院、后花园,应能对付;再熟稔些,讨了声彩,则造个小观园,也是很大的财路。"这一段读来,真有一对现代夫妻合计开"园林设计公司"的派势。

又如续书第八十五回,因为贾探春要远嫁茜香国,茜香国的王子想提前见见贾探春,于是贾政对探春有一番嘱咐,读来大有当下找工作面试前的职业指导之感。贾政说道:"听说那茜香国女王并王子,并不打听郡主血缘,及嫡庶等事,只要求能让他们先见一面,当面验证相貌风度谈吐学识等。想来你通过不成问题……"

再如续书第八十七回,因为林黛玉沉湖而死,贾宝玉伤心欲绝,赵姨娘凑过来说道:"二爷莫忍,大悲窝在心里头,只怕要酿出大毛病来,你不如尽情嚎啕,把那心里淤血喷出来就松快了。"读到这一段,我甚是惊叹,这赵姨娘难道看过周星驰的电影?"喷血"确实是周星驰影视作品的惯用表现手法。

最后再看一例,十分有趣。续书第九十回,荣国府已经被抄检,贾宝玉房中只有麝月一人伺候,这时麝月削苹果给宝玉吃。刘先生是这样描述的:

> 那麝月却又端过缠丝白玛瑙碟来,里面是已去皮削成一般大的苹果肉,且果肉上已插妥小竹签。

说实话,我还真不知道大观园中的小姐少爷们是怎么吃水果的,但是看刘心武先生这样描写,我甚是高兴,原来自己吃水果的方式竟然和大观园中的人物一模一样。

(三)续书中的描写现代化、散文化

《红楼梦》的描写多用诗化的语言,或者直接用诗来描绘,所以我们常常感觉古朴而又淡雅。刘心武先生的文字功力没得说,自然是一流的,然而在续书中，原本应该诗化古朴的语言，却成了现代化、散文化的语言。例如写林黛玉之死（续书第八十六回）：

> 他一步步走拢水边，又从容的一步步走进水中。越往里面走，他身子变得越轻。他对自己是林黛玉渐渐淡忘。他越来越知道自己本是绛珠仙草。他是花，却不是凡间之花。凡间的落花掉到水中，终究会随水流出园子，堕入沟渠。他是花魂，是凡间的诗女林黛玉，正飘升到天上，成为不朽的魂魄。圆月望着那塘中奇景。一个绝美的女子，一步步沉塘。先是水没过脚面。次后没过双膝，风把他身上的月云轻纱披风吹成上扬的云朵。当水没到他腰上时，忽然他的身体化为烟化为雾，所有穿戴并那月云纱披风全都绵软的脱落到水里，林黛玉的肉身没有了，绛珠仙子一边往天界飘升一边朝人间留恋的眷顾，那水塘渐渐成为一杯酒，那大观园渐渐成为一簇花，那人间渐渐成为一片飘渺的刺绣……

单从语言来看，这一段描写美丽动人，意境深远，犹如画境，实属上乘之作，但是要和曹雪芹的文体接槽对榫，似乎并非严丝合缝。

二、《刘心武续红楼梦》的人物

曹雪芹的成功，归根结底是因为"红楼人物"塑造得栩栩如生，堪称完美。续写《红楼梦》最难的一点就是对人物"精气神"的把控。如果这一点做好了，就算语言"不靠谱"，但神韵依然还在。但是续书中的人物，就我个人的阅读感受而言，似乎有些平面化、扭曲化了。这主要表现在以下人物身上。

（一）赵姨娘

在续书中，赵姨娘这个人物尤为突出，而且故事篇幅很大。如果不以续书论，赵姨娘在刘心武先生的笔下是非常成功的，形象鲜明，刻画精细。然而以续书论，如此刻画就适得其反了。

续书中的赵姨娘坏得入骨，家里的风波几乎都是她一人引发的，贾母中风、林黛玉之死、贾府抄家都是她做的手脚，导致家族内部的矛盾顿时爆发，乱成一团。更有趣的是，前八十回中只是暗暗使坏的赵姨娘在续书中见着谁都可以干上一架，出口成"脏"。例如续书第八十六回，赵姨娘和周瑞家的狭路相逢，两人对骂起来：

> 赵姨娘因指着他道："周瑞家的，你眼睛敢是长屁股上了？"周瑞家的一听，火冒三丈，反嘴道："你跟谁嚷呢？就你，原也只配那我屁股去看！"赵姨娘心火更旺盛起来，索性大发作，骂道："你不过一个陪房，狗仗人势的！别以为你背地后搗的那些个鬼别人不知道！你那女婿，冷什么玩意儿，从那边大太太手里骗走老太太古扇的事儿，你当就能滑脱过去？我定不能让你们得逞！"……那周瑞家的，指着赵姨娘鼻子骂道："你说我不过一个陪房，你须撒泡尿照照，你不过一个陪床！……"

骂架，原本不是什么稀罕事，完全可以根据情节设置，这件事赵姨娘在前八十回也干过，但是对象是比她地位更低的小戏子。那一次还是老太太、太太不在家，为了逗能，才去闹的。她从来不敢直接招惹像周瑞家的这样的有身份的奴仆。在续书中，赵姨娘却肆无忌惮。她原本是泼妇，这也罢了。然而从上面的场景来看，两人对骂又不大近事理：就因为两人碰见了，周瑞家的不让路。要知道，赵姨娘也是奴才，并不比周瑞家的高贵，让不让路，招不招呼又能怎么样？这一段除了骂得"幽默"以外，很是扭捏。此时贾府尚未抄家，元妃在宫里也得宠有加，王夫人、凤姐精神尚好，族规家法岂能由得赵姨娘如此胡闹？所以这样的情节虽然有助于雕刻赵姨娘的"坏心肠""招惹是非"，却偏离了"规矩"，有为了情节而情节的嫌疑。

（二）贾政

贾政在曹雪芹笔下，是一个标准的封建家长形象，他的思想、言语、举止时时处处都带着《红楼梦》时代的烙印。换句话说，贾政的为人处世恪守那个时代"读书人"的标准。然而在续书中，其形象却与此大相径庭。

例如续书第八十二回，贾政从朝中归来，王夫人赞叹探春有才，可惜就要嫁人了。贾政道：

> 南安郡王那边择的吉日，是明春惊蛰后。趁他出阁前这段日子，还可发挥他理家之长，就是出了阁，同在一城，归宁也是容易的。他在那边理家之余，娘家这边，仍有用武之地。

这样的思想太超前了，绝对不会出自一个封建卫道士的口中。女子无才便是德，贾府让姑娘们读书已经很"时尚"了，然而让一个出阁的姑娘兼任贾府"执行经理",恐怕不是贾政的思维。

在《红楼梦》前八十回中,贾政虽然算不上伟丈夫,但是毕竟不"丑陋",然而续书中却让他丑不堪言。续书第八十八回,有这样一段描述:

> 那贾政一贯只将此类大事自己心中消化,消化不动,只有一法,就是拿那赵姨娘泄闷。因又传唤那赵姨娘来,赵姨娘巴不得的来了,欲向政老爷说些什么,那贾政喝令他住嘴,只要他服侍睡觉。赵姨娘便百般花样让那贾政忘却其他。

这样一来,贾政与贾珍、贾琏有何区别?我甚是感叹,年近花甲的贾政,在刘心武先生笔下竟然如此生龙活虎,血气方刚。

(三) 贾探春

贾探春在《红楼梦》原著中是一个敏锐、干练、敢作敢为的人物,极具开拓精神。庶出的身份是她挥之不去的阴影,她极度自尊,又极度自卑。她从来不把赵姨娘当母亲,只认王夫人为亲娘。然而在原著中,贾探春对待赵姨娘的表面态度多为"不理睬""劝"等,因为她毕竟是赵姨娘所生,"不理睬"也是在回避她们之间的尴尬关系,这是探春表现出来的自重与自尊。在《红楼梦》前八十回中,探春正面指责赵姨娘的戏份很少,最狠的一次也是在赵姨娘蓄意刁难的情况下才哭诉出来的。但是到了续书中,贾探春时时刻刻都会在赵姨娘面前摆出"主子"的架子,随处都可以看见她对赵姨娘的教训。例如续书第八十三回,探春对贾环道:

> 谁是你娘?谁是你母亲?我刚刚从太太那里来,他是你母亲,何尝让你过这里来的?让你过来的,是赵姨娘吧?那姨娘原是太太派去服侍你的奴才。你须在他面前有些个主子威严才好……

又如续书八十五回,探春"正色"对赵姨娘道:

> 你那只耳朵听到的,从那只耳朵里掏出来。嫣红不在那边安分照顾大老爷,且到这边你耳边下蛆,你就拿那蛆虫当宝贝了?什么乱七八糟一大套。……且你莫忘了自家身份,你系老爷太太分派去照顾三爷的,只三爷的吃穿健康与你相关,连三爷的财物,也原与你无干,只不过是替他看守罢了,……有这些精神,多纳几个鞋底也罢!

其实刘心武先生这样设计,原有他的道理。他可能想深化探春的刚强性格,但是在我看来,这已经违背了曹雪芹原有的设置。一件事情做过了头反而会失去效果,就如作画,反复渲染一朵花,等停笔欣赏时,这朵花已经成了一团乌云浊雾了。

(四)邢夫人、王夫人、袭人

邢夫人、王夫人两妯娌之间的矛盾一直存在,其矛盾在八十回后明朗化是必然的,这一点刘心武先生在续书中处理得非常好。然而当矛盾激化甚至公开化之后,两个人的气场完全颠倒了——邢夫人压倒了王夫人。续书中,贾母死后,贾赦、贾政开始分割家产。对于财物,无论是分割还是安置,都是邢夫人和贾赦专横独断。他们是长房,原本有说话的权利,然而王夫人和贾政这边气势消失得太无缘无故。更让人难以理解的是,此时的荣国府仍然是以元春为靠山的,就凭这一点,王夫人的懦弱也显得莫名其妙。

至于袭人在续书中的形象,我的个人感觉似乎是从丫鬟直接拔高成了"刘胡兰"。续书第九十回,荣国府被抄检,忠顺亲王要夺取袭人,书中写道:

> 却只见那袭人先呆立一阵,末后从容走到门边,对外面人说:"且容我略整衣衫,就随你们去。"说完走到二宝面前,哽咽着道:"为你们,为全府,我去。……"

这一份为家族牺牲的气概,大有气吞山河之势。我在想,一个丫头哪里来的这份政治觉悟?

(五)薛宝钗

在续书中,薛宝钗的人物形象有相互矛盾的地方。薛宝钗的雍容大度、随分从时仍然得到了延续,这一点刘先生做得很好,然而有些情节又偏离了薛宝钗的个性。

例如续书第九十二回,邢岫烟的丫头篆儿和王熙凤的小厮彩明私奔了。针对这样的事情,薛宝钗听了笑道:

> 我当出了多大的事儿,不过是丫头私奔,咱们历年来看过的那样戏文还少吗?小姐还后花园私定终身呢,私奔的更不少,只当咱们家演了出戏。原有那话:台上小人间,人间大戏台。那篆儿到年纪了,春情发动,虽行为不雅,究竟也不是什么大罪过,你跟妈和嫂子说,就不去追

究也罢。

这样的语言，这样的思想，和原著中的薛宝钗相差甚远。且别说这样的超前思想，就连"春情发动"这样的语言也绝对不会有。一个标准的大家闺秀，一个恪守时代女性规范的保守者，岂能对"私奔"如此态度！

其实在续书中，有些人物也是写得非常精彩的。例如司棋，原本就是一个敢爱敢恨的女孩子，她爱死潘又安，又恨死潘又安。续书第八十七回写她被迫与钱槐成亲之际玉碎一幕是：

> 那司棋毫不犹豫，立刻用手中燧石打火，那身上嫁衣早被灯油浸透，火星一迸上，轰的燃烧起来，顷刻火焰包裹全身……那些储油的坛子爆的爆，燃的燃，火上浇油，油上浇火，把整个宅子烧得成了个黑糊饼。

刘心武先生用自焚来结束司棋的生命，是再适合不过的选择。这热火就如同司棋的性格，如同司棋心中纯洁的爱情，是它点燃了司棋的性灵，又是它结束了司棋的生命。她爱得轰轰烈烈，也死得惊天动地。

三、《刘心武续红楼梦》的故事情节

仅从小说创作这个层面来说，《刘心武续红楼梦》有可圈可点的地方，例如"司棋之死""抄检荣国府""林黛玉回归太虚幻境""贾宝玉悬崖撒手"等都是非常精彩的笔墨，故事的可读性也很强，特别是小人物的设计尤为巧妙。但是刘心武先生毕竟是在续《红楼梦》，所以从这个角度而言，其故事的铺陈、前后思想的连贯都有待进一步的推敲。就我个人的阅读体验来讲，有这样几点感受：

第一，续书中有为了纠正学术界的某项错误而故意编排的情节。刘心武先生在续书的"说明"中提到，人民文学出版社出版的中国艺术研究院红楼梦研究所校注的一百二十回本《红楼梦》，有不少的问题，其中将"腊油冻佛手"修改为"蜡油冻佛手"就是一例。因为刘心武先生认为，"腊油冻"是一种珍贵的石料，是不能和蜡制品混淆的。所以在续书第八十五回就有这样一段情节：

> 凤姐道："也只能让他帮点力所能及的忙。二老爷二太太一直说，老太太遗下的东西，至少选一样留给元妃，作为想念。老太太头年寿

辰，有个外路和尚跑来，送了件奇特的古玩，是个腊油冻佛手。"邢夫人道："蜡制的玩意儿值个什么？年年春节庙会里，满坑满谷有那蜡制的瓜果梨桃，几枚大钱一个，谁稀罕那东西？"贾琏道："不是蜡烛的那个蜡，是腊肉的那个腊。腊油冻乃一种最罕见的石料，看去竟与腊肉上的肥油一样，雕成一具佛手，实乃人间一绝。"

　　从续书的"说明"到这段情节的设置，不难看出，它是为了一定目的而故意编排的。当然不能说刘先生这样写是错误的，但是读来总觉得不太自然。

　　第二，续书中重复前八十回文意的内容较多。例如续书第八十七回，贾珍吩咐贾蓉去找贾蔷，接下来这样写道：

> 那贾蔷系宁国公嫡传玄孙，因其家族只剩得他一个，多年来由贾珍养大，后又给他银钱让他自购房舍居住过活。

其实这种介绍在《红楼梦》第九回就有，其中这样写道：

> 原来这一个名唤贾蔷，亦系宁府中之正派玄孙，父母早亡，从小儿跟着贾珍过活，如今长了十六岁……如今竟分与房舍，（贾珍）命贾蔷搬出宁府，自去立门户过活去了。

两段文意完全相同。假若不作续书论，这样的文意重复并没有什么可挑剔的，然而这毕竟是在续补《红楼梦》，所以像这样的重复就显得累赘。再者，《红楼梦》原著中也不会对某个人的情况作两次同样的交代。

　　第三，故事情节的铺陈略显仓促。续书的故事脉络是在《红楼梦》探佚学的基础上构思而成的。刘心武先生的前几部红学类著作几乎都在"探佚"。探佚属学术范畴，它和小说创作有着本质性的区别。然而作为小说，续书对情节的展示并不充分，大有"点到为止"的感觉，贾母之死、黛玉沉湖、惜春出家等情节都显得仓促。可能刘先生潜心《红楼梦》探佚，模糊了"探佚"和"小说"之间的界限。

　　什么是"探佚"？梁归智先生认为，探佚就是通过研究《红楼梦》前八十回的"草蛇灰线"等"伏笔"，以及小说的情节发展、思想倾向、人物性格的必然演变趋势，再结合脂批和其他材料，如曹家的生活原型考察、野史笔记提供的信息等，综合研究曹雪芹原著八十回后佚稿的情况，进而探讨曹雪芹完整的艺术构思①。

对《红楼梦》八十回后内容的探佚，并不能与续书创作画上等号，因为"探佚"只是寻找原著佚稿的"筋与骨"，而不会为"筋与骨"添上"血与肉"。换句话说，"探佚"只是寻找被"迷失"了的人物最终结局，而不会在乎人物走向结局的过程。丁维忠先生在《红楼探佚》一书中说道：

> 探佚的目的，也不是复现原著的全部原貌，而是尽可能地达到与原著的某种接近度。探佚的价值，取决于它在多大程度上接近于原著，即在于它的接近度和启示性。它不可能回答佚稿的所有问题（刨根问底），而只是尽可能精确地提供某些"点"，尽可能完整地连成"线"，至于它的"面"或"圆"，要靠读者在想象中完成。②

丁维忠先生所说的"面"和"圆"，其实就是续书中的故事铺陈。然而遗憾的是，这种铺陈在刘心武先生的笔下并没有完全展开，所以读起来不大过瘾。

四、《刘心武续红楼梦》中值得商榷的地方

对于续写《红楼梦》的作家，我一直都抱着尊重的态度，同时也告诫自己，无论是欣赏还是评析都必须"平心而论"。能续写完整已属不易，必有过人之处，所以我们在谩骂别人"亵渎了经典"的同时，千万留心自己是否已经站在了"无知"的中央。

拜读完《刘心武续红楼梦》，就我个人感受而言，其中有细小之处值得商榷，主要表现在以下几个方面。

（一）人物的称谓

续书中对人物的称呼，有个别地方背离了前八十回。比如说，贾宝玉和薛宝钗，续书中往往以"二宝"指代。续书第八十八回，王夫人对薛姨妈道："实在二宝都老大不小了，相互脾气都是知道的，一个带玉，一个佩金锁，法师预言，金玉姻缘命中定……"这样指代虽然不能说刘心武先生用错了，但是读起来别扭，变味儿了。

---

① 梁归智：《红楼梦探佚》，北京：北京师范大学出版社，2010年，第91页。
② 丁维忠：《红楼探佚》，北京：京华出版社，2006年，第48～49页。

再比如，在《红楼梦》中，贾雨村称呼贾赦和贾政，多为"赦老爷"和"政老爷"，但是在续书中却称呼为"恩侯""从周"，这是贾赦和贾政的表字。从古代礼仪来说，平辈之间相互称字是有礼貌的表现，但是贾雨村在贾赦和贾政面前是"晚辈""学生辈"，这样的称呼并不合适。

续书中，还有些称谓是绝对错误的，比如把当今皇上戏称为"皇帝老儿"。续书第八十七回，贾蓉道："……恳请你明儿一早，带着嫂子到梨香院集合，且先把《相约》《相骂》两戏对出来，一旦宫里传唤，即刻出发，只怕这回逗得皇帝老儿高兴……"可能刘先生认为这是私下的戏言，但是在前八十回中绝对没有这样的"大不敬"。《红楼梦》时代的人，想都不敢这样想，更别说戏言了，弄不好要砍头的。

再如续书第九十回，傅试攀附忠顺亲王，将自己的妹妹傅秋芳嫁给了王爷。续书中这样写道：

> 那忠顺王见着了他妹子，忠顺王果然惊艳，先将那傅秋芳收进府里当了首席姨娘，没有两个月，傅秋芳显示出理家才干，一年以后，生下小世子，忠顺王就把他扶为了正室。

在这段话中，有一处值得商榷的地方——"首席姨娘"。这样的称谓有点离谱，姨娘就是姨娘，并没有"首席"之说。我不知道刘心武先生是不是仿造现代"首席科学家"这样的头衔来取名的，如果是这样的话，就不大合适了，因为傅秋芳不是"长江学者"也不是中科院院士，不过是一个"异样女子"而已。

在《红楼梦》时代，亲王、郡王的正室妻子称为"福晋"或者"嫡福晋"，也就是《红楼梦》中的"王妃"，妾称为"侧福晋"。傅秋芳嫁给了忠顺亲王，就应该是侧福晋，地位也是很尊贵的，和普通官宦人家的姨娘有着本质性的区别。再者，"嫡福晋"是需要皇帝册封的，并非像普通人家把姨娘扶正那么简单。

在《红楼梦》前八十回里，对父亲的称谓，几乎都是"爹"或者"父亲"，贾宝玉称呼贾政为"老爷"，然而绝对没有称"爸"的。因为"爸爸"是外来词汇，在中国使用相对比较晚。续书第九十三回有这样的一段对话：

> 小红道："可不是，你想咱们如今求的就是隐姓埋名，我妈也说了，他跟我爸，是拴在荣国府那根线上的蚱蜢，蹦跶不开了……"

称自己父亲为"爸"，不大适合。

(二) 关于"你"

在日常生活中，我们常常使用"你""我""他"这样的人称代词，但在《红楼梦》时代，这些人称代词是不能随便乱用的。上对下，主子对奴仆，可以直接用"你"；下对上，奴仆对主子，却不能直接使用"你"这个人称代词。《红楼梦》第五十五回，王熙凤和平儿议论家政，凤姐儿嘱咐平儿，对于探春的改革，要顺着，不要犟。平儿回复道："你太把人看糊涂了。我才已经行在先，这会子又反嘱咐我。"凤姐儿笑道："我是恐怕你心里只有了我，一概没有别人之故……你又急了，满口里你我起来。"可见奴仆对主子直呼"你"是很不尊敬的，也是不合礼法的。

在《刘心武续红楼梦》中，这样的人称代词就用得不规范了。

例如续书第八十七回，平儿对贾琏道："谁跟你要嘴皮子，太太刚才见着我，让我给你和二奶奶传话，给林姑娘准备衣冠灵柩……"

再如续书第八十八回，平儿对史湘云道："我们二爷二奶奶说，备下晚饭了，请你跟姑爷过去呢。"

这样的例子在续书中还很多，可见续书对称呼礼仪的把握，有待改进。

(三) 关于"国子监"

《刘心武续红楼梦》第九十二回，有这样一个情节：薛宝钗求北静王妃，为贾宝玉讨得了一个"国子监生凭证"。这个"凭证"是做什么用的呢？从随后的情节来看，这个"凭证"就是一个"听课证"，是到国子监听课的通行证。薛宝钗说道："那国子监什么地方？最大的凤凰巢，多少人想去还去不成哩——你且安心准备两天，就去那国子监听听大儒讲经吧……"

贾宝玉去"国子监"听课，这样的情节设置，不符合《红楼梦》的时代背景。黄现璠先生著有《中国通史纲要》一书，其中介绍了"国子监"：始于隋代，为教育机关，至清代变为只管考试，不管教育的考试机构；到清末则成为卖官机构。国子监学生等于秀才，分文武两种，文称文生，武称武生。凡依照惯例规定缴纳一定数额的钱给朝廷，即可成为"例监生"[①]。《红楼梦》中的贾蓉就用钱捐了一个这样的监生资格，但没有什么实权。让贾宝玉去"国子监"读书，是万万不可能的。

---

① 黄现璠、刘墉：《中国通史纲要》，北京：中国国际广播出版社，2013年，第315页。

五、《刘心武续红楼梦》的意义

对刘心武先生的续书，无论是赞扬还是商榷，我都是根据自己的阅读体验"平心而论"的，没有违心的阿谀奉承，更没有丝毫的恶语中伤。虽然商榷多于赞扬，想必刘先生定有这个雅量，一笑了之，不会怪罪后学不知天高地厚。

《刘心武续红楼梦》据说首印就是 100 万册，对于当下的书籍出版而言，这绝对是一个天文数字。一般的红学著作能首印 5000 册，已经算是畅销书籍了。首印 100 万册，必有 100 万册的市场，不然出版商是不会去冒这个险的。在如此畅销的状态下，简析《刘心武续红楼梦》的意义就显得尤其重要了。

据我看来，《刘心武续红楼梦》至少有四个方面的意义。

第一，"对比"意义。这里的"对比"是一个非常广泛的概念，不能仅仅停留在《红楼梦》前八十回和《刘心武续红楼梦》二十八回的文字风格对比上。曹雪芹的《红楼梦》诞生在两百多年前，《刘心武续红楼梦》产生在当下，所以从这个层面而言，就有古今文化对比，古今思想对比，古代小说创作与当代小说创作对比，古代人与当代人的知识智慧对比，等等。只有通过"对比"，才能让事理更为清晰明了，才能彰显各自的价值。

第二，"探讨"意义。"对比"往往是为"探讨"做准备的。就《刘心武续红楼梦》而言，早已是大路边上编草鞋——有人说长，有人说短。世间之事，很难用对错去划分，然而探讨的本身已经有相互促进的功效了。所以对于刘心武先生而言，不必在意别人说了什么，因为你走自己的路，别人跟着你走，骂也好，赞也好，从传媒学、营销学层面来讲，已经非常成功了。对于读者而言，无论你是"挺刘派"还是"贬刘派"，这都不重要，因为在探讨的过程中，你通过对比，再一次确认了自我的理解，深化了自我的理念。

第三，"关注"意义。《红楼梦》从它诞生之日起，就一直走在"文化娱乐"的前沿。就以当下而论，红学也绝对是一门"时尚之学"。百余年来，经梨花春雨，闯阴霾沟壑，血雨腥风，硝烟四起，唾沫横飞，红学圈就没有消停过。所以说它最能引起民众的关注。就当下的文化导向而言，文化回归是主流。《红楼梦》是传统文化中的经典，如果能通过《刘心武续红楼梦》引发民众对传统文化的关注与反思，也是一件推广、普及传统文化的好事。

第四,"消遣"意义。《红楼梦》对于一般读者而言,就是用来消遣的。这不是在亵渎经典,这是任何一部文学作品最原始的功用,所以曹雪芹在《红楼梦》中就借石头之口说过:"事迹原委亦可以消愁破闷,也有几首歪诗熟话可以喷饭供酒。"《刘心武续红楼梦》也可以应和这一点。再者,红学界自古口角是非就多,这不,刘心武先生又制造了一个话题,不然红学界的这份热闹从何而来呢!

文论

红·楼·论·稿·集

"红楼梦"书名的文化解析

"红楼梦"这三个字,字字千金,雪芹当年几易其稿,几改其名,最终还是这三个字脱颖而出。穿越两百年的时空,历经梨花春雨,迈过阴霾沟壑,直至当下,它已经蜕变成了一种文化象征,经典而又光芒四射。

一、红

在红楼文化中,"红"是一个绕不开的话题,同时它也是红楼文化与红楼学术的核心。从红楼文化思想层面上来说,《红楼梦》是一部颂红、怡红、悼红之书。从红楼学术层面上来说,一个"红"字正是众多流派拨开重重历史迷雾的总钥匙。

在《红楼梦》的文本中,颜色词汇最为丰富,而红色系列又占据了很大的比重。第一号男主角贾宝玉最爱红。当年曹雪芹对书的命名,也颇费心思,最终定了"红楼梦"——其中也有红。一个红字能贯穿一部书的始终,一个红字竟能解开无数的疑惑,一个红字给一门学科带来了勃勃生机。它的生命力究竟来自何处?它又蕴含着怎样的文化基因?

中华文化的原始体系,往简单了说,就是由阴阳和五行构建起来的。五行(金、木、水、火、土)和五色(青、赤、黑、白、黄)是相匹配的。如图1所示:

```
        赤-火
          |
青-木——土-黄——金-白
          |
        水-黑
```
图1

其中火和赤相配，赤就是红。红和火相配，有怎样的文化意义？

我们都知道火的运用是人类文明的开始，人类因为运用了火，才向光明迈出了第一步。人类用火来烧烤食物，从此告别了血腥；用火来取暖，可以抵御风寒；用火的熊熊之势来驱赶野兽，保得安全。有学者说，人的定义应该是使用火的动物，只有举起火把才算人！红和火在语言表达上也是相互关联的，例如"红红火火"。所以，红字的第一个文化基因解读就是文明的起源。

五行，除了和五色相匹配，也和人的五脏（心、肝、脾、肺、肾）相匹配。心匹配火。如图 2 所示：

```
        赤-火-心
           |
青-木-肝—黄-土-脾—金-白-肺
           |
        黑-水-肾
```

图 2

这个时候，我们就可以看到一个清晰的脉络：红—火—心。从外部颜色上来看，火和心都是红色——这是它们的外在表象，那么红和心的内在文化联系又是什么呢？

中国的文化和西方的文化最大的区别就是，前者是用心的文化，后者是用脑的文化。中国文化强调直观体悟，所以悟性的高低是判断一个人聪明与否的基本指标。注重直观体悟的思维多是与用心联系的。在古代中国，心在人体中被称为"君主之官"，它的地位如同君主。心又是"神明"的源泉，所谓神明就是一个人的才思与智慧。换句话说，中国传统文化认为，一个人的所思所想，皆来自心。这便构成了中国文化模式——用心的文化。

千百年来，中国先民始终相信人是用心来思维的。例如孟子就说："心之官则思。"虽然现代科学已经告诉我们，思维在脑而不在心，但这样的文化理念与文化元素仍然存在于中国人的文化基因之中，所以我们才有了至今还在用的词汇，诸如"用心学习""心想事成""心领神会"等，也才有了具有中国特色的用心文化。从图 1 和图 2 可见"红"与"心"属同一系，因此，红字的第二个文化基因解读就是中国文化的模式。

红字，在中华文化生活中，在哲理认识上，都是非常重要的。中国文化的核心理念强调天人合一。这里的天有两层含义：第一是祖宗之天，第二就是自然之天。所以，才有了我们对自然的敬畏和顺应。自然为什么要让我们去敬畏和顺应？是因为自然同人类一样，有着自己的生命。自然的生命是什么颜色？是绿色。那么人类的生命是什么颜色？是红色。

人被称为自然中的精灵，因为他上可通茫茫宇宙，下可接浩浩尘世，所以才有了中国文化中天、地、人"三才"的说法。盘古开天辟地之时，阳气上升形成天，阴气下沉形成地，而人在天与地间居核心地位，便成为万物之灵。如果说，绿色是自然的生命之色，那么象征人类生命的红色就是自然生机的结晶和升华之色。欣欣向荣的草木，一派碧绿，生机盎然；而草木之华，则以红色为代表。所以，有杜甫的"晓看红湿处，花重锦官城"的名句，有李煜"林花谢了春红"的惋惜，也有"红花还需绿叶配"的俗话。所以，红字的第三个文化基因解读就是人类的生命之色。

在我们的日常生活中，无论古今，红永远是表达吉祥、快乐、喜庆之意的首选色。大红灯笼高高挂，红红火火的日子过起来，春联、窗花、祝贺的拜帖、红包，等等，样样都是红。因此，红在日常生活中便成了代表美好的佳色。所以，红字的第四个文化基因解读就是普通民众的喜庆佳色。

女孩子爱红天经地义，无论大家闺秀还是小家碧玉，就连杨白劳这样的穷苦人家，过年时他也惦记着为喜儿买回一根红头绳。我们常常用的九九女儿红、红粉知己、红颜命薄这些词汇，其中的红都指女儿。《红楼梦》中的女儿们，最后"千红一窟"——落红、残红、飞红、坠红，随着溶溶漾漾的流水一起"万艳同悲"。这是对红的哀悼，更是对红的怀念！所以，红字的第五个文化基因解读就是女性之色。

二、楼

楼在红与梦这两个字的中间，就位置而言，是中心。为何这样放置？其中大有玄机。我们从人的感知角度来审视这三个字。红是颜色，它刺激的是我们的视觉神经，需要我们用眼睛去观察。颜色与光是密不可分的，它是光和眼睛相互作用而产生的自然现象。在日常生活中，几乎没有人会说"我去触摸颜色"。换而言之，颜色只在我们的眼睛里，并不在我们的手指间。所以红是一种虚态。梦，人人都会做，它只能出现在我们的大脑幻境里或者是我们的潜意识中，人一旦清醒，梦也就随之而去，所以梦仍然是一种虚态。

三个字中，两个都是虚态，那么另一个字必定是一个实态，否则就违背了"一分为二"的哲学规律。果不其然，楼正是一个实态，在我们日常生活中，它可观，可赏，可触摸，实实在在，威严挺立。更为奇妙的是，《红楼梦》中，红与梦这两个虚态，都必经要通过楼这个实态来呈现面貌。红需要楼来展示颜色，所以才有了"红楼"；梦又是在红楼里面做的，所以最终才呈现出了"红楼梦"。这就是楼需要放在红与梦之中的原因所在。

在中国文化中，楼有什么样的文化基因呢？所谓楼，在《说文》中被解释为重屋——"楼，重屋也"。两间房子上下重叠就成了楼。在《红楼梦》时代，要住这样的房子，是需要有经济实力和一定的社会地位的，所以楼的第一个文化基因就是财富与地位的象征。

在小学，我们就读过唐朝王之涣的《登鹳雀楼》——"白日依山尽，黄河入海流。欲穷千里目，更上一层楼。"这首诗简洁而又深藏大意，"欲穷千里目，更上一层楼"常常被引用，借为勉励。久而久之，楼在人们的心目中就成了一种境界，只有登上更高一层的楼，人生的景色才能随之转换，才能领略更为壮观的景象。同时，因为要登楼，所以还伴有一种展望，一种期许，所以楼的第二个文化基因就是人生境界的象征，是实现理想的阶梯。

中国式的传统文人，当他们抒发自己的情感时，画面中常常出现楼的背景。李煜是在"独上西楼"之后才感叹"剪不断，理还乱"；苏轼是因为惧怕"高处不胜寒"才拒绝"琼楼玉宇"；范仲淹登上岳阳楼才抒发出"先天下之忧而忧，后天下之乐而乐"；王勃在滕王阁上看到了"落霞与孤鹜齐飞，秋水共长天一色"的景象；所以楼的第三个文化基因就是寄存人间的忧愁、怀念、抱负的最佳之地。细细品味这楼的文化基因，我们明白了为什么曹雪芹要在红楼之上为全世界的人们做一场穿越古今的中国梦。

三、梦

曾经有学者考证《红楼梦》书名的出处是在李商隐的诗词《春雨》中——"红楼隔雨相望冷，残宵犹得梦依稀"。虽然诗词中确有红楼梦三字，但这三字并不相连，所以又有研究者指出，"红楼梦"一词应出自蔡京的《咏子规》——"凝成紫塞风前泪，惊破红楼梦里心"。其实在中华诗词中，有"红楼梦"三字的文句比比皆是。如果按照这样的逻辑，找出一百首也不是难事。

"红楼梦"是不是最原始的书名,也无须再去辨析,因为"红楼梦"这三个字早已深入人心,它的根系盘根错节地缠绕在中华文化之中。"石头记"也好,"风月宝鉴"也罢,不过是学者们用来考证的参照标识而已,其内涵早已不能和"红楼梦"一词同日而语了。

在传统文化之中,梦历来被文人们浓墨重彩地渲染,以梦为基调的优秀作品亦不在少数,例如沈既济的《枕中记》、李公佐的《南柯太守传》、汤显祖的"临川四梦",等等。《红楼梦》更是在梦幻中展示并推动了一段段故事情节。正如脂砚斋所说:

> 一部大书起是梦,宝玉情是梦,贾瑞淫又是梦,秦之家计长策又是梦,今作诗也是梦,一柄风月宝鉴亦从梦中所有,故《红楼梦》,梦也。

《红楼梦》中的梦,林林总总。由十二个梦建立起来的梦幻框架,犹如仙山楼阁,美轮美奂。大的气势恢宏,小的精巧可爱;高的无法逾越,深的无可探究;宽的触目惊心,美的怦然心动。梦与梦之间紧紧相随,前后勾连,环环相扣,丝丝入微。笔触之细,文采之美,雪芹可谓煞费苦心。如此十二分的用意,原因何在?恐怕仍然是文化基因所致!

从古至今,梦是中国人向往的生存样态。为什么这样说呢?我们从三个层面来解释。

第一,从文化层面上来说,构成中华文化的三大支柱——儒、道、释的终极目标,皆是一份像梦一样美好的允诺。

儒家和道家,犹如中国人的地与天。人在世间,脚踏地,头顶天。儒家教我们如何脚踏实地,教我们如何对自己、对家庭、对社会乃至于对国家担负起一份责任和一份义务。这是最务实的表现,也是我们现实生活中的八小时之内。但是我们这么做的目的是什么呢?可能孔子会捻捻胡须,告诉我们只有通过"克己复礼",才能"止于至善"。于是儒家给出了一系列的道德规范,并谆谆教诲:只有我们都道德自觉了,我们才可能进入像梦一样美丽的理想社会。从汉武帝罢黜百家独尊儒术以来,历经千年,事实又如何呢?像梦一样的美丽,恐怕也会伴随着像梦一样的虚幻。但中国人追逐完美的梦境直至今日也不曾间歇。

如果说儒家让我们自我实现的话,那么道家就会让我们自我超越。在道家看来,儒家的框框条条太多了,使人性扭曲变形。庄子说:"天地有大美而不言,四时有明法而不议,万物有成理而不说。"人就应该放开自己的天性，和自然万物同欢畅。"乘物以游心，独与天地精神往来"，心游万仞，逍遥于江河湖泊之上、大山沟壑之中。在这种极度自由的诱惑下，道家同样给中国人编织了一个美丽的梦境。这样的梦境虽然不受牵绊，但却成了无根之木、无源之水。

如果今生不能自我实现，不能到达理想的社会状态，也不能自我超越，不能逍遥游于天外，怎么办？佛家会告诉你，祈求来生吧！离开喧嚣的凡尘，丢开这副臭皮囊，因为世间一切"如梦幻泡影，如露亦如电"，转瞬即逝，然而修成正果后西天自有极乐世界。于是，中国人又开始在佛家构建的梦中如痴如醉了。

第二，从政治层面上来说，中国古代，一家一族，一朝一代，兴衰际遇，破败兴旺，皆一场场大梦。

秦皇汉武，唐宗宋祖，今何在？曹家百年望族，君子之泽，也不过"五世而斩"。历史就定格在时间的长河中，而一群群人、一件件事，千丝万缕，错综复杂，纠葛牵绊在一起。但这些不过就是在不同的时间、不同的地点，由不同的人物上演同样的政治游戏。无论你伟大也好，草芥也罢，最终烟消云散，最多化为文字定格在书本、岩石、墓碑之上。这不就是一场大梦吗！

第三，从个人层面上来说，只有在梦中，我们内心的真实感受才能被尊重，我们的允诺才能等到满足。

《牡丹亭》中的杜丽娘唱着："姹紫嫣红开遍，似这般都付与断井颓垣，良辰美景奈何天，赏心乐事谁家院！"她不知道自己会蓦然心惊于一个梦里。这个读着"关关雎鸠"而不迈出绣楼一步的女孩子，却在梦中见到一个书生——柳梦梅。两人一见如故，心心相印。这场梦使她看到了被世俗掩蔽着的内心世界，使她开始为自己而活！因为，虽有着如花美眷，却不抵似水流年。

梦有何用？百无一用。但谁又离开过梦？在现实中，它不是技能，不是知识，不能化为物质，但在精神世界里却为我们每一个人开启了一扇通向希望、唯美与浪漫的大门。今天的我们不仅仅为名所驱，为利所惑，更重要的是我们丧失了做梦的心境。

正是在这个时候，《红楼梦》似乎给了我们一个做梦的机会，一个做梦的场所，一个寻梦的依托。至此，梦的文化基因也就在我们体内开始往外显现了。

《红楼梦》与儒家文化

　　《红楼梦》之所以能深入人心，能让不同领域的文人、学者们找到一个可供参考的"文化依据"，不是因为它有一种外在的灌输，而是因为它有一份关乎"文化基因"的内在唤醒。我们感悟它，是因为它能让我们在那一刻怦然心动、醍醐灌顶。我们分析它，是因为它能让我们在繁盛而迷茫的物质文明中找到一组组属于我们传统文化的"基因序列"。

　　儒家文化，是中华传统文化的主流。这一点早已成为共识。从曹雪芹的思想意识层面上来说，无论他是想反封建还是批礼教，也不管他是尊道家还是崇墨家，儒家文化都如同一把刻刀，不经意间将一个个"基因元素"绕开曹雪芹的主观意识，雕刻在了《红楼梦》的文字背后。

　　儒家，作为一个学术流派，有着严密而自成体系的思想构架。孔子开创的儒家学派，历经了"克己复礼"的先秦原始儒学、"罢黜百家，独尊儒术"的汉代儒学、"理一分殊"的宋明理学以及"用西学解释中学"的近现代儒学几个阶段。可以说，儒家的思想与理念早已渗透到社会的方方面面。

　　儒家的思想，在我们普通百姓的日常生活中，绝对不是一种需要顶礼膜拜的学术权威，而是一种恒温的日常行为所需的思想。经过岁月的碾压，它早已成了一整套安排人间秩序的规则。

　　《红楼梦》只是一部小说，作者当然不可能在书中系统地讲解儒家思想。那么儒家文化的基因又是如何在书中故事里显现的呢？在回答这个问题之前，我们首先需要了解儒家文化历经千年的嬗变后沉淀下来了怎样的"文化基因"。

　　儒家的文化基因，主要集中在三个方面。

（一）仁爱

什么是"仁"，学术界众说纷纭。孔子对什么是"仁"也会根据不同人的提问做出不同的解释。例如，司马牛问孔子什么是仁，孔子回答："仁者，其言也讷。"言外之意，真正的仁者，不是一个夸夸其谈的人。子张也问过同样的问题，孔子却回答："行五行于天下者，皆为仁。"这里的"五行"就是儒家的恭、宽、信、敏、惠。后来樊迟又问什么是仁，孔子回答："仁者，爱人。"言即关爱别人，就是仁。其实，无论是"其言也讷"，还是"恭、宽、信、敏、惠"，都是以"爱"作为基础的。于是，"爱"就成为儒家理论的核心和精髓。

儒家的"仁爱"，具体表现在三个层面。第一个层面，就是"亲亲之爱"。第一个"亲"是动词，第二个"亲"是名词。"亲亲之爱"化为日常行为，就是要爱我们的父母，爱我们的兄弟姐妹，爱我们的子女。因为儒家讲伦理秩序，所以儒家的"仁爱"是有层次和先后的——先爱谁后爱谁是不能乱来的。以家庭为例，谁的辈分最高，就排在被爱的第一位，而且被爱的"分量"也最多，然后以此类推。

对于没有血缘关系的人需要去爱吗？儒家的回答是肯定的。怎么爱？先是"老吾老以及人之老"，随后是"幼吾幼以及人之幼"，然后再到"四海之内皆兄弟也"。这仍然要分层次和顺序。所以我们不难发现，儒家的仁爱是有延展性和层递性的。

《红楼梦》中的爱就显现了这样的"文化基因"。例如《红楼梦》第二十八回，描写元妃赐下的端午节礼物：

> （贾宝玉）将昨日所赐之物取了出来，只见上等宫扇两柄，红麝香珠二串，凤尾罗二端，芙蓉簟一领。宝玉见了，喜不自胜，问："别人的也都是这个？"袭人道："老太太的多着一个香如意，一个玛瑙枕。太太、老爷、姨太太的只多着一个如意。你的同宝姑娘的一样。林姑娘同二姑娘、三姑娘、四姑娘只单有扇子同数珠儿，别人都没了。大奶奶、二奶奶他两个是每人两匹纱，两匹罗，两个香袋，两个锭子药。"

从这些礼物的赏赐上，就能看出儒家"爱"的层次和等级。老太太在贾府辈分最高，所以元春对贾母的爱就最多，给予的礼物也比谁都重。然后是父母这一辈的，分量递减。其次是兄弟姐妹。在兄弟姐妹这个层面，因为只有贾宝玉和元妃是一母同胞，血缘最亲，所以贾宝玉获得的礼物较之迎春、探春、惜春等又有所增加。当然，这里面有一个例外：薛宝钗的分量和贾宝玉相同。这是因为，在元妃心中，薛宝钗是贾宝玉未来的妻子。

就在同一回，因为林黛玉恼贾宝玉"见了姐姐就忘了妹妹"，贾宝玉情急之下说出了这样一段掏心窝的话：

> 我心里的事也难对你说，日后自然明白。除了老太太、老爷、太太这三个人，第四个就是妹妹了。要有第五个人，我也说个誓。

当初，我每每阅读至此都很纳闷：为什么一个心爱之极的人，一个寄托着自己无限情意的人，在贾宝玉心中却放在了第四位呢？了解了儒家文化基因在《红楼梦》中的显现，这样的问题就迎刃而解了。

"仁爱"表现的第二个层面就是"忠恕之道"。《论语·里仁》里面记载了这样一个故事：

> 子曰："参乎！吾道一以贯之。"
> 曾子曰："唯。"
> 子出。门人问曰："何谓也？"
> 曾子曰："夫子之道，忠恕而已矣。"

这个故事的大意是，有一天，孔子对他的学生曾参说："你知道吗？我做人、做事有一个一以贯之的理念。"曾参心领神会地说："我知道！"后来孔子出去了，其他的师兄弟就问曾参："老师说的是什么意思？"曾参说："老师做人做事的理念就两个字——忠恕。"

什么是"忠恕"？用儒家的原话来解释，所谓"忠"，就是"己欲立而立人，己欲达而达人"。所谓"恕"，就是"己所不欲，勿施于人"。宋代理学家朱熹对"忠恕"作过精辟的解释，说："尽己之谓忠，推己之谓恕。"换句话说，尽自己的心就是忠，用自己的心推及他人就是恕。所以才有了"中心为忠，如心为恕"的概念。

对于"忠恕"，我们用可行性的方式来描述：忠诚于自己的心灵，善待你能善待的一切。这就是最最简单的忠恕。

拍拍胸脯，问问内心：我们做人的标准是什么？评判是非的尺码是什么？良知又藏在何方？对于人际交往，我们将心比心了吗？换位思考了吗？回答好这些问题，你就做到了"忠恕"。这些标准高吗？似乎举手可行，但是真正将"忠恕"一以贯之的人又有多少呢？

"忠恕之道"这一儒家思想在《红楼梦》中是如何显现的呢？其实，贾宝玉身上承袭着很多儒家的文化基因，例如先前所讲的"亲亲之爱"；而其"忠恕之道"尤为突出。在贾府中，贾宝玉最善待仆人，少有贵族公子式的傲慢与苛责，以致很多婆子背后闲话他说："连一点刚性儿都没有。"《红楼梦》第十九回，他房中的丫鬟们随意玩笑，赶围棋，掷骰摸牌玩乐，嗑来一地的瓜子皮，连李嬷嬷都看不过去了。这些下人们为何如此大胆？因为丫头们都知道宝玉不讲究这些，所以如此。"不讲究"不是因为贾宝玉不爱干净、整洁，是因为他认为，人与人之间没有高下之分，皆是父母所生所养，所以善待她们就是忠于自己的内心。

对待自己的兄弟侄儿，贾宝玉仍然如此。贾府的规矩是，凡做兄弟的，都怕哥哥。因为在封建宗法制度下，有"长兄如父"的观念，而兄长要做兄弟们的表率。《红楼梦》第二十回，贾环在薛宝钗房里和莺儿等丫头赶棋作耍，因为输了钱急了，便哭闹起来。刚好贾宝玉走来，贾环便不敢作声了。宝玉见了这般情景，问是怎么了，明白后便心平气和地让贾环到别处玩去，并没有伤刺责罚他。因为贾宝玉心里存着一个想法：

> 弟兄们一并都有父母教训，何必我多事，反生疏了。况且我是正出，他是庶出，饶这样还有人背后谈论，还禁得辖治他了。

从这些心理描写中，我们便可以看到什么是"尽己之谓忠，推己之谓恕"了。

"仁爱"表现的第三个层面就是"恻隐之心"。

什么是"恻隐之心"？所谓"恻"就是悲伤。"恻隐之心"就是对别人的痛苦和不幸表示同情，从自己的内心出发，能够体验别人的悲痛、别人的忧伤，从而不忍心让别人去悲痛和忧伤。

"仁爱"是儒家思想的核心。"亲亲之爱""忠恕之道""恻隐之心"又是"仁爱"的三步阶梯。我们都知道，儒家的爱是有差别和等级的。按照孔子的说法，一个人首先要爱父母，这就是"孝"；然后爱兄弟姐妹，这就是"悌"；再爱亲戚朋友，最后到"四海之内皆兄弟"，这就是"泛爱众"。但是以这样的方式递减下去，恐怕爱的"分量"也就所剩无几了，怎么办呢？于是，儒家给出了一个爱的底线——恻隐之心。我们不难看出，"仁爱"的三个层面是各司其职的："亲亲之爱"是基础，"忠恕之道"是方法，"恻隐之心"是底线。

从现实层面上来说，一个人的爱是有限的，无论是物质上还是精神上都有它的极限。但是天下之大，芸芸众生，万般苦难，谁能够去顾及那么多呢？所以如果在我们无能为力之时心存"恻隐"，就已经足够了。佛学将这种"恻隐之心"称为"善念"。

其实很多时候，我都被《红楼梦》中这种"恻隐之心"感动得一塌糊涂，因为它表现得那么真实，没有丝毫的做作。例如第二十九回，贾母带领众夫人、小姐们到清虚观打醮。因为是贵妃做好事，荣国府的老祖宗亲自去拈香，所以随从人员和执事仪仗非常繁杂。门前车辆纷纷，人马簇簇。到了清虚观，所有的道士都得回避。但一个十二三岁的小道士，拿着剪筒剪理各处的蜡花，因为手脚慢了一点，没有来得及回避出去，谁知一头撞在了王熙凤的怀里。凤姐便抬手照脸打了一巴掌，小道士摔倒在地，顾不得疼痛，爬起来就往外跑。谁知这个时候黛玉、宝钗等小姐下车，众婆子、媳妇正围随得水泄不通。突然一个小道士冲了出来，众人都喊起来："拿、拿、拿！打、打、打！"贾母忙问怎么了。凤姐上来说了原委，贾母听后忙道：

> 快带了那孩子来，别唬着他。小门小户的孩子，都是娇生惯养的，那里见的这个势派。倘或唬着他，倒怪可怜见的，他老子娘岂不疼的慌？

听听这话，多么让人尊敬的老太太！因为她疼爱自己的孙子、孙女们，所以有了"幼吾幼以及人之幼"；也是因为疼爱自己的孙子、孙女们，所以她最能体谅父母对孩子的那份关心和爱护，所以才有了"他老子娘岂不心疼的慌"的话。这就是"恻隐之心"。

(二) 正义

先秦原始儒学有三位代表人物——孔子、孟子、荀子。孔子是儒家学派的创始人，因为他出生在一个"礼崩乐坏"的时代，所以他提倡的学术从"克己复礼"开始，就是启发民众的道德自觉性。而要想达到"复礼"，就必须用"仁"作为途径，所以"仁"就成了孔子思想的内核。

孟子是孔子的孙子子思的学生，所以在学术思想上与孔子一脉相承。孟子不但承袭了仁爱思想，而且还进一步推衍，提出了"仁政"。孟子理解的"仁"不仅仅是一个用来正心、修身的道德规范，同时还是一个国家治理江山的根本理念。那么，一个国家"行王道，施仁政"需要具备怎样的观念呢？这就是"义"。

所谓"读孔得仁，读孟得义"。其实《论语》有不少的地方提到了"义"，但是孔子一般不把"仁"和"义"并列。到了孟子时期，"仁"和"义"就开始并列使用了。例如"不仁不义"这些词语，就是从孟子的思想体系中诞生的。

在孟子推行自己的思想时，"义"起到了什么样的作用呢？首先我们要知道"义"的意思。根据《说文解字》的阐述，"义"就是"己之威仪"。简单地说就是一个人威风凛凛，震慑四方。易中天先生解释，"义"有两层意思，一是"该"，二是"灭"，合起来，就是"该灭"。①

因为孟子认为，治理国家、教化民众，只讲"仁"是不够的，因为不是每一个人都能完全做到"克己"，相反还有一些社会、家族的捣乱分子，所以就需要"义"来维护"仁"。"仁"讲"亲亲"，"义"讲"灭亲"。一个主生，一个主杀。但是"灭亲"的前提是这个人罪有应得，所以"义"就有了"该灭"的两重意义。有一点是孟子特别提出的，就是"杀一无罪非仁也"。就是说，"仁义"是相辅相成的，但是之间又有一个界限。滥杀无辜就是"不仁"，该杀不杀就是"不义"。

《红楼梦》中，也显现出"正义"的文化基因。例如第三十三回，因为蒋玉菡的事情，忠顺亲王府派人来贾府找贾宝玉要人。贾政知道此事后，气得个半死。谁知贾环又在贾政面前歪曲金钏之死的原因，状告宝玉"强奸未遂"，更让贾政怒发冲冠。我们且不论贾政这个时候判断是否正确，也不论他笞挞贾宝玉的行为对与不对，仅从贾政这时的内心感受出发可想见：他要"灭亲"，要正"义"。于是他让人绑了贾宝玉，备下大棍子，并放话要封锁消息：谁要敢传话给老太太，立刻一并打死。贾政为何如此生气？在他看来，贾宝玉的这些行径——流荡优伶、表赠私物、淫辱母婢，已经到了"该杀"的地步！如果再这样下去，恐怕会酿成"弑君杀父"的祸害。

很多红学研究人员，都指责贾政是"假正经"，其实也不完全正确，因为贾政是一个秉受儒家正统思想的封建读书人，他的思想、他的言行都是依据宗法、家规、礼仪来规范的，所以他不能容忍谁亵渎封建正统思想。这一份坚持与捍卫，虽然顽固不化、刚愎自用，但是却是真真实实的发自内心的"正义"之举。对于这一点，我们没有理由去苛责和鄙视。

---

① 易中天：《先秦诸子，百家争鸣》，上海：上海文艺出版社，2009 年，第 291 页。

（三）自强

"自强"这个词语，最早出于《周易》："天行健，君子以自强不息。"什么是"自强"？要理解这个词，就需要知道"天行健"的含义。

原始儒学的第三位代表人物荀子，在《荀子·天论》中就提出了这样一种观念："天行有常，不为尧存，不为桀亡。"什么意思呢？就是说，自然有其自身的运动规律，不会以人的意志为转移。既然"天"有自己的"道"，人也该有自己的"命"，那么人就不应该把自己的命运寄希望于天。这也是先秦儒家与道家在哲学视角上的区别——老庄讲"天道"，孔子讲"天命"。

人在各有其"道"的轨迹上，要相互顺应，除了尊重自然法则以外，还应该"自为"。于是荀子提出了一种人生态度——"与其怨天尤人，不如奋发图强；与其听天由命，不如自力更生。"[①] 即自己的命运不在于天，也不存于地，而在自己的掌控之中——这就是"自强"。

《红楼梦》第一回，贾雨村的一些举动就显现出了这样的文化基因。贾雨村在"红楼人物"中，并不受读者待见。其原因很多，不过最主要的是官场的腐化。贾雨村在书中第一回出场时，曹雪芹给了他一个漂亮的"亮相"。无论相貌还是斗志，他都是那个时代典型的读书人。因为家道中落，他这一代已经家徒四壁了。为了光耀祖宗、重整门楣，他发愤图强，饱读诗书，无奈神京[②]路远，囊中羞涩，只能卖字撰文为生而空有一腔抱负。他时时畅想有一天凭借自己的才学，出将入相，到那时必定是"天上一轮才捧出，人间万姓仰头看"。所以他才在和甄士隐对月畅饮之时说：

> 非晚生酒后狂言，若论时尚之学，晚生也或可去充数沽名，只是目今行囊路费一概无措，神京路远，非赖卖字撰文即能到者。

甄士隐解囊相助，并说：

> 十九日乃黄道之期，兄可即买舟西上，待雄飞高举，明冬再晤，岂非大快之事耶！

贾雨村接受了，第二天一早就起程上路，并带话给甄士隐说：

[①] 易中天：《先秦诸子，百家争鸣》，第 295 页。
[②] 《红楼梦》中对地名与历史年代的描述一律采取避实就虚的方法。所以，此处的"神京"代指当时的首都北京。

> 读书人不在黄道黑道，总以事理为要，不及面辞了。

什么是"黄道黑道"？这原本是古代天文学的专用名词。"黄道"指日，"黑道"指月。后来星占迷信者将每日的干支阴阳分为"黄道"和"黑道"，黄道主吉，黑道主凶。

贾雨村不讲"黄道黑道"，其实就是承袭了"天行有常，不为尧存，不为桀亡"的观念。他是标准的儒生，所以在他身上我们能看见"自为""自强"的儒家文化基因。

《红楼梦》与墨家文化

墨家是先秦诸子百家中的一家。那位生活在春秋战国之际的大思想家——墨子，为我们开辟了又一条治国治民的康庄大道。他的思想同儒家、道家、法家等各家先哲一起闪耀在中国文化的源头。

吴恩裕先生曾经说，曹雪芹身上闪烁着墨家的哲学思想。相传，曹雪芹除著有《红楼梦》外，还写有另外一本书——《废艺斋集稿》。此书的宗旨在于为"鳏寡孤独废疾者"提供一些谋生的手艺。当时朝中吏部侍郎董邦达曾赞叹《南鹞北鸢考工志》（《废艺斋集稿》的一部分）说：

> 尝闻教民养生之道，不论大术小术，均传盛德，因其旨在济世也。扶伤救死之行，不论有心无心，悉具阴功，以其志在活人也。曹子雪芹悯废疾无告之穷民，不忍坐视转于沟壑之中，谋之以技艺自养之道，厥功之伟，曷可计量也哉。[①]

"利天下"是墨子著作中永恒的学术旨归。"墨子思想包含着利人的博大襟怀与抱负，尤其具有铁肩担道义、身先天下的责任感。"[②]

虽然此时的曹雪芹已家徒四壁，举步维艰，但仍然试图为四周邻里和那些生活无依靠的残疾人寻求一条生路。这样的人格与思想不正是墨家学派倡导的"救世"学说的显现吗？

既然曹雪芹有"近墨思想"，那《红楼梦》中又烙下了怎样的墨家文化基因呢？要回答这个问题，首先要了解墨家主张的"人生观"和"道德观"。

墨子的人生观中，放在第一位的就是"贵义"。同时，这也成

[①] 胡德平：《说不尽的红楼梦——曹雪芹在香山》，北京：中华书局，2004年，第17页。
[②] 戚文、李广星等：《墨子十讲》，上海：上海人民出版社，2007年，第29页。

了墨家学说的重要特征。《墨子·贵义》中说："天下有义则生，无义则死；有义则富，无义则贫；有义则治，无义则乱。"所以，"义"在墨子的思想体系中便成了治国安邦的重要基础。

在《红楼梦》第二十四回"醉金刚轻财尚义侠"中，贾芸因为在舅舅家借钱碰了壁，回家路上心里正不自在，不料一头撞在一个醉汉身上，才发现这人是他邻居倪二。在世人眼中，倪二是一个"泼皮，专放重利债，在赌博场吃闲钱，专惯打降吃酒"。这样一个"无赖"之人，却有着一身的"侠义"。曹雪芹能给他一个"义侠"的评价，可见世人眼中的倪二并不是他的"本真"。

倪二平时"专惯打降"，并不是无事生非，而是路见不平拔刀相助。一个"降"字，曹雪芹用得极其精辟。所谓"打降"，就是专门对付那些飞扬跋扈、欺负百姓之人。他"专放重利债"却会"因人而施"。当贾芸告知在舅舅家因借钱而讨无趣之时，他倾囊相助，不要利钱，不写文契。这让一贯对倪二心存"偏见"的贾芸，感动得无以复加。正是因为常有这样的事迹，所以倪二在道上颇有几分"义侠之名"。

"义""利"之辩，可以说是先秦诸子中争论得最激烈的论题。儒家认为，人应该"重义而轻利"。但是墨家认为，既要重义，也要重利。在墨家看来，义与利并不抵触，而存在等同的关系，所以墨家认为"重利，也必然重义"。

墨家强调"利"，把义和利放在一个平面上，但是当"利"与"义"出现不一致的情况时，墨家遵循一个前提——把义放在利之上，要求绝不贪图利益而出卖道义。

《红楼梦》中的倪二正是秉承了这样的"义利"观。他放高利贷，在赌场吃"闲钱"，是因为借钱赌博之人原本就是那些纨绔子弟或者不务正业之人。贾芸在他心里是一个"上进青年"，又是自己的街坊，因为一时囊中羞涩才举步维艰。所以这个时候倪二就把"义"放在了"利"之上，慷慨相助，不要利钱，不写文约。

如果说"贵义"是墨家学说的基础，那么"救世"就是墨家学说的终极目的。墨家学说"针对社会的弊病、缺陷，按照社会的功能、作用和意志，提出矫正、治疗和建设的办法，同时强调通过参与社会的活动，把救世的主张和救世的目的联系起来"①。

　　墨家的"救世"目的与《红楼梦》中蕴含的"补天"思想有异曲同工之妙。那一块被女娲锻炼之后已通灵性的顽石，虽有才"补天"却无幸入选，后来它带着一腔的哀怨，被两位神仙携入红尘，但是它"补天"的思想与"心系苍生"的情怀却始终没有被世俗掩埋。遗憾的是，这种大智大慧之人，却被世人当成了"呆子"，误解为"疯疯傻傻"。

　　"贵义"与"救世"是墨家在人生观上的主张，那么在道德观上呢？墨家主张"兼爱"和"节俭"。

　　"兼爱"应该说是墨家学派最有特色的思想。天下大乱，民不聊生，墨子把这些社会现象归结为"不相爱"。要想解决这些社会问题，只有倡导"兼爱"。

　　要做到"兼爱"需要向两个方面延伸：第一就是"视人若己"，第二就是"诚实守信"。对于第一点，在《墨子·兼爱中》篇中是这样诠释的：

　　　　视人之国，若视其国；视人之家，若视其家；视人之身，若视其身。是故诸侯相爱，则不野战；家主相爱，则不相篡；人与人相爱，则不相贼；君臣相爱，则惠忠；父子相爱，则慈孝；兄弟相爱，则和调；天下之人皆相爱，强不执弱，众不劫寡，富不侮贫，贵不傲贱，诈不欺愚。

　　其实，我们不难看出，墨子的"兼爱"，就像儒家的"仁爱"一样，为我们构建了一个理想而和谐的社会，为民众营造了一个"唯美的允诺"。无论是否能够实现，这毕竟是一种崇高而美好的社会理想。但是"兼爱"和"仁爱"最大的区别就是，"兼爱"是"爱无差等"，即没有亲疏、不分贵贱的。而"仁爱"刚好相反，主张"爱有差等"，并根据亲疏贵贱、长幼老少给予不同程度的爱。

　　贾宝玉身上的那份"大爱"，既有儒家"仁爱"的基因，更有墨家"兼爱"的思想。两者相比较而言，"仁爱"在他身上处于一种"隐性"状态，所以当他对林妹妹倾诉衷肠的时候，会不自觉地说出"除了老太太、老爷、太太，第四个就是妹妹你了"这样分"等次"的话。而"兼爱"在贾宝玉身上却是一直处于"显性"状态。他对自己的姊妹是"极好的"，对身边的丫

---

① 戚文、李广星：《墨子十讲》，第29页。

鬟也从来不另眼相待而视之如同姐妹。在《红楼梦》第十九回"情切切良宵花解语"中，贾宝玉看见袭人的两个姨表妹，感叹这样好的女儿怎么没有养在侯门大户之家。这种"感叹"正是"爱无差等"的散发。

"节俭"是一种美德，古往今来，毫无异义。这种人类的基本美德，正是墨子当年根据奢华靡费的经济现状发出的呼唤。墨子说："俭节则昌，淫佚则亡。"墨家学派强烈地谴责儒家学派的"厚葬"，认为厚葬不仅浪费财富，还会使"国家必穷""人民必穷""衣食之财必不足"。

《红楼梦》中的贾府，因为地位尊贵、爵位显赫，日用排场就是一笔巨大的开支。虽然如今"内囊已尽上来了"，但为了支撑一个国公府的体面，一切费用绝不能将就减省。我们看看秦可卿的丧礼就知道贾府有多么奢华靡费，用的那口"纹若槟榔，味若檀麝，以手扣之，玎珰如金玉"的棺材，连贾政都觉得"非常人可享用者"。

墨子提倡的"节俭"，在探春理家的时候得到了"显现"。贾府一直是王熙凤做"执行总经理"。她虽然有些人事、财务权力，但是上面还有贾母这个"总裁"与王夫人这个"总监"，所以做起事来总有些牵绊。就像在《红楼梦》第五十五回，她对平儿说：

> 你知道，我这几年生了多少省俭的法子，一家子大约也没个不背地里恨我的……家里出去的多，进来的少。凡百大小事仍是照着老祖宗手里的规矩，却一年进的产业又不及先时。多省俭了，外人又笑话，老太太、太太也受委屈，家下人也抱怨刻薄；若不趁早儿料理省俭之计，再几年就都赔尽了。

可知王熙凤早有节俭之心，却没有节俭之力。

探春的治家才干，在《红楼梦》第五十五回和第五十六回得到了集中的展现。在"兴利"之前，探春治家的第一步就是开源节流，整顿不必要的开支。例如家里的媳妇来领取贾环、贾兰一年在学校里吃点心、买纸笔的费用时，探春说道：

> 凡爷们的使用，都是各屋领了月钱的。环哥的是姨娘领二两，宝玉的是老太太屋里袭人领二两，兰哥儿的是大奶奶屋里领。怎么学里每人又多这八两？原来上学去的是为这八两银子！从今儿起，把这一项蠲了。

贾府人多事杂，家族的开支、主子奴仆们的日用供给，都是贾府的老祖宗们定好了的，但是其中的"宿弊"也就随着日月的轮替而逐渐堆积，像这样重复叠加的支出让本来不堪重负的贾府越来越难以支撑。所以，要想"兴利"首先就必须"节俭"。

在《红楼梦》第五十六回中，探春对平儿说：

> 因想着我们一月有二两月银外，丫头们又另有月钱。前儿又有人回，要我们一月所用的头油脂粉，每人又是二两。这又同才刚学里的八两一样，重重叠叠，事虽小，钱有限，看起来也不妥当……钱费两起，东西又白丢一半，通算起来，反费了两折子，不如竟把买办的每月蠲了为是。

墨家学派提倡人民勤俭持家，衣食住行都以实用为要。能吃饱、能穿暖、房屋能避风寒就行，反对讲排场和比阔气的奢靡之风。当然对于贾府这样的人家，还不至于只是"吃饱穿暖"这么简单，能在原有的豪奢状态下提倡一种俭省精神而除去一些"宿弊"，就已经是在发扬墨家"节俭"的美德了。

墨子所倡导的学说，如果用一句话总结，那就是"兴天下之利，除天下之害"。所以，"利天下"成了墨家经济思想的原则和总纲。墨子一直强调劳动对于人类社会的重要性，因为劳动是创造财富的唯一途径。只有拥有了财富才能富天下，从而利天下。为了在劳动过程中提高效率，墨子主张"社会分工"。在《墨子·耕柱》篇中，他以筑墙为例说道："譬若筑墙然，能筑者筑，能实壤者实壤，能欣者欣，然后墙成也。"在整个建筑过程中，每一个人各司其职，扬长避短，发挥自己的专长，这样分工协作是一种最好的劳动方式。所以，墨子在中国经济思想史上便成了提出并论证社会分工的第一人。

在《红楼梦》中，对于墨家的"社会分工"劳作的思想，探春发挥得淋漓尽致。她因去了赖大家的花园，和赖家的女儿们聊天，知道了这个园子包给了别人，除一年吃的笋菜和鱼虾外，还会剩余二百两银子。探春得到了启发，回来和宝钗、李纨商议说：

> 咱们这园子只算比他们的多一半，加一倍算，一年就有四百银子的利息。若此时也出脱生发银子，自然小器，不是咱们这样人家的事。若派出两个一定的人来，既有许多值钱之物，一味任人作践，也似乎暴殄天物。不如在园子里所有的老妈妈中，拣出几个本分老诚能知园圃的

事，派准他们收拾料理，也不必要他们交租纳税，只问他们一年可以孝敬些什么。一则园子有专定之人修理，花木自有一年好似一年的，也不用临时忙乱；二则也不至作践，白辜负了东西；三则老妈妈们也可借此小补，不枉年日在园中辛苦；四则亦可以省了这些花儿匠山子匠打扫人等的工费。将此有余，以补不足，未为不可。

这段话所阐发的思想，可以说都是墨家的。墨家学说，最原始的对象是"平民百姓"。探春推出的这项改革措施，正是为下层"老百姓"谋求利益，让那些在大观园中辛勤劳作的老妈妈们有一个"小补"的机会。这样做的同时还可以省去请人专职干活的"工资"费用，也做到了墨子提倡的"节俭"。

在大观园中寻找能够承担责任的老妈妈们时，他们寻找的方式是本着"个人专长"来的。例如大观园中的那片竹子交与老祝妈管理，因为老祝妈家代代都是打理竹子的；一片稻田交与了老田妈；园中那些花草的管理工作，则交与了莺儿的娘。这样的举措就是墨子的"分工协作"。每个人所擅长的技能不一样，那么在劳动中就应该有一个对口的工作平台。这样的劳动分工才能得到最大的收益，才更能"利天下"、利百姓。

《红楼梦》与道家文化

每一个中国人都生活在儒道兼济的文化格局里面。道家文化与儒家文化构成了中国人的"天"与"地"。林语堂先生曾说，每一个中国人，从社会人格上来看，都是儒家；每一个中国人，从自然人格上来看，都是道家。"儒家"是我们的"地"，教会我们的是实现自我，让我们有所担当、有所承受，最终实现"修身、齐家、治国、平天下"的理想。"道家"是我们的"天"，教会我们的是超越自我，让我们去乘物游心而独与天地精神往来。曹雪芹和我们一样，也生活在儒道兼济的格局之中。所以道家的文化基因也就自然而然地渗透到他的血液之中，从而支配着他的文字表达。

文化基因有"隐性"和"显性"之分，这一点我已经在《红楼文化基因探秘·总论》中阐释过。从《红楼梦》文本中透露的道家思想以及道家著作出现的次数来看，道家文化基因应该在曹雪芹身上呈显性状态。

"道家"是"道德家"的简称。这个称谓的出现相对"儒家"来说要晚得多。因为"儒"原本就是早期中国先民的一种职业，而"道德"却是后来的一种学术思想。它的出现，是根据司马迁的父亲司马谈对先秦时期学术流派的命名而来的。当年司马谈划分了六家——阴阳家、儒家、法家、墨家、名家和道德家。至此，才有了"道家"的正式称谓。

道家的"道德"与儒家的"道德"是完全不同的两个概念。虽然两家都打着同样的旗号，但是根本出发点却刚好相反。儒家的"道德"是人为的提倡，无论是"仁义孝慈"还是"恭宽信敏慧"都是人为的宣扬。而道家的"道德"包含着两层含义：所谓"道"是指天地万物共同的自然本性，所谓"德"是指每一个个体从

"道"那里得到的天然本性。[①]"道"与"德"合二为一，简单概括就是世间万物固有的本然状态。所以，老子强调要尊重天地万物（包括人在内的一切事物）的自然之性。

贾宝玉最怕的就是儒家的"框框条条"。我们且不论他是有意识地反抗还是无意识地抵制，但他的行为已经告诉我们，模板式的"君臣父子"让他反感甚至厌恶。贾宝玉欣赏的人都具有"神仙"一样的人品，而这些神仙哥哥、姐姐、妹妹们都有一个共性——不随世俗。林黛玉不随世俗，孤高自赏、脱离群众；妙玉不随世俗，孤僻成性、远离凡尘；柳湘莲不随世俗，浪荡天涯而最后挥剑出家。"不随"的是什么，不外乎人为的倡导，而人为的倡导又成了违背"本然"的原始根源。所以这里的"世俗"与"不随"就构成了一对尖锐矛盾。

《庄子·天下》中说："独与天地精神往来而不敖倪于万物，不谴是非，以与世俗处。"其中的文化基因落到贾宝玉身上，从他的言谈举止中散发出来，可以说"显性"得淋漓尽致。"独与天地精神往来"是贾宝玉放飞思想的"家常便饭"。他能和花鸟鱼虫深情对话，因为生病错过杏花的花期而心怀"辜负"。这些"精神分裂"式的举动让他在逍遥游的文化基因中悠然自得。"与世俗处"就是做个普普通通的人。贾宝玉无意于孔孟之道，更不愿委身于仕途经济之间，他向往的就是"与世俗处"的自由洒脱。

道家的文化基因，在《红楼梦》中点点滴滴，布满全书，犹如夜空中的明星，闪烁着耀眼的光芒。朴实无华的《好了歌》，总能让人回味无穷，不仅仅是因为它唱出了人世间瞬息万变的状态，更点破了"好""了"之间的关系：好便是了，了便是好，要好须是了，不了便不好。"好""了"之间变幻莫测，但我们稍加留意便能发现，此处暗藏着道家文化的一个重要思想——"反者道之动"。

"反者道之动"是道家思想的精髓之一。道家遵从"道法自然"，从而施行"道常无为"。在这个过程中，道家就特别注意事物发展的方向和态势。只有这样才能因势利导，从而实现"辅万物之自然而不敢违"。那么世间万物是如何变幻发展的呢？道家给出了自己的观点——往事物相反的方向转换与发展。所以"反者道之动"就明确地指出，"动"的方向是事物的"反"方向。"反"就成了"道"运动的本质特征。

[①] 楼宇烈：《中国的品格——楼宇烈讲中国文化》，北京：当代中国出版社，2007年，第122页。

《红楼梦》中"好"与"了"之间的哲学意蕴就在这个"反"字上。"好"与"了"就如同事物的两极,"好"到了极致就向"了"的方向发展,所以"不了便不好";达到了"了",又开始向新一轮的"好"转换,所以"要好须是了"。我们日常使用的"物极必反""否极泰来"这样的词汇,就是表达这个"反"的意思。道家的"动"除了一个运转的方向以外,还有相反相成的意思。相互对立的两样东西,其实谁也离不开谁,所以才有"好便是了,了便是好"的合二为一。

辨识先秦诸子,承袭他们的精与神,早已成了华夏儿女潜意识中的动机。承袭的目的就是为了使用。如何用?不同的学派有不同的主张,例如法家主张用"强",儒家主张用"中",而道家却主张用"弱"。至此,道家便有了"弱者道之用"的观念。

世间什么最弱?是水!老子让我们都去学习水的品格,因为在水的柔弱中又有"至刚、至净、能容、能大的胸襟和器度"①。"上善若水"更是道家追求的一种完美境界。道家崇尚水的文化基因被曹雪芹承袭了,并由曹雪芹化为了文字,组合成了《红楼梦》的神韵与灵气。

我们如何去理解道家的"上善若水"呢?南怀瑾先生有一段精妙的诠释。他说,一个人的行为如果能做到像水一样,善于自处而甘居下地,就达到了"居善地";心境养到像水一样,善于容纳百川的深沉渊默,就悟到了"心善渊";行为修到同水一样助长万物的生命,就学到了"与善仁";说话学到如潮水一样准则有信,就做到了"言善信";立身处世做到像水一样持正平衡,就用到了"正善治";担当做事像水一样调剂融合,就成就了"事善能";把握机会,及时而动,做到同水一样随着动荡的趋势而动荡,跟着静止的状况而安详澄止,就悟到了"动善时"。②

曹雪芹是如何将"上善若水"的文化基因注入书中的呢?"水"在《红楼梦》中是至关重要的圣物,无论是在地理构建上还是在"红楼文化"的脉络中都被赋予了生命。

从园林建筑上来说,大观园中的水是从会芳园引来的活水。它流过沁芳桥,绕过潇湘馆,用水本有的滋润与纯净让大观园有了活力与动感。所以脂砚斋曾批道:"园中诸景最要紧是水,亦必写明为妙。"在中国文化中,我们

---

① 南怀瑾:《老庄中的名言智慧》,上海:上海人民出版社,2009年,第12页。
② 南怀瑾:《老庄中的名言智慧》,第12页。

建房选择的最佳位置是依山而建，临水而居。这样一来有了山的稳重，又沾上了水的灵秀。贾宝玉和众姐妹都喜爱大观园，因为在这里她们能卸下世俗的忧烦，敞开自己的心灵，借着春天的生机盎然、夏天的热情洋溢、秋天的温情脉脉、冬天的银装素裹去乘物游心。在这被水养护着的园子中，他们可以不去顺应世间人为宣扬的规则，也可以不去聆听那些僵硬的教训，而在水的润泽中见心见性，倾听心声与水声……

贾宝玉最尊重女儿。女儿在他心中是至尊至贵之人，"女儿"两个字比那"阿弥陀佛"还要尊贵，就算要念及这个词都需要用清茶漱口，才算不玷污了它。然而"女儿"是什么做的？他的回答是水做的。只有水才配合"女儿"的性灵。这些"女儿"也因为有水的基因而变得轻柔、圣洁。在《红楼梦》中，"女儿"与"水"就成了一对绝妙的搭配。"居善地""心善渊""与善仁""言善信""正善治""事善能""动善时"这一切水的品质，似乎也只有"女儿"才能完完全全把它的精神实质展示出来。

"居善地"者迎春，虽然贵为千金小姐，却甘居下地，不争是非：那一份对生活的淡然，让人羡慕。"心善渊"者宝钗，虽博览群书而又不傲睨于万物，性情豁达又能随分从时：那一份了然于胸，让人敬佩。"正善治"者探春，才智精明，处事公正，让男子望尘莫及……

道家"上善若水"的文化基因可以说成就了《红楼梦》的瑰丽，曹雪芹对"水"的运用更是炉火纯青。"上善若水"就像流淌在《红楼梦》之中的一条大河，不仅蜿蜒壮观，更重要的是它承载着道家的文化而从古流到今。

《红楼梦》与文化基因

一、什么是"文化基因"

"文化基因"这个词，并不是我创造的。我最早接触这个词汇，是在红学家周思源先生的书中。是不是周先生首创，我也不能确定。后来我时常听见、看见一些学者运用这个词，但什么是文化基因，我却没有见任何学者解释过。也许，它不过是我们语言库中的一个符号，但是这个符号对我的冲击力却是无比的强大：我相信其中必定隐藏着一个巨大的文化秘密。

要诠释文化基因这个概念，恐怕不是我一个人的智慧能够做到的。所以在此行文，不过是抛砖引玉、求其友声罢了。

什么是文化基因？首先我们要从文化这个词说起。为文化定义，古今中外，代不乏人。这么多关于文化的定义，虽然立足点与切入方式不同，但都牢牢抓住了一个核心：文化是区别于自然万物的，是人创造的或即将创造的一切。用四个字代替，文化就是"人的存在"。

基因原本是生物学中的一个概念。它是遗传的物质基础，是DNA（脱氧核糖核酸）分子上具有遗传信息的特定核苷酸序列的总称。它最大的特点就是能通过复制把遗传信息传递给下一代，使后代出现与亲代相似的性状。我们借用生物学中的这个词汇，就是想借用基因"遗传信息给下一代"的这个特性。换句话说，文化基因同样具有生物基因的这一特点。

从生物学上来说，人类大约有几万个基因，储存着生命孕育、生长、凋亡等过程的全部信息。它们通过复制、表达、修复，完成生命繁衍、细胞分裂和蛋白质合成等重要生理过程。中国文化有多少个基因，现在不得而知，但是文化基因的存在是肯定的。我们似乎从来没有触摸到文化基因，但是它就像一股朴素而永恒的气息，自始至终地跟随着你，呵护着你的心灵！它的脉搏亘古未歇。它穿越在我们的思维之间，扎根在我们的灵魂深处。

生物基因是生命的密码，记录和传递着遗传信息。生物体的生、长、病、老、死等一切生命现象都与基因有关。它同时决定着人体健康的内在因素，与人类的健康密切相关。同样，文化基因是一个民族的精神密码，记录和传递着一个民族的精神气脉——民族的兴盛衰败都和文化基因紧密相连。可以说，它决定着一个民族的生存样态和思维方式。

生物基因在传递遗传信息的时候，是自然而然的——我们的身体是不会有感知的。文化基因在传递文化信息的时候，同样是顺其自然的，没有刻意。我们在承袭文化的时候，一切都是那么和缓，悄无声息地渗透着。

如果我们把文化比喻成一个人，这个人可能会经历不同的时代。他的饮食、居所、衣着，都会因为时代的不同而发生改变。时代在历史中前进，生产力、生产关系变了，相应的制度也会变化；但是这个人的思维方式、价值观念、生活态度一旦形成，就会伴随这个人一生，而直至他生命的终结。

比如中国人的名字。我们习惯把姓冠在名的前面。姓代表着一个家族或集体，名代表自己。为什么要这样安排姓名的顺序呢？这是因为我们民族的价值观念决定如此。在中国，家族观念或者说集体主义观念引导我们——当一个人的利益和家族或者集体的利益发生冲突时，家族或者集体的利益肯定是放在第一位的。这就是我们要把姓放在前而把名放在后的原因。这种文化基因一直延续到现在，历经几千年沧海桑田，而未曾改变过。

至此，可以总结出文化基因的第一个特点：它是能够传承、延续并始终活在我们生活之中的一种文化状态。

文化是需要人来展示的。也就是说，无论什么样的文化，只有在人的举动或者是在人创造的物件中才能展现出来。人在展现文化的时候，包括两个层面：第一是有意识的展现，第二是无意识的流露。

"有意识的展现"是文化基因的显性状态。因为这种文化基因被人承袭之后，人可以直接受益。这是人自己可以感知的。例如我们中华民族最讲究孝——百善孝为先。我们爱自己的父母、长辈，就是孝的文化基因在我们的思想中起了作用。这是我们都知道的文化教导。

"无意识的流露"是文化基因的隐性状态。这种文化基因仍然是被我们承袭的，但是我们自己没有感知。换句话说，我们不会因为知道而去做，而是在无意识之间做了。虽然如此，这种做法仍然是在文化基因的支配下发生的。

这里需要解释一下什么是"有意识"和"无意识"。有无意识，不是从人的生物感知上来说的。准确地说，这种"有无意识"，是指在文化层面有无意识。文化有意识就是指你知道这种思维、习惯、举动的原始根源。同理，文化无意识是指你根本就不知道自己的思维、习惯、举动是受到文化基因支配的。

在日常生活中，文化无意识发生的比例是最大的。也就是说，大部分文化基因是在隐性状态下支配着我们的言谈举止和思维方式。例如，我们时常告诫学生或者自己暗下决心——我们要用心学习、用心做事。"用心学习""用心做事"这两个词语所表达的意思，我们是清楚的。但是问题随之而来。现代科学告诉我们，用来思考的是脑而不是心，但是为什么我们仍然还要使用"用心学习"这类词汇来规范和要求自己呢？这就是文化无意识，是文化基因在隐性状态下的支配作用所致。

中国文化历来被称为"用心"的文化。在几千年的文化历程中，人们一直相信人是用心来思维的，所以才有孟子"心之官则思"的言论。直到清代，一个叫王清任的学者才正式指出"灵机记性不在心，在脑"[1]。随着现代科技与医学的发展，人们普遍接受了用脑思维的客观事实，但是在日常生活中，我们为什么还要说"用心思考"这样的话呢？

有个事实我们需要认清——中国文化不太重视逻辑推理，也就是它的关注点在直观体悟上。所以，在中国文化中我们特别强调悟性。悟性的高低，成了判断一个人聪明与否最重要的标准。"用心的文化"的特征就是"注重心物交融，直观体悟，知情意相贯通"[2]，所以当我们获得智慧的时候，我们往往会说"可意会而不可言传"。似乎这一切都需要我们用心去揣摩，所以"用心学习""用心思考"这样的词汇就随之出现了。一言以蔽之，这就是一种"文化无意识"的表现。

---

[1] 王前：《中西文化比较概论》，北京：中国人民大学出版社，2005年，第3页。

[2] 王前：《中西文化比较概论》，第4页。

这时，你可能会问：文化基因在什么情况下处于显性？又在什么样的环境中处于隐性呢？这就因人而异了。简单地说，在后天学习中你学到了怎样的文化，并在主观地使用这样的文化思维的时候，这种文化基因就处于显性。没有去系统学习的文化，不在我们的主观思维中，但它又在支配着我们的行为的时候，其基因就处于隐性。但是，无论后天学与不学，整体的文化基因都被你承袭了。只不过有些文化基因是在你有意识的层面上发挥作用，有些文化基因则在你无意识的状态下发挥作用。

那么，为什么大部分文化基因是在隐性状态下支配着我们的言谈举止和思维方式呢？一个人的生命、精力是有限度的，而华夏文化繁衍了五千年，浩瀚无边。一个人再聪明，再勤奋，他所学到的不过是沧海一粟罢了。所以，主观去承袭的文化基因就远远少于无意识承袭的文化基因，进而大部分的文化基因只能在隐性状态下发挥作用了。

至此，可以总结出文化基因的第二个特点：文化基因有显性和隐性的状态之分。对于承袭者而言，文化基因无论是显性还是隐性的状态，都会发生支配作用。

华夏文化有悠悠几千年的历史，成就了无数的学问，造就了众多的学术流派，形成了千姿百态的文艺风格，风流才子也众若繁星。正因如此才有了先秦子学、两汉经学、魏晋玄学、隋唐佛学、宋明理学、清代朴学、晚清新学；才有了我们引以为豪的唐诗、宋词、元曲、明清小说，等等。当我们对这些文化形式如数家珍的时候，我们会惊奇地发现一个问题：为什么同是中国人，同在一片热土之上，而历朝历代的文化形式会不一样呢？

这个问题可引出文化基因的第三个特点：文化的外在表现会随着历史、社会变迁而变化，但是文化基因却相对稳定。

这如同一个人：从他出生到死亡，外在环境的变迁、岁月的风刀霜剑对他的外貌进行雕刻，使他在每个年龄段都有不同的外貌特征，但是流淌在这个人身上的血液、组成这个人的DNA通常是不会变的。

一种文化表现形式，会因为时代的变迁、社会的差异、经济制度的改变等原因，逐渐丧失它原有的地位与功效。于是，这种文化形式就定格在了一个特殊的历史时间段上。这种文化形式虽然定格了，但是它的文化基因会被下一种文化形式永远承袭下去。

例如，陶渊明、李白、曹雪芹，生活在不同的时代；但是如今，当我们拜读三位的作品之时，都能体会到一种精神气脉——孤独、贫穷乃至死亡都不能剥夺的骄傲,三人的作品形式却不尽相同。不同的,是文学的表现形式;相同的,是这一气脉,也就是我们所说的文化基因。

再如昆曲。它被尊称为"百戏之祖",但是它的那种艺术表达形式,在当今社会并不"吃香"。换句话说,它不是这个时代艺术表现形式的主流,取而代之的是民族唱法、流行歌曲,等等。我们可以说昆曲这种文化形式凋亡了,但是我们现代的歌唱艺术又吸取了昆曲的优秀文化基因,不仅唱风有所吸取,还有愈演愈烈的"中国风":有新版《红楼梦》电视剧人物服饰中的额装,有周杰伦对《牡丹亭》的新型演绎。这就是文化基因的承袭。

这便有了文化基因的第四个特点:它无形无状,没有固定的形式,但它如同气场,只有生活在气场中的人才能承袭这样的文化基因。

文化基因是人类的精神生命,也是一个民族乃至个人的精神支柱。从国家层面上来讲,一旦丧失了民族的文化基因,"国将不国""家将不家"。从个体生命层面上来说,人一生中难免遭遇绝境,难免走入低谷。这个时候就算是你的父母、爱人、亲朋好友,也许都只能心疼地眼巴巴地看着你,谁也没有办法帮你渡过难关。我们靠什么来支撑?唯有内心那一份清明的悟性,那一份通达、仁厚、博雅的情怀,那一份坦然、笃定的气势!这就是文化的力量!这就是文化基因在我们生命中发挥的作用!

但是只有生长或者长期生活在一个固定的民族中,文化基因才能被完全承袭。例如,一个具有中国血统的孩子,如果出生之后就被一直放养在别的国度,虽然他流淌着龙的血液,但是他仍然不会承袭华夏文化基因,他的思维方式也完全不同。

中国文化历经先秦两汉、魏晋南北朝、唐宋元明清。在不同的历史时期,文化形式就如同一棵大树上的树叶——没有两片是绝对相同的,但是文化气脉是一脉相承的。这就是历经几千年"中国文化"仍然还是"中国文化"的原因。

文化基因的形成,最初是从一个民族所处的地理环境和生存方式开始的。但是,文化基因并非是在一个时期或者一个历史阶段形成之后就不再生成新的;相反,它会因为文化的演变而产生新的成分。文化基因的第五个特点就是:文化基因的生成不会固定在一个时代;在历史不断前进的过程中,因为新科技、新发明、新思想的不断涌现,一切新的信息渗透到文化的内核,经过一段时期的优胜劣汰,就会产生新的文化基因。

例如,过年的方式就在演变。以往过年,我们办年货、熏腊肉、灌香肠、放鞭炮、穿新衣服、大年夜包饺子、贴春联、挂红灯笼、发压岁钱，等等，可以说，每一样都有它内在的含义。于是，这一切就慢慢演变成一种文化基因支配着我们过年的方式。但是随着时代的进步，新的元素又开始出现了。比如说当今中央电视台的春节联欢晚会，在20世纪80年代初形成一种文艺形式，在不知不觉中，它已经伴随着亿万中国人度过了三十多个除夕夜，久而久之，这种娱乐节目竟然成了中国各家各户过春节的年夜饭。艺人能上春晚也成为莫大的荣耀，艺人因为春晚一夜之间红遍大江南北的例子比比皆是。中国的老百姓喜爱春晚，于是这种过年的方式就演变成一种新的文化基因。

文化既然有基因，那么基因就应该有优劣之分。怎么我们只说优秀的而回避劣俗的呢？其实并不是回避，因为文化基因有第六个特点：在文化基因的传承过程中，存在着优胜劣汰。

柏杨先生曾经写过一本书——《丑陋的中国人》。在书中，他揭露了中国人的很多劣性。其实这些毛病同样是文化基因决定的。但是劣俗的文化基因会在承袭的过程中被人为地屏蔽掉，例如我们经常提倡尊老爱幼、见义勇为、八荣八耻等，无论实施的效果如何，但至少我们知道劣俗的文化基因是需要铲除的。

陈述了这么多，现在来给文化基因下一个明确的定义：文化基因是一个民族所秉承的世界观、人生观、价值观以及各种品质，在族人身上幻化成的举动、认识与思维；而这种举动、认识和思维会在不同的意识状态下自然流露，从而形成一个民族的生存样态，进而历经承袭、演化、优胜劣汰并代代相传。

二、红楼文化基因

曾经，西方的哲学家黑格尔在比较了各个文明古国之后，长叹一声说："只有黄河、长江流过的那个中华帝国，才是世界上唯一持久的国家。"持久的正是文化基因这一遗传特性。华夏文明正是因为有了几千年延绵不断的文化，才生机盎然地挺立在浩瀚的宇宙之中，滋养、孕育着一代又一代的炎黄子孙。

从《红楼梦》中看中国文化的基因，是红学研究的一种崭新的尝试。红学研究历经两百多年，可谓气象恢宏——对《红楼梦》的分析已经到了拆句拆字的精细程度。不知道这样的研究是登峰造极还是走火入魔？在红学史上，是是非非早有评说，所以我也不必在此赘文。

而我的这篇文章，正是用我提出的文化基因理论去寻找曹雪芹在《红楼梦》的文字表达中蕴含的中华文化精神与哲思。我把《红楼梦》中的这些智慧叫做"红楼文化基因"。它们有的是曹雪芹的刻意安排，也有的是曹雪芹无意识的流露。但无论如何，它们都是中华文化的精神气脉。

我着重关注红楼文化基因的隐性状态，看看曹雪芹承袭的文化基因是如何在无意识的状态下发挥作用的，即避开曹雪芹的主观意识而寻找文化基因在《红楼梦》中的种种外现。

我们如何来界定是曹雪芹的"有意识"和"无意识"呢？在回答这个问题之前，我们要放平心态，然后纠正一个潜意识中的错误——曹雪芹是神。可能是因为《红楼梦》的伟大，我们往往无限拔高曹雪芹的才能。这样神化一个人，正是因为我们有祖先崇拜这一文化基因，而事实上我们却要清醒，神不存在。

在《红楼梦》研究中，当我们费尽心思去诠释了一段文字之后，都会把自己诠释出来的意义"转交"给曹雪芹，然后下结论：这是曹雪芹的有意安排。这样一来就违背了曹雪芹的本意，同时也会将红学研究导向一个错误的轨迹。只要我们认识到文化基因的存在，很多事情都会迎刃而解，进而你会发现《红楼梦》并不是天书。

比如"儒"这个字先后有三种意思。最早的含义就是指那些在举行仪式时的司仪，是一种社会角色。后来把教授"六艺"的老师称为儒。到了孔子时代，儒是对具有知识的人的通称。

《红楼梦》中的人名，我们知道，都是有内在的特殊含义的——曹雪芹给笔下的人物命名绝不会有丝毫的错乱。在大观园料理田地的叫"老田妈"，修理竹子的叫"老祝妈"，专管跑腿送东西的叫"老宋妈"。有一个仆人抱着英莲看花灯，无意丢失英莲从而引起一连串的变故，所以他叫"霍启"。其中人名要么和人物的职业相吻合，要么和人物的性格相匹配，要么和故事情节相关联，要么和人物的命运相呼应。这样看来，给人物命名就是曹雪芹的刻意安排了。

《红楼梦》中的教师叫什么名字？就是贾瑞的爷爷贾代儒。他在《红楼梦》中是以教师的身份出现的，在私塾教授。"代"是他的辈分，和贾母是同辈中人。曹雪芹用这个"儒"字，其实就是想表明他的职业。至此我们可以说,"儒"这个字的文化基因在曹雪芹身上是一种显性状态,所以他才有意识地把这个字运用到自己的书中。

除了曹雪芹有意识的安排之外,《红楼梦》中还有很多文化基因无意识的流露。例如《红楼梦》第十三回"秦可卿死封龙禁卫"中,秦可卿在给王熙凤托梦的时候,为家族命运担忧而献计献策,提出了两个重要的举措:

> 目今祖茔虽四时祭祀,只是无一定的钱粮;第二,家塾虽立,无一定的供给。依我想来,如今盛时固不缺祭祀供给,但将来败落之时,此二项有何出处?莫若依我定见,趁今日富贵,将祖茔附近多置田庄房舍地亩,以备祭祀供给之费皆出自此处,将家塾亦设于此。合同族中长幼,大家定了则例,日后按房掌管这一年的地亩、钱粮、祭祀、供给之事。如此周流,又无争竞,亦不有典卖诸弊。便是有了罪,凡物可入官,这祭祀产业连官也不入的。便败落下来,子孙回家读书务农,也有个退步,祭祀又可永继。

在这段话中,你读到了什么?我读到了孟子。继孔子之后,先秦原始儒学的第二代掌门人就是孟子。孟子除了继承孔子的仁爱思想之外,还提出了一个理想的社会政治模式:行王道,施仁政。所谓王道,在《孟子·梁惠王》篇中有这样一句话:"养生丧死无憾,王道之始也。"就是说,如果一个人,在你治理的国度中,生老病死而无怨无悔,这就向王道迈出了第一步。

那么要怎么做才能做到王道呢?就是施仁政。所谓仁政,《孟子·滕文公》篇中说:"民之为道也,有恒产者有恒心,无恒产者无恒心。"意思是说,要给老百姓一定的产业,要让他们有房子有地,他们才能安居乐业;只有人民安居乐业,才能天下太平。

为什么我们现在的房地产这么热?其中的原因错综复杂,但一个重要的方面是因为中国人的这种生存意识:有恒产者有恒心,无恒产者无恒心。这种生存意识从先秦就被系统化了。

当下,我们每一个人的潜意识中也存在这样的思想:只有在一个城市有了属于自己的房子,有了自己的产业,才算真正稳定下来。如果没有这些"恒产",人们始终都会把自己看成一个匆匆过客——这就是一种文化基因的显现。

秦可卿的那段话表达了两个层面的思想。第一,就是在祖茔周围多多买地,买房子。因为就算获罪抄家,这些祖坟地作为用来祭祀的"恒产"是不会被抄没的。第二，就是好好地建设私塾。按我们现代的话说就是多多修建一些家族希望学校。以后抄家了，儿孙们也有书读，有房子住，再差也能解决温饱，甚至还可能东山再起。可以说，秦可卿这种置房置地的思维理念就来自孟子提出的"有恒产者有恒心"。不过秦可卿有更先进的思想，就是要大力发展教育。

但是曹雪芹当初在设计这段故事情节的时候，是不是就是想展示孟子的"恒产论"思想呢？恐怕不会！但是他又表现出了这样的理念，所以我们可以说，孟子"恒产论"的文化基因在曹雪芹身上是一种隐性状态，但是仍然在发挥它的作用。

再如《红楼梦》中的贾政。很多学者认为他是"假正经"，所以贾政到底是真君子还是伪君子，便成了读者思考、辩论的问题。我们从君子的文化基因的角度来看，这个问题就迎刃而解了。

"君子"这个词，我们时时都能听见。什么是君子？似乎我们又给不出一个标准的定义。《论语》共计不过两万来字，"君子"这个词就出现过一百多次。君子最原始的基因成分就从这部书中来。

司马牛曾经问孔子，什么样的人才能称为君子？孔子回答："君子不忧不惧。"司马牛很不理解地说："不忧不惧，斯为君子乎？"（不忧不惧就可以称"君子"吗？——这是不是要求太低了？）孔子说："内省不疚，夫何忧何惧？"意思是说，我们每一个人，当夜深人静面对只有自己的内心世界的时候，反省自己的心灵深处，能做到不疚吗？真正能做到不疚的恐怕寥寥无几。如果把自己心底那些鲜为人知的秘密一件一件摆在面前，你还能做到内心坦然，那你必定是一个真君子。所以，后来孔子给学生讲课的时候说："君子道者三，我无能焉，仁者不忧，知者不惑，勇者不惧。"什么意思呢？孔子说，要成为君子，必须具备三个条件。在说出这三个条件之前，他谦虚地说，我恐怕是不能称君子了。哪三个条件呢？仁者不忧，知者不惑，勇者不惧。

什么是仁者不忧？就是说，一个人有了一种仁义的大胸怀，他的内心就无比仁厚宽和，所以可以忽略很多细节而不计较，可以不纠缠于小的得失。只有这样的人，才能真正做到内心安静、坦然。[①]

什么是知者不惑？"知者"不是说拥有某种技能的人，而是具有大智慧

[①] 于丹：《于丹〈论语〉心得》，北京：中华书局，2006年，第54页。

的人。当年孔子的学生问孔子,什么是智?孔子只给了两个字"知人"。

真正的智慧是一个人储备了足够的知识,再通过悟性的提炼,让认知达到一个更高的境界,从而面对人生、社会与人性,面对纷繁复杂、形形色色的关系网络,能做出更好的判断。

什么是不惑?从现实层面来说,就是明白自己的取舍,让自己内心的选择力更强大。在当今这样一个物质极度丰盛的年代,在这么一个信息大爆炸的时代,困惑我们的往往不是无处选择,而是无从选择。我不知道这样的丰盛,对于人来说,是一种幸福还是一种悲哀。选择的本身就意味着放弃。这是无可奈何的现实,也是"鱼和熊掌"不可兼得的哲学真谛。我们千万不要因为放弃而郁郁寡欢,事实上我们握住的永远是当下,选择的是未来的方向,驾驭着的是属于我们的快乐。我们对选择与放弃应该要有一份豁达和通透。

什么是勇者不惧?真正的勇敢是建立在不忧、不惑之上的。勇敢发自内心的强大,心灵的勇敢就是一种从容、笃定的气势。我记得苏轼在《留侯论》中阐释过真正的大勇:"古之所谓豪杰之士者,必有过人之节。人情有所不能忍者,匹夫见辱,拔剑而起,挺身而斗,此不足为勇也。天下有大勇者,卒然临之而不惊,无故加之而不怒。此其所挟持者甚大,而其志甚远也。"

一个人吃了一点小亏,受了一点小气,立马拍桌子大吼一声"兄弟们,关门,放狗,抄家伙,杀人",这是匹夫之勇。真正的勇者,是泰山崩于前而不乱,受了一些委屈、冤屈而不会勃然大怒。他知道世间自有公道在,不会因为这些小事去折磨自己的内心。

其实,无论是仁者不忧、知者不惑还是勇者不惧,都是一个真君子在自我层面的要求。贾政是否这样要求自己,我们不得而知,所以我们只能再换一个角度来认识:在他人层面上来说,君子又需要怎样的状态呢?孔子同样给出了答案:"老者安之,朋友信之,少者怀之。"

让你的长辈们都为你放心,朋友们都信赖你,晚辈们都喜欢你:从他人这个层面上来说,你就算完美了。

贾政在《红楼梦》里是一个正统的封建家长,但我们不能因为对那个时代有所批判就去歪曲贾政的形象。贾政身上承袭了那个时代的文化思维。他恪守封建礼教,在那个时代并没有错。所以评判一个小说人物,千万不能离开这个人物生活的历史背景,不然这个人就空了。我们按照"老者安之,朋友信之，少者怀之"的标准一条条地比对分析贾政的为人。

贾政是贾母最疼爱的儿子，因为贾政从小好学上进。父亲贾代善原本想让他从科甲途径去寻求功名，但是后来代善"临终遗本"一上，皇上体恤先臣，额外让他做了官。贾代善的爵位是让他的大儿子贾赦承袭的，这有两个原因：第一，贾赦原本平庸，但毕竟父母觉得他是自己的儿子，得让他有个出路；第二，就是因为贾政就算不袭爵也能自己挣得前程。后来二人各自成家立业，贾赦奢华放浪，按照贾母的原话："官也不好好做，左一个小老婆、右一个小老婆的放在屋里。"然而贾政勤俭持家，认认真真做事，得到皇帝的褒奖，职位也节节攀升。在"老者安之"这一点上，贾政做到了。

当年贾雨村复出，林如海特地写信给贾政，让他帮忙筹划，因为林如海知道贾政"绝非轻薄膏粱仕宦之流"，而是一个礼贤下士之人，托他办事，绝对放心。事实证明也是如此。当时贾雨村还担心在官场周旋的费用，贾政说"一切都不用担心"，后来"轻轻地"给贾雨村谋了一个应天府的知府职位。所以"朋友信之"他也做到了。

但是"少者怀之"就稍微欠缺了一点。你翻烂了《红楼梦》也找不出贾宝玉什么时候在想念他爹。一听见贾政要出差，最高兴的就是贾宝玉。当然这里是有原因的：贾政是一个严父，而严父又是《红楼梦》时代正统的形象。虽然贾政没有让少者怀之，但是他并没有做错。这样看来，从君子的文化基因层面来分析，在《红楼梦》时代，贾政应该是一个"真正"的君子。无论这一切是不是曹雪芹有意识的安排，文化基因已经渗透到他的字里行间。

文化基因这样一个新型的文化学概念，还有待于我们不断地挖掘、研究。从《红楼梦》看中国的文化基因，只不过是选择了《红楼梦》作为切入点而已。我一直坚信，《红楼梦》的意义就在于它是透视中华文化的窗口。窗口的价值不仅在于窗口本身，而在通过窗口展示那一片绚丽的景致。所以《红楼梦》的价值也不仅仅在文本本身，而在于它背后的华夏文化，在于一个个闪烁着光芒的文化基因。只有通过对"红楼文化基因"的分析，我们才能正确认识并深刻理解这部旷世奇书。

三、《红楼梦》——中国最大的文化心理暗示

世人读《红楼梦》，见仁，见智；见易，见道；见宿命，见色空；见积极，见萎靡；见康熙，见雍正；见诸子，见百家；见历史，见文化。上天入

地，无所不包；纵横古今，一览无余；芸芸众生，跃然纸上；人情冷暖，入木三分。《红楼梦》是小说，还是天书？曹雪芹，是凡人，还是妖孽？你说不清，他也道不明。但是，有个事实我们必须得承认：两百多年来，一本《红楼梦》把中国文人"忽悠"得晕头转向，把普通民众搞得稀里糊涂。这股无穷的力量到底源于何处？

纵观两百多年红学历史的风云变幻，细数震撼人心的学术观点，深入各家各派的思想渊源，你会发现：在红学的外壳下，隐藏着一个巨大的秘密——《红楼梦》是中国最大的文化心理暗示。

什么是文化心理暗示？我们首先得解释心理暗示。它原本是一个心理学专业术语，是指人接受外界或他人的愿望、观念、情绪、判断、态度影响的心理特点。它是人们日常生活中最常见的心理现象，是人或环境以自然的方式向个体发出信息，个体无意中接受这种信息从而做出相应的反应的一种心理现象。

心理学家巴甫洛夫认为，从心理机制上讲，暗示是一种被主观意愿肯定的假设，不一定有根据；但由于人在主观上已肯定了它的存在，心理上便竭力趋向于这项内容。根据心理暗示的定义，我们就可以剖析什么是文化心理暗示。

所谓文化心理暗示，顾名思义，就是指生活在同一种文化背景下的人，都承袭了同一种思维方式、哲学视角，秉承了同一种价值倾向，拥有了同一种对待天地自然的态度。当甲方用一种方式展示自己的文化思想的时候，这种信息被乙方无意之间捕捉到了；乙方又会通过自己秉承的文化理念，让这种信息再次展示出来：这就是文化心理暗示。

至于甲方用什么方式展示自己的文化思维，因人而异。可能是诗词，也可能是散文；可能是文字，也可能是图画；可能是动作，也可能是声音。而当乙方接收到这些信息的时候，他根据自己的理解，用不同或者相同的方式再次表现出来。需要注意的是，再次展示时原有的思想元素已不同程度地融入了乙方的价值理念，从而整合成一种全新的表现。

例如，在北洋政府时期，中国国旗是五色旗，由红、黄、蓝、白、黑组成。为什么用五色呢？官方解释说，这代表"五族共和"：红代表汉，黄代表满，蓝代表蒙，白代表回，黑代表藏。用文化心理暗示的观念来分析，"五族共和"是甲方北洋政府用自己的方式展示的文化思维，但是当乙方接收到这种信息而再次展示的时候就会发生变化。庞朴先生就分析说："国旗就是一个国家的旗帜、一个民族的图腾。之所以采用五色，是中华民族中五行观念决定了的。我们这个民族看到五行就比较舒服，有了五行就比较放心，如果这个五行再弄成五行所对应的五色就更放心了。"① 庞朴先生的解释就是文化心理暗示后的一种再现。

用这样的纯理论来解释文化心理暗示，往往会让人一头雾水、不知所云。那回到具体的示例——《红楼梦》上来。

对于一般读者来说，一提到《红楼梦》首先想到的是贾宝玉、林黛玉、薛宝钗、王熙凤、刘姥姥等一大批人物形象。这印证了"人物塑造是一切优秀小说的基础"这句话。一位作家之所以不朽，是因为他创造了一位或几位不朽的人物。但是问题往往就出在这些人物上。对于这些活生生的人物，读者到底看到了什么？

对于贾宝玉，有人看到了庄子，因为贾宝玉向往"随风化了"的生死观念，正是庄子"不以乐生，不以恶死"的通透和豁达；有人看到了叛逆，因为他不入主流、厌恶功名、鄙视利禄。对于林黛玉，有人从她的《葬花吟》中看到了"怀春"与"悲秋"的文化表达。对于薛宝钗，有人从她"好风凭借力，送我上青云"的诗句中，看到了野心勃勃、暗藏杀机。对于史湘云，有人从她"也宜墙角也宜盆"的吟唱中，看到了中国式文人独有的洒脱与飘逸。对于探春的治家，有人看到了土地承包责任制的原型。

视角转向中国文坛大人物：他们又从《红楼梦》中接收到了怎样的文化暗示？胡适和周汝昌两位先生在《红楼梦》中看到了曹雪芹，看到了曹家的兴衰际遇、宦海浮沉。毛泽东在《红楼梦》中看到了轰轰烈烈的阶级斗争。王国维在《红楼梦》中看到了人生之苦痛与其解脱之道。刘心武在《红楼梦》中找到了康熙朝废太子胤礽的女儿。蔡元培在《红楼梦》中看到了康熙朝政治格局的风云变幻。这些阐释，在红学界早已不再新鲜。问题是，为什么会产生这样的不同反应？

首先，我要定义曹雪芹。他是一个人，是一个凡人，不是神仙，更不是妖孽。所以，对于一个普通而有才气的凡人，我们无需把他无限地拔高，把他供在庙堂，因为这不是曹雪芹的愿望，更不是他撰写《红楼梦》的初衷。他永远活在文化的时空中，这已经无人可及了，还有什么比这个更荣耀！当我们确定了曹雪芹只是一个凡人，什么都好解决了。

---

① 庞朴：《中国文化十一讲》，北京：中华书局，2008年，第63页。

一般的《红楼梦》读者，包括研究《红楼梦》的专家，在阅读了大量的红学书籍之后，都会疑问：曹雪芹真就想了这么多？设计了这么多？暗示了这么多？

我可以负责任地告诉你，不可能。这句话，也许会让我遭到红迷的攻击，因为"不可能"三个字，已经"亵渎"了曹雪芹天才般的能力。

但是对《红楼梦》的剖析文章早已汗牛充栋，上至一流学者、国学大师，下至平民百姓，个个分析得头头是道，都能自圆其说。你能说都是对的吗？我也可以负责任地告诉你，都是对的！也许你又想揍我了，"不可能"与"都是对的"，这不前后矛盾吗！矛盾是因为你把曹雪芹作为焦点了，其实我们的视角应该对准《红楼梦》。曹雪芹不过是一位承袭了中国文化基因的作家而已。他一个人的所思所想，绝对不可能超越百年来数以万计的红学研究专家的认知总和。

但是话又说回来，为什么那么多的大师级人物会看到不同的风景呢？原因就是文化心理暗示。鲁迅先生在《中国小说史略》中对《红楼梦》做过八个字的评价——"正因写实，转成新鲜"。大家一定不要误认为"写实"就是写真实的历史、真实的人物，如果你这样的思想一萌发，你就又掉进红楼梦魇里面去了，掉进万丈深渊不能自拔。而所谓"写实"不是写真实的历史和人物，而是艺术化地刻录：保持真实的文化基因、文化元素，再用艺术的手法刻录在书里面。

我们颂扬《红楼梦》都会说它是封建社会的百科全书。但我认为，对《红楼梦》更好的理解，或者说更好的褒奖词，是传统文化基因的百科全书。

这个时候，你又会纳闷了：既然是百科全书，作者曹雪芹是刻录者，那么你为什么要用"不可能"来否定他的写作能力呢？其实我自始至终都没有贬低曹雪芹的意思，但是我们一定要承认一个事实：文化基因多数是作者在不经意之间自然流露的；当然也有作者的刻意安排，但其比例往往小于自然流露。这正是文化心理暗示的一个重要表现。

我在前面就说过，产生文化心理暗示的条件是：暗示人与被暗示人，都生活在同一种文化背景下，有一个相通的文化思维。曹雪芹是暗示人，红学家和一般读者是被暗示人。我们与曹雪芹都生活在华夏文化之中，虽然相隔几百年，但是中华文化一脉相承，文化思维也一以贯之。这谁也否定不了。

当曹雪芹有意或者无意地将大量的文化基因注入《红楼梦》后，这本小说就被赋予了文化灵气，有了文化基因。慢慢地，红学家诞生了。同样在这种文化的渗透中，红学家们乃至一般的中国人，其血液中都流淌着华夏文化基因。这种基因又幻化成各自的思维和独有的言辞。当他们阅读《红楼梦》的时候，相同的基因一碰撞，立即就会产生相同的思想勾连，文化心理暗示便调动起来了。

文化基因有隐性和显性之分。在你身上庄子的文化基因呈显性，那么你在《红楼梦》的文化暗示中就会看到"道法自然"；在他身上解经文化阐释微言大义的文化基因呈显性，他就会在《红楼梦》的文化暗示中看见"排满"，看见康熙，看见雍正；如果在我身上佛家的文化基因呈显性，我就会在《红楼梦》的文化暗示中看见色空，看见因果。

所以，无论是红学大家还是普通读者，他们阐释的红学，其实都是一种文化心理暗示的自我表达。已经无从考证这种表达是否和曹雪芹当初设计的一样，但是这种表达的本身已经达到弘扬文化的功效了。

论红楼开篇的叙事艺术

——兼谈《红楼梦》的三层读法

《红楼梦》以它的包罗万象而成为中国古典小说的巅峰,以它的博大精深而成就了一门显学,以它的平实温婉而受亿万读者的青睐。所以"红楼梦"这三个字早已不仅仅是一个书名,而被赋予了一种博雅精专的传奇色彩以及光而不耀的内涵品质。

巅峰固有巅峰的胜境,然巅峰也自有巅峰的孤寂。互联网上曾有人发起过"说说你死活读不下去的作品"的调查,上万人参加投票。前十名中,中国四大名著统统上榜,《红楼梦》更是跃居榜首。《红楼梦》难读,已经成了许多读者的共识。绝大多数红楼爱好者,起初对于《红楼梦》,都是在拿与放之间往复再三,才最终通读的。就是现代的一流红学大家们,细细了解他们的读红历程,大多也是如此!那么《红楼梦》到底该如何读,才能让人既轻松愉悦又可增长人生智慧呢?这个问题如果不根据一个生命个体的阅读体验去作出回答,恐怕很难得出一个统一而标准的答案。也正因为如此,无论是一般读者还是红学研究专家都曾探讨过"《红楼梦》如何读"这一命题。所以本文也试图通过对《红楼梦》第一回叙事艺术的赏析,希望能找出一种适合于大众阅读《红楼梦》的一般方法来。

一、读红楼故事

梁启超先生曾说:"欲兴一国之政治者,先兴一国之小说;欲兴一国之经济者,先兴一国之小说;欲兴一国之教育者,先兴一国之小说。"[①] 这当然是把小说放到了一个极高的层面上来谈论它的

[①] 谭邦和:《明清小说史》,上海:上海古籍出版社,2006年,第4页。

论红楼开篇的叙事艺术——兼谈《红楼梦》的三层读法

历史与文化意义。然而小说最根本的作用是什么呢？《红楼梦》第一回，曹雪芹借石头之口给出了答案——"事迹原委，亦可以消愁解闷；也有几首歪诗熟话，可以喷饭供酒。"一言以蔽之，小说最原始的功用就是供读者借其故事消愁解闷，打发时间。所以阅读《红楼梦》的第一个层次就是读懂其中的故事，理清作者叙事的构架与方法。

对于初读者而言，《红楼梦》的开篇似乎就印证了那句"万事开头难"的俗话。令人似懂非懂的故事缘起，来往穿梭的情节脉络，千丝万缕，错综复杂，不知所起，更不得所终。往往就在这个时候，读者就会有"死活读不下去"之感。这是为什么呢？其实这一切都源于作者曹雪芹所构建的独特的叙事方式。

《红楼梦》开篇第一回就描述了一个神话故事。传说天塌了，女娲开始炼石补天。炼了多少块石头呢？一共 36501 块，但是补天只用了 36500 块，单单剩下一块没有用，便丢弃在了大荒山无稽崖青埂峰下。这块石头因为得到女娲的锻炼，灵性已通，看见众石友俱得补天，唯独自己无材不堪入选，终日都在大荒山无稽崖青埂峰下悲号惭愧。

有一天，一僧一道——茫茫大士、渺渺真人两位神仙路过此处。石头看见他们丰神迥异，骨格不凡，又听见二位仙人说了一些人世间的花柳繁华，温柔富贵，于是凡心偶炽，开口央求两位仙人带它到人世间去享受几年。一僧一道告诉石头，人世间好事多魔，美中不足，福祸相依，往往是否极泰来、周而复始，劝它还是不去的好。但是此石头凡心已动，去意已决。于是两位神仙便大展幻术，把这个高经十二丈，方经二十四丈的大顽石，变成了一块晶莹剔透的美玉，还镌上了字迹。

石头在人世间历经几世几劫之后，复还本质，又回到了当初的大荒山无稽崖青埂峰下，把自己在人世间所经历之事，刻录在了自己身上，并作了一首诗云："无材可去补苍天，枉入红尘若许年。此系身前身后事，倩谁寄去作奇传。"后来又有一位空空道人，访道求仙，路过此处。他将石头上的故事抄录下来，命名为"石头记"，便问世传奇去了。

现存最早的《红楼梦》版本甲戌本，其书名叫"脂砚斋重评石头记"。所以"石头记"曾一度被认为是《红楼梦》的原名。从开篇的故事可以看出，所谓"石头记"，就是这块石头将自己在人世间的经历，原原本本地记录在了自己的身上，此书名因此而来。作者曹雪芹写作此书之时，在叙事技法上首先采用了一个大的倒叙。

然而问题又随之而来了：石头被一僧一道幻化成通灵宝玉之后，又在什么情况下到了人世间的呢？于是作者曹雪芹在紧接着的故事中，通过甄士隐的梦境，插叙了这段故事。甄士隐在梦中听见一僧一道二位神仙说，灵河岸边三生石畔，有一棵绛珠仙草，每天得赤瑕宫神瑛侍者的甘露浇灌，又受日月精华，雨露滋润后脱去了草本，修炼成了一个女体，叫绛珠仙子。她终日游于离恨天之外，饿了以青果、蜂蜜为食，渴了以灌愁海的水为汤。后神瑛侍者凡心偶炽，要下凡造历幻缘，在警幻仙姑处备案之时，被问及灌溉之情未报答，乘此机会倒可以了结。绛珠仙子表示赞同，但是自己没有甘露来还，愿意陪着神瑛侍者一起下世为人，用自己一生的眼泪来还曾经的灌溉之恩。就在这一干"风流冤孽"纷纷下世之机，一僧一道就将这块石头夹带在了其中。在后来的情节中我们得知神瑛侍者就是贾宝玉的前世，绛珠仙子就是林黛玉的前世。贾宝玉出生之时口里就含着一块宝玉，这块宝玉就是女娲补天弃而未用，后被一僧一道幻化成玉的石头。"贾宝玉"之名也因他衔玉而诞而得来。林黛玉一生爱哭，根源就在于她有以泪报恩的前缘。

《红楼梦》开篇故事梳理到这儿，并没有完全理清，因为你极有可能还会问，甄士隐是谁？甄士隐是《红楼梦》里第一个现实世界中的人物，如果说一僧一道是倒叙中的第一人，神瑛侍者是插叙中的第一人的话，那么甄士隐就是顺叙中的第一人。

甄士隐原本是姑苏阊门十里街仁清巷的居民，家道殷实，虽然不算大富大贵，但是在当地已被推为望族了。此人不以功名利禄为念，本性恬淡，平时观花修竹，日子过得像神仙般逍遥。有一天，他在家中看书，觉得有些困倦，便在书房小憩，此中梦见了一僧一道，跟随其后，听见了以神瑛侍者为中心的一帮神仙下世历劫幻缘的事情，还看见了那块石头。醒来之后，抱着独生女儿英莲去街上玩耍，遇见了癞头和尚和跛足道人，这两位就是甄士隐梦中遇见的一僧一道在人世间的幻象，甄士隐当然不认得。癞头和尚和跛足道人看见英莲就要带她出家，说她是甄家的不祥之物，有命无运，会累及爹娘。甄士隐哪里舍得，认为这些都是疯话，也不去理会。可是在第二年的元宵佳节，甄家的仆人霍启带英莲出去看花灯，不慎将英莲丢失。同年三月十五日，因为葫芦庙中炸供，油锅火逸，燃起了大火。甄士隐家刚好就在葫芦庙隔壁，火势顺延，瞬间将甄家烧成了一片瓦砾。在短短的时间里，甄士隐历经了妻离子散，家破人亡，无奈借居岳丈家，已心灰意冷，又贫病交加。就在甄士隐"渐渐的露出那下世的光景来"之时，他听见了跛足道人的《好了歌》。在跛足道人"好便是了，了便是好。若不了，便不好，若要好，须是了"的启发下，突然大彻大悟，随即补作了一首《好了歌注》，便跟着跛足道人飘然而去了。《红楼梦》随后的故事，又在甄士隐曾经救助的一个穷儒贾雨村和他丢失的独生女儿英莲之间继续了下去。

《红楼梦》开篇难以读懂，就是因为作者曹雪芹在此回同时采用了倒叙、插叙、顺叙的叙事方式，让整个故事呈现出多叙并存、交汇编织，又齐头并进的叙事艺术之美。而且《红楼梦》开篇的三种叙事方式，是从人的三种感官切入的。"石头记"的倒叙是"看"，这契合的是视觉；还泪报恩的插叙是"闻"，这契合的是听觉；甄士隐及其家庭变故的顺叙是"体验"，这契合的是感觉；可谓读者的心、耳、神、意在《红楼梦》第一回统统被抓住了。

二、读中国文化

我们常说《红楼梦》是中国传统文化的结晶。既然是中国文化的结晶，那么在阅读《红楼梦》之时，就不能仅仅局限在红楼故事上，所以阅读《红楼梦》的第二个层面就是读中国文化。红学界呼吁研究《红楼梦》要"回归文本"，这一倡议当然是极好的，但什么是"回归文本"？笔者将这四个字的顺序换个位置排列就能一目了然了——"回文归本"，就是回到《红楼梦》原文之中，归到中国文化之本。《红楼梦》的光彩归根结底是中国文化的绚烂，《红楼梦》的博大精深归根结底是中国文化的源远流长，曹雪芹的伟大归根结底是孕育他的华夏文明的伟大。所以研究《红楼梦》最大的意义就是以《红楼梦》作为窗口，欣赏、研究、传承中国的传统文化。那么在《红楼梦》开篇的故事中，我们能读到什么样的中国文化呢？

不难发现，《红楼梦》以石头开篇，并贯穿整部小说，后以它复还本质回到大荒山无稽崖青埂峰下而结束。此时你可能会有疑问，为什么作者曹雪芹会选择石头作为小说的核心？其实这里面埋藏着石头崇拜的中国文化基因。

中国人对石头的崇拜由来已久，民间就有"金不如玉，玉不如石"的说法。人类诞生的初期，是以石头作为工具从而征服自然的。石头的坚硬象征着永恒，所以人们常常会把人类的丰功伟绩刻录在石头上，让它流芳百世。中国的玉石文化也光彩夺目，玉石的温润、光而不耀的品质被誉为君子之德。

以石头作为重要物象从而构建小说叙事的作品也不在少数。就以四大名著为例，《西游记》的主人公孙悟空就是从石头里面蹦出来的，可见在《西游记》里石头有孕育生命的神奇功能。《三国演义》中各方势力斗智斗勇，争夺的就是权势，而象征权势的也是一块石头——传国玉玺。《红楼梦》中女娲补天用的仍然是石头。如果说《西游记》中的石头可以孕育生命，《三国演义》中的石头可以代表权势，那么《红楼梦》中的石头象征的就是可以补天的才能，至于有没有机缘去补，那已经不是石头本身的问题了。

纵观人类的发展史，我们很难找到一种像石头这样的物质，伴随着人类走过了如此长的历程；也很难找到像石头这样的物质，在中国人心中留下了如此深刻的痕迹。所以在《红楼梦》开篇的故事中，我们可以读到中国传统文化中的石头崇拜。

在《红楼梦》开篇故事里除了能读到石头崇拜的文化传统以外，我们还能读到什么呢？还能读到中国文学中叙事的三种模式，一曰思凡模式，二曰悟道模式，三曰仙游模式。

所谓思凡模式，就是天上的神仙因为向往人世间的风流温情、富贵繁华，得到天界最高执行长官的允许，下世为人，历经人世间的功名、爱情、婚姻等之后，又回到天界。所谓悟道模式，就是某一凡人得到神仙或世外高人的指点，在现实或者梦中得到荣华富贵，最后乐极生悲，从现实或者梦中醒来，大彻大悟之后离家出世，皈依宗教。所谓仙游模式，就是一个凡人，在某种机缘巧合下，进入仙宫或者海外仙岛，接触到了很多超凡脱俗的仙姑，在领略了男欢女爱之后，思归心切，当返回人间后，却发现"洞中方七日，世上已千年"，此人最后也不知所踪。[①] 不难发现，三种模式虽然独立，但又有着共同点。例如三种模式都历经"出发—变形—回归"三个阶段，又都是借助超能力的点化或帮助才能实现三个阶段的历程，而且三种模式都和功名与性爱密切相关。

在《红楼梦》开篇的故事中，作者曹雪芹将中国传统文学中的三种叙事模式融化嫁接又结合使用，最终化为了一个整体。神瑛侍者凡心偶炽，要下世为人，就属于思凡模式，但又用还泪报恩的前缘给旧模式披上了新外衣。石头向往人世间的花柳繁华，温柔富贵，央求一僧一道将它带到人世间享受享受，经历人世间的悲欢离合之后复还本质，又回到大荒山无稽崖青埂峰

[①] 梅新林：《红楼梦哲学精神》，上海：华东师范大学出版社，2007年，第61页。

下，这是仙游模式和思凡模式结合使用的一种新方式。甄士隐以殷实望族之家突遭变故，妻离子散，家破人亡，后被跛足道人的《好了歌》点化，飘然出家，这属于悟道模式。

所以透过《红楼梦》这扇窗，你能领略中国文化的瑰丽，你能体会到文化基因的传承与延续，这就是红学研究的生命之源，这也是冯其庸先生所说"大哉《红楼梦》，再论一千年"的自信之源。

三、读哲学意蕴

《红楼梦》是具有永恒之美的存在，这份美来自它所具有的深刻的时代性和超强的现代性。所谓时代性，是指它包含了产生它的那个时代的方方面面。所谓现代性，是指它有一种对当下社会与生活的切入能力。这种"切入能力"到底是什么？是启示，是点醒，还是教化？其实是一种人生哲学。什么是哲学？冯友兰先生曾说："哲学是对人生的系统反思。"[1]《红楼梦》中的人生哲学正属于这种人生价值系统反思的范畴。如果说《红楼梦》的时代性是一种定格之美的话，那么《红楼梦》的现代性就是一种穿越之美，它可以穿越时空，立足当下，启示万民。所以阅读《红楼梦》的第三个层面就是读哲学意蕴。在《红楼梦》第一回里能读出什么哲学意蕴呢？

前面已经讲到，甄士隐的故事属于中国文学中的"悟道模式"。甄士隐的了悟源于他的遭遇以及《好了歌》的点醒。《好了歌》是作者曹雪芹借跛足道人之口唱出的一首关于中国封建社会信仰危机的歌。那什么是信仰？"信仰是人总是有所依凭的存在状态"以及"人对意义有所依凭的存在状态"的总和。[2] 不难看出，在信仰中，人所依凭的既有物质层面又有精神层面。信仰是人在一种特定的文化环境中摆脱不了的基本境况，它在你的潜意识里，无论你信与不信，你都处在信仰之中。如果一个人对信仰有所怀疑和动摇，他往往会精神紊乱，现实生活也就随之崩塌。

西方人常常指责中国人没有信仰，这句话不完全准确，应该说中国人没有统一的宗教信仰，但是并不代表中国人没有信仰。概括起来，中国人有三大信仰：儒家信仰、道家信仰、佛家信仰。在这三大信仰中，儒家信仰成了

---

[1] 冯友兰：《中国哲学简史》，北京：新世界出版社，2004年，第15页。
[2] 成穷：《从红楼梦看中国文化》，昆明：云南人民出版社，2005年，第92页。

中国人最基本的信仰。儒家信仰不是宗教信仰，应该说它是一种世俗信仰，儒家关注的是人道，是人现实的存在。它从来不讲"怪力乱神"，对"生从何来，死往何去"这样的问题从不感兴趣，按照儒家的话说，这叫"六合之外，存而不论"。那儒家关注的"人道"是什么？是"内圣"和"外王"，也就是格物、致知、诚意、正心、修身、齐家、治国、平天下。格物、致知、诚意、正心、修身是"内圣"，它是本我道德修为的完成。齐家、治国、平天下是"外王"，它是超我事功的完成。"内圣"与"外王"相辅相成，互为表里，缺一不可。单就"外王"而言，它由"齐家"和"治国平天下"两个部分组成。在现实社会中，要"齐家"就需要有一定的财力，要有妻有子才是一个完整的家。"治国平天下"就是出将入相，建功立业从而名垂青史。如果把《好了歌》中"功名、金银、娇妻、儿孙"铺陈开来看，它构成了一个中国人在世俗信仰中所追求的全部内容。①

诚然"功名、金银、娇妻、儿孙"是中国人在现实世界中的基本依凭，是中国人衡量人生意义的基本尺码。但是在《好了歌》中，这一切都在"好"与"了"之间变得空无所依，变得无可依凭。这是中国人需要的信仰吗？如果不是，那么信仰应该是什么？作者曹雪芹没有给出答案，他似乎也在"好"与"了"之间徘徊不定，迷迷茫茫之间只有暂且丢下世俗的信仰，去寻求另一种内心的依凭。

《红楼梦》能一书名学，岂是"曹家八代"或者"猜谜揭秘"就能成就其显学地位的？莫辜负红楼故事之美，莫辜负中国文化之精，莫辜负哲学意蕴之思。所以作为一位普普通通的红楼爱好者，本着"读红楼故事—读中国文化—读哲学意蕴"的三层读法去享受《红楼梦》，才不会辜负这部传世之作。

---

① 成穷：《从红楼梦看中国文化》，第95页。

论《红楼梦》的"三层读法"

中华文化绵延不绝,每一个时代都有属于这个时代的文学主流形式。例如上古的神话传说,两周的悠悠诗篇,先秦的诸子散文,汉代的壮美辞赋,唐代的豪迈歌行,宋代的婉约曲词,元代的新颖杂剧以及明清的章回小说。在如此众多的文学形式中,小说是最受读者青睐的形式之一,然而中国古典小说的巅峰之作《红楼梦》却常常遭遇到这样一种尴尬的境况,读者对它敬而远之,想读但又怕读,总在拿与放之间往复再三。前段时间,互联网上做过这样一个调查——说一说你"死活读不下去的作品",上万人参与投票,最终的结果《红楼梦》位居榜首。这就触碰到了一个非常棘手的问题——《红楼梦》如何读?

一、《红楼梦》的"三层读法"

名著如何读,原本是一个老生常谈的问题。如果不根据每一位读者的自身情况作出回答,像这样的问题恐怕不会有一个标准而统一的答案。虽然阅读名著并无定法,但是却有阅读的层次和步骤可循,正因为如此,《红楼梦》如何读,就是一个可探寻的命题了。阅读《红楼梦》,笔者主张分三层来读。

(一) 读红楼故事

小说是以故事情节的起伏跌宕而引人入胜的。通过各种情节的编织,用独特的语言刻画不同的人物性格,各色人物又在不同的性格支配下推动故事情节的发展。所以无论何种小说,它的基本要素之一就是故事情节,《红楼梦》也不例外。所以读懂红楼故事便成了第一步。《红楼梦》让有的人死活读不下去,从故事层面看也有它自身的原因。就以中国的四大名著而言,《红楼梦》的故事情节是比较弱的,当然这里的弱并非是指它写得不好,而是太过琐碎,没有《西游记》的光怪陆离,没有《三国演义》的波澜壮阔,也没有《水浒传》的忠肝义胆,所以初读《红楼梦》的人常常会被闺阁闲情、家庭琐事冲淡阅读的欲望。当然从另一个角度看,琐碎的日常生活情节正是《红楼梦》的特点,它采用的是"微尘之中见大千"的方式来铺陈自己的故事。421位红楼人物就在这种故事情节中彰显出他们独一无二的个性与风采,所以只有读懂红楼故事才能读懂红楼人物,才能赏析它的美。

(二) 读中国文化

《红楼梦》能一书名学,成为华夏三大显学之首,这在中外文学史上都是比较少见的。能一书名学,自有它可供研究的学理性,然而研究一本书要构成一门学问,必须要有一个前提,即这本书一定包罗万象,丰富异常。我们常说《红楼梦》是中国传统社会的"百科全书",这就是从另一角度肯定了它容纳万千的能力与气魄。正因为如此,阅读《红楼梦》的第二层,就是在读懂故事的基础上,发现、探究背后的中国文化。《红楼梦》是中国的,不仅仅是说它诞生在中国,它的作者是中国人,它是中国文化的遗产,更是说它容纳了中国文化的精神气脉,它被烙上了中国文化的种种基因。在浩如烟海的红学书籍中,我们常常会发现从《红楼梦》看中医文化,看园林建筑,看美食文化,看民俗文化,看服饰文化,等等,这正是以《红楼梦》作为平台,以读中国文化作为研究理念而派生出来的红学研究方向。当下以《红楼梦》作为了解中国文化的大窗口,俨然成了红学研究的大趋势。

(三) 读哲学意蕴

当我们阅读一本书时,总会问能从中获得什么。获得的不外乎两种东西,一是知识,二是智慧。知识的获得相对比较容易,而智慧的获得就较为困难了。然而知识和智慧相比较而言,知识远不如智慧对一个人重要。那么什么是智慧呢?它是指当人们的知识积累到了一定的层级,通过阅历的激发、悟性的提升,认知达到一个更高的层次,面对纷繁复杂、形形色色的关系网络,内心能够获得一种自我的判断力。其实智慧就是我们从事物变化以及自然运动规律中总结提炼出来的哲学道理。它是对人生的系统反思,它可以指引我们的行动与思维,它比单纯的知识更加可靠,而且具有普遍性。小说是作者对现实社会与人生的提炼，其中蕴含着多种哲学道理，这种哲学道理并不会以理论知识体系形态出现在小说中，而是以哲学意蕴形态包含在小说的故事情节里。越经典的小说哲学意蕴越深厚，越经典的小说对人生的系统反思越彻底，所以阅读《红楼梦》的第三层就是在读懂故事，了解中国文化的背景下，去感悟其中的哲学意蕴，从而启迪我们的人生。

二、"三层读法"应用实例

为了更好地理解"三层读法"，现以《红楼梦》第七回薛宝钗和周瑞家的谈论冷香丸的情节作为例子，分别从读红楼故事、读中国文化、读哲学意蕴三层来赏析《红楼梦》。

首先读关于冷香丸的故事情节。周瑞家的因刘姥姥一进荣国府的事情忙活了半天，完毕之后到梨香院向王夫人复命。因王夫人正和薛姨妈拉家常，所以周瑞家的不敢惊扰，就到了薛宝钗的房中。相互寒暄之后，周瑞家的得知薛宝钗犯了旧疾，于是问吃何药。薛宝钗此时就讲到了正在服用的冷香丸，说这是一位秃头和尚给的药方，药料与配方都非常讲究。要春天开的白牡丹花蕊十二两，夏天开的白荷花蕊十二两，秋天开的白芙蓉花蕊十二两，冬天开的白梅花蕊十二两。将这四种白色花蕊于来年春分之日晒干，和着药引子一起研磨好。再用雨水之日的雨十二钱，白露之日的露十二钱，霜降之日的霜十二钱，小雪之日的雪十二钱，将这四种水调和均匀和研磨好的药一起拌匀，再加十二钱蜂蜜，十二钱白糖，搓成龙眼大的丸子，盛放在旧瓷坛内，埋在花根地下。如果发病，拿出来一丸，用黄柏煎汤服下。周瑞家的听了，惊得目瞪口呆，感叹道，配成此药，顺利也要三年，真是坑死人的事。这段关于冷香丸的情节，是通过薛宝钗和周瑞家的对话形成的，从故事情节及文字内容上看并无太大的难度，所以读懂故事对于一般读者而言并不困难。

其次读冷香丸所蕴含的中国文化。冷香丸中所包含的中国文化，要从两个方面来看。第一是中医文化。冷香丸被作者曹雪芹文学化地表达出来，看似荒诞不经，然而其中的中医医理并没有错乱。薛宝钗的病是先天"热毒"，临床表现就是咳嗽。制作冷香丸的四种花和四样水，蜂蜜、白糖以及煎汤用的黄柏都有一个共同的功效，那就是清热、解毒、凉血。从药材的选取上看是对症下药的。为什么四种花蕊都要选自白色的花呢？这里面又包含着一个中医学的道理。从中医学的角度看，青、红、白、黑、黄五色和肝、心、肺、肾、脾五脏是相互作用的。青色入肝，红色入心，白色入肺，黑色入肾，黄色入脾。薛宝钗时常咳嗽，病来自肺，而白色能入肺，所以冷香丸中四种花都要选白色。第二是数字文化。冷香丸的配料剂量都是"十二"，这里面包含着中国文化中的数字文化。中国文化对数字极其敏感，例如"四"被称为天数，因为一年有四季，天地有四方。"五"被称为人数，因为人有五官，有五脏，有五指。天人合一就是"九"，所以九被称为至尊之数。《红楼梦》中"十二"这个数字尤为突出，例如有金陵十二钗、十二优伶，补天顽石高十二长，等等。那么《红楼梦》中"十二"这个数字是怎么来的呢？周汝昌先生认为："十二乃是《石头记》中的一个基数。"[①] "十二"又是源于"三"这个基数，"三"在中国文化中有特殊的地位，无论是品评人还是艺术都以上中下三段来品。九品官制，将官职分为三段，每一段又分上中下三级，所以才有了九品。无论是九还是十二都是三的倍数，所以冷香丸中凸显的数字"十二"，是源于中国数字文化。

最后读冷香丸的哲学意蕴。什么是哲学？冯友兰先生说，就是对人生的系统反思。要从一本小说或者一段文本故事中获得哲学道理，并不是一件容易的事，它需要知识的积累，生命历程的铺垫，悟性的熔铸。当然，不易得并非是指它玄妙之至，只要条件具备，时机一到，一首流行歌曲都有可能让我们悟到哲学意蕴。当然，哲学意蕴的获得，会因人而异，不同的人也许在同一件事物上能获得不同的哲学反思，这不足为怪，因为他们的人生阅历以及知识体系不同。只要言之成理，能启发我们正确认识人生，任何哲学意蕴的获得都是有意义的。

《红楼梦》中的冷香丸是薛宝钗吃的一味药，薛宝钗是一位心思细腻，不喜张扬，不干己事不开口但又胸有成竹的大家闺秀。她最大的特点就是将自己的内心严严实实地隐藏起来，对于这样的女孩子，我们不需要用激烈的语言去刺激她改变，只需要暗示即可，俗话说"响鼓不用重捶"就是这个道理。"冷香丸"最大的特点，不在于它有多大的疗效，而在于此药是在极其巧合的机缘下制作完成的，在巧合中体会冷香丸的难得，又在难得的基础上感受它的珍贵，又在珍贵的基础上获得疗效。其实不难看出，冷香丸所治的病是一种心病，换而言之它所起到的疗效更多来自心理治疗，从心理暗示的

[①] 周汝昌：《红楼梦与中华文化》，北京：华艺出版社，1998年，第193页。

角度让患者有信心面对病痛，积极面对人生。于当下而言，我们很多的病都源于内心，心病还须心药医，用积极的内心状态面对苦痛，面对病症，往往会让我们获得疗效，获得奇迹。所以从冷香丸中笔者读到的哲学意蕴就是在物质如此丰富的今天，在医学如此发达的当下，内心的安稳、心灵的康健才是现代人必须关注的重点。

三、"三层读法"的理论依据和文化依托

运用"三层读法"阅读《红楼梦》有何理论依据呢？在中国文化的语境下"三层读法"又有何文化依托呢？下面我们逐一分析。

（一）"三层读法"的理论依据

"三层读法"的理论是依据小说的功能以及人的认知规律而构建的。小说是中国文化长河中的一种文学形式，它起源于春秋战国，发展于汉魏六朝，盛行于唐宋元朝，在明清时期达到鼎盛，这个孕育成长的过程是非常漫长的。虽然每一个时期文化阶层的人对待小说的态度都不一样，但是它的功能是一以贯之的。总括起来，小说有三大功能。一是故事可读可赏的原始功能，换而言之就是供读者消愁解闷的文字功能。《红楼梦》第一回，曹雪芹借石头之口说道："事迹原委，亦可以消愁解闷；也有几首歪诗熟话，可以喷饭供酒。"所表达的就是小说可读、可解闷、可消遣、可打发时光的原始功能。这一功能对应到"三层读法"上就是读其故事情节，理解人物，赏析文风特色，等等。小说的第二大功能是文化呈现功能。一部小说能问世传奇，一定被烙上了诞生它的那个时代的方方面面。有什么样的文化才会有什么样的小说，优秀的小说一定是扎根在特定的文化土壤之中的。越经典的小说，它的根系越发达，吸收文化基因的养分也越多，彰显文化的窗口也越开阔。小说的文化呈现功能对应到"三层读法"上就是读其故事背后的中国文化。小说的第三大功能是哲理反思功能，我们常说"以文载道"，这个"道"就是哲学理念。上文讲到，小说是作者对社会以及人生的提炼，这里面就包含着一种深刻的反思。小说的哲理反思功能需要读者以自身的阅历去激活，所以哲理反思的内容也会因读者的差异而表现出不同的情况。正如刘梦溪先生说："《红楼梦》里仿佛装有整个中国，每一个有文化的中国人都可以从中

找到自己"[①] 小说的哲理反思功能对应到"三层读法"上就是读其故事和文化背后的哲学意蕴。

"三层读法"的理论构建除了来源于小说的三大功能以外，还源于人对事物的认知规律。一般而言，人对于一件事物都是从表象认知开始的，然后逐渐深入剖析内涵，从而形成理解，最后又在深刻理解的基础上进行升华总结与提炼。不难看出人的认知规律是一个从表象认识到内涵理解再到升华提炼的循环过程。这个过程对应到"三层读法"上就是读红楼故事，这属于表象认识层；读中国文化，这属于内涵理解层；读哲学意蕴，这属于升华提炼层。

（二）"三层读法"的文化依托

所谓文化依托，主要就是解决为什么是"三"这个数量，而不是二或四。这里面蕴含着中国文化的思维方式与特点。俗话说"事不过三"，超过三我们认为太冗长，不到三似乎又有所欠缺。中国文化有天、地、人"三才"之说，天有其时，人有其才，地有其治。中国古籍中有用于学习启蒙的《三字经》。具有特殊符号系统的八卦，每一卦是三根爻。以"三"这个数量构建小说故事的，在古典小说中也随处可见。以四大名著为例，有"三顾茅庐"，有"三打祝家庄"，有"三打白骨精"，《红楼梦》中的"三"使用得最为普遍，例如"三春去后诸芳尽"的命运暗示，"家亡线、人散线、自传线"的三线结构，等等。"三"的文化基因与思维方式已经渗透到了每一个中国人的意识中，所以《红楼梦》"三层读法"的构建是依托中国文化思维而行的。

[①] 刘梦溪：《红楼梦与百年中国》，北京：中央编译出版社，2005年，第17页。

曹雪芹在《红楼梦》中使用的传播方法与技巧

百余年来，研究《红楼梦》的书籍可谓汗牛充栋，研究者们所做的，往简单了讲就是从《红楼梦》中接受信息，再通过自己的方式呈现出来。然而做这一切都必须要有一个前提，那就是曹雪芹通过文字符号给我们传递了无穷的信息，否则研究便无从谈起。在现代社会中，传播的方法与技巧多种多样，极具艺术性。那么，《红楼梦》中容纳了如此广泛的信息，曹雪芹是通过什么方法与技巧传递给读者的呢？我认为至少使用了四种传播方法。

一、求真务实法

信息的真实，是信息传播的基本条件，也是受传者的一种心理期待。只有信息真实可靠，它才有传播的价值。我们处在一个信息无比丰盛的时代，按理说应该感到方便与快捷，但是信息的真伪相互掺杂，混淆了视听，所以在这种状态下我们往往进退失据，迷失方向。

《红楼梦》是小说，属于文艺作品，艺术性的加工可能让它失去传记式的真实。然而这样的担心是多余的。整部《红楼梦》虽然在"假作真时真亦假"的叙述状态下展开故事情节，但它的中心始终围绕在一个"真"字上。曹雪芹在书中对"真"的信息传播，主要表现在三个方面。

首先是文化状态的真实。《红楼梦》产生在清代，这毋庸置疑。清代的文学一开始就担当着承袭与变革的双重任务。在它之前，从文学形式上看，有上古的神话，两周的诗歌，先秦的散文，汉代的辞赋，唐宋的诗词，元代的杂剧；从学术层面上来看，又经历了先秦子学、两汉经学、魏晋玄学、隋唐佛学、宋明理学的发展历程。

承袭之后,《红楼梦》开篇就弥漫着上古的神秘,故事中又散发着先秦的高远,两汉的博大,人物的性情又体现着魏晋的叛逆,唐代的豪迈,宋代的睿智。如此博大精深的中华传统文化,是孕育《红楼梦》的肥沃土壤,曹雪芹可以说是得天独厚。然而固有的传统文化发展了几千年,逐渐开始僵化,"程朱理学被官方确定为唯一专断的官方哲学,渗透到文化和社会生活的方方面面。在文学领域,钳制、禁锢戕害了文学思维与文学情感"[1]。清代的文学要想生存下来,就必须自我解放,在浩瀚的文化时空中找到属于自己的位置,所以"超越古人,自立面目,是每一个时代每一个文人必然追求的目标,求新求变,这是明清文学的另一种张力"[2]。所以在《红楼梦》中我们能看到一种揭露与批判,能感受到一种强有力的反思与唤醒,这份深邃真让人叹为观止。由此可见曹雪芹笔下的文字传递着当时文化状态的真实。

其次是时代背景的真实。虽然《红楼梦》一开篇就说"朝代年纪,地舆邦国,失落无考",但那不过是一种文学式的避讳,明眼人一看便知。《红楼梦》诞生在清代鼎盛的乾隆年间,清朝入关已近百年,原来遭受战争破坏的社会经济,通过顺、康、雍三朝的努力,到乾隆时代已达到了鼎盛。常言"盛极必衰",当一样事物发展到极致,它必将向相反的方向转变。当时的社会状态正是这样,表面的歌舞升平掩盖着激烈的矛盾斗争。矛盾的根源来自各个层面,有政治上的,有经济上的,有人才选拔机制上的,等等。《红楼梦》中的故事跌宕起伏,人与人之间矛盾尖锐,剑拔弩张,这些情节并不是作者的凭空捏造,都有它不可忽略的社会根源和时代背景,只不过这一份真实被曹雪芹诗化成了一组组意象。

再次是人性的真实。真善美是我们追求的人格魅力,也是我们渴望达到的一种人与人之间交往的和谐状态。真排在第一,它是善与美的前提与基础,丢掉了真,善就变成了伪,美就变成了虚。《红楼梦》中的人物之所以如此鲜活,就因为曹雪芹时时处处都本着一个"真"字,坚守人性的真实,成就了一份穿越光阴的永恒。

二、情感诱导法

根据调查研究发现,在传播过程中巧妙地触动受传者的情感软肋,所取

---

[1] 孙之梅:《中国文化精神·明清卷》,济南:山东教育出版社,2003年,第1页。
[2] 孙之梅:《中国文化精神·明清卷》,第1页。

得的传播效果是最佳的。"情感诱导法"不是简单的煽情，而需要根据人的年龄阶段、文化层次、经济状况等做出细致的分析，找到情感软肋区，让信息糅合在特定的语言中，然后传递出去，使其暗合受传者的真实感受。

《红楼梦》的读者群是庞大的，几乎囊括了各个年龄层次，各种职业，各种社会背景。为什么它的吸引力如此强大？最根本的原因就是曹雪芹采用了"情感诱导法"。这种方法重在"情"与"感"两个字上。作者下笔有情，当读者接收到作者传递出的真情之时，必将有感于心，这样一来，诱导的目的就实现了。所以对于青年读者，他们读到的是宝黛之间青涩而纯洁的爱情；对于中年读者，他们读到的是一份承诺与担当；对于老年读者，他们读到的是一份历经沧桑之后幻化在书中的通透和告诫；对于身处宦海的读者，他们读到的是钩心斗角，官官相护……作家创作一部文艺作品，只有实实在在触动读者的心灵并引发双方思想上的共鸣，才能真正被大众所喜爱和认可。

三、预告未来法

对于传播而言，如果传输的信息能预告未来某个时候将产生某种趋势，或出现某种事物，受传者就会产生好奇并接受传播者的宣传。曹雪芹笔下的预告未来法在《红楼梦》的文本中体现得尤为突出。贾宝玉在第五回梦游太虚幻境时，看到的"金陵十二钗"正、副等册子，其中的词、曲、画就是对众多人物未来命运的集体预告。细读文本，我们会有一种感受：红楼人物似乎都有他们的宿命，冥冥之中一切早有定论。对于小说创作而言，作者提前预告书中人物未来的结局，这种方法是比较忌讳的，因为这样做很可能丢失神秘感，然而曹雪芹使用的预告未来法不仅没有减弱神秘感，反而更增加了一层艺术性的朦胧。原因在于曹雪芹的"预告未来法"不是死板的，而是灵活的，被美化、诗化了，这主要体现在文字的表达以及信息传递的方式上。

四、暗示法

一部《红楼梦》就一百余万字，但是研究《红楼梦》，从中阐释思想、哲学以及道理化成的铅字恐怕要以亿计，为什么会这样？从文化学理论来讲，这是文化基因所致；从传播学理论来讲，这是传播技巧中的暗示法所致。一本书文字是有限的,换句话说,它明示的内容也是有限的。我们研究一本书,除了分析它的字面意义以外,更重要的是阐发其暗示性的内容。"在信息传播过程中,暗示法是在受传者没有意识,没有察觉到的情况下(传播者)对传播的信息内容进行总结,间接地将结论提供给受传者。"[①]《红楼梦》中的暗示会因为读者的领悟程度而呈现出不同的姿态,读者对暗示的解读也会因人而异。

[①] 周鸿铎:《传播学教程》,北京:中国书籍出版社,2010年,第342页。

曹雪芹笔下的还泪艺术

《红楼梦》中那一段唯美的还泪故事，打动了成千上万的读者。纵观中国古代小说，以"还泪"之说构建故事情节的，曹雪芹恐怕还是头一位。曹公是如何用他的生花妙笔绘制了一位用泪水来展示行为艺术的林黛玉，又如何用哭的创作手法来成就了《红楼梦》的诗意境界？我们不妨细细品味一回。

曹雪芹笔下的林黛玉在《红楼梦》前八十回中，一共哭了37次。从语言描写的角度来看，这37次哭泣，其文字表达方式一共有18种——"洒泪拜别""哭个不住""淌眼抹泪""眼中落泪""掩面自泣""无言对泣""哭哭啼啼""独在房中垂泪""大哭一阵""汪汪的滚下泪来""只向窗前流泪""抽抽噎噎的哭个不住""早又把眼睛圈儿红了""悲悲戚戚呜咽起来""洒了几点泪""眼睛含着泪""哭的好不伤感""两个眼睛肿的桃儿一般，满面泪光"。曹雪芹用这18种文字表达形式，全方位地刻画出林黛玉哭泣的状态。然而仅靠状态的描写并不能创造出一位立体式的鲜活人物来，还需要将状态提炼成一种艺术。对于林黛玉的哭泣艺术，通观这37处描写，曹雪芹运用了五种创作方式。

（一）直白描绘，一笔带过

例如第二十三回，林黛玉不经意间听见悠悠扬扬传来的戏文唱词，是《西厢记》中的"花落水流红，闲愁万种"，突然有所感触，忽又想起前日见古人诗句中有"水流花谢两无情""流水落花春去也，天上人间"之句，于是都一时想起来，凑聚在一处。仔细忖度，不觉心痛神痴，眼中落泪。

其实不难看出，林黛玉此时的哭，是一种心灵的触动，流出来的泪水，是内心的直白表露。在这样的场景中，眼泪其实并不重要,重要的是生命的感悟。所以对于哭,曹雪芹就只用了"眼中落泪"一笔带过。

(二)暗线勾勒,他人转述

所谓"暗线勾勒,他人转述"是指没有直接描写林黛玉的哭,而是通过身边或者周围的人来转述林黛玉哭的过程。这样的创作方式有一个好处——不仅能够知道林妹妹哭的事实,而且还能观察她身边人对她哭泣的态度。

例如第六十七回,薛宝钗送了林黛玉一些南边的土物,黛玉见了家乡之物,触物伤情,想起父母双亡,寄居亲戚家中,不觉又伤起心来。紫鹃看见了,在一旁劝道:

> 姑娘的身子多病,早晚服药,这两日看着比那些日子略好些。虽说精神长了一点儿,还算不得十分大好。今儿宝姑娘送来的这些东西,可见宝姑娘素日看得姑娘很重,姑娘看着该喜欢才是,为什么反倒伤起心来。这不是宝姑娘送东西来倒叫姑娘烦恼了不成?就是宝姑娘听见,反觉脸上不好看。再者这里老太太们为姑娘的病体,千方百计请好大夫配药诊治,也为是姑娘的病好。这如今才好些,又这样哭哭啼啼,岂不是自己遭踏了自己身子,叫老太太看着添了愁烦了么?

从这一段话语来看,"哭哭啼啼"是紫鹃对林黛玉哭泣的描绘,显而易见,哭是藏在作者的文字之下的。通过紫鹃的叙述我们知道了文字背后的动态,最重要的是,这种转述不仅仅挑明了哭的过程,而且表明了林黛玉的贴身丫鬟对此事的看法和态度,可谓一石二鸟。

(三)行为艺术,诗意渲染

第二十七回,黛玉葬花,这是《红楼梦》中的经典名段,林黛玉也因此而定格成了一幅永恒的立体画。四季更迭,日月轮替,花开花谢,周而复始,这原本是一种自然现象,但是在林黛玉的心中这一切却成了悲戚、伤感的引导者。她在大观园中踩着斑斓的阳光,用绢袋收拾起残红,用饱含泪水的双眼去埋葬曾经的那一片春色,用"花谢花飞飞满天,红消香断有谁怜"的诗句去悼念闲情万种。所以当贾宝玉转过山坡时,便听见"那边有呜咽之声,一行数落着,哭的好不伤感"。黛玉葬花,正是一场唯美的行为艺术。因为此时此刻落花、流水、春光、诗句、语言、行动都在林黛玉的哭泣下汇合，用心灵碾碎，再随着泪水从心里流出来，洒落在花上、地上、衣袂之上。此时的哭声变成了一段内心独奏曲，和着葬花的节拍，渲染成一片诗境，荡漾开去，无边无际。

（四）发展情节，推波助澜

在《红楼梦》前八十回中，林黛玉从第三回与父亲"洒泪拜别"开始哭，一直到第七十六回对月感怀，"自去俯栏垂泪"止，她的哭兼有推动故事情节的功效。例如第二十六回，贾宝玉说了一句玩笑话——"好丫头（紫鹃），'若共你多情小姐同鸳帐，怎舍得叠被铺床？'"林黛玉觉得这是贾宝玉听了村话，看了混账话书拿她取笑，于是哭了。这一哭引出多少故事来。贾宝玉还没有来得及道歉就因为老爷叫被袭人接走了。此时的哭就成了一个引子，林黛玉听见是贾政在传唤，也不免担心，晚间自己走到怡红院，谁知道吃了丫头们的闭门羹，又开始"悲悲戚戚呜咽起来"。这一哭可了不得，她下定决心不再理会贾宝玉。第二天原本是芒种节，大观园中的姐妹们都在欢聚祭饯花神，可林黛玉回避了热闹，独自在山坡后葬花吟诗，于是就有了那一首名垂千古的《葬花吟》。贾宝玉在寻找林妹妹的途中又听见了"呜咽之声，一行数落着，哭的好不伤感"，同时又有了对"一朝春尽红颜老，花落人亡两不知"的深切体会，在一阵心灵翻腾之后，贾宝玉也哭了。林黛玉见到贾宝玉之后转身就走，紧接着有了贾宝玉那一段"既有今日，何必当初"的肺腑之言。这一连串的故事都没有离开哭，情节在哭声中发展，故事在泪水中起伏跌宕。

（五）用心领悟，以泪释情

眼泪是一种复杂的符号，它时而轻盈又时而厚重，它时而寡味又时而浓烈；它既含愉悦又含悲凉，它既有离别又有欢聚；它能化为抒情的诗篇也能变为激昂的檄文。《红楼梦》中林黛玉的泪，在曹雪芹的笔下升华成了一种解释情感的标志——"洒泪拜别"父亲是对亲情的不舍；"两个眼睛肿的桃儿一般，满面泪光"是对心爱之人的疼惜；想起宝钗，"不觉又滴下泪来"是对友情的感念。这一切都来自林黛玉内心的领悟，她用自己独有的方式，以眼泪托起世间真情，流到那离恨天外去了。

红楼宝黛钗的内涵之谜

一位作家之所以不朽，是因为他创造了一位或几位不朽的人物，而且这些人物最能代表他所生活的那一段时期民族的文化意识。黑格尔在《美学》一书中曾经说过："艺术家必须是创造者，他必须在他的想象里把感发他的那种意蕴，对适当形式的知识，以及他的深刻感觉和基本感情都熔于一炉，从这里塑造他所塑造的形象。"《红楼梦》两百多年来脍炙人口，最根本的原因就在于作者用他的生花妙笔为读者塑造出了众多鲜活而生动的人物。

小说人物研究往往是了解作品的思想内容与时代意义最好的途径，因为作品的思想主题、社会和历史特征总是从人物形象表现中折射出来的。对于一般读者来说，一提到《红楼梦》，首先想到的是贾宝玉、林黛玉和薛宝钗。作者对这三个艺术人物的命名就暗藏玄机——以贾宝玉为中心，两两组合，便有了二玉与二宝。

《红楼梦》中的"二玉"和"二宝"。"二玉"是贾宝玉和林黛玉，"二宝"指贾宝玉和薛宝钗。这样的称谓，听起来有点别扭，也很少有人这样指代，但是如果以这样的称谓组合为切入点，看看宝、黛、钗三人之间的文化关联与对比，可能别是一番景致。

玉和宝到底有什么样的区别，这些区别又如何在宝黛钗三人之间呈现，想来雪芹当年也是费尽了心机来张罗其中的故事与情节的，可佩！

（一）区别之一：玉为天然，宝系人为

玉是天然而生，受日月之精华，积山川之灵秀，温润厚重，既有谦谦君子之德，又兼窈窕淑女之美。玉的温文尔雅，高贵雍容都源于自然。宝是人为的，一样东西是不是宝，会因人而异。在父母眼中，儿女就是宝，然而在社会之中，你我就是一个普通人而已。

所以一样东西是不是宝，要因人、因事、因时而定。

天然与人为如何在三人之间体现呢？贾宝玉与林黛玉演绎的原本就是一段前世的仙缘，他们之间的瓜葛，早在灵河岸边，三生石畔就结下了，到人世间不外乎就是实实在在地去感受"木石前盟"的宿命，所以"二玉"之间就是天然的联系。

贾宝玉与薛宝钗虽然有"金玉良缘"之说，然而细想想，这都是人为的。金玉组合被称为良缘，这本身就是世俗的约定。薛宝钗的金锁是现实中的一个和尚给的，上面的"不离不弃，芳龄永继"也是在现实中錾上去的，然而贾宝玉胸前的八个字"莫失莫忘，仙寿恒昌"是同补天顽石一道，由神仙所造，从娘胎里一同带来。更重要的是，《红楼梦》中的金玉良缘之说，完全就是薛姨妈一人自编自导自演的游戏。所以"二宝"之间就是人为的撮合。

（二）区别之二：玉立前世，宝在今生

当年神瑛侍者灌溉绛珠仙草，埋下了一份情谊。他们双双来到人间历劫，却始终系于前世的恩情，泪尽之时，也就是两人分离之日，所以"二玉"永远立于前世，今生无果。

贾宝玉与薛宝钗，真真实实地活在当下，在前世他们没有瓜葛，虽然有金玉良缘的世俗约定，那也是掩人耳目，不外乎想寻找一份华丽的说辞，为人为的事件披上一件天然的外衣而已。所以"二宝"只能存于今生。

（三）区别之三：玉为至情，宝为至理

贾宝玉与林黛玉的组合就是至情组合。他们一见如故，他们两小无猜，他们心心相印，他们互为知己。贾宝玉唯情是本，林黛玉唯情是尊；贾宝玉有天地之大情，林黛玉有专一之柔情；贾宝玉是"情不情"，林黛玉是"情情"。所以"二玉"为情而生，也为情而亡。

贾宝玉与薛宝钗的组合是至理组合。他们的存在，不是因为情，而是为了"理"，为了家族的利益，为了权势的同盟，为了百年望族的长治久安。这里的"理"是儒家推崇的"天理"，是儒家强调的礼教，更是世人必须严格遵守的"三纲五常"。

（四）区别之四：玉为理想，宝为现实

宝、黛总是生活在自己的理想里，理想似乎成了他们唯一的精神依托。林黛玉想象着"愿奴胁下生双翼，随花飞到天尽头"，贾宝玉想象着有一天"赤条条来去无牵挂"。所以"二玉"的生活，被寄托在了理想的诗里词间，诗词成了他们的生命，诗词也表现了他们的性灵、孤独、忧伤和理想的梦境。

贾宝玉和薛宝钗则双双出现，永远定格在现实之中。在私下他们不会谈诗说赋，只有宝钗规劝宝玉走仕途经济的正道。薛宝钗也不会私下作诗，因为在她心里，那都是一些玩意儿，就算有佳作，也是参加集体诗会，不得已而作；就算有妙语，也是"好风凭借力，送我上青云"的雄才大略。

（五）区别之五：玉为爱情，宝为婚姻

在《红楼梦》中，爱情是最纯洁的，它容不得半点世俗的污秽，"爱我所爱，无怨无悔"是《红楼梦》追求的理想境界。在中国传统文化中，爱情最好的归宿就是婚姻，所以"有情人终成眷属"就成了我们最好的祝福。正因为有这样的爱情观念，现实中的爱情多半都是失败的，不是败于难成眷属的无奈，就是败于终成眷属的厌倦。所以后来又有人说"婚姻是爱情的坟墓"，这种消极的表达，又迎来了一通劈头盖脸的反驳——没有婚姻，爱情就死无葬身之地了。所以在《红楼梦》中，爱情与婚姻，似乎永远都是无法相交的平行线。

我记得周国平在《人与永恒》中说："爱情是超越于成败的，爱情是人生美丽的梦，你能说你做了一个成功的梦或失败的梦吗？"所以对于爱情来说，"二玉"就是在为人间构建一段唯美的梦；对于婚姻来说，"二宝"也为人间展示了一次合乎现实的嫁娶。

小议荣国府的八处庄地

《红楼梦》中的贾府乃皇亲国戚,公爵之家,钟鸣鼎食自不必说,单是贾府的日用开销就能让人瞠目结舌,如此奢靡的生活需要大量的钱银供给。那么问题随之而来了——这些钱从何而来呢?贾府的经济来源主要有三种形式,一是朝廷的俸禄,二是多处闲置房屋的租金,三是各处田庄的地租。在上述三种形式的经济来源中田庄的地租几乎占据了贾府70%的收入比例。这也是《红楼梦》时代地主庄园经济收入的基本形式。

贾府到底有多少处田庄呢?《红楼梦》第五十三回乌进孝给宁国府送年货,在他和贾珍的一段对话中可以找到答案:

贾珍皱眉道:"我算定了你至少也有五千两银子来,这够作什么的!如今你们一共只剩了八九个庄子,今年倒有两处报了旱涝,你们又打擂台,真真是又教别过年了。"乌进孝道:"爷的这地方还算好呢!我兄弟离我那里只一百多里,谁知竟大差了。他现管着那府里八处庄地,比爷这边多着几倍,今年也只这些东西,不过多二三千两银子,也是有饥荒打呢。"

这段对话所包含的信息是丰富的,不仅有地主阶级的贪得无厌,也有平民百姓生活的疾苦与艰难。一幅真实而深刻的社会画卷就在曹雪芹笔下缓缓展开了。我们暂且撇开浓厚的政治性、阶级性不谈,就事论事来看,贾珍和乌进孝的这段对话有很多信息是模棱两可的,甚至是需要我们仔细推敲的。

例如贾珍说"如今你们一共只剩下了八九个庄子",宁国府田庄的数量到底是八个还是九个,在贾珍的话语中是不能确定的。按理说贾珍是宁国府的当家人,对自己家的田地数量应该了如指掌,怎么会有"八九个"这样的不定之数呢?也许他一味高乐,不问家政,所以不知,这种可能性也是有的。但是此时此刻是在和乌进孝算账结租,不能够用如此不确定的田庄数量来作结算基础。然而接下来乌进孝的一句话更让人觉得迷糊,他说他兄弟管着荣国府的"八处庄地"比贾珍这边"多着几倍"。都是"八",怎么又多出几倍来?难道是《红楼梦》在传抄过程中留下的抄写笔误,导致了数量错误吗?查阅现有的抄本,只要有五十三回内容的古本,例如庚辰本、甲辰本、列藏本、蒙古王府抄本、戚序本,等等,此段描写都一模一样,没有半点差池。

既然如此,那就只有一个解释——贾珍说的庄子和乌进孝说的庄地不是一个数量级的概念。一处庄地可能由好几个庄子组成,只有如此才有多出几倍的可能。这段对话,越琢磨越觉得像迷雾一样让人辨识不清。

然而就在这些模糊的,甚至可能有逻辑错乱的言语信息中,有个数字显得极其清晰——八。这种美学效果极有意思,就如同摄影一般,周围的背景是模糊的,但是中心点却异常清晰。贾珍口中的"八九个庄子"和乌进孝口中的"八处庄地",都突出了一个"八"的数量。比较贾珍和乌进孝,乌进孝的言语是准确肯定的,因为经营贾府的庄地就是他们兄弟的工作,所以数量绝对准确。

那么此时就有一个疑问需要解开:曹雪芹为什么要在这段情节中反复强调"八"这个田庄的数量呢?而且不惜模糊对话的信息,甚至牺牲对话的逻辑条理,从而凸显一个"八"的数字。笔者认为,这和他创作《红楼梦》的生活原型有很大的关系。

1728年1月,曹雪芹的父亲曹頫被撤职,曹家被抄没。接任江宁织造的官员是隋赫德,他在给雍正皇帝的《江宁织造隋赫德奏细查曹頫房地产及家人情形折》上有这样一段话:

> 细查其房屋并家人住房十三处,共计四百八十三间。地八处,共十九顷零六十七亩。家人大小男女共一百十四口。[①]

这份奏折里明明白白地写出了曹家有地"八处",和《红楼梦》中乌进孝说的"八处"完全吻合。在笔者看来,《红楼梦》中荣国府的"八处庄地"其艺术原型就是曹家曾经的"地八处"。后来曹雪芹跟随家人回到北京,住在蒜市口十七间半的房屋内,生活一落千丈。无论是自己的祖母、亲人还是

---

① 朱一玄编:《红楼梦资料汇编》,天津:南开大学出版社,2001年,第17页。

仅有的三对仆人，都会有意无意地提及当年在江宁宽敞的房屋，以及那"地八处"给他们带来的衣食无忧的安逸生活。于是这"地八处"就在曹雪芹的脑海里留下了深刻的印象，最后艺术化地表现在了荣国府的"八处庄地"上。

笔者对《红楼梦》中荣国府八处庄地的探讨，并非想重提"曹家互证"的老命题，而是想证明一切艺术都有它生活的缘由。对于小说这种文学形式，巴尔扎克曾调侃说："小说就是庄严地撒谎！"庄严与撒谎原本是矛盾且对立的，然而这两个词汇却能在巴尔扎克的言语中融为一体。相融的根源不在于巴尔扎克表达得巧妙，而是小说这种形式源于生活而又高于生活的本质特征所决定的。庄严是指小说家在构建和叙写自己作品之时的正式与严谨，撒谎是指作者在结构小说时的艺术升华。我们在曹雪芹笔下一个小小的"八处庄地"上似乎就能感受到这一点。

林黛玉的自我与王熙凤的无我

如果你把"自我"和"无我"理解成某种境界，那么你就会觉得我这篇小文章的题目有些颠三倒四，因为王熙凤达不到无我的广阔，林黛玉也绝不会有自我的狭小。然而我并非想表达虚无的境界，而是要回到她们现实层面中的生活格局上来。所以这篇小文所借用的"自我"和"无我"不是精神境界，而是生命格局。

王熙凤的剽悍与林黛玉的柔弱形成了一种强烈的对比，然而在这种对比之下你会发现，王熙凤的剽悍是一种盲目而强烈的冲动，这种冲动，是糅合了展示、炫耀、较劲等一切现实层面上的自我。但是王熙凤的自我，偏偏让她失去了本我，成就了无我，因为当她在实施剽悍的时候早就忘记了她实施剽悍的目的。于是在整本《红楼梦》中我们看到的王熙凤，有权、有势、有才、有貌，而唯独没有她自己。王熙凤走得太远，她已经忘记了自己为什么出发；她在生活中时时表现得自我，然而在生命格局里却处处无我。

林黛玉的柔弱是一种清晰而坚贞的情感，这种情感，是碾碎了伤心、孤寂、无助等一切非现实层面上的无我。但是林黛玉的无我，偏偏让她死死守住了自我。她为自己的身世而天天流泪，为自己的情谊而时时惊愕，为他年葬侬会是谁而纠结。在她的生命格局里，只有她自己而没有别人。林黛玉同样走得太远，当她到达了目的地，却忘记了自己来时的路，她已经回不去了！她唯有守住自己才有一丝安全，所以在林黛玉的生命格局里，只有她和她的心。

其实，对于我们现实生活中的人来说，无论是林黛玉的自我也好，还是王熙凤的无我也罢，单方面的吸收都是不可取的。只有自我的人，往往会变得刻薄而脆弱，为人处世也因为过分地自我而显得格格不入。他们常常会以本真的名义为自己开脱，但是本真的前提是"外化",而非利用本真去肆无忌惮,不知轻重地数落别人。只有王熙凤式的无我也不行,人处在茫茫宇宙之间,虽然抬头梦想就在天空,俯首现实仍然在实地,但是千万别忘记自己还活在当下。

如果我们这时再把"自我"和"无我"理解成人生的境界,无论是林黛玉还是王熙凤,她们的境界都不算高。王熙凤不识字,周旋于世俗,穿梭于人际,她的人生感悟大多都化为了一种处世的技巧。林黛玉满腹诗书,游历在白纸黑字之间,感怀于春恨秋悲之处,她的人生感悟大多都化为了一种聊以自慰的文字游戏,她缺少的是人世间真实的阅历。

所以我们万万不要因为自己有了一丝经验而故作深沉,也千万不要因为自己沾染了一点文墨而飘飘欲仙。

所谓人生的境界,升华的前提是脚踏实地。书生、文人沉迷于书中,往往以为自己已经看破了名利,其实这是一种虚幻的假象,此时最好的反思就是扪心自问:你知道名利为何物吗?真正能看破名利的人,是曾经拥有过大名与大利之人。没有合法合理地追求过名利,就藐视名利,这只能说明你不过是想用所谓的文字和境界来伪装自己的虚荣,此时的你才是一个彻底败在名利胯下的人。

当年的李白,要隐遁山林,他看破了吗?一年之后,没有谁理睬他,自己又灰溜溜地出来。因为他还没有历经大名与大利,归隐山林就是一种装饰自己的手段,此时的归隐才是浮华。当他举杯邀明月,呼朋唤友,喝得山花烂漫,醉得誉满天下之时,一杯世俗的烈酒,让他定格成一位仙人的时候,他才真正体会了什么叫脚踏实地,什么叫浮华,什么叫境界。

真正的阅历,不等于为了名利而去阅历。在有了人生的坐标系之后,在实现自己价值与理想的过程中,当名利随之而来的时候不须回避,也不必欣喜若狂,只要清晰地认识到,这只是你人生道路中的风景,而不是目的地就行了。如此一来,一切也就释然了!

看破名利,并非是主流文化的基础,因为在"修齐治平"的过程中,名利可能会如影随形,你成功地实现了自己的理想,完成了为天地立心,为生民立命,为往圣继绝学,而别人偏偏要判定你是在追求名利,实现浮华,公平吗?

没有历经出将入相的喧嚣,你所谓的安静,只是一种无能的堕落;没有历经撕心裂肺的情感,你所谓的爱意,只是一种在荷尔蒙冲击下的欲望;没有历经熙来攘往的凡尘,你所谓的淡泊,只是一种自欺欺人的安抚。

"境界",多么神圣的名词,我们一直以为它在天上,其实它一直都在我们的脚下!待从头,收拾起虚假的清高,享受磨难,享受幸福,享受一切真实的阅历。只有把现实踏在脚下,境界才会常驻心中。

《红楼梦》中"肮脏"的启示

"肮脏"这个词不大受人待见,如果说某人思想、身体肮脏,绝对不是赞扬。然而这个词,在中国传统文化中却有着非同寻常的哲学意义。如何理解?其实很简单,就是肮脏的表象有一种对生命的点悟作用,能唤醒生命的沉沦,让迷失在红尘之中的芸芸众生看破事物的本质。

庄子就曾经说过,讲道、悟道的人,其外表都很奇怪,要么就是天聋地哑,要么就是缺胳膊少腿,因为古往今来真正悟道的人,都是在经历了人生百态之后领略了生命的真谛,从此不在意自己的外形。这和我们习惯的伟人、英雄的光辉形象完全不同。曹雪芹之所以伟大,就是因为他不扭捏作态塑造英雄;《红楼梦》之所以不朽,也正因为它没有英雄。

《红楼梦》原本是聚合了众多文化基因的一部书,所以"肮脏"所蕴含的哲学意义,同样在书中得到了展示。

《红楼梦》中的一僧一道,原本是天上的神仙,因为一干风流冤家下世为人,便商量着趁此机会也下世度化苦难。然而原本"骨格不凡,丰神迥异"的仙骨道体,到了人间之后,却幻化成了癞头和尚和跛足道人,一个满身脓疮,一个四肢不全,这符合肮脏的标准。但是当他们去度化苦难的时候,这种肮脏却没有发挥出它应有的效用。

《红楼梦》第一回,甄士隐抱着英莲在街上看热闹,这时一僧一道,跛足蓬头,疯疯癫癫,挥霍谈笑而至。看见甄士隐抱着英莲,便大哭起来,又向甄士隐说道:"施主,你把这有命无运,累及爹娘之物,抱在怀内作甚?"甄士隐听了,知是疯话,也不去睬他。此时的甄士隐并没有因为肮脏的启示而看破瞬息万变的幸福。

《红楼梦》第二回,贾雨村因为闲暇出去游玩,到了智通寺,首先看见一副对联:"身后有余忘缩手,眼前无路想回头。"这两句话虽然直白,但是对贾雨村却有所触动。此时他因为初入官场,对于潜规则理解不够,所以被上司抓住把柄,在皇帝跟前打了一个小报告,于是革职。有了这样一番经历,他似乎领悟到了什么。他看见这副对子的时候暗想:

  这两句话,文虽浅近,其意则深。我也曾游过些名山大刹,倒不曾见过这话头,其中想必有个翻过筋斗来的亦未可知,何不进去试试。

此时的贾雨村因为官场失意,明白了其中的纠葛与凶险,如今想走进智通寺,目的是想得到答案与解脱。当他进入寺中的时候,他看见的又是一个肮脏的人:

  只有一个龙钟老僧在那里煮粥。雨村见了,便不在意。及至问他两句话,那老僧既聋且昏,齿落舌钝,所答非所问。雨村不耐烦,便仍出来。

贾雨村仍然没有被肮脏点醒,因为此时的他并没有厌倦官场,反而因为一时的失意,更加激发了拼杀于宦海的信心。所以他进入智通寺的目的并非解脱,而是想得到一套显身扬名的官场哲学。

《红楼梦》中的贾瑞和薛蟠,一个调戏王熙凤,一个撩拨柳湘莲,最后都没有好果子吃——贾瑞命丧黄泉,薛蟠被打得半死。两个故事有一个相似点:其中都含有试图用肮脏来点化他们,使之改邪归正的经过。贾瑞被泼屎尿,薛蟠被迫喝下脏水。然而这么肮脏的东西,这么猛烈的肮脏行为,都没有点醒他们,真是可悲,也可叹!

《红楼梦》中的妙玉,自称"槛外人",貌似看破红尘,皈依佛门,然而却是"云空未必空"。原本应该包容万物的出家之人,却有着极度的洁癖,连刘姥姥用过的茶杯都要扔掉。她向往着洁净,却并没有找到步入净地的阶梯,最后深陷肮脏。这是曹雪芹设立的一对矛盾——看不起肮脏的人,也不能从中领悟肮脏的哲学意义。

《红楼梦》中借肮脏传递的哲理,是要让世人明白,肮脏与洁净是相互依存的——没有肮脏,就不会有洁净的意识,清净必定要从肮脏中来。就如同大观园,它是曹雪芹构建的清净女儿之境,干净无比。然而无论是构建大观园亭台楼阁的材料,还是流淌在大观园中的水,都是从现实社会中来,从最不干净,甚至有点肮脏龌龊的宁府中来。

这一对对看似无可调和的矛盾,却又和谐统一;看似讽刺,又似对比。从《红楼梦》文本中最终传递出来的,是一条条关于肮脏的启示。

人论

红·楼·论·稿·集

贾宝玉心中的"书"

贾宝玉的言语时常疯疯癫癫，让人很难琢磨。例如在《红楼梦》第十九回"情切切良宵花解语，意绵绵静日玉生香"中，袭人因贾宝玉时常说些混账话，所以对他进行了一番劝诫。贾宝玉平日里究竟都说了些什么，要让袭人如此费尽心机规劝？

从两人的对话中，我们明白了：贾宝玉常说，读书人都是禄蠹，世间除了"明明德"外无书，都是前人自己不能解圣人之书，另出己意，混编纂出来的。

我们首先要解释两个词——"禄蠹"和"明明德"。所谓禄蠹，就是指为升官发财而读儒家经典的人。"明明德"是儒家经典《大学》中的第一句话，也是儒家"三纲领"中的第一纲领。

这时，我们就会发现：在贾宝玉的言语中，似乎充斥着一对矛盾。既然攻读儒家经典的人是禄蠹，那么为什么又推崇儒家经典中的"明明德"呢？这不是自相矛盾吗？其实这是我们自己的思维发生了矛盾，或者说，是我们认知的切入点有偏差。

禄蠹是为了升官发财而读儒家经典的人。这种人的目的是升官发财，是要将儒家经典作为追求名利的阶梯。所以禄蠹包含的鄙视之意针对的是追求名利之人，而不是为了研究儒学而熟读经典的文人。

为什么说"除明明德外无书"？这并非排斥百家而独尊儒术，而是作者对儒家入世态度的一种肯定。这里的入世态度是指人在人世间对人、对己的方式和方法。

"明明德"中第一个"明"是动词，第二个"明"是名词。德有两层含义：第一层是指一个人的德行，也就是我们的道德品质；第二层是指一个人的学识修为。"明明德"，就是要让一个人不断地提升自我修养，通过自觉的内在历练从而在道德与学识方面完成双重建设。这是儒家在入世态度中对己的方式。那么怎么对人呢？这就是"明明德"之后的"亲民"和"止于至善"。也就是说，我们自己用人格魅力去亲近民众、教化民众，让他们和自己一起提升自我的德，然后达到"至善"。

其实"明明德、亲民、止于至善"就是儒家入世的态度。这种态度和道家、佛家的态度基本一样，不一样的就是其各自所拥有的价值核心。无论是儒家的入世，还是道家的出世，或者佛家的救世，首先都要"明明德"，要通过"亲民"，最后才能"止于至善"。这一条线路是正确的；换言之，各家是从不同的价值核心出发，却经过一条相同的道路而已，所不同的不外乎各家对"至善"的理解不一样。儒家的"至善"是实现自我，从而达到治国平天下的目的；道家的"至善"是顺应自我，从而达到回归自然、"无为"天下的目的；佛家的"至善"是超越自我，从而达到救苦救难、普度苍生的目的。

所以贾宝玉骂禄蠹又称"除'明明德'外无书"，并不矛盾。前者是唾弃为名利而读书的人，后者是赞同、肯定其处世的态度。

贾宝玉还说，当时的书，都是前人自己不能解圣人之书，另出己意，混编纂出来的。为什么会有这样的"混话"？

其实，这是对传统治学态度的一种鄙视。中国传统文人，做学问通常都谦称"述而不作"。什么意思呢？就是说，自己不是在研究学问，不过是在阐发圣人的言论和思想，也就是我们通常所说的"代圣人立言"。既然是"述而不作"，那么你怎么能保证你所述的思想就一定是圣人的呢？既然不能保证，那么就是"另出己意"，就是"混编纂"。正是因为"另出己意""混编纂"，才有了"存天理，灭人欲"的僵化教条。

看来贾宝玉的"疯话"也是有文化基因的。

我浅显地分析了"禄蠹"与"除'明明德'外无书"之间的关系以及它们各自的内涵。贾如泽先生曾在审阅拙文之后，提出了一个很好的建议：

> 贾宝玉所骂"禄蠹"与"除明明德外无书"并不矛盾。另外，在这篇文章里，先生应该对"书"这个概念的不同内涵，作必要的解释。

针对贾如泽先生的高见，我想确实应该解释一下贾宝玉心中的"书"。

"除'明明德'外无书"里的"书"肯定不是指儒家经典——《大学》。其中原因，我已经简要地分析过了。对于"书"，贾宝玉曾经在《红楼梦》第三回说过这样一句话：

除"四书"外，杜撰的太多了，偏只我是杜撰不成？

贾宝玉所提及的"四书"，是儒家的四部经典——《论语》《大学》《中庸》《孟子》。为什么他认为只有这四部书不是杜撰的呢？首先我们简单地认识一下"四书"。

"四书"是一个完整的儒家思想体系。我们从四本书的作者之间的关系就可以看出这条"体系"的承袭情况。《论语》虽然不是孔子直接所著，但是它代表的却是孔子的思想与言论；《大学》的作者是曾参，是孔子的弟子；《中庸》的作者是子思，是曾参的弟子，同时又是孔子的孙子；《孟子》的作者是孟子，又是子思的学生。可以说"四书"的师承关系一脉相承，核心思想一气贯通。

《论语》要教会我们的是"为人之道"；《大学》要教会我们的是"如何达到至善之境"；《中庸》要教会我们的是"最高的'德'"；《孟子》要教会我们的是"如何做到完美的'仁'政"。

贾宝玉肯定"四书"，肯定的是洋溢在"四书"之中的精神与人生态度、人生智慧。读孔子得"仁"，读孟子得"义"。贾宝玉虽然憎恨"禄蠹"，但是"仁"与"义"始终是他追求的人生境界。什么是"仁"？"仁者爱人。""仁"往简单了说，就是"爱"。什么是"义"？是忧国忧民、心系苍生的极致境界。在《红楼梦》中，贾宝玉是"大情"与"大爱"的化身，所以他肯定"四书"是肯定这样的人间"真情"。他鄙视"禄蠹"，归根结底是鄙视"沽名钓誉"之人。他肯定"四书"就是肯定人间正道。

这个时候，你可能要问：他的天性既然和儒家的精神相匹配，那为什么他又厌恶读书呢？其实这需要放到特定社会环境中来思考。儒生们要达到"齐家治国平天下"的目的，就要学习和钻研"四书"以及"五经"。但是，在国家组织考"四书"的时候，又规定必须要以朱熹的《四书集注》为参考书籍。于是问题随之而来了：这种"集注"，代表的到底是谁的思想？是孔子还是"集注"作者本身？恐怕后者占的比重要大得多了。例如刚刚我们提到的"仁"。孔子的原话就是"爱人"，但是朱熹怎么解释"仁"的呢？他说："仁者，爱之理，心之德也。"这完全将"仁"抽象化了，将"仁"提升到形而上学的层面来讲了。这就是借"仁"来阐发自己的思想了。宋明理学就是这样发展而来的。所以贾宝玉才有了"除四书外，杜撰的太多了"的话。"杜撰的太多"的言外之意，就是偏离了应有的"核心本质"：为政治计，为统治谋，牵强附会得太多太多。这也是中国古代对经典"述而不作"

的弊病。

既然都是"杜撰"的书，那就是假书、伪书！还有什么值得去学习的？贾宝玉的不屑，是对"伪书"的厌恶，并不是对儒家核心思想的唾弃。

那么贾宝玉自己心中的"书"是什么样的呢？他心中的"书"就是——《古今人物通考》。读过《红楼梦》的人都知道，世间并没有这样一本书。这是贾宝玉杜撰的，其中的内容我们也不甚了解，但是仅从这个"书名"就能窥见贾宝玉的良苦用心以及他所期待的文化状态。

"古今人物通考"，从字面上说，包含了三个方面的信息：第一"古今"，就是古往今来，在历史之中；第二"通考"，就是指全方面的认识；第三"人物"，是核心，是指天下所有的人，不论尊卑、富贵而人人都在其中。

《古今人物通考》的核心就是关注"人的存在"。这也是贾宝玉在书中对"人"的尊重。贾宝玉尊重的人，主要是平民百姓，是在历史的长河之中被历史遗忘了的"普通人"。在中国文化中把"天""地""人"并称"三才"。"天有其时，地有其才，人有其治"。所谓"天有其时"就是"日月亘古，四季轮替，永恒不变"。人们根据这个时间，日出而作，日落而息。所谓"地有其才"就是世间万物生长所需的养分，皆是大地供给，大地为万物之母。所谓"人有其治"就是人处在天与地的中间，因时而作，因地而治。只有人上可通茫茫宇宙，下可接浩浩尘世，所以最宝贵。而在《红楼梦》时代，历史书中表记的往往是帝王将相，而随着岁月的流逝，普通民众就被历史的尘埃埋没了。但在《古今人物通考》中，贾宝玉要彰显和突出的就是这样的普通之"人"。

所以贾宝玉心中的"书"，就是囊括了"天下之人"的一本大书，是情系苍生而以人为本的"大情""大爱"之书。他所期待的文化状态就是对普通人、对生命个体的敬重和关注。

贾宝玉的现实意义

如果问：《红楼梦》中你最喜欢谁？大部分读者都会在金陵十二钗当中挑选。真是巾帼不让须眉，这些女孩子们个个了得！不是在琴棋书画方面有高深的造诣，就是能够博古通今；不是治家的奇才，就是改革的先驱。喜爱甚至敬仰这些女孩子都不足为奇。但我一直纳闷：贾宝玉是《红楼梦》中的一号主角，为什么声称喜欢他的人就那么少呢？看来懂得宝哥哥的人怕是不多矣！

萝卜白菜，各有所爱。这无可厚非。世人不喜欢贾宝玉的原因也多种多样。总结起来，可能有这样几点：第一，身为男孩子，却一副女儿之态，没有半点的"刚性"；第二，游手好闲，不思进取，作为家族的嫡系子孙，却对于家族的发展没有半点担当；第三，衣来伸手，饭来张口，几乎百无一用。

这样一个"百无一用"之人，为什么曹雪芹还要如此渲染、刻画，从而使他成为永恒的"雕塑"呢？其中原因，恐怕并非三言两语能够讲得明白。

贾宝玉的容貌在我心里并没有太多的"女性色彩"。这一点和大多数读者有出入。在《红楼梦》第三回，贾宝玉出场，曹雪芹给了他一个漂亮的亮相——"面若中秋之月，色如春晓之花，鬓若刀裁，眉如墨画，面如桃瓣，目若秋波。"这样的描写方式完全就是中国水墨画式的大写意，是用诗化的语言来刻画人物的外表。而"诗"的最大特点就是灵秀，所以用"诗"来泼染外貌，给人的第一印象就是"脂粉"和"秀气"。这就最容易造成读者的"误读"。

我们再仔细观赏这幅"大写意"，其实在"灵秀"之中充溢着一份"豪迈"与"阳刚"。"鬓若刀裁，眉如墨画"，仅仅八个字，就把那一丝"脂粉"气化解成了一股贵族书生的聪灵之气。所以，我们千万不要被曹雪芹的生花妙笔"欺骗"。《红楼梦》中用诗化的语言来刻画人物外貌是非常普遍的。这样的妙处就是能够给读者一个更广阔的自己去描绘的空间。这就是为什么每个读者心中都有一个自己的"林妹妹"。

话又说回来，贾宝玉身上确实存在着诸多缺点，让读者判他"百无一用"似乎也有些道理。但是"无用之用是为大用"的哲学反思，可能是曹雪芹塑造这个人物最大的意义。我们早就说过，《红楼梦》有一份渗透古今的"现代性"。那么就当下而言，贾宝玉的现实意义何在呢？

贾宝玉虽然只是"红楼梦中人"，但是对于每一个喜爱《红楼梦》的人来说，他却有色彩有温度地活在我们之中。在这么一个科技高度发达、电磁波冲得人晕头转向、物质丰盛得无以复加的时代，人心也随着高速、地铁、轻轨四处奔驰。西方的强势文化，有让龙的传人偏离我们的传统，失去文化精神的核心的危险。在丢失了本源文化的状态下，人们越来越浮躁了……唤醒"文化回归"是当今"红学"的主题，也是"红学"承担的一份社会责任。那么，具体落实到贾宝玉身上，这份责任是什么呢？

"贾宝玉"不仅仅是曹雪芹笔下的一个艺术形象，他的生活方式和生活态度更是现代社会稀缺的。虽然贾宝玉生活懒散，却处处唯"爱"是尊；虽然贾宝玉不思进取，却时时唯"情"是本。当我们处处与人针锋相对而在仕途经济场中拼得你死我活的时候，人与人之间的"爱"所剩几何？当我们过分地透支自然资源来满足自己的欲望的时候，我们心中的"情"又在何处？贾宝玉对人的那份"爱"和对自然的这份"情"，不正是我们需要的一种"方式"和"态度"吗？

当今的我们被"世故"紧紧包裹，而贾宝玉却时时以一种灿烂的天真对待复杂的人际关系，"万花丛中过，片叶不沾身"，这是一种善待心灵、善待他人的方式。这不正是我们稀缺的吗？

贾宝玉的现实意义，不是要我们去学习他的实际所为，而是让我们用自己的眼睛去"发现"：发现心灵，发现世界，发现人间；在无限制地张扬自己的时候，也发现一下别人的"响亮"，让别人的光辉和自己的光芒交相辉映。

在现实社会中，当我们有不如意、有挫折的时候，我们可以像贾宝玉一样"精神自我"——吟唱"巧者劳而智者忧，无能者无所求"。贾宝玉虽然排斥"八股"，但是却不拒绝中华优秀文化的沐浴。这个被称为"无事忙"的富贵闲人，却有一身的"古今气象"。我们可不可以学学贾宝玉，也找回自己的文化本源而嬉戏、畅游其间呢？当古往今来的这些"精神气脉"都在你我心中发散的时候，不就达到人人和谐而与天地融合的境界了吗？

林黛玉的嘴与心

我们曾经在林黛玉的这张嘴里，听到了"花谢花飞飞满天，红消香断有谁怜"的婉约吟唱，也曾感受到了"冷月葬花魂"的凄美与绝望，但是我们也从众人的口中听到了她的"尖酸"与"刻薄"。

薛宝钗曾经说："真真这个颦丫头的一张嘴，叫人恨又不是，喜欢又不是。"

李嬷嬷也说："真真这林姐儿，说出一句话来，比刀子还尖。"

小红也说："林姑娘嘴里又爱刻薄人，心里又细……"

林黛玉到底长了一张什么样的"嘴"？

在我们的印象之中，林妹妹的这一张"嘴"，就是尖酸、刻薄而说话不饶人的代名词。"张口似尖刀，话语似利剑"——对于这样的评判我们确实要承认。

林黛玉的神经始终都紧绷着，因为她时时处处都在谛听是哪位美女的脚步声在靠近贾宝玉。一旦发现，她就会在必要的场合将"话语"转换成"暗器"，然后发射出去。最有趣的是，她射击"敌人"的方式很独特，往往要将"暗器"穿过贾宝玉的身体，然后去袭击"敌人"。所以本来是对付"敌人"的战役，往往最后却演化成了和宝玉的"内战"。真不知道，林妹妹用的是哪门子"功夫"和"战术"。正因为这样，她的那张"嘴"，最不让人待见。

说到这里，其实我们只看见了林黛玉的"上嘴唇"。她的"下嘴唇"却不是这样，可以说完全相反——相当地会说话。

在《红楼梦》第三回，林黛玉初进荣国府，见了众位夫人、小姐之后，方要去拜见两位舅舅，因为两位舅舅"公务缠身"而没有接见的时间，林黛玉便到了王夫人的卧室。

娘儿俩唠嗑期间，王夫人嘱咐了她一件事。王夫人说，你来我们家，你那三个姊妹都是极好的。以后一起读书、写字、做针线，开开玩笑，说说笑话，都没有关系，彼此都是很敬重的。但是我最不放心的，就是我那个孽根祸胎（贾宝玉），是家里的"混世魔王"，今日到庙里还愿去了，尚未回来。晚间你看见便知道了。你以后不要睬他，你这些姊妹都不敢沾惹他的。他嘴里一时甜言蜜语，一时有天无日，一时又疯疯傻傻，只休信他。

　　我们时常说，林黛玉不知道人情世故，说话刻薄。其实这是个偏见，或者说，是对林妹妹不全面的认识。林黛玉出身大家，有教养，很会说话。这个时候，她怎么回答王夫人的呢？

　　仅从王夫人的话语中来判断，贾宝玉完全"精神分裂"。林妹妹回王夫人说：我在家的时候，就听母亲说过，我有一个表哥，是衔玉而诞的，虽然调皮些，但是对姊妹们却是极好的。这句话从表面上看，并没有精彩之处，更无文采飞扬，但是说得却极为圆滑！既没有否定王夫人对贾宝玉的"判定"——一个混世魔王，又赞扬了这个未曾谋面的表哥。因为她知道，王夫人特地向她嘱咐这个，说明王夫人很在意这个儿子；否则也不会你刚进贾府，当舅母的就郑重其事地说这个。既然如此就不能贬低这个表哥。但是，舅母是长辈，对长辈的言语，在《红楼梦》时代，小辈是不能随便否定的；一旦否定就是大不敬。所以首先就要顺着王夫人的意思，但是又不能贬低表哥，因为自己没有亲眼见过，更没有接触过，品性、修养也不知道，也就不能轻易下判词。而且这个姊妹们都不敢惹的人，必有来历，再加上贾府"最高执行长官"贾母的溺爱，那就更了不得了。于是，林黛玉来了一个"奇招"——夸奖他对姊妹们极好。因为《红楼梦》时代，"亲"在普通民众的生活、交际中是置于最重要的地位的。所谓"天、地、君、亲、师"的伦理秩序中，"亲"被直接排在了"君"的后面，可见"亲"的重要。而这个"亲"的含义，从日常表现上来说，就是孝顺父母和关爱兄弟姊妹。这是一种礼法，更是判断一个人有无"道德"的标准。林黛玉夸奖"混世魔王"对姊妹们好，就是夸奖他重"礼"，重"德"，是一位能孝敬父母、友爱兄弟姊妹的谦谦君子。

　　我们从这个小例子当中，就能真正体会林黛玉的这张"嘴"，真是叫人爱也不是恨也不是。

　　我不太喜欢林黛玉，因为她过分至情至感。但又正是因为她唯情是尊、唯爱是本，才有了亿万拥戴者。可能是我庸俗了，因为我生活在凡尘，而黛玉来自仙界。

黛玉的心路历程，你我都早已明晰，但是叩开林黛玉心灵的那一瞬间又在何时？搜遍了记忆，我也未能想起。不是没有，而是我们已经淡忘了最原始的蓦然心惊。

黛玉原本不大喜欢戏文，就如同我不大留意流行歌曲一样。然而不经意之间的一句歌词却能让人怦然心动。当年黛玉在梨香院的墙角下听见"原来姹紫嫣红开遍，似这般都付与断井颓垣，良辰美景奈何天，赏心乐事谁家院""则为你如花美眷，似水流年"，那悠扬的音韵，就在这一瞬间为她捅开了一扇窗。黛玉不觉如痴如醉，心动神摇。她就如同杜丽娘打开了那一扇尘封了多年的大门，阳光也在吱吱呀呀的推门声中光芒万丈。

这个时候的林黛玉悟了，从此便有了为情而活的信念。这种"悟"看似就在一瞬间，然而于人可能要等待很多年。

悟有"顿悟"和"渐悟"之别。这原本是两种开悟的方式。"顿悟"是一见即晓，当下便能了悟。然而渐悟却是一个从容和缓的过程，需要思索、体会、玩味、咀嚼，久而久之才形成自己的独立判断。但是"顿"与"渐"绝不会独立存在，相互隔绝。顿悟是渐悟的瞬时展现，渐悟又是顿悟的开悟根本。"悟"是什么？剖开它，就是"我的心"。

心，时时刻刻都被我们这副皮囊包裹得严严实实。因为它被掩藏着，所以我们忘记了它还需要养护与修饰。它是红是黑，似乎也不重要了，因为它很难被人看穿，甚至包括我们自己。所以我们忽略了它的容貌，反而每天两次冲洗那一张被世俗打磨得光鲜亮丽的脸。

林黛玉曾说："我为的是我的心。"的确如此！因为那一颗心，她才有了"随花飞到天尽头"的执着。心，需要一扇窗或者一道门：不为别的，为的是让自己蓦然心惊一回。虽然我们不必像黛玉一样至情至善，但是留一份本真在心间，才是不迷失自我的关键。

王熙凤的语言

王熙凤是《红楼梦》中的核心人物。无论是管理家政，还是周旋在公婆妯娌之间，语言的表达与交流都是凤姐需要具备的第一要素。她的说话能力当然是第一流的，就如同贾府的说书女艺人所言："奶奶好刚口。奶奶要一说书，真连我们吃饭的地方也没有了。"在社会交往中，判断一个人的说话能力有三个标准，第一是能否准确传递信息，第二是能否使用恰当的词汇，第三是对事物命名的能力。那么王熙凤在《红楼梦》中有哪些精彩的语言呢？我们试举几例。

一、上对下的语言艺术

作为贾府的执行总经理，王熙凤要面对上上下下各色人等，所以她的语言会根据不同的人做出不同的调整和设置。例如《红楼梦》第六回，刘姥姥第一次到荣国府。她来的目的是想得到一些好处，因为家里实在艰难，寒冬逼近，为了不至于饿死，所以才想到了这样一步。王熙凤原本并不认识刘姥姥，当她得知刘姥姥的来意，又综合王夫人的指示，于是便和刘姥姥有了这样一段对话：

> 凤姐儿笑道："亲戚们不大走动，都疏远了。知道的呢，说你们弃厌我们，不肯常来，不知道的那起小人，还只当我们眼里没人似的。"刘姥姥忙念佛道："我们家道艰难，走不起，来了这里，没的给姑奶奶打嘴，就是管家爷们看着也不象。"凤姐儿笑道："这话没的叫人恶心。不过借赖着祖父虚名，作了穷官儿，谁家有什么，不过是个旧日的空架子。俗语说，'朝廷还有三门子穷亲戚'呢。何况你我。"

凤姐的第一句话就把她不认识刘姥姥的尴尬扭转过来了，而且指出不认识的原因是因为像刘姥姥这样的亲戚厌弃他们，不肯常来。当然这话并非真的在怪罪谁，而是让双方都有一个台阶下。当刘姥姥表示自己穷，走不起的时候，王熙凤的话语就更加有意思了。"不过借赖着祖父虚名，作了穷官儿，谁家有什么，不过是个旧日的空架子。俗语说，'朝廷还有三门子穷亲戚'呢。何况你我。"这句话有两层含义：第一层意思，是在回应刘姥姥的话，表示所谓的富贵不过是个空架子而已；第二层意思，是在为下面的对话作铺垫，因为凤姐已经知道刘姥姥来的目的，有这句话作铺垫，后面就好操控了。

当刘姥姥用过饭，王熙凤打听清楚了王夫人的意思之后，便笑道：

且请坐下，听我告诉你老人家。方才的意思，我已知道了。若论亲戚之间，原该不等上门来就该有照应才是。但如今家内杂事太烦，太太渐上了年纪，一时想不到也是有的。况是我近来接着管些事，都不知道这些亲戚们。二则外头看着虽是烈烈轰轰的，殊不知大有大的艰难去处，说与人也未必信罢。今儿你既老远的来了，又是头一次见我张口，怎好叫你空回去呢。可巧昨儿太太给我的丫头们做衣裳的二十两银子，我还没动呢，你若不嫌少，就暂且先拿了去罢。

第一句是客套话，虽然说得真心诚意，其实一听就知道这不是重点。第二句话虽然是在告穷，但确是情真意切，实实在在——"外头看着虽是烈烈轰轰的，殊不知大有大的艰难去处"，然而就如同凤姐说的一样——"说与人也未必信"，当然包括现在的刘姥姥。第三句话落到了实处，指出虽然如今的贾府不如从前，但是亲戚们找上门来了，自然是要想办法接济的，于是将王夫人给她丫头做衣服的二十两银子捐赠了出来。三句话，三层意思，有虚也有实，有真心也有假意，有实情也有伪造，从人际交往中的说话能力的角度来评价，无论是从信息传递的准确性还是从用词的恰当性来讲都分寸有度，恰到好处。

当平儿把二十两银子拿来，再拿了一吊钱，都送到刘姥姥的跟前，凤姐又道：

"这是二十两银子，暂且给这孩子做件冬衣罢。若不拿着，就真是怪我了。这钱雇车坐罢。改日无事，只管来逛逛，方是亲戚们的意思。天也晚了，也不虚留你们了，到家里该问好的问个好儿罢。"一面说，一面就站了起来。

在这最后一段话里，其实真正融入了王熙凤对刘姥姥的同情。二十两银子名义上是王夫人给的，凤姐儿不过转了一道手。另有一吊钱才是王熙凤给的，她的原话是"这钱雇车坐罢"。也许在这个时候，她不忍心再看到这一老一少光着脚走回去。一念之间，让一个惯于玩弄权术的贵妇多了一处人性本善的闪光点。此外，"一面说，一面就站了起来"这一动作含有"自己忙，不能多陪"的意思，因而又有逐客的含义。

二、下对上的语言艺术

如果说王熙凤接见刘姥姥是"上对下"的人际交往方式，那么在"下对上"的人际交往中，王熙凤又有怎样的语言表现呢？《红楼梦》第七十二回，宫里的夏太监派小太监来勒索银子，幌子是夏太监要买一所房子，刚好少了二百两银子，想暂时借用，日后一定还，而且还要加上以前在贾府借的银子一起还。这个时候王熙凤让贾琏躲起来，自己出来应付：

  那小太监便说："夏爷爷因今儿偶见一所房子，如今竟短二百两银子，打发我来问舅奶奶家里，有现成的银子暂借一二百，过一两日就送过来。"凤姐儿听了，笑道："什么是送过来，有的是银子，只管先兑了去。改日等我们短了，再借去也是一样。"小太监道："夏爷爷还说了，上两回还有一千二百两银子没送来，等今年年底下，自然一齐都送过来。"凤姐笑道："你夏爷爷好小气，这也值得提在心上。我说一句话，不怕他多心，若都这样记清了还我们，不知还了多少了。只怕没有，若有，只管拿去。"

在人际交往中，除了语言，面部表情也是非常重要的，它能直观地表现传播者想表达的情感。所以在这段对话中，我们观察到的王熙凤一直都是"笑道"。因为她知道，此时面对的不是这个地位低下的小太监，而是他背后的大太监"夏爷爷"，此人绝不能怠慢。当小太监告知要借钱的时候，凤姐儿道："有的是银子。"为什么要这样说？这明明就是打肿脸充胖子。但是以贾府的地位而论，又必须要这样——为了苦苦支持着的空架子，也为了宫里元妃娘娘的面子。当小太监表示夏太监要归还所借银两的时候，王熙凤道："你夏爷爷好小气，这也值得提在心上。我说一句话，不怕他多心，若都这样记清了还我们,不知还了多少了。"这句话表面温和,实际上非常厉害。从字面上看,表现出了荣国府的财大气粗,但是也表明了荣国府的态度——借的钱,虽然没有催促着让你还,但是并不表示借钱给你的人是傻子,自己知趣一点好。

然而表现财大气粗可能导致这些太监再次勒索,于是王熙凤又和自己的仆人演起了大戏:

(王熙凤)因叫旺儿媳妇来:"出去不管那里先支二百两来。"旺儿媳妇会意,因笑道:"我才因别处支不动,才来和奶奶支的。"凤姐道:"你们只会里头来要钱,叫你们外头算去就不能了。"说着叫平儿,"把我那两个金项圈拿出去,暂且押四百两银子。"平儿答应了,去半日,果然拿了一个锦盒子来,里面两个锦袱包着。打开时,一个金累丝攒珠的,那珍珠都有莲子大小,一个点翠嵌宝石的。两个都与宫中之物不离上下。一时拿去,果然拿了四百两银子来。凤姐命与小太监打叠起一半,那一半命人与了旺儿媳妇,命他拿去办八月中秋的节。那小太监便告辞了。

这出戏是演给小太监看的,这些话语也是说给小太监听的,其中有两层含义:第一,让小太监转告夏太监,以后别来"打抽丰"了,家里的日常用度已经比较艰难了;第二,当着小太监拿出金项圈去当,又当着面分给银子,是为了让小太监做个见证人。

三、对平辈的语言艺术

欣赏了王熙凤"上对下"和"下对上"的语言技巧,我们再来看看她在平辈妯娌之间周旋的语言艺术。《红楼梦》第四十五回,因为大观园起诗社需要费用开销,李纨想出了一个办法,让探春邀请凤姐做"监社御史",名虽如此,但实际上是带领众位姑娘到王熙凤处要钱。这点小把戏早被凤姐看透,她笑道:

你们别哄我,我猜着了,那里是请我作监社御史!分明是叫我作个进钱的铜商。你们弄什么社,必是要轮流作东道的。你们的月钱不够花了,想出这个法子来拗了我去,好和我要钱。可是这个主意?

这段话是对众位小姐说的,直来直去,既幽默又敞亮。因为凤姐知道,起诗社是小孩子的把戏，就算要用钱，也不过是官中的，再退一步说，老太太哪天高兴了，投资一点，一两年的用度都够了。还有更重要的是，伺候好了这些小姑子小少爷，在贾母、王夫人处讨个好，比什么都强。所以王熙凤用幽默方式戳穿了她们的"小把戏"，既显得爽快，又拉近了姑嫂之间的距离，何乐而不为呢？然而当李纨掺和着说话之后，王熙凤的话语就完全不同了：

> 李纨笑道："真真你是个水晶心肝玻璃人。"凤姐儿笑道："亏你是个大嫂子呢！把姑娘们原交给你带着念书学规矩针线的，他们不好，你要劝。这会子他们起诗社，能用几个钱，你就不管了？老太太、太太罢了，原是老封君。你一个月十两银子的月钱，比我们多两倍银子。老太太、太太还说你寡妇失业的，可怜，不够用，又有个小子，足的又添了十两，和老太太、太太平等。又给你园子地，各人取租子。年终分年例，你又是上上分儿。你娘儿们，主子奴才共总没十个人，吃的穿的仍旧是官中的。一年通共算起来，也有四五百银子。这会子你就每年拿出一二百两银子来陪他们顽顽，能几年的限？他们各人出了阁，难道还要你赔不成？这会子你怕花钱，调唆他们来闹我，我乐得去吃一个河枯海干，我还通不知道呢！"

王熙凤知道，带领小姐们来要钱的幕后主使一定是李纨，因为她是大观园的领导，虽然不问家政，然而知书识礼，心中自然明白。王熙凤和李纨在贾府都是孙媳妇，无论是地位还是享受的待遇都应该平等，但是李纨因为死了丈夫，又给贾家生了一个儿子，贾母、王夫人体恤她孤儿寡母的，所以"工资福利"远远超出了孙媳妇辈的规格。对于这一点，王熙凤早看在眼里，盘算在心里，只是不好意思去理论，正巧遇到机会，便一股脑儿地倾诉了出来，把压在心头的不满，通过玩笑的方式一泻千里了。虽然是玩笑着说的，但是这样的精推细算，绝对不是即兴发挥，而是早在心里算了千遍万遍的结果。

思维与语言是同轨的，人际交往所使用的语言，其根本的目的是向对方披露些什么，这里面包含着传播者与接收者双方的微妙关系。对于传播者来说，自我的表达，就是将自己的心情、意志、情感、意见、态度等向他人加以表述的过程。王熙凤对李纨的这段话，虽然是在玩笑中表达的，但是她们之间的利益冲突，已经一览无余了，对于王熙凤来说，她的目的达到了。但是，自我表达是以他人为对象和在特定的社会、文化环境里进行的，如果不顾及他人和社会价值规范，一味以自我为中心，那么这种表述不但不会收到好的效果，反而会招致误解和造成个人的社会孤立①。王熙凤和李纨是同辈中人，在贾府这样一个等级森严的家族中，妯娌之间和睦相处、不招是非，是媳妇们应该坚守的本分。王熙凤自然知道这一点，所以在自我表述中用一种幽默诙谐的技巧来掩饰着，而且点到为止，不事纠缠。这一份尺度的把控是难得的，这不仅仅是语言的技巧，更是一段"中庸之道"的好注脚。

王熙凤的性格立体而又鲜明，她的语言生动而又暗藏玄机，她在人际交往中堪称语言高手。《红楼梦》第六十八回，贾琏偷娶尤二姐，并在花枝巷买房置业，王熙凤发现后，经过周密思考，决定趁着贾琏外出办事之际把尤二姐诓骗到贾府，然后找机会铲除。为了实施自己的计划，凤姐精心安排打点之后，带了众仆人浩浩荡荡到了花枝巷。见到尤二姐，凤姐儿满面春风，用尽浑身解数说道：

> 皆因奴家妇人之见，一味劝夫慎重，不可在外眠花卧柳，恐惹父母担忧。此皆是你我之痴心，怎奈二爷错会奴意。眠花宿柳之事瞒奴或可，今娶姐姐二房之大事亦人家大礼，亦不曾对奴说。奴亦曾劝二爷早行此礼，以备生育。不想二爷反以奴为那等嫉妒之妇，私自行此大事，并不说知。使奴有冤难诉，惟天地可表。前于十日之先奴已风闻，恐二爷不乐，遂不敢先说。今可巧远行在外，故奴家亲自拜见过，还求姐姐下体奴心，起动大驾，挪至家中。你我姊妹同居同处，彼此合心谏劝二爷，慎重世务，保养身体，方是大礼。若姐姐在外，奴在内，虽愚贱不堪相伴，奴心又何安。再者，使外人闻知，亦甚不雅观。二爷之名也要紧，倒是谈论奴家，奴亦不怨。所以今生今世奴之名节全在姐姐身上。那起下人小人之言，未免见我素日持家太严，背后加减些言语，自是常情。姐姐乃何等样人物，岂可信真。若我实有不好之处，上头三层公婆，中有无数姊妹妯娌，况贾府世代名家，岂容我到今日。今日二爷私娶姐姐在外，若别人则怒，我则以为幸。正是天地神佛不忍我被小人们诽谤，故生此事。我今来求姐姐进去和我一样同居同处，同分同例，同侍公婆，同谏丈夫。喜则同喜，悲则同悲，情似亲妹，和比骨肉。不但那起小人见了，自悔从前错认了我，就是二爷来家一见，他作丈夫之

---

① 周鸿铎：《传播学教程》，北京：中国书籍出版社，2010年，第177页。

人，心中也未免暗悔。所以姐姐竟是我的大恩人，使我从前之名一洗无余了。若姐姐不随奴去，奴亦情愿在此相陪。奴愿作妹子，每日伏侍姐姐梳头洗面。只求姐姐在二爷跟前替我好言方便方便，容我一席之地安身，奴死也愿意。

这段话语言流畅，逻辑严谨，理由充分。其中大到人伦秩序，小到儿女私情，鞭辟入里，条分缕析，晓之以理，动之以情，演说技巧更是娴熟。王熙凤不愧是一个极其高明的演说家。如果我们稍加留意就会发现，这段演说词和王熙凤平时的语言习惯大相径庭。王熙凤本不大认识字，更没有林黛玉式的才华，所以她的语言几乎都是世俗的大白话，然而这一段说辞却极有文采。这种语言反差更说明一个事实——王熙凤的这段语言表达是早有准备的。为什么要这样做？这样做在人际交往中能起到什么效果呢？

这段话的特点有两个，第一是少用"我"这个人称代词。在尤二姐面前，王熙凤对自己不称呼"我"，而是用"奴"代指。第二是话语间没有"你"这个人称代词，而是用"姐姐"来指代和称呼尤二姐。从人际传播的语言技巧来说，这里面大有学问。

美国传播学者弗吉尼亚·赛特（Virginia Satir）发现在人际交往中，有十个特别的词语用起来要十分谨慎。这十个词语是"我""你""他们""它""可是""是""不""总是""从不""应该"[1]。同样，在中国文化背景下，话语间使用过多的"我"，会给别人造成盛气凌人的感觉，有咄咄逼人的架势。王熙凤第一次见尤二姐，要给二姐留下一个和蔼可亲、三从四德的标准形象，所以那一份真实的光彩和锋芒是必须要隐藏的。赛特在研究中还发现，不在话语间使用"我"的人，在潜意识中不想为自己的话语负责[2]。王熙凤这一套言辞原本就是虚伪的，何谈负责呢？所以她回避"我"，在人际传播中是明智的选择。

对于"你"的使用也要留心。赛特认为，当两个人共事，并对做这件事发表议论时，用过多的"你"，可能会产生一种"责备""谴责"或者"罗列罪名"的意思[3]。王熙凤见到尤二姐后的这段言语，几乎没有使用"你"，全部用"姐姐"替代，这样一来，首先拉近了她们之间的距离。从这段话语

---

[1] 转引自周鸿铎：《传播学教程》，第179页。
[2] 转引自周鸿铎：《传播学教程》，第179页。
[3] 转引自周鸿铎：《传播学教程》，第179页。

的内容来看，王熙凤是想和尤二姐"同居同处，同分同例，同侍公婆，同谏丈夫。喜则同喜，悲则同悲，情似亲妹，和比骨肉"；从两人共事的层面看，凤姐在构建一种理想的同事状态。这种美好的允诺必须要在一种宽和、温馨的人际关系中展开，所以凤姐回避"你"，就是要在言语间营造这样的氛围。

曹雪芹笔下的王熙凤，其语言艺术水准是一流的。这定格了王熙凤的经典形象，同时又能让当下的读者在文学名著中找到文化参照系，得到一份语言艺术的启示。人与人之间的语言艺术，其实很难找到一种规范的、程序化的方法去学，因为艺术本身重在一个"悟"字，这也是中国文化的精妙之处。《文子·道德篇》说："上学以神听之，中学以心听之，下学以耳听之。"[1] 在中国文化中，很多技艺不是学出来的，而是领悟后内化演变出来的。就如同上述王熙凤的语言艺术，她的每一句话都有故事背景和情节氛围，离开了这个故事的大环境，所有的话皆无意义。我们学习她的什么呢？不是语言的字句，而是运用语言的机敏和智慧。

---

[1] 转引自陈柱：《诸子概论》，北京：中国书籍出版社，2006年，第13页。

薛姨妈的心计

《红楼梦》中的人物，曹雪芹总能找到一个恰当的字为其定位，例如"敏"探春，"慧"紫鹃，"巧"金莺，等等。对书中的薛姨妈，作者给了一个"慈"字。然而这个"慈"并非字面意义那么简单，它既有作者对薛姨妈为人处世的肯定，也包含着对她玩弄心机的讽刺，其中还能窥见薛姨妈在信息传播中的一种技巧。

薛姨妈并不姓"薛"。她本是金陵王家的千金小姐，和贾宝玉的母亲王夫人一母同胞，后来嫁到薛家，所以《红楼梦》中人都称她为"薛姨妈"。薛姨妈其实姓王，为什么作者不称呼她为"王姨妈"呢？依我的理解，这里面包含着作者对薛姨妈三从四德、恪守妇道以及为人处世的肯定。在《红楼梦》时代，女孩子在家从父，出嫁从夫，夫死从子，这是完美"妇德"的彰显。曹雪芹让薛姨妈改姓薛，就体现了一个"从"字。我们不能用现代社会的眼光去审视"三从四德"，更不能用当今的"女性权利"去评判"妇道"的对与错，因为在那个时代，薛姨妈这样做，不但没错，反而是一种美德。

自从薛姨妈的丈夫去世之后，她就一人带着一双儿女操持、经营着偌大的家业，这对于一个女人来说极其不容易。她的女儿薛宝钗性情豁达，端庄贤淑，为人处世随分从时，无人不赞叹。虽然书中没有直接描写薛姨妈如何打理人际关系，但是从她女儿身上似乎能窥见她的影子。俗话说"有其父必有其子"。用此句式如法炮制，我们也可以说：有其女必有其母。

同样一个"慈"字，为什么在曹雪芹笔下既有"肯定"又有"讽刺"呢？这看似矛盾，却又顺理成章。因为薛姨妈一切行动、思维都被一层"慈爱"包裹着，她处心积虑玩弄心机之时也被"慈爱"美化着。薛姨妈的行为从现代传播学的角度来分析，可以说包含着"具有薛姨妈特色"的传播技巧。

"金玉良缘"是薛姨妈的杰作,在《红楼梦》中,薛姨妈始终围绕着这个中心思想进行着她的传播。"木石前盟"和"金玉良缘"是《红楼梦》的中心议题,也构成了一种对比。对比的角度是多方位的:有人为与天然的对比,有前世与今生的对比,有至情与至理的对比,有理想与现实的对比,有爱情与婚姻的对比。在众多的对比中,有一个最重要的是"真"与"假"的对比,这是一切对比的前提。

就真假而论,"木石前盟"是真,"金玉良缘"是假。《红楼梦》开篇的神话中就孕育诞生了"木石前盟",这一点无人可以否定。而"金玉良缘"完全是人为制造的,它的主要设计与传播者就是薛姨妈。

薛姨妈为什么要这样做?原因至少有三点。第一,为自己的女儿寻找一个好的归宿。第二,看着家道逐渐衰落,希望通过与豪门联姻起死回生。第三,亲上加亲,知根知底;郎才女貌,天设地造。从这三点来看,很难判断薛姨妈这样做是对还是错,而且这也并不是我们想要解决的问题,我们需要把眼光集中在薛姨妈对"金玉良缘"进行分众传播的技巧上。

美国的传播学家拉斯韦尔(Harold D. Lasswell)曾经提出传播过程有五大要素:"谁""说什么""通过什么渠道""向谁说""有什么效果"[1]。这就是传播学中著名的"5W模式"。在信息的传播中,首先分析、定位受众是关键的一步,这直接关系到传播的效果和传播的目的。什么叫"受众定位"?就是明确传播的对象,往简单了说,就是你的信息要传给谁。

薛姨妈传播"金玉良缘"的信息,受众定位为四个群体。第一个群体是"自家人"。薛姨妈创造"金玉良缘说",首先要让自己家人知道并且相信这一论调。在这一点上,《红楼梦》中有直接的证据。薛宝钗的金锁最早出现在《红楼梦》第八回。因为宝钗生病,贾宝玉过来探望,薛宝钗趁此机会细细观赏了贾宝玉从娘胎里带来的"五彩宝玉",并反复咏读上面的字迹,这时薛宝钗的贴身丫鬟莺儿听见了,主仆两人便有了对话。书中这样写道:

> 宝钗看毕,又从新翻过正面来细看,口内念道:"莫失莫忘,仙寿恒昌。"念了两遍,乃回头向莺儿笑道:"你不去倒茶,也在这里发呆作什么?"莺儿嘻嘻笑道:"我听这两句话,倒象和姑娘的项圈上的两句话

---

[1] 哈罗德·拉斯韦尔:《社会传播的结构与功能》,何道宽译,北京:中国传媒大学出版社,2013年,第45页。

是一对儿。"

这段文字透露出两个方面的信息：一是薛宝钗也有类似的器物，并且有字，还能和贾宝玉的凑成一对；二是这种器物在薛家众所周知，丫鬟也不例外，而且很熟悉，否则不识字的丫鬟是不会一听就知道的，何况还能辨别文字的虚实对仗。

在贾宝玉的再三央求下，薛宝钗拿出了自己脖子上的金锁：

> 宝钗被缠不过，因说道："也是个人给了两句吉利话儿，所以錾上了，叫天天带着，不然，沉甸甸的有什么趣儿。"一面说，一面解了排扣，从里面大红袄上将那珠宝晶莹黄金灿烂的璎珞掏将出来。宝玉忙托了锁看时，果然一面有四个篆字，两面八字，共成两句吉谶（不离不弃，芳龄永继）……宝玉看了，也念了两遍，又念自己的两遍，因笑问："姐姐这八个字倒真与我的是一对。"莺儿笑道："是个癞头和尚送的，他说必须錾在金器上……"宝钗不待说完，便嗔他不去倒茶，一面又问宝玉从那里来。

在这段文字中，薛宝钗的表现很有意思：她打断了莺儿的话。为什么要打断？因为她知道后面的话是关于女儿家的隐私的，怎好意思当着一个男孩子说呢！而且这个隐私还和跟前这个男孩子有关系。到底是什么话？曹雪芹埋下了一个伏笔，一直到第二十八回才略有透露："金锁是个和尚给的，等日后有玉的方可结为婚姻。"这些信息，薛家人都是知道的，就连薛蟠都烂熟于心。书中第三十四回贾宝玉挨打后，薛姨妈和薛宝钗都怀疑是薛蟠暗中"使坏"，于是就责备他，谁知道薛蟠被冤枉了，便对薛宝钗说道："好妹妹，你不用和我闹，我早知道你的心了。从先妈和我说，你这金要拣有玉的才可正配，你留了心。见宝玉有那劳什骨子，你自然如今行动护着他。"我们且不论此时的薛蟠说这样的话合不合适，有没有伤害到薛宝钗，仅从其中透露的信息来看，他对"金玉良缘"也是了解的，而且明白无误地当着薛姨妈的面指出：这是母亲和我说的。所以从上面这些证据来看，薛姨妈在薛家已经把"金玉良缘"的信息传播到各个角落了。

薛姨妈为什么要把传播受众首先定位为"自家人"？其实这是她的一种传播策略和方法。首先，要让自己家的人从潜意识中肯定这一点，只有自家人肯定了这一点，才有足够的理由说服他人。其次，她一个人的传播能力和影响范围是有限的，发动大家一起传播才是扩大传播途径的最好方法。从上面的例子来看,这一层面的定位与传播,效果甚佳。

薛姨妈传播"金玉良缘"的信息,定位的第二个受众群体是"贾府的高层领导"。这一群体非常关键,最终目的是否能实现,取决于这个群体。"贾府的高层领导"主要是指贾母和王夫人。自从薛姨妈客居贾府以来,她早就看出,对于贾宝玉的配偶选择,贾母是比较偏向林黛玉的。如果直接做贾母的思想工作,有风险,可能适得其反。一番审时度势之后,薛姨妈把工作的重心偏向了王夫人。王夫人虽然不是贾府的最高领导,但是她的女儿贾元春贵为皇妃,如果给她表明了意思,元妃做主,贾府中必定无人不依,也不敢不依。但这一招不到万不得已,薛姨妈是不会用的。她选择做王夫人的思想工作,主要是考虑到她毕竟还是自己的亲姐姐,传播信息可以直截了当。所以《红楼梦》第二十八回就有这样的文字:"薛宝钗因往日母亲对王夫人等曾经提过'金锁是个和尚给的,等日后有玉的方可结为婚姻'等语……"可见薛姨妈对王夫人传播"金玉良缘"的相关信息的方式是赤裸裸的。她明明知道贾宝玉衔玉而诞,还偏偏说"等日后有玉的方可结为婚姻",这不是暗示,完全就是明话。你可能会有疑问:在那样一个信息不发达的时代,薛姨妈在没有来贾府之前,完全有可能不知道贾宝玉是衔玉而诞的。但我想说的是这样的可能性几乎为零。"衔玉而诞"是一件非常稀奇的事情,京城内外早就风传开了,四大家族信息来往是非常紧密的,这样的奇事还能不知?想必亲戚间书信来往也会提及。正因为如此,就连林黛玉在家的时候,也听她母亲说过她表哥的奇闻。所以薛姨妈在这一点上装疯卖傻,就有"此地无银三百两"的嫌疑了。薛宝钗本人的为人处世深得王夫人喜爱,所以对于王夫人来说,无论是主动接受"金玉良缘"的信息,还是被动接受,都无关紧要了,因为她内心已经认可了这样的"传说"。薛姨妈对于这个群体的受众定位与信息传播,其实施效果也甚佳。

薛姨妈传播"金玉良缘"的信息,定位的第三个受众群体是"贾府中的仆人"。广大群众的言论,其影响力是相当强大的。如果掌控了群众舆论的方向,往往能事半功倍。薛姨妈深知这一点,于是"金玉良缘"的传说在她的调控和鼓吹下,贾府众人无不奔走相告,所以传播效果还是甚佳。

薛姨妈传播"金玉良缘"的信息,定位的第四个受众群体是"木石前盟"的有关人员,其实准确地说,是针对林黛玉一个人的。林黛玉和贾宝玉两小无猜,情投意合,贾府无人不知。这也成了实现"金玉良缘"最大的障碍。薛姨妈的传播手段总是那么老辣。具体问题具体分析,对于林黛玉来讲,她早就知道了"金玉良缘"之说,并且为此伤心、生气乃至于惊恐、紧张,在《红楼梦》中这样的故事情节不在少数。从这一点上看,信息是传播到了的,也发挥了作用,但是还不够,薛姨妈还要从林黛玉的内心去解构她所信赖的"木石前盟"。最典型的例子在书中的第五十七回,其回目为"慈姨妈爱语慰痴颦"。薛姨妈和薛宝钗来到潇湘馆看望林黛玉,首先薛姨妈给林黛玉传递了一件喜事:邢岫烟和薛蝌定亲了。林黛玉十分惊叹,对宝钗说道:"天下的事真是人想不到的,怎么想的到姨妈和大舅母又作一门亲家。"薛姨妈借此便展开了话题,说道:

> 我的儿,你们女孩家那里知道,自古道:"千里姻缘一线牵"。管姻缘的有一位月下老人,预先注定,暗里只用一根红丝把这两个人的脚绊住,凭你两家隔着海,隔着国,有世仇的,也终久有机会作了夫妇。这一件事都是出人意料之外,凭父母本人都愿意了,或是年年在一处的,以为是定了的亲事,若月下老人不用红线拴的,再不能到一处。比如你姐妹两个的婚姻,此刻也不知在眼前,也不知在山南海北呢。

这段话所传递出的信息,其暗示性和针对性是非常强的。话语一开始就是月下老人"千里姻缘一线牵"的神话,薛姨妈首先为自己的故事套上了一层神秘而又浪漫的色彩,同时在浪漫和神秘中又增添了一份"宿命"。所以她说:"或是年年在一处的,以为是定了的亲事,若月下老人不用红线拴的,再不能到一处。"谁年年在一处?此时的林黛玉,在潜意识中定会认为她和贾宝玉的情况是完全符合的,黛玉的精神可能立即紧绷了起来。薛姨妈又接着说:"比如你姐妹两个的婚姻,此刻也不知在眼前,也不知在山南海北呢。"如果前面的言语是泛指的话,那么这一句就是实指了。薛姨妈最终要让林黛玉在心灵深处认知到,自由恋爱是不会有结果的。

故事讲到这里,突然又穿插了一段小情节。因为薛姨妈点到了女孩子的隐私,薛宝钗当着林黛玉的面在自己母亲怀里撒起了娇,这一反常的举动刺激了林妹妹。我们姑且不论薛宝钗这样做是有意还是无意,且看薛姨妈对林黛玉的一番安慰:

> "也怨不得他伤心,可怜没父母,到底没个亲人。"又摩娑黛玉笑道:"好孩子别哭。你见我疼你姐姐你伤心了,你不知我心里更疼你呢。你姐姐虽没了父亲,到底有我,有亲哥哥,这就比你强了。我每每和你姐姐说,心里很疼你,只是外头不好带出来的。你这里人多口杂,说好

话的人少，说歹话的人多，不说你无依无靠，为人作人配人疼，只说我们看老太太疼你了，我们也沾上水去了。"

其实这段话有它真挚的一面，否则曹雪芹不会封薛姨妈一个"慈"字。她毕竟是母亲，有儿有女，知道父母的疼爱与呵护对一个孩子来说是多么重要，她怜惜黛玉完全出于一位母亲的本能，不能因为她传播"金玉良缘"而否定这一事实。然而她接下来的话，就有试探性、暗示性以及逻辑的矛盾性了。当薛宝钗玩笑着说让林黛玉嫁给薛蟠时，薛姨妈说道：

> 连邢女儿我还怕你哥哥遭踏了他，所以给你兄弟说了。别说这孩子，我也断不肯给他。前儿老太太因要把你妹妹说给宝玉，偏生又有了人家，不然倒是一门好亲。前儿我说定了邢女儿，老太太还取笑说：'我原要说他的人，谁知他的人没到手，倒被他说了我们的一个去了。'虽是顽话，细想来倒有些意思。我想宝琴虽有了人家，我虽没人可给，难道一句话也不说？我想着，你宝兄弟老太太那样疼他，他又生的那样，若要外头说去，断不中意。不如竟把你林妹妹定与他，岂不四角俱全？

这段话的试探性在于薛姨妈想看看林黛玉对"宝黛婚姻"的态度，暗示性仍然在于自由恋爱不会有结果，父母之命媒妁之言才是正道——你的父母双双亡故，谁给你做主？逻辑的矛盾性在于"我虽没人可给，难道一句话也不说？"薛宝钗不就是最合适的人吗，怎么会没有人给呢？可见是假话。而且直到最后薛姨妈的这一想法也没有付诸实践。薛姨妈对林黛玉的传播，其定位是比较特殊的，这是她精明的一面。

从薛姨妈使用的"受众定位"传播技巧来看，她有这样几个原则。第一，一切传播策略都要为"金玉良缘"服务。第二，在实际传播中，技巧与策略要有可行性。对于世俗来讲，金与玉的搭配是合乎规范的，它既能满足人们的虚荣，也能满足人们祈求美好的愿望。第三，传播技巧要符合受传者的接受习惯。所以对于忧郁型人格的林黛玉来说，攻心是最重要的；对于贾府的仆人们来说，以"闲言碎语"的形式传播是最合适的，因为仆人们拉帮结派，背地里议论主人是他们最大的乐趣。

刘姥姥的人际

刘姥姥在《红楼梦》中的戏份并不多,然而她留给读者的印象却是那么清晰。在她身上有一股气息,朴素而又充满生机;她有一种力量,坚韧而又信心十足;她有一份态度,乐观而又知恩图报。周思源先生曾评点说:刘姥姥是民间艺术家,"善于根据听众的审美需要,进行即兴创作"[①]。这样一位农村老太太,竟存有一身天然的人际传播技巧,这不仅让文学视野下的刘姥姥立体而又饱满,更能让我们在传播学的视野下找到跨越学科的参照。

《红楼梦》中刘姥姥的人际传播技巧是一流的,她第六回出场,因为寒冬逼近,家里的生活越来越艰难,于是筹划了一夜,第二天一早带着外孙板儿来到荣国府,想以联络亲戚的名义打一些"抽丰"。功夫不负有心人,后来刘姥姥得到了王熙凤二十两银子和一吊钱的接济。对于刘姥姥来说,二十两银子完全就是一个天文数字,她高兴傻了,因为这已经能让他们一家老小活下去。刘姥姥第二次在《红楼梦》中出现已是第三十九回,这一次来并非是再次打"抽丰",她带了很多瓜果蔬菜,以此来回报上一次的恩情。其实从人际传播技巧上来说,这叫礼尚往来。人际的沟通,虽然多数来自精神层面,但是适当的礼物馈赠更能加深、巩固友谊。俗话说"礼轻人意重",贾府这样的人家当然不会在意刘姥姥这几袋瓜瓜果果,然而这一片心意偏又得到了更大的好处。上至贾母、王夫人,下到鸳鸯、平儿,都给了刘姥姥很多钱物,装了几大车,面对这些,刘姥姥惊呆了,这样的恩赐又足以将她从温饱直接送入小康。可见礼尚往来的人际传播技巧得到的是更浓的情谊。我们通观刘姥姥在前八十回中的表现,细将她的人际传播技巧归纳总结如下。

---

① 周思源:《周思源看红楼》,北京:中华书局,2005 年。

一、善于寻找传播机遇

在当下，我们有一句俗话叫"无处不传播"。信息要被人接收之后才能起到作用，否则就是无用的信息。所以在传播的过程中，我们首先需要寻找传播的机遇，这是一切传播的起点。

刘姥姥是《红楼梦》中的小人物，仅在书中出现过三次，然而这丝毫不影响刘姥姥在读者心中的位置。正是刘姥姥的存在，才让我们在贾府这样一个花柳繁华地、温柔富贵乡中看到了一种生命的比对。在这种比对之下，你会发现什么是生命的顽强，什么又是生命的颓废；在这种比对之下，你会发现贫穷成了一种救赎，富贵成了一份累赘；在这种比对之下，你会发现欢笑未必就是愉悦，哭泣不一定代表着忧伤；在这种比对之下，你还会发现无可奈何的人们总是羡慕高高在上的尊贵，然而高处不胜寒的人们又向往着无拘无束的清贫。有人说刘姥姥很世故，但是在我看来，姥姥的这份"世故"却是洞明世事之后的通达，是知恩图报的现实存在，是知世故而不世故的人生境界。这种境界，是在高水平的信息管理基础上达到的。那么，在《红楼梦》中，刘姥姥是如何进行信息管理的呢？

管理信息反映的是一个企业或者组织的经营情况，记录着何时何地发生了什么事件，所以它的内容是相对确定的。但是这些信息有无价值和意义又是不确定的。原因主要有三个：一是因时间的变化，信息的有效性会不一样；二是因地理区域不同，信息的有用性也会不同；三是使用信息的主体不一样，信息的价值也会有差异。信息和实物在使用上有一个根本性的区别，即实物的使用是一对一的，信息的使用是一对多的。换而言之，在实物的使用中，你在用时，我就不能用；而信息的使用却刚好相反，你用时，我也可以用，其他很多人都可以同时用。所以同一信息使用的人越多，其价值就越小，反之价值就越高。

刘姥姥第一次出场是在第六回，其目的是为了"攀附亲戚"。这里面有世故的成分，但这并非是在贬损刘姥姥的形象，原因就在于，这一次的"攀附"是迫于无奈。刘姥姥原本是一位积年的老寡妇，仅靠着几亩薄田过日子，女婿狗儿接了刘姥姥去照顾外孙板儿和青儿，于是一家老小就这样过活起来。然而穷人家的日子一天不如一天，眼看寒冬逼近，家里已经揭不开锅了，刘姥姥的女婿狗儿也焦急万分，没有办法，喝了点酒便在家里生气骂人，于是刘姥姥发话了：

"姑爷，你别嗔着我多嘴。咱们村庄人，那一个不是老老诚诚的，守多大碗儿吃多大的饭。你皆因年小的时候，托着你那老家之福，吃喝惯了，如今所以把持不住。有了钱就顾头不顾尾，没了钱就瞎生气，成个什么男子汉大丈夫呢！如今咱们虽离城住着，终是天子脚下。这长安城中，遍地都是钱，只可惜没人会去拿去罢了。在家跳蹋会子也不中用。"狗儿听说，便急道："你老只会炕头儿上混说，难道叫我打劫偷去不成？"刘姥姥道："谁叫你偷去呢。也到底想法儿大家裁度，不然那银子钱自己跑到咱家来不成？"狗儿冷笑道："有法儿还等到这会子呢。我又没有收税的亲戚，作官的朋友，有什么法子可想的？便有，也只怕他们未必来理我们呢！"

刘姥姥道："这倒不然。谋事在人，成事在天。咱们谋到了，看菩萨的保佑，有些机会，也未可知。我倒替你们想出一个机会来。当日你们原是和金陵王家连过宗的，二十年前，他们看承你们还好，如今自然是你们拉硬屎，不肯去亲近他，故疏远起来。想当初我和女儿还去过一遭。他们家的二小姐着实响快，会待人，倒不拿大。如今现是荣国府贾二老爷的夫人。听得说，如今上了年纪，越发怜贫恤老，最爱斋僧敬道，舍米舍钱的。如今王府虽升了边任，只怕这二姑太太还认得咱们。你何不去走动走动，或者他念旧，有些好处，也未可知。要是他发一点好心，拔一根寒毛比咱们的腰还粗呢。"刘氏一旁接口道："你老虽说的是，但只你我这样个嘴脸，怎样好到他门上去的。先不先，他们那些门上的人也未必肯去通信。没的去打嘴现世。"

谁知狗儿利名心最重，听如此一说，心下便有些活动起来。又听他妻子这话，便笑接道："姥姥既如此说，况且当年你又见过这姑太太一次，何不你老人家明日就走一趟，先试试风头再说。"刘姥姥道："嗳哟哟！可是说的，侯门深似海，我是个什么东西，他家人又不认得我，我去了也是白去的。"狗儿笑道："不妨，我教你老人家一个法子：你竟带了外孙子板儿，先去找陪房周瑞，若见了他，就有些意思了。这周瑞先时曾和我父亲交过一件事，我们极好的。"刘姥姥道："我也知道他的。只是许多时不走动，知道他如今是怎样。这也说不得了，你又是个男人，又这样个嘴脸，自然去不得，我们姑娘年轻媳妇子，也难卖头卖脚的，倒还是舍着我这付老脸去碰一碰。果然有些好处，大家都有益，便是没银子来,我也到那公府侯门见一见世面,也不枉我一生。"说毕,大家笑了一回。当晚计议已定。

这样一段家庭成员之间的对话,让我感受到的除了实实在在的生活以外,还有一份历经人世沧桑的智慧。刘姥姥这样一位没有文化的老妇人,竟然能拥有这样一份智慧,真是难得。就连作者曹雪芹都赞叹不已——"那刘姥姥虽是个村野人,却生来的有些见识"。

这段文字中体现出刘姥姥三个方面的信息管理才能,首先是善于分析情况。刘姥姥指出,现在家里穷的原因是狗儿从小吃喝惯了,那个时候他们家还算殷实,现在败落下来,但养成的习惯很难纠正,以至于现在就算有了钱也顾头不顾尾。分析得中肯,狗儿也没有反驳的余地。

问题的原因算是找出来了,怎么办呢?于是又彰显出刘姥姥第二个方面的才能——善于谋划。她善于研究豪门贵族的慈善心理。刘姥姥认为,当年金陵王家愿意和一个小京官连宗,这说明他们不在乎攀附人员发不发达。如今王家又升了官,权势更大,就更不会在乎你去再一次攀附他,趁此去打"抽丰"也算成全了豪门贵族的慈善事业,两全其美。所以潘知常先生为刘姥姥的"抽丰计划"总结了一个口号:"不求最体面,但求最实惠。"①

每次读到这一段的时候,我都很佩服刘姥姥。一个住在乡下的老太太,没有互联网,也没有手机,还不识字,哪里得知这么多信息?什么王家升了边任,二小姐后来又嫁到了贾家,成了荣国府贾二老爷的夫人,这位二姑太太现在上了年纪,最爱舍钱舍米,扶困救贫。这只能说明一个问题:刘姥姥善于打听。一句"听得说",简简单单的三个字把刘姥姥乐于收集整理信息资料,为"谋划"做好前期准备的形象表现得淋漓尽致。后来我们看到刘姥姥的"抽丰"计划实施成功,就会感叹,机遇总是给那些有准备的人的。

刘姥姥第三个方面的才能,其实是一种人生态度——乐观与豁达。这种心态是极其难得的,这也是她能成功的一个重要条件。在信息管理中,拥有健康的心态,不仅仅是一种技巧,还是一份自身的修养。保持什么样的心态,在管理实践中占据着极其重要的位置,可以说我们讨论的技巧也好,方法也罢,都是建立在管理者拥有健康心态的基础之上的。刘姥姥不保证"打抽丰"能成功,但是有了机遇就一定要想办法去抓住,"谋事在人,成事在天"。刘姥姥说:"便是没银子来,我也到那公府侯门见一见世面,也不枉我

---

① 潘知常:《说红楼人物》,上海:上海文化出版社,2008年,第186页。

一生。"这份心灵的豁达与乐观是刘姥姥健康长寿的秘诀，也是读者喜爱她的原因。

二、善于运用语言技巧

《红楼梦》的成功，是因为人物塑造得成功，人物塑造得成功，是因为人物语言设计得成功。刘姥姥的人际传播技巧，主要仍然在于她的语言。

刘姥姥善于寻找话题，而这些话题衍生出来的故事大多是她自编的，所以书中说：

>（刘姥姥）又搜寻些话出来说。彼时宝玉姊妹们也都在这里坐着，他们何曾听见过这些话，自觉比那些瞽目先生说的书还好听。那刘姥姥虽是个村野人，却生来的有些见识，况且年纪老了，世情上经历过的，见头一个贾母高兴，第二见这些哥儿姐儿们都爱听，便没了说的也编出些话来讲。

难怪周思源先生说她是"善于根据听众的审美需要，进行即兴创作"。

紧接着，刘姥姥开始讲故事了：

>因说道："我们村庄上种地种菜，每年每日，春夏秋冬，风里雨里，那有个坐着的空儿，天天都是在那地头子上作歇马凉亭，什么奇奇怪怪的事不见呢。就象去年冬天，接连下了几天雪，地下压了三四尺深。我那日起的早，还没出房门，只听外头柴草响。我想着必定是有人偷柴草来了。我爬着窗户眼儿一瞧，却不是我们村庄上的人。"贾母道："必定是过路的客人们冷了，见现成的柴，抽些烤火去也是有的。"刘姥姥笑道："也并不是客人，所以说来奇怪。老寿星当个什么人？原来是一个十七八岁的极标致的一个小姑娘，梳着溜油光的头，穿着大红袄儿，白绫裙子……"

故事到这里并没有完，而就在这段未完的故事中，却藏着好几个传播技巧。首先是刘姥姥根据现场的情况现编了一个故事，这属于即兴创作的范畴，可见其"编剧"的"专业功夫"深厚。为什么能看出这是个假故事？因为刘姥姥设计的是一个冬天下雪的场景，很冷，但是她趴在窗户上看到的是一个什么情景？一个十七八岁的极标致的小姑娘，梳着溜油光的头，穿着大红袄儿，白绫裙子。细细想想，这种穿着是不搭调的，上面穿着红棉袄，下面穿着白绫裙子——白绫是一种很薄的丝织品，白绫裙是夏天穿的服饰。要这样穿，早就冻死了，所以这根本就不靠谱。刘姥姥为什么要这样编造？因为现在围绕在她身边的这些小姑娘正是这样一个年纪，都梳着溜光的头，穿金戴银，美丽异常。眼前就是一群模特，所以刘姥姥来了一个就地取材。

在讲述的过程中，刘姥姥还时常控制说话的时机，观察现场的反应情况，以便及时作出调整。这在人际传播中是非常重要的。要充分考虑听众的情绪，只有选择双方都能接受的方式，才能收到预期的效果。所以刘姥姥讲到"我爬着窗户眼儿一瞧，却不是我们村庄上的人"就突然停住了，这个时候听众有反应了，贾母忙接着说："必定是过路的客人们冷了，见现成的柴，抽些烤火去也是有的。"我们再看刘姥姥的表情，她"笑道"，这个"笑"用得非常精辟，"笑"外之意是，听众都中招了，看来大家都进入状态了。其实这里面体现了一个"人际传播"的本质特点：人际传播是一个互动的过程，在交谈过程中，说话人要时时刻刻注意对方的表情，以及对方想表达的意思，只有这样才能更好地进行传播。

又如接下来的故事，当刘姥姥讲得正起劲的时候，突然贾府的马棚失火了，故事就被中断了。当火势得到控制之后，贾宝玉追问那个女孩子的后续情况，贾母说道：

> "都是才说抽柴草惹出火来了，你还问呢。别说这个了，再说别的罢。"宝玉听说，心内虽不乐，也只得罢了。

刘姥姥这个时候观察到了贾母的表情，又见贾母派人到火神跟前烧香，于是又想了一篇，说道：

> "我们庄子东边庄上，有个老奶奶子，今年九十多岁了。他天天吃斋念佛，谁知就感动了观音菩萨夜里来托梦说：'你这样虔心，原来你该绝后的，如今奏了玉皇，给你个孙子。'原来这老奶奶只有一个儿子，这儿子也只一个儿子，好容易养到十七八岁上死了，哭的什么似的。后果然又养了一个，今年才十三四岁，生的雪团儿一般，聪明伶俐非常。可见这些神佛是有的。"这一夕话，实合了贾母王夫人的心事，连王夫人也都听住了。

显然这段故事的原材料就来自贾母、宝玉、王夫人。故事中的"老奶奶"的原型就是贾母，"死去的孙子"的原型就是贾宝玉的大哥贾珠。贾母信佛，所以刚刚还派人去进香；王夫人也信佛，所以常常吃斋，救苦济贫，感动天地菩萨，于是才有了贾宝玉。所以故事中老奶奶的第二个孙子的原型就是贾宝玉。这又是一个就地取材，同时又根据现场人物心理所需即兴编排的暗合贾母、王夫人的故事。

刘姥姥说"可见这些神佛是有的"，这句话仍然是说给贾母和王夫人听的，言外之意，是鼓励她们多做好事，多做慈善。刘姥姥自己信佛吗？我们不得而知，但是从她在贾府得了很多"好处"而只管"念佛"的状态来看，我们不难明白，刘姥姥心中的佛是贾府这些能给她带来实实在在好处的"活佛"，并不是那些端坐在庙堂，需要人们顶礼膜拜的"死佛"。由此看来，我们不得不佩服刘姥姥的传播智慧。

刘姥姥善于运用语言技巧，还表现在她语言的得体性、礼貌性、幽默性上。人际传播总是在一定的场景中进行的，不同的场合要用不同的语言，这就是语言的得体性原则。例如，刘姥姥见到贾母，称呼为"老寿星"。我佩服刘姥姥是如何想出来的。对于贾母来说，荣华富贵已经到了极致。未出嫁时，她是保龄侯尚书令家的千金小姐，出嫁后又是荣国公的儿媳，朝廷诰封的一品夫人，又因孙女晋封贵妃而跃居皇亲国戚的行列，可以说她的一生养尊处优。对于这样一位享尽人间荣华富贵的老太太来讲，她唯一缺的就是"阳寿"，这一点是她不能把控的，所以刘姥姥称贾母为"老寿星"，这不仅仅是一个简单的称谓，还伴有刘姥姥对贾母最真诚的祝福。

刘姥姥虽然是"山野之人"，然而礼貌她是具备的。在人际传播中，传播双方总是希望得到对方的尊敬，为了尊重对方，传播者首先要体现出对受传者的尊重。所以刘姥姥见到贾母便忙上来"福了几福"。这种行礼的方式叫纳福或者万福，古代女性行的礼，双手握拳，上下重叠在一起，放在右胯边，微微颔首曲身。礼貌是双方的，当刘姥姥行礼之时，贾母也以礼相待，称呼刘姥姥为"老亲家"，其实这是一种模棱两可的称谓。按关系，刘姥姥是王夫人娘家的亲戚，和贾母并不沾边，贾母这样称呼刘姥姥，一是尊重，二是显得亲密随和。第四十回中，贾母在大观园举办宴席，刘姥姥紧挨着贾母而坐，处在王夫人之前，可见贾母并没有低看刘姥姥，这些都是人际传播中的技巧。

刘姥姥的幽默在《红楼梦》中是出了名的。其实，在人际传播中幽默起着重要的作用，它如同人际传播中的润滑剂，能使传播与交流更加和谐顺畅。幽默是一种境界，是语言使用者思想、学识、智慧的结晶。《红楼梦》第四十回，贾母带着刘姥姥逛大观园，刚好进去就碰见李纨带人摘了鲜花让

贾母佩戴,这个时候,王熙凤捉弄刘姥姥:

> 凤姐便拉过刘姥姥,笑道:"让我打扮你。"说着,将一盘子花横三竖四的插了一头。贾母和众人笑的了不得。刘姥姥笑道:"我这头也不知修了什么福,今儿这样体面起来。"众人笑道:"你还不拔下来摔到他脸上呢,把你打扮的成了个老妖精了。"刘姥姥笑道:"我虽老了,年轻时也风流,爱个花儿粉儿的,今儿老风流才好。"

在这样的场合,大家都是取乐的,刘姥姥知道这是众人为了玩笑,故意捉弄她,她于是就装得憨憨傻傻的,果然逗得众人一阵大笑。刘姥姥的这份幽默既是人际传播的技巧,也是一份豁达,同时还伴有一份精明,因为她知道,取悦豪门会有什么好处,人际传播中的目的性就成了刘姥姥始终坚守的底线。

刘姥姥的语言技巧还表现在善于夸奖。在当下,我们会认为夸奖就是一种奉承,这个不可否认,谁让大家都喜欢听"假话"呢?然而在人际传播中,适当的夸奖和赞美是必需的,它不仅能拉近双方的距离,还能产生一种认同感,夸奖就是一种传播技巧。例如《红楼梦》第四十回,当刘姥姥进入大观园后,贾母问她觉得园子怎样,刘姥姥念佛说道:

> "我们乡下人到了年下,都上城来买画儿贴。时常闲了,大家都说,怎么得也到画儿上去逛逛。想着那个画儿也不过是假的,那里有这个真地方呢。谁知我今儿进这园一瞧,竟比那画儿还强十倍。怎么得有人也照着这个园子画一张,我带了家去,给他们见见,死了也得好处。"贾母听说,便指着惜春笑道:"你瞧我这个小孙女儿,他就会画。等明儿叫他画一张如何?"刘姥姥听了,喜的忙跑过来,拉着惜春说道:"我的姑娘。你这么大年纪儿,又这么个好模样,还有这个能干,别是神仙托生的罢。"

当贾母问了之后,刘姥姥没有直接回答,而是用了一种家常闲话式的口吻,叙述着她对这个园子的感觉。这种闲话方式就是一种传播技巧,它不会让人感觉突兀,也不会让人感觉生硬。画在穷人家过年才能贴,这本身就是一种奢侈,让画中的景色变为现实,那只能是痴人说梦。刘姥姥把话锋一转:如今画中的场景不仅变成了现实而且还好上了十倍。这种夸奖贾母能不高兴吗?紧接着又说到了惜春,刘姥姥赶紧拉着说"别是神仙托生的罢"。因为像贾府这样的公侯之家,花柳繁华、温柔富贵已经到了人间极致,如果硬要往上夸奖只能上天找去,所以刘姥姥说"别是神仙托生的罢"。在中国传统文化中,人们认为,人只有上辈子修福,这辈子才能过得好,惜春贵为千金小姐,理所当然是上辈子修来的。刘姥姥的这份机灵真是见所未见。

三、善于运用肢体语言技巧

在人际传播中,语言的表达,其实只占据传播者所表达意思的一半,另一半是通过非语言,也就是肢体语言来完成的。语言的表达是一种比较理性的信息传递,因为它需要大脑整理加工之后才由会话系统输送出来,所以语言在一定的场合并不能直接表达出传播者的真实想法。相反,肢体语言更能表现人的情感与欲望。

在《红楼梦》中,刘姥姥的肢体语言是丰富的,她是一个善于运用肢体语言来进行人际传播的高手。例如第三十九回,刘姥姥扛了瓜果蔬菜到贾府报答恩情,周瑞家的、张材家的陪坐着,这个时候平儿回来了,书中写道:

> 众人见他进来,都忙站起来了。刘姥姥因上次来过,知道平儿的身分,忙跳下地来问"姑娘好",又说:"家里都问好。早要来请姑奶奶的安看姑娘来的,因为庄家忙。好容易今年多打了两石粮食,瓜果菜蔬也丰盛。这是头一起摘下来的,并没敢卖呢,留的尖儿孝敬姑奶奶姑娘们尝尝。姑娘们天天山珍海味的也吃腻了,这个吃个野意儿,也算是我们的穷心。"

刘姥姥见到平儿后的语言,不必说,自然是得体的。在这段文字中,我们特别要注意一个动词"跳",就这一个字,包含的信息十分了得。首先表现出刘姥姥身体健康:她七十多岁了,身体还如此爽利。在《红楼梦》中,你见过贾母"跳"过吗?走路还得众人搀扶着,所以贾母自嘲道:"不过是个老废物罢了。"虽然有些言过其实,然而当享福与受贫两相比对,健康往往倾向于后者。其次,这个"跳"字还传递着刘姥姥对平儿的尊重。平儿是王熙凤的心腹,又是贾琏的妾,无论是权势还是地位都让人畏惧,所以平儿进来后,所有的人"都忙站起来了"。刘姥姥第一次来贾府,首先见到的就是平儿,平儿为人又极其随和,所以此时她从炕上"跳"了下来,既是一份人际交往中的礼貌,也是一份对平儿为人的敬佩。

再例如《红楼梦》第四十回,贾母带着刘姥姥一行人到了潇湘馆,因为

潇湘馆"苍苔布满",刘姥姥滑了一跤。书中写道:

> 一进门,只见两边翠竹夹路,土地下苍苔布满,中间羊肠一条石子漫的路。刘姥姥让出路来与贾母众人走,自己却走土地。琥珀拉着他说道:"姥姥,你上来走,仔细苍苔滑了。"刘姥姥道:"不相干的,我们走熟了的,姑娘们只管走罢。可惜你们的那绣鞋,别沾脏了。"他只顾上头和人说话,不防底下果滑了,咕咚一跤跌倒。众人拍手都哈哈的笑起来。贾母笑骂道:"小蹄子们,还不搀起来,只站着笑。"说话时,刘姥姥已爬了起来,自己也笑了,说道:"才说嘴就打了嘴。"贾母问他:"可扭了腰了不曾?叫丫头们捶一捶。"刘姥姥道:"那里说的我这么娇嫩了。那一天不跌两下子,都要捶起来,还了得呢。"

在这段文字中,可供我们进行人际交往状态分析的信息就太多了。首先我们看"苍苔布满",这是描写潇湘馆地面情况的词汇。苍苔就是我们时常说的青苔,它一般生长在比较潮湿的地方,更重要的是,不能让人踩踏,如果踩踏时间长了,就算水分充足也是不会生长的。潇湘馆是林黛玉的居所,临水而建,有青苔不足为怪,然而"苍苔布满",这种状态就不大对劲了。其实这里面暗含着林黛玉人际交往的欠缺,长辈亲朋、婆子丫鬟都不大到潇湘馆中来。作者就曾经在书中说过,林黛玉天性孤独,不大喜欢和人来往,说话又刻薄,就是那些小丫头都不喜欢和她玩。正因为如此,潇湘馆人迹罕至,道路也就苍苔布满了。

其次,贾母看见刘姥姥摔倒了,立即关心慰问,让丫鬟捶一捶。从人际交往的层面上看,这是一种上对下、主对客的关照。如果贾母不闻不问,有失礼仪,这是人际交往中忌讳的。从人物心态来看,贾母的关心是发自肺腑的。可能对于刘姥姥来说,摔一跤是家常便饭,然而对于贾母来讲,摔一跤可能就是荣国府的大事。此时的贾母很难想象,一位七十多岁的老人家摔一跤,还什么事也没有,让她感叹生命如此不同。

再次,刘姥姥摔倒之后是自己"爬"起来的,然后就是自嘲:"才说嘴就打了嘴。"又说:"那里说的我这么娇嫩了。那一天不跌两下子,都要捶起来,还了得呢。"我们不能说刘姥姥身体好,这一跤不疼;虽然没有伤到筋骨,她肯定是疼的。她为什么自嘲,又不让丫头们捶一捶?因为这是在别人家做客,如果显示自己真摔坏了,贾母、王夫人心里怎么过得去!况且早有琥珀提醒,自己逞能,摔了跤,能怨谁呢?再者,大家高高兴兴地玩,自己大喊"哎哟"起来,岂不扫了众人游玩的兴致?所以刘姥姥用"爬"的肢体语言告诉大家:我没事。我们又要注意了,这个时候作者用的是"爬"起来,而不是"跳"起来,这也证明刘姥姥毕竟上了年纪,虽然不至于摔到断胳膊少腿的,但也够呛,所以"爬"这个字包含着"吃力",没有"跳"来得轻松自在。刘姥姥在人际传播中,时时刻刻都注意自己的位置、语言、肢体动作,这是一种传播技巧,更是一份难得的人生智慧。

梳理刘姥姥的传播技巧,又一次让我亲近了这位慈祥、朴素的老人家。我突然有一种感悟:在文学视野下,读者喜欢刘姥姥,是因为她机智幽默,健康爽朗;贾府中的人喜欢刘姥姥,是因为她能扮丑取乐,供小姐少爷们开怀大笑;我喜欢刘姥姥,除了她在传播学实践中的"贡献"以外,还因为她是贾府与大观园中的精神救赎。

我一直不愿意把刘姥姥当成大观园中的小丑,因为谁也不敢藐视人间疾苦;我也不愿意把刘姥姥看成是攀附权贵的农村老太太,因为她唤醒了悲天悯人的恻隐之心;我更不愿意把刘姥姥比喻成"母蝗虫",因为读书是为了明理,明理是为了亲民,亲民是为了至善。

刘姥姥的出场在书中第六回。想来很有趣,因为刘姥姥一进荣国府竟然紧紧连接在"贾宝玉初试云雨情"之后。如果说贾宝玉在秦可卿房间梦遗是青少年文学,那么刘姥姥为了生存而无奈登贾府就是实实在在的写实主义文学。二者之间有什么样的联系?这种创作技法,与其说是联系,还不如说是比对。对于青春期的贾宝玉来说,没有什么比性幻想更美好,也没有什么比性体验更刺激。这样一位锦衣玉食的公子,他万万不会想到,这个世界上还有吃不起饭的人。而对于历经沧桑、饱受人间苦难的刘姥姥来说,在她的意识中也没有比能吃饱饭、穿暖衣服更重要的事情,她无法想象一位贵族少爷的万种闲情。这样一来,我们会恍然大悟,原来在我们每一个人的精神世界中,只有自己的事情才是唯一的大事。

刘姥姥二进荣国府,她来报恩,这是最让我敬佩的一面,朴实而又情深,没有半点的虚伪和扭捏。因为贾母高兴,留下刘姥姥,才有了"花儿落了结个大倭瓜"的笑语。在凤姐、鸳鸯等人眼里,刘姥姥就是一个可以用来取乐的小丑,如果我们反过来看,一群尊贵夫人、千金小姐,个个都高贵优雅,坐着就像一尊尊雕塑,然而今天在一位乡下老太太的表演下却乐得前俯后仰,花枝乱颤。你会忽然觉得贾府中的每个人都那么有生命力。但是真正的生命力在刘姥姥身上,不在贾府的人身上。他们遇到一点小事就活不下去了，然而刘姥姥却有一种天生的乐观。其实对于底层民众而言，上天压根儿就没有赋予他们悲观的权利，所以他们坚韧，生命力盎然。

　　后来大观园中的人都喜欢上了刘姥姥，因为她们从刘姥姥身上看到了跟自己生命状态完全不同的人。刘姥姥要回家了，她又一次得到了贾府的帮助，她连声念佛，她不知道如何去报答。然而贾府众人要的却是从地里现掐的瓜果蔬菜而已。刘姥姥又一次惊呆了，在农村不值钱的萝卜、芋头、地瓜，到了贾府却成了宝贝。

　　刘姥姥的价值，在我看来不仅仅在于她的人生智慧，而在于她给我们提供了一种生命格局的对比。在对比之中，你会发现什么是生命的力量，什么又是生命的萎靡；在对比之中，你会发现，富贵可能是一种束缚，贫穷可能是一种拯救；在对比之中，你会发现，欢笑未必就是愉悦，哭泣未必就是忧伤。

其他参考文献
　　蒋勋. 蒋勋说《红楼梦》[M]. 上海：上海三联书店，2011.

贾雨村的时机

贾雨村是《红楼梦》中出场最早的人物之一，从第一回就开始了他的生命历程。这个有着"高学历"的读书人，曹雪芹曾给了他一个漂亮的亮相。他的一生浓缩着中国古代读书人的人生格局——十年寒窗，金榜题名；步入仕途，恃才自傲；受人排挤，贬官革职；感悟官场，谋划复出；升官发财，获罪入狱。他的人生轨迹就如同一个挥之不去的魔咒，被千千万万的儒生或长或短，或深或浅，周而复始，乐此不疲地重复着。

《红楼梦》前四回就穿插了一个完整的贾雨村。在短短的几年之内，他就完成了一个《红楼梦》时代的知识分子典型政治生涯的全过程。从苦读到高中，从为官到革职，从复出到高升，贾雨村从实践中感悟人生与宦海，时时调整路线，总结心得体会，揣摩官场要诀，最后完成了一个让人羡慕的华丽转身。我们且不论他是奸还是忠，也不管他是国贼还是禄蠹，仅从仕途来看，贾雨村是成功的。他的聪明归根结底源于他善于选择信息传播的时机。作者曹雪芹笔下的贾雨村传播与利用信息的技巧，就如同封建官场本身的潜规则一样，隐隐约约，笔触时而意致，时而言传，亦假亦真，妙不可言。

一、把握说话的时机

什么时候说话，这是一门学问。在说话的时候把握时机，其实质就是能在恰当的时间，利用有限的语句，充分准确地表达自己的意愿。

贾雨村原本出身于仕宦之家，只可惜到了他这代，家道没落，孤孤单单就剩下他一人。为了重整家业，贾雨村勤学苦读，上京赶考，希望有一天能为天地立心，为生民立命。谁知走到半道，囊中羞涩，境遇困顿，于是就寄居在了葫芦庙内，每日以卖字作文为生。可喜的是，邻居甄士隐不以功名利禄为念，最爱资助有宏大理想之人，所以常请贾雨村来家做客闲聊。有一天正逢中秋佳节，寄居客乡之人难免有孤独失意之感。书中这样写道：

>今又正值中秋，（贾雨村）不免对月有怀……因又思及平生抱负，苦未逢时，乃又搔首对天长叹，复高吟一联曰："玉在椟中求善价，钗于奁内待时飞。"恰值士隐走来听见，笑道："雨村兄真抱负不浅也！"雨村忙笑道："不过偶吟前人之句，何敢狂诞至此。"因问："老先生何兴至此？"士隐笑道："今夜中秋，俗谓'团圆之节'，想尊兄旅寄僧房，不无寂寥之感，故特具小酌，邀兄到敝斋一饮，不知可纳芹意否？"雨村听了，并不推辞，便笑道："既蒙厚爱，何敢拂此盛情。"说着，便同士隐复过这边书院中来。

这一段情景对话，乍一看十分平常，然而细细读来却很有意思。中国式文人触境感怀，常以吟诗作为宣泄，这并不稀奇。此时贾雨村就属于这种情况。从他所吟的诗句来看，不外乎就是形容自己生不逢时，空有一肚子的文章，却没有能彰显才华的舞台。所以"求善价""待时飞"就成了他现阶段的主要任务和内心期待。如果仅凭自己卖字作文筹集路费，恐怕一切都是空想，想个什么办法呢？此时的贾雨村隐约有了一点主意。从他和甄士隐的交往来看，凭借贾雨村的聪明，他应该知道甄士隐是一个乐于助人之人，只是现在不便开口罢了。从上面的文字来看，他对月吟诗似乎随兴随意，并没有刻意，然而有两个字让我们看到了他的用意——"高吟"。所谓"高吟"就是提高声音，大声地吟唱。在吟这一联之前，贾雨村其实已经做过一首诗，是对甄家的丫鬟娇杏，这属于儿女私情。为什么吟唱自己的志向与抱负之时要提高声音呢？给谁听？庙内都是一些不问世事的和尚。答案只有一个：念给甄士隐听。

也许你会觉得这种推断有点牵强，因为怎么能判断贾雨村知道甄士隐已经过来了呢？且看后面的文字：

>恰值士隐走来听见，笑道："雨村兄真抱负不浅也！"雨村忙笑道："不过偶吟前人之句，何敢狂诞至此。"

当甄士隐出现并笑言之后，贾雨村是什么表情？"忙笑道"。这个表现太自然了，"自然"得有点做作。试想想，一个人三更半夜在寺庙之中吟诗，完全沉浸在自己的内心世界之时，突然从黑暗处窜出一个人来，你会是什么表情？不说吓死，至少是一身冷汗。然而贾雨村呢？是"忙笑道"。这个"忙"字也用得极其巧妙，说明接下来的语言都是准备好了的，巴不得赶快说出来。当甄士隐表明来意，邀请他到甄家小酌，"雨村听了，并不推辞"，言外之意是我正有此心，赶快走吧。这个时候我们才恍然大悟，贾雨村的吟唱，目的就是要让甄士隐听见。他找准了说话的时机，此时看来已经显现出了信息传播的效果，一切都是那么天衣无缝。接下来的情节证明了我的推断，《红楼梦》第一回这样写道：

> 须臾茶毕，早已设下杯盘，那美酒佳肴自不必说。二人归坐，先是款斟漫饮，次渐谈至兴浓，不觉飞觥限斝起来。当时街坊上家家箫管，户户弦歌，当头一轮明月，飞彩凝辉，二人愈添豪兴，酒到杯干。雨村此时已有七八分酒意，狂兴不禁，乃对月寓怀，口号一绝云："时逢三五便团圆，满把晴光护玉栏。天上一轮才捧出，人间万姓仰头看。"士隐听了，大叫："妙哉！吾每谓兄必非久居人下者，今所吟之句，飞腾之兆已见，不日可接履于云霓之上矣。可贺，可贺！"乃亲斟一斗为贺。雨村因干过，叹道："非晚生酒后狂言，若论时尚之学，晚生也或可去充数沽名，只是目今行囊路费一概无措，神京路远，非赖卖字撰文即能到者。"士隐不待说完，便道："兄何不早言。愚每有此心，但每遇兄时，兄并未谈及，愚故未敢唐突。今既及此，愚虽不才，'义利'二字却还识得。且喜明岁正当大比，兄宜作速入都，春闱一战，方不负兄之所学也。其盘费余事，弟自代为处置，亦不枉兄之谬识矣！"当下即命小童进去，速封五十两白银，并两套冬衣。又云："十九日乃黄道之期，兄可即买舟西上，待雄飞高举，明冬再晤，岂非大快之事耶！"雨村收了银衣，不过略谢一语，并不介意，仍是吃酒谈笑。那天已交了三更，二人方散。
>
> 士隐送雨村去后，回房一觉，直至红日三竿方醒。因思昨夜之事，意欲再写两封荐书与雨村带至神都，使雨村投谒个仕宦之家为寄足之地。因使人过去请时，那家人去了回来说："和尚说，贾爷今日五鼓已进京去了，也曾留下话与和尚转达老爷，说'读书人不在黄道黑道，总以事理为要，不及面辞了。'"士隐听了，也只得罢了。

贾雨村心中的意思，其实三言两语就能讲得明白，为什么战线拉得这么长？归根结底就是等待一个恰当的时机，时机找得好，事半功倍。到了甄士隐的书房，贾雨村仍然闭口不提自己的目的。当两人对酌畅饮之后，都有了一丝酒意，不是烂醉如泥，而是酒精的效力发挥得恰到好处，贾雨村感觉时机逼近了，于是借着酒力又开始吟诗——"天上一轮才捧出，人间万姓仰头看。"意思是说，有一天我飞黄腾达了，世间之人就尽情仰慕吧。这看似酒后的狂言，其实乃贾雨村真心流露。借酒吟诗这一招进可攻退可守，如果甄士隐有意真心帮助，他自然懂得该怎么做，反之，若无此意，就算酒后失言，也不伤大雅。谁知道天缘凑巧，贾雨村的意图正是甄士隐的美意。贾雨村见这层窗户纸已经捅破了，于是便直言道：

> 非晚生酒后狂言，若论时尚之学，晚生也或可去充数沽名，只是目今行囊路费一概无措，神京路远，非赖卖字撰文即能到者。

甄士隐听见贾雨村如此说，正合自己的美意，便表达了自己的意思，赞助了路费和衣服。贾雨村接过钱物之后，是什么表情？"不过略谢一语，并不介意，仍是吃酒谈笑。"贾雨村仍然处在演员的角色中，自始至终都要让甄士隐觉得这样的馈赠与资助出于自己的心甘情愿。我们可以想象此时的贾雨村内心是澎湃的，因为五十两银子不是一个小数目，在《红楼梦》时代，一个七品命官的工资一年也不过一百二十两银子。喝完酒，两人方散，甄士隐一觉醒来已是第二天中午，突然想起可以书信两封，让贾雨村带到京城，找自己的朋友寻个寄居之所。此时贾雨村已经不见了：

> 那家人去了回来说："和尚说，贾爷今日五鼓已进京去了，也曾留下话与和尚转达老爷，说'读书人不在黄道黑道，总以事理为要，不及面辞了。'"

这个时候贾雨村才从演员的角色回到本身：目的已经达到了，还等什么，赶快走吧，出人头地去。原来贾雨村的"醉"是假的，"酒后狂言"也是假的。如果真醉，还不和甄士隐一样睡到日上三竿？如果真是"酒后狂言"，哪里会如此迫不及待，连恩人都不及面辞？所以从一切看来，贾雨村都是在找一个传播信息的好时机，以此来达到自己的目的罢了。

二、寻找复出的时机

得到甄士隐的资助，凭借自己的学识，贾雨村考中进士。这是《红楼梦》中仅次于林如海的第二高学历。于是他选入外班，后来做了知府。至此，可以说贾雨村成功了，但是宦海茫茫，这只是一个起点，书中写道：

> （贾雨村）虽才干优长，未免有些贪酷之弊，且又恃才侮上，那些官员皆侧目而视。不上一年，便被上司寻了个空隙，作成一本，参他"生情狡猾，擅纂礼仪，且沽清正之名，而暗结虎狼之属，致使地方多事，命名不堪"等语。龙颜大怒，即批革职。该部文书一到，本府官员无不喜悦。那雨村心中虽十分惭恨，却面上全无一点怨色，仍是嬉笑自若，交代过公事，将历年做官积的些资本并家小人属送至原籍，安排妥协，却是自己担风袖月，游览天下胜迹。

细读上面的文字可知，贾雨村革职的主要原因是"恃才侮上"。"贪酷"是封建官员的通病，虽然朝廷明文禁止，但是潜规则还得潜着实行，贾雨村的"上司"也在其中，所以曹雪芹在这里使用了四个字"未免有些"，轻描淡写，一笔带过。"恃才自傲"是中国式文人的习惯性举动，历朝历代不乏其人，为此付出的代价多是革职贬官，甚至抄家问斩。事已至此，贾雨村虽然后悔不已，但为了面子，还得装出一副满不在乎的样子来，安排好家小，"自己担风袖月，游览天下胜迹"去了。这句话洒脱飘逸，一副回归自然的状态，如果我们只是停留在这种认知层面，绝对看不出这句话的精妙。其实贾雨村并非真是游历名山大川，而是假借游览，探寻东山再起的机会。后来他在盐课林如海家找了一份兼职家教的工作，书中这样写道：

> 雨村正值偶感风寒，病在旅店，将一月光景方渐愈。一因身体劳倦，二因盘费不继，也正欲寻个合式之处，暂且歇下。幸有两个旧友，亦在此境居住，因闻得醛政欲聘一西宾，雨村便相托友力，谋了进去，且作安身之计。

叙述贾雨村的文字，曹雪芹总是喜欢轻描淡写，就如同蜻蜓点水一般，但是审度其意，又深不可测。在文章的开头我就说过，贾雨村聪明过人，极其善于把控传播时机，闻得林如海家招聘"西宾"，他立即就感知到复出的机会来了。贾雨村怎么做的呢？"相托友力，谋了进去"，八个字就把他重视信息传播和利用，留意复出机会的意识渲染得立体而又饱满。这八个字就像一段动态的画面——贾雨村忙着托朋友找关系，出谋划策，四处打点，最终如愿以偿。

贾雨村当了一段时间的家庭教师，又闻得朝廷"起复旧员"，于是找了邸报来看，确认了信息无误后，就找到了林如海。如海道：

> 天缘凑巧，因贱荆去世，都中家岳母念及小女无人依傍教育，前已遣了男女船只来接，因小女未曾大痊，故未及行。此刻正思向蒙训教之恩未经酬报，遇此机会，岂有不尽心图报之理。但请放心。弟已预为筹画至此，已修下荐书一封，转托内兄务为周全协佐，方可稍尽弟之鄙诚，即有所费用之例，弟于内兄信中已注明白，亦不劳尊兄多虑矣。

从上文来看，贾雨村复出计划的第二步算是成功了。他依附着林黛玉的船，上了京城，到了贾府。书中写道：

> 有日到了都中，进入神京，雨村先整了衣冠，带了小童，拿着宗侄的名帖，至荣府的门前投了。彼时贾政已看了妹丈之书，即忙请入相会。见雨村相貌魁伟，言语不俗，且这贾政最喜读书人，礼贤下士，济弱扶危，大有祖风，况又系妹丈致意，因此优待雨村，更又不同，便竭力内中协助，题奏之日，轻轻谋了一个复职候缺，不上两个月，金陵应天府缺出，便谋补了此缺，拜辞了贾政，择日上任去了。

对于这次进贾府拜见贾政，贾雨村是非常重视的。他深知此人的分量，复出成功与否就在此一举了。于是整了衣冠，带了小童，拿着名帖，十分小心谨慎。其实在这段文字中还藏了一个小秘密。按照常理，官位高的人，人际交往更广，办事能力更强。在贾府，贾赦袭了爵，现任一等将军，正一品。贾政只是一个工部员外郎，从四品，论官阶远远比不上贾赦，为什么林如海不托贾赦，反而托官品不高的贾政呢？从《红楼梦》后面的文本中我们知道，贾赦是一个老纨绔，根本不好生做官，托着祖宗的荫功，坐享其成。而贾政礼贤下士，济弱扶危，大有祖风，所以林如海才相托协助。从这一点上讲，贾雨村算是幸运的。结果怎样呢？

> （贾政）竭力内中协助，题奏之日，轻轻谋了一个复职候缺，不上两个月，金陵应天府缺出，便谋补了此缺。

"轻轻"二字用得出神入化，把封建官场的状况揭露得一丝不挂。至此，这个善于选择信息传播时机，善于利用信息的贾雨村真正懂得了官场，开始了新一轮的宦海沉浮。

妙玉的茶道

生活七件事"柴米油盐酱醋茶",这是人生最现实的状态,谁也逃避不了,所以这句话大家耳熟能详。其实这句话的前面还有一句"书画琴棋诗酒花",一听就知道是风花雪月,浪漫无边。两者孰轻孰重,细想想似乎很难评判:如果大家只能喝西北风,那谁也不会去作诗填词;如果都能吃饱,却没有一点琴棋书画的雅致,那叫傻胀。

再品味"柴米油盐酱醋茶,书画琴棋诗酒花",你会发现茶刚好在这两句话的中间。中国的文化总是如此巧妙:茶在中间,大有寓意。对于朴实的生活而言它是一种解渴的饮品,居家必备;对于奢侈的生活而言它也可以是一种精致的消遣。残酷的现实也好,浪漫的时光也罢,似乎茶都能融入其中,它上得厅堂,也下得陋室;它能高雅得山花烂漫,也能清苦得一塌糊涂。

再品读"柴米油盐酱醋茶,书画琴棋诗酒花",你又会发现,相对于情趣浪漫而言,茶偏向了实实在在的生活,所以它最终还是落到了柴米油盐一边。茶这个字,从结构与字形上解释,可以叫"人在草木间",真正懂茶的人,最能体悟这句话。

如果我问你,《红楼梦》中谁最会喝茶,你的答案也许是妙玉。当初我也是这样认为的,但是如今我知道错了,妙玉其实不懂茶。

明代张源在《茶录》中说:"其旨归于色香味,其道归于精燥洁。"这句话的意思是说,茶是色香味俱全的一种饮品,但是,如果我们喝茶仅仅停留在色香味的表层上,那就还没有得到茶的神韵。茶有道,这种道并非我们在奢华的茶楼观看茶艺小姐为我们展示泡茶的繁文缛节,而是指向人内心一种典雅、高洁、敬畏、平和的大道。

《菜根谭》中有一句话:"茶不求精而壶亦不燥,酒不求冽而樽亦不空。"喝茶其实不在于茶有多名贵，只要让你的茶壶不干就行；就如同喝酒一样，酒不一定要多贵重，只要酒杯有酒就行。

对于茶而言，用什么样的水，是最关键的。陆羽在《茶经》的第五章，专门介绍了"茶之煮"。他将泡茶的水分为了上中下三等。上等水为山泉，次之是江湖水，最差的是井水。陆羽认为茶是吸收天地精气的活物，所以泡茶的水也应该是"活"的。而山泉是水中活性最高的，它时而细流，时而奔腾，时而一泻千里。

《红楼梦》中，妙玉泡茶用的是什么水？她最为得意的是梅花上的雪。书中这样写道：

> 黛玉因问："这也是旧年的雨水？"妙玉冷笑道："你这么个人，竟是大俗人，连水也尝不出来。这是五年前我在玄墓蟠香寺住着，收的梅花上的雪，共得了那一鬼脸青的花瓮一瓮，总舍不得吃，埋在地下，今年夏天才开了。我只吃过一回，这是第二回了。你怎么尝不出来？隔年蠲的雨水那有这样轻浮，如何吃得。"

妙玉认为雪洁白无瑕，肉眼看来，它确实清洁无比，然而雪其实很脏。突然间我们有了一份醒悟：这不就是"欲洁何曾洁"的妙玉的真实写照吗？自认为最干净的东西，其实是最脏的。

陆羽在《茶经》的第二章和第九章分别写了"茶之具"和"茶之略"。这两章是相对应的，前者讲制茶、泡茶过程中需要的设备与器皿。后者讲，当喝茶到了一种境界之后，高贵的器皿以及冗长繁复的泡茶程序都可以省略了，让人真正在草木之间感受自然与天地。这就是诗人郑谷《峡中尝茶》所写的"入座半瓯轻泛绿，开缄数片浅含黄"。当茶叶在水中慢慢舒展开来，茶汤有了淡淡的颜色，在这种朴素的浅绿色里，你能听到泉水叮咚，生命的本真就在自然中被茶汤唤醒了。

《红楼梦》中妙玉的茶，太讲究了，高贵得让人窒息。盛茶的古玩奇珍已经掩盖了茶的色香味，更谈不上品茶悟道的境界了，远离了草木也远离了人。所以在第四十一回，宝钗、黛玉在妙玉的房里喝茶，我始终觉得这是一场由妙玉组织的民间专家鉴宝会。

茶道，讲究四个字——和、敬、清、寂。

和，是一种和谐之美，是人与人、人与自然的和谐，更重要的是自我内心的和谐。妙玉和谐吗？其实在她心里，一直都很矛盾纠结。她原本有着高贵的身份，而今却只能被迫遁入空门，她不愿意，但是无可奈何。她自称"槛外人"，却处处留心槛内事。所以判词中的"云空未必空"想必就包含着不和谐。

敬，就是平等，这原本来自禅宗心佛平等的观念。妙玉讲究茶，又是佛门中人，对其中的理论恐怕比谁都清楚，但是她连一个刘姥姥都容纳不下，刘姥姥吃过的杯子她让直接丢到外面去，哪里来的平等之心！书中写道：

> 宝玉和妙玉陪笑道："那茶杯虽然脏了，白撂了岂不可惜？依我说，不如就给那贫婆子罢，他卖了也可以度日。你道可使得。"妙玉听了，想了一想，点头说道："这也罢了。幸而那杯子是我没吃过的，若我使过，我就砸碎了也不能给他。你要给他，我也不管你，只交给你，快拿了去罢。"

宝玉和妙玉的对话来得太精彩了。一个是槛外人，一个是槛内人，然而槛外人却做着槛内事，槛内人行着槛外事。妙玉说："幸而那杯子是我没吃过的，若我使过，我就砸碎了也不能给他。"但是为什么在她房里，又特地将自己平常使用的绿玉斗让贾宝玉用呢？贾宝玉也是俗家子弟，对于佛门而言，他和刘姥姥并没有区别。我们突然明白了，众生平等，在妙玉心中就是一句佛语而已。

清，原本是指茶的清淡，化为茶道，这个清就是"光而不耀"。人格的闪烁来自内心的光泽，这种光芒从内而外，它可以明亮，可以温暖，但不会让你觉得刺眼。妙玉的光泽，在我看来都是外在的做作，已经到了伤人的地步。她用世俗的富贵来包裹一颗所谓的佛心，最终却容纳不下一份天然的清平。

寂，是一个人内心的空灵。它不是孤独的代名词，而是说一个人的内心像万里无云的蓝天，看似什么都没有，然而却能容下世间万物。妙玉是寂寞的，却不是空灵的，内心的炽热已经将寂静拒之佛门之外了。

门子的失误

　　门子，在《红楼梦》中是一个芝麻大的人物。他原是葫芦庙中的一个小沙弥，因原来的寺庙被火烧了之后无处安身，欲投别庙去修行而又耐不得清凉，后来便蓄了发，在应天府找到了差事，也就充了门子。"门子"是一种职务的名称，是在衙门做传达工作的人，原本不是这个小沙弥的名字。他姓甚名谁，早已经失落无考了。

　　门子在《红楼梦》中只有一场戏，但是就这一场小戏却把这个人物刻画得细腻而立体。这个小人物最终的结局是被贾雨村"寻了一个不是"而远远地发配了。为什么会这样？我们本着这条脉络来剖析这个人物的心路历程。

　　原本是小沙弥出身的门子，很有可能是贫苦人家的孩子。出家当和尚绝对不是他的初衷，因为当葫芦庙被烧毁之后，他投到了一个物质条件和环境都不好的寺庙，这个寺庙和当日香火旺盛的葫芦庙不可同日而语，他便耐不住那份寂寞而蓄发还俗了。

　　门子应该是一个极其聪明的人，不然他做不了衙门的差事。他还俗后，娶妻成了家，还有自己的房屋。他有一定的经济头脑，把自己空余的房舍出租出去，以此来增加自己的收入，所以才有了和英莲做邻居的条件。他的社交也应该比较宽广，不然也谋求不到门子这样的职务。他也比较有进取之心，总想往高处攀爬，不然也不会积极主动地靠近贾雨村而殷勤地奉计献策。

　　但问题仍然要回到他为什么被贾雨村"开除公职"上来。《红楼梦》中交代：

　　　　此事皆由葫芦庙内之沙弥新门子所出，雨村又恐他对人说出当日贫贱时的事来，因此心中大不乐业，后来到底寻了个不是，远远的充发了他才罢。

曹雪芹写得非常巧妙。贾雨村寻的"不是"是什么，我们不得而知，但是这句话的重点却要落在"到底"之上。"到底"包含着终于的意思。言外之意，这个"不是"寻得比较辛苦，是故意而为之。这说明门子在贾雨村跟前办事还是比较谨慎的。

门子为什么被开除？贾雨村心中的"大不乐业"到底是指什么？书中直接交代得并不全面，但通过文中的对话，我们可以总结出门子的"四错"。正是这四错埋下了他被发配的根由。

第一错，说话不避讳。

当贾雨村把门子传到自己的房间时，门子第一句话就是：

> 老爷一向加官进禄，八九年来就忘了我了？

你门子和贾雨村是什么关系？不过就是贾雨村曾经认识的一个小和尚而已。你又不是别人的大恩人，非亲非故，别人为何要记住你啊？如果说这句话还可恕，接下来的言语就实在有些过分了。当贾雨村表示想不起来的时候，门子说道：

> 老爷真是贵人多忘事，把出身之地竟忘了，不记当年葫芦庙里之事？

这话听得贾雨村"如雷震一惊"。什么叫"出身之地"啊？别人贾雨村祖上也曾经是"诗书仕宦之族"，出身官宦之家，怎么到了你门子的嘴里，竟把人家的祖籍都给湮灭了？这还了得！贾雨村毕竟是进士出身，有涵养，此时并没有发火，也许是被这么一句知根知底的话打懵了，便笑着道："原来是故人。"

第二错，说话不知轻重。

无论怎么说，贾雨村也饱读诗书，满腹经纶，不然是考不中进士的。虽然他为官时间不长，但和门子比起来，学识不知高了千倍万倍。自古以来"学而优则仕"，贾雨村也是个悟性极高之人，又经历宦海浮沉，对于为官之道是必有心得和感悟的；现在重新走马上任，万事都会小心谨慎，前车之鉴必定牢记于心。但是对贾雨村不知道"护官符"之事，门子是这么说的：

> 老爷既荣任到这一省，难道就没抄一张本省"护官符"来不成？……（贾雨村表示不知道护官符）这还了得！连这个不知，怎能作得长远！……

这些话，完全就是一个长辈或者上司对下属的口吻。虽然门子说得在理，但是贾雨村能接受吗？建议和指教完全是两个不同的概念。曾经吟唱"天上一轮才捧出，人间万姓仰头看"的贾雨村能让你一个门子来指教？好歹他也是一个堂堂的五品官员。

第三错，知道太多。

我们常在电影中看到这样的情节：一个人如果知道的事情太多，最后总要被杀。古往今来，在政坛，这样的事情屡见不鲜：轻者发配边关，重者人头落地。这似乎已经成了游戏规则。从门子剖析"四大家族"，提出"一荣俱荣、一损俱损"的论点来看，他对时政了解得确实透彻，但是却忽略了潜规则的风险。

分析官场利弊，对贾雨村处理案件是有帮助的。在这一点上，贾雨村可能不会认为门子多事、逞能。但是了解他的底细这一点，却是贾雨村不能容忍的。俗话说"装疯卖傻，过得逍遥"，但是门子偏偏不装傻，而且处处显摆所知。

当贾雨村问及：

> 如你这样说来，却怎么了结此案？你大约也深知这凶犯躲的方向了？

门子见贾雨村这样问，便更加显摆所知了，说道：

> 不瞒老爷说，不但这凶犯躲的方向我知道，一并这拐卖之人我也知道，死鬼买主也深知道⋯⋯这人（甄士隐）算来还是老爷的大恩人呢！他就是葫芦庙旁住的甄老爷的小姐，名唤英莲的。

这段话可以说触及了贾雨村的心底：曾经落难之时甄士隐伸出援助之手而雪中送炭，现在该他报恩了。何况这报答的方式来得那么直截了当，无需拐弯抹角、徇私舞弊。但是"四大家族"的势力是贾雨村能得以重生的根源，又是明摆着的事实。怎么办？贾雨村定是识时务者；但是这样做，他定会给门子一个印象——忘恩负义。像门子这样喜欢显摆之人，极有可能把他的不是泄露出去，那他一世英名可能会随风而散，荡然无存。这时贾雨村会怎么办？不杀你以掩事实，算是对得起你了。

第四错，过分地显示所能，出无知的馊主意。

我们在读"葫芦僧乱判葫芦案"的时候，有一个感觉，审案的主官贾雨村完全就是一个听众，一盘棋皆门子一人在下。如果你的处理方案好——既能摆平双方又能向朝廷交差——也就罢了，但是门子提出的审理方案确实馊到了极致。对于案件怎么处理，贾雨村问门子："依你怎么样？"门子道：

> 小人已想了一个极好的主意在此：老爷明日坐堂，只管虚张声势，动文书发签拿人。原凶自然是拿不来的，原告固是定要将薛家族中及奴仆人等拿几个来拷问。小的在暗中调停，令他们报个暴病身亡，令族中及地方上共递一张保呈，老爷只说善能扶鸾请仙，堂上设下乩坛，令军民人等只管来看。老爷就说："乩仙批了，死者冯渊与薛蟠原因夙孽相逢，今狭路既遇，原应了结。薛蟠今已得了无名之病，被冯魂追索已死。其祸皆因拐子某人而起，拐之人原系某乡某姓人氏，按法处治，余不略及"等语。小人暗中嘱托拐子，令其实招。众人见乩仙批语与拐子相符，余者自然也都不虚了。薛家有的是钱，老爷断一千也可，五百也可，与冯家作烧埋之费。那冯家也无甚要紧的人，不过为的是钱，见有了这个银子，想来也就无话了。老爷细想此计如何？

这个计策馊就馊在"扶鸾请仙"。用神鬼仙术来判案，实在荒唐！贾雨村就算要徇私舞弊，也不会使用如此无知的手段。贾雨村是进士，从小诵读儒家经典，儒家是最主张"不语怪力乱神""六合之外存而不论"的。所以当贾雨村听门子如此设计，笑道"不妥，不妥"。

正是因为这四错，门子最后被发配了。所以说，门子最后的结局，是他自作自受——有因必有果。

贾环的委屈

我在翻阅文献资料的时候，突然从书中掉出一张工笔画来，是贾宝玉和贾环的"合影"。谁画的，谁送的，我已经记不得了。画上的贾宝玉光彩照人，贾环却猥琐不堪。这样的形象对比，以前我并没有觉得不对，因为《红楼梦》中的这两个人物确实如此。然而今天我却异常可怜这个猥琐的贾环。他是红楼世界中的平凡人，甚至可以说是一个卑微者，他可以被任何人冷落，他长期处在被遗忘的边缘。谁关注过这个卑微者的委屈？没有！我忽然觉得好对不起他，因为《红楼梦》中处处是慈悲，而我却忽略了慈悲的光芒还应该分给贾环一点点，否则就辜负了曹雪芹，因为在他笔下，卑微与高尚都不能忽略。

我赶紧丢下文献，翻开《红楼梦》，贾环和莺儿正在赶围棋作耍，原本赢着的贾环开始输，于是就着急了。此时你会觉得贾环小气，没有肚量，能输几个钱？就如同王熙凤骂他："亏你还是爷，输了一二百钱就这样！"但是你细想过吗，谁真正把他当过爷？都骂他不尊贵，可谁又把他当尊贵的主子看呢？他又能有几个零用钱？能像贾宝玉那样被家人捧凤凰似的？能像贾宝玉那样高兴了摔个玛瑙碗砸个珍珠缸吗？如果真是那样，窝心脚真的就把肠子踹出来了。

轮到贾环掷骰子了，他想翻本，可能那一二百钱就是他所有的积蓄，于是就"六、七、八……"地乱叫。莺儿也玩得起劲儿，拍着手混嚷"幺、幺、幺……"谁知道真转出一个"幺"来，莺儿赢了，贾环急了。看到这里，你会觉得贾环好没有素质，俗话说牌桌上往往能看一个人的德行。但是今天，我却觉得这一幕既可笑又可怜。一个"幺"，不就是贾环自己吗！他在贾府里永远都是"幺"。

更可怜的是，当莺儿指责他不如贾宝玉大方时，贾环却说：

"我拿什么比宝玉呢？"一句话揭露出来的是贾环可怜的自我定位：在贾宝玉面前，或者其他少爷小姐面前，"我拿什么比"。他真的没法比，有他自己的原因，而我认为更多的是别人根本不会让他去比，因为他没有这个资格。

在现实生活中，我们都是这样，关注的是光芒四射的人，卑微者谁理会？做人要厚道，读《红楼梦》也要厚道，厚道到能悲悯一个卑微者的内心痛苦与无奈。

我是平凡人，从某种程度而言，我也是一个卑微者，所以我能体会，能深刻体会平凡人的委屈，卑微者的委屈。但是我想告诉贾环的是，你不用和贾宝玉比，比也比不过，因为比试的规则和条款是站在贾宝玉一边的人定的。对于生命个体而言，活出自我才是本色，也才是你取胜的唯一途径。

贾母的回忆

我对贾母的印象虽然不会停留在"封建家长"层面上，但一直以来，她安富尊荣、享尽人间繁华，老封君的形象定位在我心中始终没有变。可以说她的生命轨迹是中国古代女性追求幸福的标杆。能看齐贾母，对于《红楼梦》时代的女人而言，是最理想、最完美的状态。

在人与人的交往中，表象往往会禁锢甚至是淆乱我们的认知，哭泣是悲，笑声是乐，这似乎已经成为一种认知的固定模式，然而事实上，欢笑未必就是愉悦，眼泪也未必代表着忧伤。

贾母在《红楼梦》中所表现出来的那份安然、淡定，只知道和孙子、孙女们玩笑取乐的状态，真是"乐而忘忧，不知老之将至"，羡慕死人了。

然而，当今天翻阅《红楼梦》第三十八回，看见贾母回忆自己青春年少的往事时，曾经读过的蒋捷"流光容易把人抛，红了樱桃，绿了芭蕉"的那份诗词意象突然明亮起来，刺得我似乎睁不开眼睛！

贾母听了，又抬头看匾，因回头向薛姨妈道："我先小时，家里也有这么一个亭子，叫做什么'枕霞阁'。我那时也只象他们这么大年纪，同姊妹们天天顽去。那日谁知我失了脚掉下去，几乎没淹死，好容易救了上来，到底被那木钉把头碰破了。如今这鬓角上那指头顶大一块窝儿就是那残破了。众人都怕经了水，又怕冒了风，都说活不得了，谁知竟好了。"

贾母的回忆，平铺直叙，没有一点惊心动魄，更没有悬念丛生。在她的话语中"什么"二字用得最妙，因为往事久远，老人家已经记得不太清楚了，枕霞阁也因为时间的久远而在记忆中坍塌，留下的只是一堆七零八碎的残垣，它托起的唯一意象就是一段儿时的嬉戏。

贾母此时的回忆重点是落水，她对此记忆犹新的原因是因为鬓角上留下的一小块疤痕，它的作用是唤醒了贾母对青春的回忆，这块疤可能是贾母联系青春的唯一途径了。

读到这儿，我似乎有一种莫名其妙的伤感。过去的三十年，我用什么去联系呢？想不起来。"流光容易把人抛"是流光抛弃了人，还是人曾经辜负了流光？就当下而言，常常挂在嘴边的一句话：时间就是金钱。其实很多人在意的不是时间而是金钱。

我在想，贾母记忆中的枕霞阁，一定是观看夕阳最好的地方。一提到夕阳，我们最容易想到的就是"夕阳无限好，只是近黄昏"。就一天而言，最意味深长的莫过于夕阳，它温暖而朦胧，在这种空间格局和色彩斑斓的意境下"人生易逝"的感怀总是会爬满心灵。所以贾母对青春的讲述，虽然其中有当时的害怕、恐慌、对生死的恐惧，但是比起"流光容易把人抛"的感怀而言，那一切都微不足道了。

其实在当下，我们关注夕阳少了，可以说很多时候已经辜负了夕阳。我们的夕阳也许在堵车的路上，那个时候焦急得披头散发，还有谁有心境去赏夕阳呢？我们的夕阳也许在加班的办公室里，重重叠叠的文件弄得人焦头烂额，还有谁有工夫去赏夕阳呢？我们的夕阳也许在应酬不断的饭桌上，生猛海鲜顺着五粮茅台，喝得晕头转向，还有谁有心思去赏夕阳呢？当我们拖着疲惫的身体回到家，已经是华灯替代了明月，夕阳即将转化成黎明了。

对于我们年轻人而言，似乎"流光容易把人抛"还早着呢。在流光还没有抛弃我们的时候，我们好好地珍惜它，不要辜负生命中任何一抹色彩。

贾瑞的情欲

贾瑞是《红楼梦》中的非主角,这个"坏小子"往往成了我们否定肉欲的标靶。她爱上了美女王熙凤,不对!应该是美女嫂子王熙凤。按照道德伦理去评论,贾瑞该下油锅,凌迟处死,千刀万剐,下十八层地狱外加永不超生。这种处置够歹毒了吧!我曾经调侃说:做人要厚道,读《红楼梦》也要厚道,评论红楼人物更应该厚道。我们应该如何看待贾瑞的情感与欲望,这是一个值得讨论的问题。

贾瑞从小父母双亡,由爷爷奶奶抚养长大。他的祖父贾代儒是贾府家塾的教师兼校长,为人正派,学识颇丰。他对贾瑞的管教也极其严苛,不允许贾瑞多走一步,生怕他在外边喝酒赌博,耽误了学业。对于贾代儒而言,他对这个孙子满怀期待,寄予厚望。从学业上看,贾瑞虽然算不上可塑造之大才,但也绝非"坏学生"。在贾府家塾读书期间,如遇贾代儒有事外出,贾瑞还要充当临时"班委干部"管理课堂纪律,监督学生自习。

贾瑞在贾代儒严格的管教下渐渐长大了,生理心理都在逐渐变化。青春期的贾瑞,在雄性激素的冲击下,有了性的欲望。然而他没有贾琏、贾宝玉等其他贾府少爷那么幸运,家长会安排一些丫鬟在房中伺候,外加引导。他只能在爷爷严厉的眼神中去压抑荷尔蒙的冲击。无奈,他喜欢上了王熙凤,但是这毕竟是他的嫂子,所以从伦理道德上讲,他有罪;然而从人的自然性上论,他没错。此时的贾瑞触碰到的是人类永恒的问题——如何看待情与欲?虽然永恒,但它却是华夏文明,甚至是印度文明、希腊文明、埃及文明,乃至于人类文明中一直都禁忌公开谈论的问题。

《红楼梦》第十一回这样写道:

> 凤姐儿正自看园中的景致,一步步行来赞赏。猛然从假山

石后走过一个人来，向前对凤姐儿说道："请嫂子安。"凤姐儿猛然见了，将身子望后一退，说道："这是瑞大爷不是？"贾瑞说道："嫂子连我也不认得了？不是我是谁！"凤姐儿道："不是不认得，猛然一见，不想到是大爷到这里来。"贾瑞道："也是合该我与嫂子有缘。我方才偷出了席，在这个清净地方略散一散，不想就遇见嫂子也从这里来。这不是有缘么？"一面说着，一面拿眼睛不住的觑着凤姐儿。

在我看来，贾瑞此时的举动虽有失礼节，但还未达到不可饶恕的地步。青春期的萌动与青春期的迷茫，在他的内心深处幻化成一抹挥之不去的苍凉之感。无人指点他，也无人引导他。随着身体的变化，贾瑞有一丝属于青春期的恐惧；面对古板的爷爷，他无法诉说；面对毫无生机的学业，他百无聊赖。他开始品尝生命中的孤独，于是他试探着去接近王熙凤，一切都是试探。王熙凤此时表现如何呢？书中写道：

> 凤姐儿是个聪明人，见他这个光景，如何不猜透八九分呢！因向贾瑞假意含笑道："怨不得你哥哥时常提你，说你很好。今日见了，听你说这几句话儿，就知道你是个聪明和气的人了。这会子我要到太太们那里去，不得和你说话儿，等闲了咱们再说话儿罢。"贾瑞道："我要到嫂子家里去请安，又恐怕嫂子年轻，不肯轻易见人。"凤姐儿假意笑道："一家子骨肉，说什么年轻不年轻的话。"贾瑞听了这话，再不想到今日得这个奇遇，那神情光景一发不堪难看了。凤姐儿说道："你快入席去罢，仔细他们拿住罚你酒。"贾瑞听了，身上已木了半边，慢慢的一面走着，一面回过头来看。凤姐儿故意的把脚步放迟了些儿，见他去远了，心里暗忖道："这才是知人知面不知心呢，那里有这样禽兽的人呢。他如果如此，几时叫他死在我的手里，他才知道我的手段！"

对于王熙凤而言，她没有教育贾瑞的义务，更不可能在这种情况下不分青红皂白劈脸痛骂。她只能含笑假意周旋。然而就在王熙凤迷惑的笑语中，这一切竟然演变成了一种欲擒故纵的圈套。贾瑞误将这种幻象当成了真实，此时此刻他似乎得到了一种背离道德的刺激，似乎佳人的一笑正切合了青春期的反叛，于是他可以不管不顾。在他看来世间没有一样能比得上"性"给人带来的快乐大，他愿意为了它去死，哪怕面临的是欺骗。

贾瑞的胆子就在凤姐儿有意无意的玩笑间越来越大了，他三番五次直接上门找到王熙凤，以各种理由动手动脚，轻薄无礼。王熙凤一开始只想给他点颜色看看，于是骗他说：

> "大天白日，人来人往，你就在这里也不方便。你且去，等着晚上起了更你来，悄悄的在西边穿堂儿等我。"贾瑞听了，如得珍宝，忙问道："你别哄我。但只那里人过的多，怎么好躲的？"凤姐道："你只放心。我把上夜的小厮们都放了假，两边门一关，再没别人了。"贾瑞听了，喜之不尽，忙忙的告辞而去，心内以为得手。

那天晚上，凤姐儿当然不会来，贾瑞傻傻地等了一夜，寒冬腊月，北风凛冽，差一点冻死。一夜未归，回家后被严格的爷爷痛打了三四十大板，不许吃饭，跪在院子里读文章。这么严厉的惩罚，贾瑞应该知道错了，也应该反思并收手了，然而他没有，他还抱着一丝希望与侥幸，再次跑到王熙凤处。如果说之前王熙凤只是想教训一下贾瑞的话，这一次她是下了狠心。我们不能单怪王熙凤狠毒，因为她毕竟给了贾瑞改过自新的机会。凤姐也非完全没有责任，因为接下来的一幕就是她领导着贾蓉、贾蔷精心设计的陷阱。

> 那贾瑞只盼不到晚上，偏生家里亲戚又来了，直等吃了晚饭才去，那天已有掌灯时候。又等他祖父安歇了，方溜进荣府，直往那夹道中屋子里来等着，热锅上的蚂蚁一般，只是干转。左等不见人影，右听也没声响。心下自思："别是又不来了，又冻我一夜不成？"正自胡猜，只见黑魆魆的来了一个人，贾瑞便意定是凤姐，不管皂白，饿虎一般，等那人刚至门前，便如猫捕鼠的一般，抱住叫道："亲嫂子，等死我了。"说着，抱到屋里炕上就亲嘴扯裤子，满口里"亲娘""亲爹"的乱叫起来。那人只不作声。贾瑞拉了自己裤子，硬帮帮的就想顶入。忽见灯光一闪，只见贾蔷举着个捻子照道："谁在屋里？"只见炕上那人笑道："瑞大叔要臊我呢。"贾瑞一见，却是贾蓉，真臊的无地可入，不知要怎么样才好，回身就要跑，被贾蔷一把揪住道："别走！如今琏二嫂已经告到太太跟前，说你无故调戏他。他暂用了个脱身计，哄你在这边等着，太太气死过去，因此叫我来拿你。刚才你又拦住他，没的说，跟我去见太太！"

这一出确实把贾瑞吓得半死。为了脱身，又被贾蓉、贾蔷二人逼迫写下了五十两银子的借据，还被泼了屎尿。他又愧又臊又怕，再加之受了风寒，几次三番地折腾，贾瑞病倒了。然而他仍然没有忘了王熙凤，在跛足道人万般叮嘱之下他还是照看了"风月宝鉴"的正面。看见王熙凤在镜子里招手叫他，贾瑞感觉晃晃悠悠跟着进去了，和凤姐在里面翻云覆雨。最终贾瑞死了，精尽而亡。

我们暂时不用去追究是谁的责任。贾瑞死的状态，我们会觉得不堪，他是自食其果，所以我们警醒自己，这是糟粕，要过滤，要否定，要像宝黛的"情"看齐。其实这不仅仅是我们的意识，也是曹雪芹的意识。

当贾瑞病入膏肓之时，跛足道人给了他一面镜子，说照反面能救命。从反面看里面是一具骷髅，吓得贾瑞大骂。骷髅是人类生命的终极面目，其实并没有可怕之处，可怕的是镜子正面中一次一次的招手和诱惑。曹雪芹也许想告诉我们的是，欲望一旦被挑起后，便是无边无际、无处抒发的痛苦状态，而解决这种状态的钥匙就在它的反面。这就是"反而之道"——解决问题的办法就隐藏在这个问题相反的地方，正所谓开门的钥匙在门外。

曹雪芹这种否定肉欲而颂扬纯情的理念有错吗？不能判定是错，我只能说曹雪芹仍然处在中国文学的传统观念里，这就如同基督教中的思想：肉欲就是原罪，只有洁净的身体才能得到洁净的精神。然而欲和情在现实中往往混搭在一起难以分辨，于是就有了道德这把宝剑来主持公道。

这让我想起了《白蛇传》。白蛇的目的是报恩，这是情，但是当到了人间之后，白蛇报答许仙的恩德却是以欲为表现。于是法海手执道德这把宝剑杀下金山寺，与白蛇彼此对抗。也许这个故事最初是为了禁止情欲，没想到读者反而更加喜欢这个代表着情欲的白蛇了，法海也万万没有想到自己伸张正义却如此尴尬。

白蛇是动物，她代表着一种动物性，这就是人类原始的性欲。法海是得道的高僧，他代表着不食人间烟火的神仙，这就是人类社会构建的道德。在"水漫金山"一战中，白蛇调遣的都是虾兵蟹将，而法海邀请的全是天将神兵。这是一场"神仙世界"与"动物世界"的终极对决，象征着"性欲"与"道德"的厮杀。当然，动物世界必败无疑，性欲也必将被道德绑架。

《红楼梦》中的贾瑞，当他被性欲这种动物性折磨得死去活来之时，神仙拿着镜子出现了。想必在贾瑞的心中，这又是一场性欲与道德的拼杀。如果道德获胜，贾瑞可能就浪子回头了；如果是性欲获胜，唯一的出路就是死。我想，这也许是曹雪芹要让贾瑞死得如此不堪的原因吧。

性欲与道德，前者存于天性，后者存于人性。一味地鄙视性欲就会违背天性，当然也不能因为它是天性而无所顾忌，毕竟我们还有人性。在笔者看来，二者没有直接的矛盾，听音乐、吃饭、性爱，说白了都是人体器官的感受，我们没有必要在眉飞色舞地和他人分享音乐的优美、佳肴的可口时去鄙视性爱的愉悦。同是感官享受，为什么"上面"就是优雅，"下面"就成了不道德了呢？所以我们不能用天性的标准去衡量人性，也不能用人性的规范去死压天性，更不能用人性的档次去给天性贴上一个标签。

　　近一两年来，因为研究的需要，我集中阅读了大量关于红楼人物评论的文章。坦诚地说，我很疲惫！疲惫的原因不是因为阅读量太大，而是如此众多的文章却千篇一律。谋篇布局不是"反封建"就是"叛道德"；不是简单地否定肉欲就是一味地歌颂纯情；不是神采飞扬、道貌岸然地表彰真善美，就是歇斯底里、不管不顾地怒吼假恶丑。我不能说用这种单纯的"一是一，二是二"的理念就不对，然而《红楼梦》写的是真真实实的人！人性的解析呢？导致这种人性的文化解析呢？太少了。这不能不说是一种遗憾。

　　一切都没有那么简单，如果我们一味地高举"社会历史法""道德伦理法"去评论《红楼梦》中的人物，后果不堪设想，经典终究会被图解式的评论套路引领到悬崖峭壁的边缘，其光芒也会在我们的笔下遮蔽得严严实实。

　　我们都肯定鲁迅先生说的，曹雪芹刻画《红楼梦》中的人物，已经摆脱了"好人无一不好，坏人无一不坏"的格调。然而当我们在评论红楼人物的时候，仍然是"好人无一不好，坏人无一不坏"，这真是让人费解。所以呼吁红楼人物评论的多角度、大视野，势在必行了。

王一帖的荒唐言

王一帖是《红楼梦》中一位小人物。以前我讨厌这个人，油腔滑调，吊儿郎当。但是今天感受完全不一样，他是那么的诚实与通透，更重要的是他帮助我拨开了荒唐言的迷雾。

《红楼梦》中的故事发展到第八十回，一切矛盾、丑陋、肮脏、残忍都公开化、明朗化了。贾宝玉病倒，此时虽过了百日，但依旧虚弱。贾母让宝玉去天齐庙还愿，也趁此逛逛，疏散筋骨，开朗心情。

天齐庙的负责人是一个叫王一帖的道士，因为卖各种膏药，并在地方各大媒体大力宣传一贴就灵的疗效，故而得了一个"王一帖"的绰号。他的膏药包治百病，据他所说：

> 共药一百二十味，君臣相际，宾客得宜，温凉兼用，贵贱殊方。内则调元补气，开胃口，养荣卫，宁神安志，去寒去暑，化食化痰，外则和血脉，舒筋络，出死肌，生新肉，去风散毒。其效如神，贴过的便知。

乍一看，真是万能药，诺贝尔奖不颁发给他都要引起世界人民的公愤。但是细想想，膏药所能治的没有一样实实在在的病症，王一帖的言论纯属于江湖术语。他玩的就是一种语言游戏，当概念无边无际之时，实用性往往会在浩瀚无垠的空间中荡然无存。

贾宝玉当然不会相信这些，但是王一帖的本事就是让你在疑惑之时变得坚信不疑。当贾宝玉询问是否有治疗女人妒忌的药时，王一帖给了一个"疗妒汤"。其中的成分很简单，就是秋梨、冰糖、陈皮和水。然而这个方子的"疗效"不在药里而在王一帖接下来的话中：

> 一剂不效吃十剂，今日不效明日再吃，今年不效吃到明

年。横竖这三味药都是润肺开胃不伤人的,甜丝丝的,又止咳嗽,又好吃。吃过一百岁,人横竖是要死的,死了还妒什么!那时就见效了。

此话一出,贾宝玉等人哈哈大笑。贾宝玉在一场荒唐言中开怀大笑了,然而我在这笑声中听到的却是一阵阵发自肺腑的悲凉之音。就在贾宝玉来之前,迎春出嫁了,司棋赶走了,晴雯死了,一出出人生悲剧在有条不紊地演绎着,但就在此时却闯进了一个荒唐的笑话,这是在笑荒唐的人生呢,还是在笑无能的自我呢?

王一帖接下来的话更是惊心动魄:

> 不过是闲着解午眠罢了,有什么关系。说笑了你们就值钱。实告你们说,连膏药也是假的。我有真药,我还吃了作神仙呢。有真的,跑到这里来混?

如此诚实,如此直白,说透了,揭穿了,然而天齐庙的膏药仍然还在王一帖的张罗下大批量地生产和销售。

我突然觉得人生在世就是一个巨大的荒谬,一切冠冕堂皇的话语似乎都成了荒唐言。就如同《红楼梦》荒唐的开头,神仙们为了情债统统下世为人历劫,但是在荒唐言中又给出了一个真实的人生——生命就是一段从天到地的历练。

《红楼梦》前八十回的故事,从"荒唐言"开始,到"王一帖"结束,似乎在讥笑从女娲补天的郑重其事到王一帖的吊儿郎当。然而王一帖博大家哈哈一笑,似乎又印证了补天的终极目的和荒唐的不可能性。

王熙凤与秦可卿的关系

记得上次去西南交通大学讲座，一位研究生问了这样一个问题：王熙凤和秦可卿的关系为什么那么好？这看似一个小问题，但细想想，其中别是一番滋味。《红楼梦》总是这样，无论你去琢磨谁，也不管你去如何猜测，它永远都经得起品味，就如同一杯酒，入口有烈，咽后有香，回味更觉悠长。

王熙凤在《红楼梦》中有威信，有派势，有气场，然而自始至终她缺少真正的朋友。她唯一的知己秦可卿，也因为错综复杂的人际纠葛而早早地回归太虚幻境去了。所以王熙凤仍然有孤独，有忧伤，有脆弱，有眼泪，只不过这一切都在她华丽而要强的外表之下，被深深地隐藏了起来。

秦可卿在临终之前，把一生所思所想而又未竟的事业都托付给了王熙凤，因为在她心里，王熙凤是脂粉队里的英雄，是一位能担当托付的女强人。这一举动，足以看出秦可卿对王熙凤的信任，这份信任源于她们之间的友谊。

王熙凤和秦可卿的关系为什么那么好？我觉得至少有两点原因。

第一，两人都受到家族高层领导重视，并且委以重任。

王熙凤原本是贾赦和邢夫人的儿媳妇，贾赦和贾政虽然是一母同胞的亲兄弟，但家政事务相对独立，按理王熙凤只能协助邢夫人料理贾赦这边的家务。但因为王熙凤从小就能杀伐决断，是理财理家的能手，所以被贾母破格提拔，成了荣国府的"执行总经理"。虽然上面还有贾母和王夫人这两位正副"总裁"，但是一个安富尊荣，一个精力不支，所以大大小小的事务几乎都是王熙凤一人裁夺。几年下来，竟没有出过纰漏，反而把荣国府治理得井井有条。正因如此，王熙凤成了贾母心中孙媳妇辈第一得意之人。虽然书中没有这样表述过，但从贾母对王熙凤的疼爱就能窥见一二。

秦可卿是宁国府中人，相对于荣国府来讲，宁府的人丁并不兴旺，主子只有贾珍、尤氏、贾蓉、秦可卿等人。贾珍一味胡闹，差点没把宁国府翻过来；尤氏软弱，不善理家；贾蓉好玩，更不省事。所以宁国府总是乱糟糟的，就连仆人们都觉得应该整治了。秦可卿嫁入贾府豪门，虽然书中并没有详细描写她如何整饬家务，然而她已经是贾母心里"重孙媳妇中第一得意之人"，如果没有一点政绩，万不能得到这样的欣赏。

王熙凤和秦可卿双双得到贾府最高权威的重视，而且委以重任。一样的政治待遇，无形间就把两个人划归在了一起。这就为她们之间的友情奠定了基础。

第二，无论是工作还是生活，两人间都有共同语言。

俗话说：酒逢知己千杯少，话不投机半句多。要成为朋友，有一个必要条件——有共同语言。人与人之间没有交流，形同陌路，没有共同语言，也绝对成不了知己。王熙凤和秦可卿的共同语言在何处？在他们的工作和生活中。

在工作上，一个是荣国府的执行总经理，一个是宁国府的执行总经理。府邸的等级、机构设置、人员配备几乎一样，所以料理起来，遇到的困难以及解决的方法都有相通之处。这样一来，二人时常你来我往，交流心得体会，揣摩工作要领，相互协作，共同进步。如此又让她们在友情上更进一步了。

在生活上，两人更有话题。一来她们都是年轻媳妇，年岁相当，说说吃穿，聊聊自己的丈夫，设想一下未来的小日子，总会让两人心情舒畅。在贾府这样的家族中，人际关系异常复杂，对于王熙凤和秦可卿来说，上有公公婆婆，中有姑嫂妯娌，下有仆人丫鬟，如何周旋其中，这是一门大学问。小媳妇间暗暗诉说自己在婆婆那里受的冤枉气，偷偷评论妯娌之间的家长里短，指指点点东家西家的是是非非，其实这样的交谈最能拉近两人之间的距离，也最能让两人成为知己，彼此交心。

王熙凤和秦可卿友谊的建立，在《红楼梦》中，虽然我们看不到曹雪芹的直接描写，然而在阅读中细细体会，根据自己的推理，总是让人觉得有情有理。这是曹雪芹的伟大之处，也是《红楼梦》的永恒之处。

理论

红·楼·论·稿·集

从控制职能的丧失看贾府的衰败

《红楼梦》中的贾府衰亡的原因很多,从政治而言,家族联姻一荣俱荣,一损俱损;从人性而言,树倒猢狲散,大难临头各奔东西;从经济而言,寅吃卯粮,后手不接;从人力资源而言,安享尊荣者居多,运筹帷幄者无一,后辈儿孙更是一代不如一代。其实在上述众多因素之中,我们会发现它们都围绕着一个核心——管理过程中控制职能的丧失。宁荣二府在历史的进程中,丧失了控制职能的哪些要素,从而导致灭亡呢?下面我们逐一分析。

一、控制职能的一般情况

首先我们需要回顾一下管理的控制职能。控制是亨利·法约尔提出的五大管理职能之一,它贯穿于任何一类管理实践活动的始终,它的目的是及时地找出工作中的偏差和错误,并加以纠正。对于任何一家企业而言,无论是对技术、财务、安全,还是对人、对事,都需要控制。只有如此,计划才能得到有效而准确的实施,各项指标才能和既定的原则相符。管理学界对控制的定义为:"它是根据计划的要求,设立衡量绩效的标准,然后把实际工作结果与预定标准相比较,以确定组织活动中出现的偏差及其严重程度;在此基础上,有针对性地采取必要的纠正措施,以确保组织资源的有效利用和组织目标的圆满实现。"[①]

控制是必要的,因为环境复杂多变,可能导致实践与计划偏离。从管理权限的分散上看,任何一个组织或者企业,它的管理权

[①] 周三多、陈传明、鲁明泓:《管理学:原理与方法》(第5版),上海:复旦大学出版社,2012年,第500页。

力都在制度化或者非制度化的过程中分散到了各个部门或子系统中。权力的分层越多，控制就越有必要，而且难度也越大。从个人的工作能力角度上看，每一个员工都有着不同特点，他们学识与技能水平都参差不齐，而且在很多情况下是在不同的空间内进行作业，所以加强控制对于完成工作是非常必要的。

回到《红楼梦》中的贾府来。在贾府各项管理活动中，我们看到最多的一句话就是"这是老祖宗留下的旧规矩，人人都依着，偏我改了不成？"正是因为有这样一种潜意识中的封闭，贾府的管理实践和环境的变化失去了融合的可能，管理中的僵化倾向逐渐形成。被读者视为"管理奇才"的王熙凤，其实在整个荣国府的管理中不过就是"按例行事"而已。然而环境的变化早已超出了贾府老祖宗们的管理智慧，而后代儿孙们又处处因循守旧，这就势必抑制有效控制的形成。

通观《红楼梦》全书，从管理层面而论，举办得最为成功的两大活动当属"可卿丧礼"和"元妃省亲"。前者集中展示了王熙凤的才干，后者凸显了贾府烈火烹油般的家族运势。究其成功的根源，还是因为"控制"得好。依据时间、对象和目的的不同，一般将控制分为三类：预先控制、现场控制、成果控制。所谓预先控制，就是指在活动开始之前就对各项资源的筹备情况进行检查，对各类信息进行综合分析，以便预测对资源的利用效果。王熙凤的"大手笔"——协理宁国府，一开始就在进行预先控制。她将宁国府的管理弊病分析得头头是道，这促使了她协理的最终成功。所谓现场控制，就是指在生产和经营的过程中，对参与工作的人，对执行的事进行监督和指导。王熙凤协理秦可卿的丧事，可谓兢兢业业，一丝不苟。她卯正二刻点名，午初刻办公处理事务，戌初刻到各处巡查，等等，都是亲力亲为，从这个过程足以看出王熙凤现场控制是非常到位的。因此，宁国府偷懒玩牌、喝酒闹事的事情，在丧事期间就再没有发生过。所谓成果控制，是指工作结束后的管理行为，这里的结束不仅是指完全竣工，也指某一个阶段的结束。成果控制的意义在于对这一时期的资源利用以及呈现出来的结果进行总结分析，为下一个阶段或者下一轮工作积累经验和教训。大观园竣工后，对家政很少过问的贾政亲自带领贾珍、贾琏等人验收工程，目的是如有"不妥之处，再行改造"。贾政在游览检查的过程中还不断地询问几案、桌椅、帐幔、陈设古董等是否备齐，贾琏还专门汇报了各处帐幔的使用情况。贾政的这一系列行为就在实行管理中的控制职能。正是由于贾府的这些爷们如此用心管理与控制，元妃省亲才会如此轰轰烈烈，锦上添花。

二、从有效控制的特征看贾府管理的缺失

控制的目的是使实践按着计划的要求进行，最终实现预定的目标。在整个管理活动中如何才能让控制更有效呢？这里就涉及有效控制的特征问题，只有在管理实践中满足并遵循有效控制的特征，控制才会有效果，目标才有可能圆满地实现。而贾府正是因为丢掉了有效控制，才逐渐衰落，最终一败涂地。有效控制一般应具有四个特征：适时控制，适度控制，客观控制和弹性控制。

（一）适时控制

适时控制是指在生产活动中如果出现偏差，就需要立即采取措施加以纠正，防止更大的偏差出现，避免偏差给生产带来不利的影响。然而要做到适时控制，还需要有一个前提条件，那就是管理人员能够及时地掌握反映偏差的信息。在《红楼梦》中，很多时候正是这个前提条件不满足导致了控制的失灵。例如第七十三回，大观园爆出夜里有疑似强盗的人翻入了怡红院的消息，此事惊动了贾母，管理层上上下下无一人敢怠慢，立即展开调查。这一查便把贾府的管理弊病彻底暴露了出来。虽然贾母亲自出马努力控制，然而管理积弊已久，实在无力回天。虽然这一事件很快得到了平息，但是治标难治本的管理现状已经彻底将贾府推向了深渊。

为什么贾母亲自领衔处理此事仍然不能力挽狂澜？原因就在于反映管理弊病的众多信息姗姗来迟，甚至很多事情都以"孝顺""不敢惊动"的名义瞒着贾府最高管理者。这种"隐瞒"似乎不能完全从道德角度加以指责，因为贾府的中层管理者几乎就没有控制的意识，换而言之，对于控制在管理中的地位和作用都没有给予足够的重视。当贾母斥问为什么院子里的安保措施如此松懈时，探春的回答显得轻描淡写："近因凤姐姐身子不好，几日园内的人比先放肆了许多。先前不过是大家偷着一时半刻，或夜里坐更时，三四个人聚在一处，或掷骰或斗牌，小小的顽意，不过为熬困。近来渐次发诞，竟开了赌局，甚至有头家局主，或三十吊五十吊三百吊的大输赢。半月前竟有争斗相打之事。"贾母听了之后，非常惊讶，忙说道："你既知道，为何不早回我们来？"探春道："我因想着太太事多，且连日不自在，所以没回。只

告诉了大嫂子和管事的人们，戒饬过几次，近日好些。"从探春轻描淡写的描述中足以看出，她根本就没有把喝酒打牌这类小事放在眼里，认为不过就是"小小的玩意，不过为熬困"。我们不能说探春在管理中玩忽职守，但是足以看出她在此事上缺乏控制的意识。

接下来贾母的一席话，让这些小辈茅塞顿开："你姑娘家，如何知道这里头的利害。你自为耍钱常事，不过怕起争端。殊不知夜间既耍钱，就保不住不吃酒；既吃酒，就免不得门户任意开锁。或买东西，寻张觅李，其中夜静人稀，趋便藏贼引奸引盗，何等事作不出来。况且园内的姊妹们起居所伴者皆系丫头媳妇们，贤愚混杂，贼盗事小，再有别事，倘略沾带些，关系不小。这事岂可轻恕。"

当事件水落石出后，贾母命令将骰子和牌烧毁，没收所有的赌资散与众人，主犯每人打四十大板，撵出贾府，永不再入。从犯每人打二十大板，革去三个月的工资，调离现任岗位，全部去打扫厕所。一番痛快的处理，让人真真切切地体会到"姜还是老的辣"，也让我们看到了当年贾母当家理事的风采。但是这一切都无济于事，贾母的风采也只能定格在遥远的过去。就算此时贾母英明果断，然而贾府大势已去，迟来的信息对纠正偏差已无任何效果和作用。所以适时控制最理想的状态就是将偏差纠正在产生之前。

（二）适度控制

适度控制从名称上看很好理解，它是指控制的程度、控制的范围、控制的频率都要恰到好处。然而适度控制在实际操作中却是最难的一项。度如何去把握，这不仅仅是一个技巧问题，还关乎情感、理智、悟性等元素，多一分则过，少一分则不足。其实适度控制的核心要领就在于中庸之道。控制不仅要对企业的活动起到监督与指导作用，还要防止企业成员之间矛盾的产生。在管理活动中，适度控制并没有一个具体的标准，一般要根据活动的性质，管理层次的多少，下属的素养以及技术的熟练程度等因素而定。总结起来，要做到适度控制，就要处理好整体控制与局部控制的关系，防止控制过度给员工造成生产阻碍，也要杜绝控制不足造成的松懈怠慢。

《红楼梦》中的贾迎春和贾探春是贾府的两位小姐，身份地位几乎一模一样，然而不同的性情造成了她们在对自己的仆人的管理控制上走向两个极端。贾迎春属于控制不足一类。书中第七十三回写道，迎春的奶娘因为打牌输了钱，偷偷地将迎春的首饰累金凤拿出去典当，原本想捞回本钱来就赎了归还,谁知跌进赌博的深渊不能自拔。然而时近中秋,贾府中的各位小姐按例都要佩戴累金凤出席宴会,当丫鬟绣橘示意迎春将首饰要回时,迎春却说:"罢、罢、罢,省些事罢。宁可没有了,又何必生事。"仆人偷拿主子的东西去典当,这已经违法了,可是迎春不仅不追问,反而觉得多一事不如少一事。奶娘的儿媳在外边偷听了迎春和绣橘的对话后,闯进屋里辩解,和绣橘产生了口角,此时迎春不仅没有及时制止,反而拿出一本《太上感应篇》看了起来,对争吵不闻不顾。奴仆在主子跟前如此放肆地争斗实在不可思议,这能说明什么呢?是奴才胆大还是主子无能?站在管理的层面上看,迎春就是典型的控制不足。她认为奶娘是长辈,只有被她教育的份,没有指责自己奶娘的理。但正如邢夫人所说:"如今她(奶娘)犯了法,你就该拿出小姐的身分来。她敢不从,你就回我去才是。"这些生活琐事可以反映贾迎春的控制无力。

与迎春形成鲜明对比的就是探春,她因为兴利除弊而被冠以改革家的美名。但是贾探春对自己的仆人的管理控制又走向了另外一个极端——控制过度。第七十四回,王熙凤带着众人抄检大观园,检查到秋爽斋时,探春极力维护自己的丫鬟,不让他们搜查。当然这里的"维护"并没有贬义,探春的行为主要源自对自己管理控制的自信。她对众人说道:"我的东西倒许你们搜阅,要想搜我的丫头,这却不能。我原比众人歹毒,凡丫头所有的东西我都知道,都在我这里间收着,一针一线他们也没的收藏,要搜所以只来搜我。"细细品味探春的这句话,其重点不在于搜查谁,而在于表达她对于下人们的控制有多么严格,近乎苛刻。这类过度控制往往会让事态倒向另一个极端,就如同探春打在王善保家的脸上的那一巴掌,看似痛快,却将主子和奴仆之间的矛盾推向了巅峰。

(三) 客观控制

要让控制有效,控制必须是客观的,是基于企业实际的。如何才能做到客观控制呢?要定期检查既定的标准和计量规范,使其符合当下的要求。换而言之,客观的标准和行之有效的检测手段是实现客观控制的重要前提。那么贾府的管理过程中,做到了客观控制吗?我们以第七十四回抄检大观园事件为例。

这一次抄检大观园,从表面上看是在实行管理的控制职能,但正是这样的控制彻底暴露出了贾府控制的不客观性。抄检前没有制定客观标准——到底要抄检出什么来？抄检的导火索是"绣春囊"事件，换句话说，抄检的本质应该就是一次"扫黄"运动。但是当王熙凤带着众婆子进入大观园时，王善保家的在上夜的婆子处抄出了"多余攒下蜡烛灯油等物"，王善保家的立即将其查封，说道："这也是赃，不许动，等明儿回过太太再动。"这抄检的第一步似乎就偏离了原计划。查到潇湘馆，王善保家的发现了一些男人佩戴之物，突然得了意，忙请王熙凤过来验视，并问"这些东西从哪里来的？"此时似乎又明白了，抄检的目的就是要找出丫鬟房中是否有男人之物。然而就算有男人之物又能说明什么呢？按照王善保家的理解，有男人之物就等于有私情。那么紫鹃房里的男人之物是贾宝玉的物件，难道就等于紫鹃和贾宝玉有私情了吗？在入画的房间也查出有男人之物，但是这却是贾珍赏赐给她哥哥的，难道入画和自己的哥哥乱伦，或者和贾珍有私情？在司棋房中查出的那一双男人的棉袜和缎鞋也不能直接证明什么，真正能证明司棋有出格行为的是他表弟潘又安给她写的"情书"。可见"男人之物就等于私情"这种简单的等量代换，不仅仅刻画出了王善保家的的愚昧，还体现了贾府控制无客观标准，反映出王熙凤等人所犯的方向性错误。

  抄检也没有计量规范。这里的"计量"可以理解为抄检的范围。哪里该抄，哪里不该抄，并没有客观计量。王熙凤说薛宝钗屋里不能抄，王善保家的也赞同，原因是"岂有抄起亲戚家来"。那为什么又抄了林黛玉屋里呢？这也是亲戚。你可能会说，薛宝钗屋里使用的是薛家的仆人香菱和莺儿，可林黛玉也在使用林家的仆人王嬷嬷和雪雁呢！所以有没有奸情和是不是亲戚没有关系。更重要的是，为什么只抄检大观园？难道青春和奸情也是紧相联属的？如果真是这样，那么为什么明明白白、众所周知的奸情都发生在大观园之外呢？如果说抄出绣春囊就等于获取了赃证，那么赃物的所在地就一定是贼的诞生地吗？声势如此浩大的贾府整风运动在根源上就犯下了刻舟求剑这样一个低级错误，这只能说明贾府的管理层在行使控制职能时，根本不知道计量规范。

  上面已经阐明了抄检大观园这样的控制行为既没有客观标准，也没有计量规范，更重要的还有一点，那就是控制目标的选择性错误。王善保家的，以及王夫人、王熙凤等人都认为控制的目标是拥有绣春囊等物的丫鬟们，这就犯了一个巨大的选择性错误。大观园是一个封闭系统，别说外姓男人，就是像贾芸这样的宗族子孙都不能顺便出入。在这样一个守卫森严的园子里，能有外姓男人自由出入，这只能说明重重关卡已经有了缺口。事实也是如此，司棋和潘又安能幽会成功，暗中传递私物，靠的就是后门上守门的张妈。潘又安的"情书"上写得明明白白："若园内可以相见，你可托张妈给一信息。"入画房间查出了"赃物"，当王熙凤正在疑惑是谁做的传递人时，惜春一口咬定："必是后门上的张妈。""有事找张妈"似乎在大观园内外已经成了公开的秘密。可见缺口就在后门张妈处，如果不首先控制这个缺口，抓住了一个司棋，也许下一次查到的就是"李棋""王棋"了，永无止境。可以说后门张妈应该是控制的本，司棋等人是控制的末，然而事实却是本末倒置了。

第七十四回的回目叫"惑奸谗抄检大观园"，谁被惑？当然是以王夫人为首的贾府管理高层。谁在奸谗？是以王善保家的为首的老一辈管家媳妇们。这一次抄检，各方都抱着自己的目的，有情感的纠葛，有利益的争夺，有派系的较量，然而唯一没有的就是管理控制的客观性。轰轰烈烈的抄检行为完全可以看成是老一辈的媳妇们举着"扫黄"的旗号对小一辈的丫鬟们的围剿。

（四）弹性控制

一个企业或者组织，总免不了遇到突发事件，这些突发事件往往会让计划与现实条件产生背离。要想控制在此时仍然发挥作用，维持企业的正常运营，它就必须具有弹性。弹性控制与控制的标准相对应，换而言之，控制标准不能是一个具体的值，而应是一个合理的区间。只有把控制的标准设定在一个区间内，控制才有弹性。

贾惜春在管理上就缺乏弹性。当抄检队伍到了暖香坞，在入画房间查出金银锞子、男人使用的鞋袜等物时，惜春显得非常紧张。后来证明这些物件都是惜春的哥哥贾珍赏赐给入画的哥哥的，入画的哥哥怕这些财物被叔叔婶娘挥霍，所以偷偷地传递进来让妹妹入画保管。虽然私下传递这些物件已经违反了贾府的规定，但是多方证明入画所说都是实情，并没有所谓奸情发生。王熙凤、尤氏都表示可以原谅入画的错误，但是惜春坚决反对。从情感上说，惜春认为丫鬟入画的行为伤了她做主子的面子，她说道："这些姊妹，独我的丫头这样没脸，我如何去见人。"从管理层面上说，惜春认为："这里人多，若不拿一个人作法，那些大的听见了，又不知怎样呢。"当然惜春要拿入画杀一儆百也是可以的，但是控制的弹性在何处呢？在惜春的控制标准里，没有区间只有值，换句话说，犯了错就撵出去，没有犯错就留用。管理的终极目的就是用人，此时都把人撵出去了，又何处去用人呢？控制要有弹性，其实就是为了让管理本身更好地约束人，引导人，最后用好人。

三、从预算控制的缺失看贾府的衰败

关于贾府衰败的原因，红学界有一个主要的观点，那就是经济的枯竭，这一点毋庸置疑。然而是什么造成国公府邸经济上的后手不接，捉襟见肘呢？从管理层面而言，是贾府在经济上缺失了预算控制。一个企业甚至一个家庭都应该有经济上的预算。所谓预算控制，是指"根据预算规定的收入与支出标准来检查和监督各个部门的生产经营活动，以保证各种活动或各个部门在充分达成既定目标、实现利润的过程中对经营资源的利用，从而费用支出受到严格有效的约束"[①]。从这个定义可以看出，预算包括两个方面，一是总收入，二是总支出。它的意义在于监督与约束各个部门对资源的利用。

贾府有预算吗？当然有，例如第五十三回，贾珍看了乌进孝递上来的年货清单，上面写着"外卖粱谷、牲口各项之银共折银二千五百两"。贾珍说道："我算定了，你至少也有五千两银子来，这够作什么的！"贾珍的言语已经表明了他对于收入是有预算的，但是此时的预算却成了"胡算"。预算如果不根据实际情况的变化作出调整，就会将管理控制导入误区。这一年的年成不好，从三月下雨一直到八月，竟没有连续晴过五日的；九月又下碗大的冰雹，方圆一千三百里地，人口牲畜死伤无数。这些都算是大的自然灾害，按理说贾珍作为一家之主不会不知道，既然知道，为什么预算还是按照以前的标准来呢？如果说贾珍不知道，那么更能说明贾府的控制缺失到何等程度。无论从哪个角度来说，贾珍的预算都有问题。

不同的企业，因生产活动的不同，预算也会千差万别，但是收入预算、支出预算、现金预算这三部分是任何企业都不会缺少的。

贾府每年的收入主要来源于以下三个方面：一是各处田庄的生产收入，这一笔几乎占据了贾府收入的70%，也是当时地主庄园经济收入的基本形式；二是各处闲置房屋的租金，这一项占总收入的20%；三是朝廷的俸禄，以及过年过节皇帝的赏赐。俸禄要有官职品级的人才有，节庆赏赐也有一定的限度，就如第五十三回贾府过年，皇上恩赐的"春祭赏"，贾珍自己都说：

[①] 周三多、陈传明、鲁明泓：《管理学：原理与方法》（第5版），第512页。

"咱们家虽不等这几两银子使，多少是皇上天恩。"可见这里的赏银的意义，是"恩赐"大于"收入"。除这三项以外，还有一项是亲友世交之家来往送礼。但是这一项几乎可以抵消，因为别人送了来，在相应的日子里又会变个面貌送回去。

贾府的支出也主要包括三个方面。一是贾府的日用开支。两座府邸上下人员有近四百人，吃穿用度是一笔巨大的花费。二是主子仆人的月钱。需要注意的是，贾府的日用开支和月钱是两回事，并非是主子仆人拿了月钱用于日常生活，月钱是除生活开支以外的零用钱。三是除正常开支以外，常有太监等人敲诈勒索，更重要的是，主子仆人们想方设法地将贾府公有资产贪污转变为自己的私人财产。如此一来，整个贾府就出现了收支极度不平衡状态，所以当贾母八十大寿之后，贾府的银两调度就出现了问题，贾琏想偷着将贾母的私人物件搬运一箱出来抵押贷款，于是对鸳鸯说："这两日因老太太的千秋，所有的几千两银子都使了。几处房租地税通在九月才得，这会子竟接不上。明儿又要送南安府里的礼，又要预备娘娘的重阳节礼，还有几家红白大礼，至少还得三二千两银子用，一时难去支借。"为什么会出现这种局面？归根结底就是预算不到位。从贾琏的话语中我们可以看出，无论是贾母八十大寿，还是各处的节礼往来，都应该有预算，因为这些都是大事，提前就应该有筹划安排。像元妃的重阳节礼，是每一年的惯例，更应该预算。现在出现如此尴尬的场面，只能说明贾府预算控制缺失或者缺乏弹性。

从管理控制层面上说，如果收支不平衡，就应该及时调整预算，这里的调整主要是调整支出。换而言之，明明知道收入不如从前，有减少的趋势，那么在支出上就应该控制，但是贾府并没有。收入虽然减少，但是开支一如往昔，这样一来亏空自然形成，寅吃卯粮就在所难免。林之孝就曾建议各房减少开支，裁减仆人的使用数量，该使八个的就使用四个，该使四个的就使两个，然而贾府的决策者们为了照顾家族的门面和排场，毅然决然地拒绝了管家的建议。由此可见，贾府最终的衰败是迟早的事了。

除了上述预算控制的缺失以外，贾府的审计控制也形同虚设。"审计是对反映企业资金运动过程及其结果的会计记录及财务报表进行审核、鉴定，以判断其真实性和可靠性，从而为控制和决策提供依据。"[①] 贾府的银两调度其实是有严密的规章制度的，就算是王熙凤和贾琏也不能随意支配。银两

---

① 周三多、陈传明、鲁明泓：《管理学：原理与方法》（第5版），第521页。

的调度分为三个类别：一是日常开支，由总管房按照"祖宗旧例"调度；二是非日常重复开支，由王熙凤、贾琏裁度，原则上仍然按照旧例行事，但是可以有一定的伸展性；三是突发性的重大开支，由总管家们会同主子一起商议定夺。

审计问题就出现在第二类非日常重复开支上。例如第二十四回，贾芸千方百计在王熙凤处谋求了一个差事，在大观园种花草树木。凤姐批了银票，贾芸一看是二百两，心中高兴万分，立刻去银库，持王熙凤的牌票领取了银子，拿回家还了倪二的账。"贾芸又拿了五十两，出西门找到花儿匠方椿家里去买树。"从书中的叙述来看，贾芸种树所花的银子就五十两，而且树木的种植效果还很好，但是却领取了二百两银子，可以说四分之三都由贾芸私吞了。问题是二百两银子用于种树，是怎么算出来的？就算王熙凤可以有"伸展"的权力，多出一二十两来还情有可原，竟然多出一百五十两，是怎么预算的？退一步说，王熙凤不懂得花草树木的行情，那么当银票开出，作为审计的管家们，难道就不知道这里面藏着猫腻？多出实际用度三倍的费用，揭示的不仅仅是贾府预算的荒谬，还有审计控制的不作为。预算与审计都失控，贾府如何不败！

四、贾府缺失防患于未然的有效控制

中医有句话说"治未病，而不治已病"，管理上的控制，最高的境界就是防患于未然，我们将其称为预防性控制或者风险性控制。《红楼梦》第十三回，秦可卿给王熙凤托梦，语重心长地说道：

"否极泰来，荣辱自古周而复始，岂人力能可保常的。但如今能于荣时筹画下将来衰时的世业，亦可谓常保永全了。即如今日诸事都妥，只有两件未妥，若把此事如此一行，则后日可保永全了。"凤姐便问何事。秦氏道："目今祖茔虽四时祭祀，只是无一定的钱粮。第二，家塾虽立，无一定的供给。依我想来，如今盛时固不缺祭祀供给，但将来败落之时，此二项有何出处？莫若依我定见，趁今日富贵，将祖茔附近多置田庄房舍地亩，以备祭祀供给之费皆出自此处，将家塾亦设于此。合同族中长幼，大家定了则例，日后按房掌管这一年的地亩、钱粮、祭祀、供给之事。如此周流，又无争竞，亦不有典卖诸弊。便是有了罪，凡物可入官，这祭祀产业连官也不入的。便败落下来，子孙回家读书务农,也有个退步,祭祀又可永继。若目今以为荣华不绝,不思后日,终非长策。"

细细体会秦可卿这一番话,无论是在祖坟周围买房买地,还是将家塾设立于此,都是为预防家族败落时贾氏子孙无家可归。秦可卿的策略就是风险控制,在盛极之时筹划衰败之后的退路,居安思危,才是管理的控制理念。王熙凤对这样的建议也是非常赞同和欣赏的,然而却自始至终没有去实践过。秦可卿的理论只能幻化成唯美的构想,安享尊荣者居多、运筹帷幄者无一的现状只能将贾府推向衰亡。

贾府人力资源的构架与管理

任何一宗学问，任何一个研究领域，都有它独特的价值与意义，而这些价值和意义又都不约而同地指向了一个方向——学以致用。儒家文化主张"内圣"与"外王"，这早已成了中国人的核心价值观念。就以"学以致用"而论，"学"是"内圣"的完成，"用"是"外王"的实现。只有两相结合，"学"才会有意义，"用"才会有基础。

《红楼梦》研究成为一门学科已有百余年的历史，这和管理成为一门学科的时间长度差不多。红学研究的意义到底在何处呢？从文化的层面上来说，我将其归纳为四个字"回文归本"——回到《红楼梦》文本之中，其研究深入中国文化之本、华夏文化之源，从而传承我们的优秀文化。从"致用"的层面上来说，研究《红楼梦》虽然属于文学的范畴，但是自始至终都要本着为当下服务的目的，只有如此，红学研究才不会被世人误认为是文人们借助《红楼梦》聊以自慰的工具，才会有它实际的运用和现实价值。从《红楼梦》看人力资源管理就是这一现实价值的最好体现之一。

从现代经济学理论的视角出发，很多学者认为当今经济的增长主要由四个方面的要素促成：一是新的资本投入和新的资源开发；二是不断发现新的可利用的自然资源；三是劳动者的素质不断提高，劳动效率不断提升；四是社会的整体知识技术储备不断增加。不难看出，这四点中后两项都与人力资源密切相关。可以说一个国家要发展，社会要进步，高水平的人力资源管理是前提条件。我们如何从《红楼梦》这部古典小说来看人力资源管理呢？它又能给当下的人力资源管理怎样的启示？下面逐一阐释。

在进入《红楼梦》与人力资源管理的讲述之前，我们首先要理清三个概念。

第一，什么是人力资源。"资源"一词，《辞海》上的解释是"资财的来源"。它是人类创造财富必不可少的要素。它由自然资源、资本资源、信息资源、人力资源等组成。所谓人力资源就是能推动社会组织发展的，提高国民经济或者一个组织经济效益的，具有体力和智力的人的总和。"人的总和"包括两个方面的含义，一是人的数量，二是人的质量。据统计，《红楼梦》中一共描写了421个人，男性232人，女性189人。他们就如同一个微型的社会，活动在以贾府为中心的平台上。贾府又通过安排、规划、管理这421个人来实现日常生活、生产的正常运转。对于贾府而言这421个人就是人力资源。

第二，什么是人力资源管理。人力资源管理是指"为了实现组织的战略目标，组织利用现代科学技术和管理理论，通过不断地获得人力资源，对所获得的人力资源进行整合、调控及开发，并给予他们报偿，有效地开发和利用之"[1]。从这个定义中我们可以看出，人力资源管理的最终目的是为了实现组织的目标，它是以调配人与人之间，人与工作之间，人与组织之间的关系来开展的一系列的生产活动。在开展这一系列生产活动后，组织能提高生产率，增加市场竞争力，员工也可以从中得到生活与精神所需，这就是生活质量与工作满意度的提升。对于《红楼梦》中的贾府而言，贾母、王熙凤等管理者通过对家里仆人们的整合和调控来实现贵族生活的排场和荣耀，仆人们依靠在贾府劳动获得物质上与精神上的满足，这就形成了《红楼梦》中人力资源管理的循环。

第三，什么是人力资源管理的核心任务。从名称上看，"人力资源管理"的中心任务就是"管人"。无论是东方还是西方，管理的核心皆是如此，其差异就出现在对"人"的理解上。现代管理模式是提倡以人为中心的人本管理，然而从管理学发展史来看，管理模式历经了四个阶段——等级模式、人际关系模式、系统模式和人本主义模式。所谓等级模式，就是我们俗称的传统模式，它以不断完善与提升组织内部管理体制和管理技术来达到管理的目的。所谓人际关系模式，是以在组织内部建立正式的或者非正式的团体为手段，从而提高生产效率。所谓系统模式，就是以计划、协调、控制为手段加强人与工作之间、员工与员工之间、员工与部门之间的整体配合，从而实现组织的目标。所谓人本管理，是以人为中心展开工作，其核心就是围绕如何

---

[1] 余凯成、程文文、陈维政：《人力资源管理》，大连：大连理工大学出版社，2006年，第14页。

调动人的积极性而展开的一系列管理实践。

《红楼梦》中的贾府在管理实践中属于哪种模式，很难界定，因为不同的故事场景呈现的管理模式可能会有差别。例如从整个贾府的管理制度来看，它属于等级模式。从大观园的管理体系来看，它又属于人际关系模式。从王熙凤协理宁国府、元妃省亲等重要情节中的管理来看，它应该属于系统模式。从贾探春兴利除弊，薛宝钗小惠全大体的改革来看，它又应该归入人本主义模式。然而无论是哪种管理模式，它的基本任务都是对有限资源进行最有效的配置，进而通过人实现既定目标，把规划的事情处理好。

有了上述的三个概念作为基础，下面就可以进入《红楼梦》中的人力资源管理了。

一、贾府的人力资源规划

对于"人力资源规划"，国内外的学者根据立足点不同会有不一样的解释。例如站在组织利益的角度看，所谓人力资源规划是指为了实现目标，在一定的时间范围内，组织根据岗位所需而计划招募各类人才；如果站在组织与员工利益兼顾的角度上，人力资源规划就是指寻求一种人力资源供给和员工需求之间的平衡度。然而无论是从哪个立足点出发，人力资源规划的根本目的和功能是一样的：目的就是实现组织和个人的长远利益；功能就是依据组织的战略目标，对内外部环境的实际分析，预测未来对人力资源的需求情况，从而确定对各类人才在数量和质量上的实际需求。

贾府的人力资源规划是个什么情况呢？《红楼梦》中虽然没有明细的规划清单，但是从故事情节分析中就可以得到较为详细的答案。贾府的祖上是贾源和贾演，他们乃一母同胞的亲兄弟，因系开国元勋，战功赫赫，所以分别封为公爵，名曰宁国公和荣国公，到贾宝玉这一辈已历经四代。虽然贾家的后代儿孙仍然世袭爵位，享受着相应级别的待遇，但是家族的状况已经"一代不如一代"，然而为了支撑国公府邸的门面，一切用度、排场又不能将就俭省。例如，伺候主子的仆人数量仍然沿用老祖宗手里的旧规矩。《红楼梦》第三回就写道，服侍迎春、探春等贾府小姐的仆人"除自幼母乳外，另有四个教引嬷嬷，除贴身掌管钗钏盥沐两个丫鬟外，另有五六个洒扫房屋来往使役的小丫鬟"。这样算来就有十三人。到了第二十三回，贾宝玉和众位小姐们入住大观园后，"每一处添两个老嬷嬷，四个丫头，除各人奶娘亲随丫鬟不算外，另有专管收拾打扫的"。再一合计，伺候一位小姐的丫鬟仆人就有二十多人。这还只是小姐们的规格，辈分更高的，有诰命在身的贾母、王夫人等使用仆人的数量还要多得多。还有一点需要注意，这里统计的只是女性仆人，男性奴仆不能进二门，所以并没有算在其中，但是二门外的男仆数量不会少于女性仆人。他们的主要职责就是看家护院，干一些需要外出的工作和相对较重的体力活。

从上面的梳理叙述可以看出，贾府的人力资源规划是在保证主人们享受生活的目标下来进行人员配置的。当然它也兼顾了仆人们的利益，而且仆人们还不断地依据主人的标准努力工作，从而求得晋升的机会。但是贾府的人力资源规划并不科学，岗位人员配置过多，造成费用过大，让整个贾府的经济不堪重负。而且，一个人的工作三个人做，导致苦乐不均、偷奸耍滑、赌牌酗酒者甚多，有脸者不服管束，无脸者不得上进，人与人之间的纠纷让管理的难度不断增加。人力资源规划一定要立足于现实，着眼于未来，贾府的管理层只立足于现实的享乐和排场，并没有看清楚这样的规划意味着把家族一步步推向衰败的边缘。

二、贾府的工作分析及机构配置

"工作分析"是人力资源管理中的一个术语，它是指"对组织中某个特定工作职务的目的，任务或职责、权利、隶属关系、工作条件、任职资格等相关信息进行收集与分析，以便对该职务的工作作出明确的规定，并确定完成该工作所需要的行为、条件、人员的过程"[①]。工作分析是形成职位描述的重要依据，是人力资源管理中必不可少的环节。现代人力资源管理中的工作分析，一般采用七个步骤来完成，七步分别由七个问题组成，简称"6W1H"。"6W"分别是：What，它指的是此项工作的具体内容，以及具有哪些权利与义务，需要担当什么责任；When，是指此项工作在什么时段内完成；Where，是指完成工作的地点和环境；Why，是指完成此类工作的意义与目的是什么；Who，是指由什么样的人来完成此项工作；For Whom，是指为谁工作，它的服务对象是哪些人。"1H"代表的是 How，它是指如何完成这项工作，需要什么样的技术条件和知识储备。

---

① 余凯成、程文文、陈维政：《人力资源管理》，第 66 页。

贾府赫赫扬扬历经百年，有着严密的机构设置，这些机构相互之间配合良好，运作协调，因此我们可以推测贾府的先辈们在机构配置之前是作了仔细的工作分析的。下面我们从人力资源管理的角度，再来分析一下贾府的机构设置。

（一）总管房

在《红楼梦》中，该机构有些时候也被称为"总理房"。它主要负责整个贾府事务的协调、安排工作。它根据主人们的旨意，或者按照贾府祖宗留下的"旧例"办事。大到元妃省亲的统筹规划，小到丫鬟生病请医问药，都要经过总管房。钱物的调动更要通过总管房核准，按规定等级支配，就算是主子也不能随意违规。想越过总管房办事也可以，那么一切钱银用度都由私人出，不能动用"官中的钱"。例如晴雯生病，按照贾府的规定，先要报告总管房，然后请大夫问诊，相关费用由官中承担，但是这样一来，晴雯就需要挪出大观园到家里养病，为的是不传染给小姐少爷们。贾宝玉心疼晴雯，家里的条件怎能比得上怡红院？于是就偷偷地请了大夫来医治，大夫的出诊费就是由贾宝玉私人出的。统领总管房的领导班子由赖、单、林、吴四大管家组成，他们分别是赖大、单大良、林之孝、吴新登。

四大管家都是男性，他们的办公地都在二门外，换句话说，四大管家主要负责的是贾府与外界有关的工作。二门内是小姐夫人们的活动范围，由四大管家的妻子负责，这就是书中被称为"赖大家的""单大良家的""林之孝家的""吴新登家的"的四位媳妇。贾府二门内的事务都由她们打理，所以《红楼梦》第七十三回，贾母要亲自过问值班人员赌钱吃酒、玩忽职守的事件时，王熙凤立即传了这四位管家媳妇进来问话。传统社会中"男主外女主内"的思想在这里体现得非常明显。

（二）账房和田庄

账房是贾府的财务机构，田庄是贾府的生产机构。账房账上的钱绝大多数都来自田庄，贾府的一切开支所使用的钱银都由账房统一调配发放。但是二者地理位置相距甚远，账房在贾府二门外大门内，田庄却在几百公里以外，甚至更远。田庄上的产出主要以地租的形式供给贾府，包括实物地租和货币地租两种形式，从《红楼梦》第五十三回乌进孝缴纳的年货就可以看出来。各类实物地租如鹿、羊、猪等不计其数，另外还有二千五百两银子。地租分春秋两季收取，贾府安排王夫人的陪房周瑞专门管理此事。刘姥姥一进荣国府时，周瑞正好去南方收秋季地租了。贾府账房的规章制度也是比较严密的，一切都按照规矩办事。领取银子有一系列的手续，就是主子也不能例外。例如贾府主子仆人们的月钱，先由账房算好，从银库领取出来，再由管家媳妇交到王熙凤手里，然后再按照各门各院依次发放。王熙凤扣发月钱放高利贷就在这个空当。她从账房领取了所有女仆人的月工资后，先不发而是拿出去放高利贷，等十天半月收回本来再按数发放。我们从平儿的口中得知，就这一项银子，王熙凤一年就能翻出上千的利银来。

（三）粮库、银库、买办房

从《红楼梦》文本中可以得知，粮库、银库和买办房都是由四大管家之一的吴新登管理。从田庄上收取回来的地租，分别存放在粮库和银库内，这属于储存性质。贾府日常所需的银两调度，先由总管房安排，再去账房办理相关手续，然后到银库领银子。从形式上看，环环相扣，四大管家相互辖制，这是工作分析和机构设置的初衷。但是银子是硬通货，不像现在的纸质货币使用起来那么简单，它先要靠银库的主管称重量，再按数给出。这个环节就有猫腻了。银子多一两少一两，就看称重量的人手松手紧了。所以贾芹要去家庙管理僧尼，到银库领银子时就"随手拈一块，撂与掌平的人"。这句话虽短，但是其中容纳了多少含义与秘密！

买办房类似于现在的采购部门，可谓肥缺。这个机构的部门经理叫钱华，钱华下面有很多买办人员，鸳鸯的哥哥金文彩就是其中之一。贾府日常所需物资的采购都由买办房办理，例如采购蔬菜，采购鸡蛋，采购小姐们使用的胭脂水粉，等等。然而为了获利，买办经常采购一些和要求的等级不符的假货搪塞主人。例如探春就说过，她们使用的胭脂等化妆品，就曾因为质量不好而丢掉，又拿自己的月钱重新派人购置，可见其黑暗程度。

（四）二门外诸房

常言道"侯门深似海"，贾府就是一个例子。这座国公府邸从门房的管理权限上看，分为二门外和二门内。二门外是男仆的主要活动场地，二门内是女仆的主要活动场地。当然也有一些女仆因为等级低下而不能进入二门内的。成年的男仆无论地位高低，原则上都不能进入二门，只有一些未成年的小厮可以在二门内的个别地方站岗值班。那么二门外有哪些机构呢？主要有四个：门房、厨房、茶坊、金银器皿房。

门房就类似于今天的门卫，当然贾府的门卫可威风多了，俗话说"宰相门房七品官"，一切人来客往，外地官员拜贺，都要通过门房向里传达。就算给贾府主子送礼，也要先给门房的值班人员留一部分作为犒劳。柳家嫂子给侄女四儿的茯苓霜就是外地官员来拜谒时给门房的礼物（一篓子茯苓霜）。门房的潜规则是谁当班谁就分当天的门礼。

贾府的厨房也是一个机构，整个府邸四百余人的饮食都由厨房负责。主子奴才根据自己的身份吃不同级别的"分例菜"。例如贾母级别最高，厨房将天下所有的菜肴写了牌子转着吃，每个月吃多少算多少钱。王熙凤的分例菜也非常多，摆上桌子也是"碗盘森列""满满的鱼肉在内"。平儿这个等级的仆人也有四样菜的分例。后来为了照顾大观园的小姐少爷们，又在大观园专门开设了厨房，专供园内的饮食，同样按照等级吃饭。如果临时想换换口味也是可以的，但是必须自己掏钱另外预备。探春和宝钗想吃"油盐炒枸杞芽"，就是单独拿出私房钱让厨房做的。厨房也是肥缺，虽然没有直接的银子，但是生活所需的原材料都可以从中获得。"玫瑰露风波"中，柳家媳妇被革掉了大观园厨房的总负责人职务，林之孝家的委派秦显家的补这个缺。为了答谢林之孝家的，秦显家的背地里送去了"一篓子炭，五百斤木柴，一担粳米"，这些并非是秦显家的自己掏腰包，而是厨房的东西，不过全部算在了柳家的头上，说是她贪污留下的亏空。这笔账自然就不了了之。

茶房和金银器皿房也是同级机构，前者负责贾府所有人员茶水，后者负责保管各类器具。因为贾府奢华靡费，生活用具大多都是金银等高档材料制成，所以器皿房既是库房也是金银古董保管房。这些东西都是按照件数一一登记的，每一件的来龙去脉都要十分清楚，所以这一机构贪污较少。

（五）二门内诸房

比起二门外诸房来，二门内各房就显得更加生活化。它由浆洗房、针线房、戏房和库房组成。针线房和浆洗房都和衣服有关。贾府人员所穿衣服几乎都出自针线房，张材家的总管针线房的工作；贾母房里傻大姐的娘就是浆洗房的仆人。逢年过节也有亲友馈赠衣服的，但是贾母等人从来不穿别人家做的衣服。贾宝玉有时连针线房做的衣履都不大穿，非要袭人等专门做，可见讲究奢华到何种程度。二门内的库房又是做什么用的呢？主要是存放一些更高级别的生活用品，贾母讲述的丝织品"软烟罗"就存放在这类库房里。

二门内的库房不止一个，大观园的缀锦阁就是库房之一，它也不完全存放奢侈品，一般的日用品也可以堆放在内。

从上述分析来看，贾府机构设置是完全符合工作分析的结果的。所有的机构都是为贾府主子们服务的，机构成员全部由贾府的仆人们充当，专长与职位都一一对应，工作的环境与地点除田庄以外都在贾府内，不同的是有些在二门外，有些在二门内，有些在大观园里。不过，虽然贾府的机构设置比较完备，但是监管力度却不够，能让王熙凤等人做手脚的地方就是监管的盲区，这也是人力资源管理不到位造成的。所以只有工作分析还不行，还需要强有力的监管，才能让各机构正常而合乎规矩地运转。

三、贾府的员工薪酬制度

"薪酬"是人力资源管理中一个非常重要的概念，从经济学层面上说，它是企业与员工之间公平交易的体现。员工为企业做出了贡献，花费了时间与汗水，付出了学识与技能，那么企业就应该付给员工相应的回报和答谢，这就是薪酬的来源。薪酬一般由三部分构成，分别是工资、奖励、福利。所谓工资，从我国现行的一般制度来看，又分为基本工资、岗位工资、工龄工资以及我国法律规定的若干政策性津贴。基本工资是为了保证员工维持最低生活所需，岗位工资与工龄工资主要突出的都是员工对企业的贡献大小。所谓奖励，是为了激发员工的热情而专门设计的，它与员工的工作绩效直接挂钩，具有很强的针对性。但是奖励呈现出的是一种变动的趋势，有很强的短期刺激效果。所谓福利，就是一种变相报酬，是正式薪酬的一种补充，它很少以货币的形式直接发放给员工，而是以实物或者某些服务的形式呈现。

贾府仆人们的薪酬是怎么计算的呢？在《红楼梦》中，仆人们的工资叫"月钱"。贾府的仆人按照等级分为五个级别：总管级、一等仆人、二等仆人、三等仆人、粗使仆人。月钱就按照级别发放。总管级的仆人不直接伺候主子的饮食起居，只是参与日常家政及大事的办理。他们的工资并没有明写，然而从赖大能有自己的庄园和仆人推测，他们的工资应该相当可观。一等仆人的月钱是明确交代了的，每月一两银子。一等仆人只有贾母、王夫人这个层次的主子才有资格使用，然而在数量上也有差别，贾母身边的一等仆人有八个，王夫人只能使用四个。小姐少爷们只能使用二等仆人及以下。当然也有例外，贾宝玉屋里的袭人就是一等仆人，然而袭人原本是贾母身边的，因为疼爱宝玉所以交给他使唤，月钱仍然在贾母这边领取。二等仆人每月一吊钱。三等和粗使仆人的工资在五百钱到三百钱不等。除了直接的月钱，工资中还有米面等粮食，所以王熙凤协理宁国府的时候，因为丫鬟迟到而大怒，就下令"革他一月的银米"。不仅仆人们有月钱，就是主子们也有月钱，仍然按照级别发放，例如贾母一月二十两银子，王熙凤一月五两银子，迎春、探春等小姐一月二两银子。需要指出的是，主子的月钱基本上就是零用钱，而仆人们的月钱则是赖以生活的救命钱。

以上罗列的是贾府员工的工资，此外还有奖励和福利。奖励的钱并不固定，比较随意，这要看时机和主子的心情。例如贾宝玉派佳慧给林黛玉送茶叶，碰巧潇湘馆发月钱，于是林黛玉就顺便抓了两把给她。再例如第三十七回，秋纹对袭人回忆说，有一次贾宝玉心血来潮，将大观园中的红梅花弄了几枝插瓶，让秋纹捧送给贾母、王夫人，贾母、王夫人一高兴就当场赏给她二百钱和两件衣服。贾府仆人的福利也是相当不错的，就如同王熙凤所说：咱们家的丫头也比一般人家的小姐强。仆人们除了月钱以外，吃、穿、住几乎是贾府全包了的。吃有分例菜，穿有四季定制的衣服，住和主子们一起。所以级别高一点的仆人，其穿戴和主人们差不多，于是大观园中就有了"副小姐"这样的称谓，专指小姐们的贴身二等丫鬟。可见贾府的福利待遇是不错的。

从上述分析看，贾府仆人的薪酬层次与结构是清晰的。但是也有很多弊病隐藏其中。从现代人力资源管理的角度看，合理健全的薪酬制度除了满足上面的多重构成以外，还要具备合法性、公平性、竞争性、激励性和经济性。那么贾府的"月钱"兼顾了这"五性"吗？

首先看合法性。月钱原本是贾府自己定的，不存在合法性问题，但是王熙凤从银库领出丫头婆子们的月钱后，就会拿出去放高利贷，所以时常拖欠仆人们的工资，弄得下人们怨声载道，这为贾府的稳定埋下了隐患。

公平性基本满足，但是完全看身份等级，不讲多劳多得，这也为贾府钩心斗角的人际关系埋下了隐患。

竞争性基本没有，所以王熙凤分析宁国府五大管理弊病时就指出了"有脸者不负钤束，无脸者不得上进"，身份地位高的永远都挡着道路，成了晋升的拦路石，久而久之员工的上进心也就被消磨掉了。

激励性不规范，主子赏赐太随意，没有一定的章程，所以激励性赏赐就演变成了仆人们想方设法讨好主子的"劳动"所得。

经济性是贾府薪酬制度的大问题。高工资高福利当然能提高企业员工的积极性和竞争性，但是如此一来就会增加企业的经济负担，如果这个负担超出了企业的负重，企业就面临着崩溃。从现代薪酬制度来说，一切薪酬都要受到经济性的约束。所以领导在考察人力成本时，不仅要看薪酬水平，还要看员工的绩效水平。《红楼梦》中的贾府正是忽略了这个大问题，仆人们的使用计划没有按照经济性原则来编制，而是按照贵族排场的豪华度来编制。试想想，宁荣二府的主子有多少？总共加起来超不过三十个人。然而仆人们的数量却是主人的十几倍。贾府一年的收入基本上耗费在了仆人们的支出上。如果说家里的仆人能有较高的经济产出也就罢了，然而这些仆人几乎都是纯粹的消费者，他们所谓的产出不外乎就是满足了贾府主子的虚荣心而已。

四、贾府人力资源管理的"选、用、育、留"制度

现代人力资源管理是一个系统工程，其中涉及的环节非常多，上述资源规划、工作分析、薪酬待遇都是其有机组成部分。虽然环节众多，但是核心始终是明确的，那就是"人"。我们常言"知人善任"就是人力资源管理的终极指向。无论怎么去勾画，人力资源管理总结起来就是对人的"选用育留"。贾府在这方面是怎么做的呢？

（一）选人

贾府仆人按属性分为三种情况。一是直接从外边买，例如贾宝玉身边的袭人，就是因为当年家里穷，吃不起饭，父母走投无路，只有把自己的女儿卖给贾府为奴，得了钱让一家人勉强活下来。二是贾府的少爷们结婚，妻子从娘家陪嫁过来的仆人，例如王熙凤身边的平儿就属于这一类。三是自己家里的青年仆人到了一定的年龄，由主子做主相互婚配后生出来的子女，俗称"家生子"，贾母身边的鸳鸯就是这个类别的仆人。贾府在选择仆人上遵循着两个原则：一是模样标致，二是聪明伶俐。管家们也会时刻留意仆人们的状况，如有乖巧伶俐的就会推荐奉送给主子，例如晴雯最先就是赖嬷嬷买了调教好再送给贾母的。

在"选人"这一项上，王熙凤可谓最为用心，因为她深知"一个好汉三个帮"的道理，所以时时刻刻都在留意身边哪一个仆人可调教可用，最后可

以成为自己的左膀右臂。怡红院的小红就是她发现的人才。一次偶然的机会，小红在凤姐面前展示了口才，于是凤姐"一纸调令"就把小红从贾宝玉身边要了过来。

（二）育人和用人

育人是用人的前提，用人是育人的实践，二者之间相辅相成。用人更是人力资源管理的核心，上面讲述的贾府机构设置，其实也展示了贾府的用人制度。育和用很多时候都是紧密联系在一起的，贾府也在用人的环节中育人。例如元妃省亲时，要下姑苏采买唱戏的女孩子，贾珍就派了贾蓉、贾蔷"带领着来管家两个儿子"一同前往。这里的来管家是指宁国府的总管家来升。这一次派遣来升的两个儿子出去办事就是在"用"，但同时也是在实践中历练，这个过程又是"育"。

（三）留人

要很好地用人，还需要留得住人。上面提到的薪酬制度也是留人的一个方面。贾府这样的国公府邸，对于仆人们并没有朝打暮骂，相对而言待遇是极好的，所以很少有人想"出去"。当袭人的母亲提出要把袭人赎回来的时候，袭人的反应是坚决抵制，"死也不出去"。这和她所处的安逸环境有一定的关系，当然这里面也有和贾宝玉的情感牵连。贾府留人的秘诀在哪里呢？其实就是讲究一个"礼"字。仆人虽然是下人，但是贾府的风俗，只要是服侍过长辈的仆人，其地位都是相当高的。例如总管家赖大，像贾宝玉这样的小辈见了他都要下马问候，贾蓉这个辈分的主子见了他要叫"赖爷爷"。服侍贾母的鸳鸯，到王熙凤屋里，贾琏都要起身叫姐姐。赖嬷嬷是贾政的奶娘，在一些公共场合，年轻媳妇们都要站着，这些妈妈们可以坐着。可见一个"礼"字成了贾府留人的关键。

其他参考文献

陈大康. 论荣府的管理机构与制度 [J]. 红楼梦学刊，1986（3）：193－213.

冯子礼. 红楼梦的经济细节初探：封建末世贵族地主阶级的生产、交换、分配和消费 [J]. 红楼梦学刊，1984（3）：236－263.

从王熙凤协理宁国府看领导的职能

对于《红楼梦》的解读总是见仁见智。究其根源，主要在于《红楼梦》有一种超强的现代性。所谓现代性，并非指它具有现代人的思想、观念等，而是文本中有对现代理念的切入能力。《红楼梦》第十三回主要是王熙凤协理宁国府的情节，就在这一回中，我们便能从王熙凤的身上领略现代管理者的风采，从而体会并感悟管理学中的领导职能。

人类使用管理由来已久，但是真正形成学术体系，已是近现代的事了。法国管理学家法约尔于1916年发表了《工业管理和一般管理》，正式提出了管理的五大职能。随着社会的发展，管理学家们又从不同的角度对管理的职能进行了诠释和补充，人们对管理的认识也因此而大大提升，然而管理的基本职能并没有因为社会的发展而发生本质性的变化，换而言之，管理的基本职能是众多管理学说所共有的核心。如何从《红楼梦》这部文学经典中去发现并认识领导职能呢？我们将焦点集中在王熙凤协理宁国府这一故事情节上。

王熙凤是脂粉堆里的英雄，对她的才干的描写贯穿于《红楼梦》的始终，然而最能展示她能力的情节当属"协理宁国府"。宁国府中的蓉大奶奶秦可卿突然死亡，在没有任何准备的情况下，宁国府的管理层顿时乱成一团。在古代人心中，丧礼是大事，尤其像贾府这样的侯门公府之家对此更为重视。为了让秦可卿的丧礼风光体面，宁国府需要找一个才干出众的人协理府中事宜。在贾宝玉的极力推荐下，贾珍征得邢、王二夫人的同意，聘请了王熙凤，并让她担任"治丧委员会主任"，换句话说，此时的王熙凤成了秦可卿丧礼的实际领导者。

什么是领导？不同的管理学家有不同的表述，然而无论何种表达方式，其核心要素几乎相同。所谓领导，是指"在一定的社会组织或群体内，为现实组织预定目标，运用其法定权利和自身影响力影响被领导者的行为，并将其导向组织目标的过程"[①]。对于领导的定义，其中有三个要素需要注意。第一，领导者必须要有部下或者追随者。第二，领导者必须拥有影响下属的能力。第三，领导者的目的是通过影响下属来达到组织的最终目标。

就此时的王熙凤而言，她具有作为一个领导者的三要素吗？回答是肯定的。王熙凤是红楼四大家族中金陵王家的小姐，后嫁到贾府，因为才干优长被贾府的领导层破格提拔为"执行总经理"，无论是从法定的权利还是从影响下属的能力而言都符合一个领导者所需要具备的要素。贾府乃公爵之家，皇亲国戚，家中的仆人少说也有好几百人，这些人都要听从王熙凤的调度和指派，所以她从来就不缺乏部下和追随者。虽然王熙凤平时所管理的是家庭琐事，但是这一次所要完成的任务十分明确，就是让秦可卿的丧礼风光体面，保质保量，万无一失。至此，从上述的分析来看，王熙凤是一个不折不扣的领导者。

王熙凤的领导方式有两个突出的特点，一是"重事"大于"重人"，二是决策时比较专断。她接受任命后，第二天一早就召集了宁国府中的管家、仆人吩咐道：

> 既托了我，我就说不得要讨你们嫌了。我可比不得你们奶奶好性儿，由着你们去。再不要说你们"这府里原是这样"的话，如今可要依着我行，错我半点儿，管不得谁是有脸的，谁是没脸的，一例现清白处理。

从王熙凤的言行中可以判定她属于重事型的领导者，这一类型的领导者以工作为中心，注重组织的终极目标，看重任务的完成情况以及工作效率等。所以王熙凤才对仆人们说，无论是有脸面的还是无脸面的，都要按照规定认真完成分内的工作，否则一律依法惩处。王熙凤的"就职演说词"也彰显出她是一位专断型领导，一切活动由她一人决策安排，以她的权力推行工作，一切都要依着她行。

从现代管理学的角度而论，不同领导方式各有不同特点，每一种方式也

[①] 向秋华：《管理学原理》，长沙：中南大学出版社，2011年，第139页。

都各有千秋，运用哪一种领导方式需要根据自身所处的实际环境、工作性质以及下属的具体情况而定。王熙凤的"重事"与"专断"虽然并非唯一的选择，但是在当时的环境下，却是最优的选择。在正式就职之前，王熙凤就仔细分析了宁国府的实际情况：

> 头一件是人口混杂，遗失东西。第二件，事无专执，临期推委。第三件，需用过费，滥支冒领。第四件，任无大小，苦乐不均。第五件，家人豪纵，有脸者不服钤束，无脸者不能上进。此五件实是宁国府中风俗。

王熙凤协理宁国府表现出的"重事"与"专断"正是基于上述原因才做出的选择。当王熙凤正式就职后，宁国府在她的治理下变得井井有条了，这当然要归功于她的才干与尽职尽责，然而如果从管理学的角度分析，王熙凤的成功在于她运用领导职能的成功。

领导贯穿于组织管理活动的全过程，能否有效运用领导的职能就成了是否能实现最终目标的关键。具体而言，主要的领导职能包括组织职能、指挥职能、监督职能、协调职能、激励职能。王熙凤在协理宁国府时，是如何运用这些职能的呢？

首先看王熙凤领导过程的组织与指挥职能。组织机构是支撑组织运行的基础条件，所以对于领导者而言，首先就需要筹划设立组织机构，定岗分工。王熙凤走马上任的第一步就做了这方面的安排。她将宁国府的仆人集中造册，然后逐一分派任务：

> 这二十个分作两班，一班十个，每日在里头单管人客来往倒茶，别的事不用他们管。这二十个也分作两班，每日单管本家亲戚茶饭，别的事也不用他们管。这四十个人也分作两班，单在灵前上香添油，挂幔守灵，供饭供茶，随起举哀，别的事也不与他们相干。这四个人单在内茶房收管杯碟茶器，若少一件，便叫他四个描赔……

这样的统筹与安排让仆人们清楚了自己的职责，各司其职，各负其责，清晰明了。但是有一点需要注意，在现代管理中，定岗分工还需要兼顾知人善任的原则，王熙凤在这一点上并没有过多考虑。这里面有一个原因：所谓知人善任是针对特殊岗位和特殊人才而言的，像管理杯盘碗盏、倒茶端水这样的活，技术含量低，只要四肢健全、头脑正常就能做，所以王熙凤直接统一安排了，这也是领导过程中的一种变通。

其次看王熙凤领导过程的监督职能。领导的监督职能是体现在组织目标的实现过程中的，它除了直接监管工作以外，还能给领导提供反馈信息，以便对工作中的偏移、差错作出修正。王熙凤在监督职能上把控得最好，除了自己总监督以外，还增派管家巡查监管。书中这样写道：

> （王熙凤安排）来升家的每日揽总查看，或有偷懒的，赌钱吃酒的，打架拌嘴的，立刻来回我，你有徇情，经我查出，三四辈子的老脸就顾不成了。

这些话语足以看出王熙凤对监督的重视。

除此以外，领导过程中的协调也是她重视的。从《红楼梦》的故事情节来看，王熙凤使用协调职能有一个特点，就是以自己的作息时间来规范协调各项事务。王熙凤对属下说：

> 素日跟我的人，随身自有钟表，不论大小事，我是皆有一定的时辰。横竖你们上房里也有时辰钟。卯正二刻我来点卯，巳正吃早饭，凡有领牌回事的，只在午初刻。戌初烧过黄昏纸，我亲到各处查一遍，回来上夜的交明钥匙。第二日仍是卯正二刻过来。

因为一个组织是由人力、财物、信息等要素构成的，要使组织的一切工作都能配合适当，就需要领导统一协调。如何协调，选择什么样的方式协调，这里面有一个前提条件，就是领导属于什么类型。王熙凤属于专断型领导，各项事务必须以她的决策为准，既然如此，她就是中心，以她的作息时间来协调各项事务就是适当的选择。

王熙凤是特权阶级的代表人物，所以她的管理理念有时代的局限性，例如过于专横霸道，少有员工激励等，但从协理宁国府这一事件来看，她的管理过程也可以给我们现代企业管理作一个参照。

从贾探春兴利除弊看管理的创新职能

　　一提到管理的职能，可能我们首先想到的是管理学家法约尔提出的计划、组织、协调、控制和指挥。这当然没有错，在实际的管理活动中，这五大职能是保证管理体系按照预先设定好的方向有规则有节奏地运行的条件，我们把这样的职能称为"维持职能"。维持职能是确保管理正常运转的基本手段。在现实社会中，无论是国有企业还是民营公司，其基层与中层的领导和管理者都需要花费大量的精力和时间来从事"维持职能"的管理工作。

　　如果管理只需要"维持职能"，那就太简单了。事实刚好相反。任何一个社会组织都不是绝对独立的，它本身就是由众多要素构建起来的一个系统。这个系统有自我的内部循环，也有与外部不断发生信息交换、能量传递、利益往来的外部循环。换而言之，任何企业在社会体系中都是一个开放的、动态变化着的非平衡系统。如果管理不根据外部的变化作出调整，让企业的生产适应社会与市场的变化，那么企业面临的就是被淘汰的危险。如何去避免这种危险？这就需要启动管理的创新职能。为了更好地理解管理创新职能的内容与特征，我们借用《红楼梦》中贾探春"兴利除弊"的故事作为案例平台逐一阐释。

一、管理创新的过程

　　贾探春"兴利除弊"是《红楼梦》第五十六回的故事[1]，这是探春改革贾府管理机制的一次创新性举动，更是彰显她个性、才能

---

[1] 本书所有出自《红楼梦》的引文和关于《红楼梦》故事情节的叙述，均据华夏出版社 2006 年版，以下不再一一注明。

的正传。正因为兴利除弊的壮举，贾探春被读者冠以"改革家"的美名。任何类型的创新都是一个漫长而复杂的过程，这个过程甚至显得杂乱无章，所以创新者一定要经得起数次失败的考验，这也是创新者首先需要具备的心理素质。其次，创新者要对旧事物有非常深刻而详细的了解，对其利弊能做出明确的肯定与否定，然后再提出新方法、新制度、新章程。贾探春在大观园的兴利除弊，经历了以下三个阶段的努力。

（一）创造条件，等待机遇

《红楼梦》中的贾府，是一个庞大的家族，其中的人物关系、情感纠葛可谓错综复杂。主仆人员，丫鬟小厮，上上下下多达几百人。它的日常管理、财务运作、人员配备都有着系统的制度安排，但是这些章程都是贾府老祖宗们留下的"旧规矩"，近百年来竟没有变动过。随着时间的推移，虽然贾府依旧赫赫扬扬，然而"内囊早已尽上来了"的现实却越来越明显。出于"孝"的文化心理，后辈儿孙没有一个敢私自变更老祖宗的制度，就算精明能干的王熙凤也只能按照制度办事。贾府的最终衰败，从管理学层面上看就是管理制度的失败，管理制度的失败又源于管理者抱残守缺，只顾管理实践中的维持职能，而不顾管理的创新职能，这就势必导致"新现实"与"旧管理"之间的错位。

对于贾府这样的管理现状，难道就没有明眼人吗？当然有，她就是贾府的三小姐探春。但是她毕竟是一位"未出阁"的大家闺秀，管理家政原本就不是她的分内之事，所以制度改革也就一向和她无缘。然而故事发展到第五十五回，因为王熙凤小产，需要休养不能管事；王夫人上了年纪，精神早已不如从前，现在失去凤姐这位得力干将，总觉得力不从心，所以自己只管大事，家中一切琐碎之事都暂时让李纨协理；而李纨尚德而不尚才，一副菩萨心肠，未免放纵了下人们，所以王夫人破格让探春协同李纨打理家政，至此探春才有了施展才能的机会。

对于探春而言，机会只能等，但是条件却可以创造。她作为贾府管理层的旁观者，这些年早已看出了很多管理上的弊端。更难得的是，她有一种"期男意识"，换而言之，只要给她一个平台，她就能建功立业。她自己也曾说："我但凡是个男人，可以出的去，我必早走了，立一番事业，那时自有我一番道理。"然而千金小姐的身份只能把她锁在闺阁之中。当下这一个千载难逢的机会，让她兴奋，觉得实现自己的抱负似乎指日可待了。

（二）集思广益，提出构想

机遇有了，如何开始创新呢？其实创新是从仔细观察管理实践中不协调、不合理的现象开始的。在探春看来，贾府日渐衰落，最主要的问题不在外部，而是内部系统出现了严重问题。就如同她那句名言："这样大族人家，若从外头杀来，一时是杀不死的，这是古人曾说的'百足之虫，死而不僵'，必须先从家里自杀自灭起来，才能一败涂地！"虽然这句话揭示的是贾府钩心斗角的内部人际关系，但是归根结底仍然是家族管理出现了问题。所以探春创新的契机就从贾府内部的管理机制开始。然而探春毕竟是处世不深的小姐，有了初步的想法，还需要集思广益，这一点她自己也明白，所以她叫了平儿、宝钗、李纨一起商议策略，而且商议确定后，还让平儿细细转达给王熙凤，看可不可行。

集思广益对于管理创新是非常重要的。一个人的力量终究有限，想尽可能地面面俱到，就必须多层次、多方面、多角度地分析和预测。当下使用的"头脑风暴""德尔菲法""畅谈会"等形式也就是集思广益的具体方法。

（三）迅速行动，落到实处

创新的意义是以行动来表现的，只有落到实处，创新才可能真正成功。从实践层面上看，任何构想都不可能在付诸行动的过程中与实际完全吻合，换而言之，创新的构想只有在不断尝试的过程中才能逐步完善起来。

贾探春兴利除弊的改革也是如此。例如她发现贾府少爷们上学，每人每年有八两银子的费用供给，这笔费用专供少爷们在学校买笔墨纸张、课间吃点心等使用。但是贾府的少爷们原本又有专门的"月钱"，每月每人二两银子，这一笔钱也是专门供给少爷们零用花费的。这样一来，无疑重重叠叠，增加了开销，族中子弟上学大多不是为了增长知识，而是为了这八两银子。所以探春当机立断，把这一项开销免除。也许此处的当机立断显得有点鲁莽，因为这八两银子牵动的是一群人的实际利益，但是如果不迅速行动，偌大的家族，千丝万缕、错综复杂的经济往来，又从何处改革起呢！行动的迟疑终究会让创新的思想自生自灭，化为乌有。

以上叙述的贾探春兴利除弊的创新过程，正是众多企业在实践中创新成功的一般过程，它具有一定的代表性。然而需要特别提醒的是，在现实社会中只有前面三个阶段的努力还不够，还需要"忍耐与坚持"。创新本身就具有一定的风险性和不可控性，它一定是在不断尝试又不断修正的过程中完善起来的。一蹴而就的成功只是我们的美好意愿，现实总是很残酷。发明家爱迪生曾说："我的成功乃是从一路失败中取得的。"我想这句用时间、经历、汗水总结出来的话，就是对创新者最好的启迪。

二、管理创新的基本内容

促成管理创新的成功，会涉及很多方面，这里就触碰到了管理创新的基本内容。以现代企业系统为例，管理创新一般是指目标创新、技术创新、制度创新、组织机构和结构创新四个大类。如果我们把《红楼梦》中的贾府也看成一个企业，那么探春这次兴利除弊的创新主要归结为哪几类创新呢？

所谓目标创新，是指一个企业在社会环境、市场状况的改变之下，为了适应市场而在生产方向、经营目标以及生产过程上的调整或改变。目标创新的终极指向是获取利润。探春的改革目标并非获取巨大的利润，而是让不堪重负的运行机构得以减负，经营的目标仍然是维护整个家族的地位和荣誉。基于这样的理念，探春在整个改革中只对生产运作的过程作了适当的调整和优化，所以她的创新不能算作严格意义上的目标创新。

所谓技术创新，是现代企业依靠当下的科技发展，借用先进设备，让自己在生产技术水平上达到一个更高的层次。它包括产品的创新，以及要素和要素组合的创新。技术创新的核心就是产品创新，因为产品本身是创造利润的关键点。产品创新也会受到诸多因素的制约，例如新设备、新工艺、新方法等。探春协理的是家族的日常生活，所以在兴利除弊的过程中，并没有创造发明先进的劳动工具、生产设备，更谈不上产品的创新。所以技术创新和探春的改革不沾边。

那么探春的管理创新到底体现在何处呢？主要集中在以下两个方面。

（一）制度的创新

所谓制度，是社会中任何组织在正常运行时都需要遵循的原则与规定。它主要是站在社会经济的角度来统领协调组织成员之间的关系。对于企业制度的创新，归根结底就是不断地优化和调整企业经营者、产权所有者、生产劳动者之间的关系，尽可能地平衡三者之间的利益，让他们各自的权益都能得到充分的保证。制度的创新主要包含三个层面：产权制度的创新，经营制度的创新，管理制度的创新。

在制度创新中，产权制度创新可谓核心、关键，它直接决定着其他相关制度的性质。纵观企业的发展史，好的产权制度似乎是在寻求一种"个人所有"与"共同所有"之间的配比度。

《红楼梦》中探春的改革是否涉及产权制度的创新呢？回答是否定的。贾府是朝廷封赏的公爵之家，主子成员之间是以血缘亲情黏合在一起的，这是一个有着共同祖宗的庞大的家庭群。从贾府的经济来源与产权所有的性质来看，一切财物都属于家族集体所有。这看似私有制，但是和个人私有制完全不同。贾府中的主人除了极少数拥有自己的私人财产以外，绝大部分的财物都由家族统一安排和调配。这也是我们常在《红楼梦》中看到"官中的钱"的原因。贾府的仆人们更不可能有贾府产业的所有权和支配权，他们只能靠着辛勤的劳动获得相应的报酬。探春兴利除弊的目的是为了大观园和家族的内部治理，压根儿就没有想利用大观园的生产来谋求巨大的经济利益，更不可能将属于贾府的公共产业分配给下人所有。所以对于产权制度，探春并没有去改变，也不可能改变得了，这是她自我意识的局限性，也是时代的局限性。

那么"兴利除弊"的改革到底创新在何处呢？细读《红楼梦》文本，我们会发现，探春在制度上的改革，其创新点主要是经营制度的创新。从管理学的创新职能看，经营制度的创新主要是寻求生产资料最合理、最有效的利用方法。探春上任之后，根据自己多年冷眼旁观、客观分析的结果，实施了两个方面的举措：一是开源节流，二是实行承包责任制。这两项改革都是生产资料优化利用的好方式。免除重叠开支，虽然对于改善家族的财政现状只是杯水车薪，但毕竟开了一个好头，如能坚持下去，形成新的财务规则，集腋成裘，节省的银子数量也是相当可观的。

比起开源节流来，实行承包责任制可谓探春改革最闪亮的一点。她的这一新思维源于参观了贾府管家赖大家的花园后产生的灵感。按她自己的话说："从那日我才知道，一个破荷叶，一根枯草根子，都是值钱的。"在探春理家之后，她就协同李纨、宝钗、平儿商议"承包"的具体办法。首先，按照生产类别划分承包对象。例如可以生产香料的鲜花藤萝类，可以提供竹笋的蔬菜类，可以产出大米小麦的粮食类。其次，挑选、委派有相应经验的仆人专职管理。除了供给贾府所需外，所剩之物皆是个人所得。最后，探春的承包制中极其重要的一点就是，承包带来的一切个人所得都不用归入账房，只需要在年底拿出一部分钱来，散与大观园中没有承包的老妈妈们。这样做的好处在于，让所有人都能看到利益，避免大观园因为和某些人没有关系而遭到破坏。

探春承包责任制中的最后一点，还让我们看到了分配制度的创新。在管理制度的众多项目中，分配制度是相当重要的一环，这里面不仅仅关乎利益，还关乎公平，孔子曾说"不患寡，而患不均"，就是针对分配制度而言的。分配制度的创新从形式上看是千差万别的，然而纵观企业发展史，你会发现分配制度的变革始终都遵循着一个定律——追求劳动贡献与现实报酬之间的平衡与对称，即体现多劳多得。当探春等人把承包大观园各项目的办法公布于众时，众仆人无不欢喜雀跃，就算要拿出一部分收益分给不料理园子的老妈妈们，她们也愿意。这股原始动力的根源其实就是仆人们看到了多劳多得的公平。当然探春的分配制度中还兼顾了情感与悲悯，这份情感与悲悯又会反过来作用于承包责任制的落实和推进。

从管理学的角度看，探春接受宝钗的建议，在分配制度中融入情感与悲悯，其实是在营造一种氛围，我们可以把它称为"环境创新"。环境是企业发展与经营的土壤，它既能促进企业的生长，也能制约企业的发展。所以对于环境，企业不仅仅要去适应，还需要适当地开发与改造。环境的创新不是指一个组织为了适应市场而作的内部调整，而是通过组织的实际举动积极地改造环境，从而引导所处环境朝着有利于组织发展的方向变动。探春在大观园兴利除弊的目的就是能让这个园子"一天好似一天"，只有部分人的劳动还不够，还要将没有参与此次改革的人们一起拉进来，让她们为改革提供便利，于是由部分人参与的改革就演变成了全体组织成员的共同关注。如此下去，整个大观园的氛围就会在有利于"兴利除弊"的方向上积极变化。

（二）组织机构和结构的创新

一个组织或企业之所以能持续运转，是因为不同成员在不同岗位上劳作，从而形成一股动能。岗位、职务、部门、集权、分权等管理要素属于组织机构与结构的范畴。所谓机构，是指各部门之间横向的分工问题，主要突出不同部门所承担的不同任务；所谓结构，是指各部门之间的权力管辖分配问题，主要体现在不同的结构形式对应着不一样的权力分配。探春的改革在组织机构与结构上都有创新。任务的分配是分门别类的，这属于机构的创新。大观园的劳动所得不再归入账房，不受王熙凤的管辖，自由度相应扩大，这属于结构的创新。双管齐下，让整个大观园充满勃勃生机。这实现了组织创新的目的——合理的机构与结构的调整能提高劳动效率，提升组织成员的劳动积极性，更方便实施管理。

从上述分析我们可以看到，创新作为管理的一项基本职能，首先是一种思想理论上的创新，将这种新思想、新理论用于实践，在实践的过程中再次细化修正创新理论，最终形成能指导具体活动的一般原则和章程。如何去判定管理创新成功与否呢？一般来说，通过对原有管理体系局部或者整体的调整，能让整个管理系统更加适应内外的变化，规避被社会淘汰的可能，并且能够良好地运转，产生出相应的价值，这样的管理创新就是成功的。

贾探春的改革能不能算成功，因为书中并没有交代得很详细，所以我们不得而知。但是从人物零星的对话中，我们可以得知，正是因为这样的改革创新，仆人们各司其职，少有偷懒吃酒的人。正如春燕说："这一带地上的东西都是我姑娘管着，一得了这地方，比得了永远基业还厉害，每日早起晚睡，自己辛苦了还不算，每日逼着我们来照看，生恐有人糟蹋。"从这些话语可以看出，探春对相应机制的调整已经激发了员工的热情，并让他们以主人翁的姿态积极投入工作，可以说这样的管理创新是成功的。

其他参考文献

成穷. 从《红楼梦》看中国文化[M]. 昆明：云南人民出版社，2005.

马经义. 中国红学概论[M]. 成都：四川大学出版社，2008.

周三多，陈传明，鲁明泓. 管理学：原理与方法[M]. 5版. 上海：复旦大学出版社，2012.

《红楼梦》作为人文素养课程的内容与体系研究

　　培养高素质技能型人才是高职教育一以贯之的目标。随着我国教育事业的发展，高职教育的这一目标呈现出一实一虚的状态。一实是指专业技能的培养，一虚是指人文素质的培养，而且虚实之间的距离日渐增大，学生"有技能而无素质"的情况越来越严重。正因为如此，如何发展与落实人文素养教育，使得高技能与高素质相互匹配，相互平衡，便成了高职教育探究的焦点之一。

　　什么是人文素养？解释千差万别，各有偏向与重点。例如："人文素养是指知识、能力、观念、情感、意志等多种因素综合而成的一个人的内在品质，它是人文社会科学知识内化为个人素养的结果，通常表现为文化素养、审美情趣、思想情感、理想追求、思维方式、行为习惯等方面。"① 也有学者认为，人文素养并非某种能力，而是一种以人为中心与对象的精神，它关注的是人生存的意义、人所秉承的价值观、人生哲学，等等②。其实不难看出，这些定义都在突出人的两个要素——品格与精神。那么这种品格与精神到底来自哪里？它如何表现？要回答这些问题，我们首先要探究"人文"一词的含义。"文"这个字最早出现于商代的甲骨文，它的形态就像一个站立着的人，并且袒露着胸前的花纹。所以"文"字常常被解释为颜色交错的纹理，"进而引申为文物典籍，礼乐制度，文德教化等"③。"人文"一词最早出现在《周易》："关乎天文，以察时变；关乎人文，以化成天下。"此时的"天文"指的是自然运作的规律，"人文"指的是人与人之间组织交往而形成的社会关系、人伦秩序、风土人情，等等。此时我们会发现，无论是"文"还是

---

① 吴钰：《浅谈高等职业教育中的人文素质培养》，《中州学刊》，2004年第4期。
② 符晓黎：《高职人文素养教育的实践与探索》，《中国成人教育》，2014年第22期。
③ 田广林：《中国传统文化概论》，北京：高等教育出版社，2006年，第2页。

"人文"，它们都有着一个共性，那就是区别于自然万物，是由人加工或者创造出来的东西。有了对人文一词的解析，笔者认为人文素养这个概念可以从四个方面加以概括。

第一，人文素养扎根于人文社会科学，它的养分来自文学、史学、哲学、艺术等学科门类。

第二，人文素养是人将人文知识内化之后形成的精神品格。它可以升华成民族气节，也可以落实到个人的价值取向。它可以表现为为天地立心，为生民立命的浩然正气，也可以呈现在脚踏实地、孜孜不倦的工作态度中。此时的人文素养呈现为一种看不见摸不着的虚态。

第三，人文素养是人的精神品格外化之后的言谈举止，待人接物是它的日常表现形式。此时的人文素养呈现为一种看得见又摸得着的实态。

第四，人文素养的终极指向是如何做一个身心健全的符合社会要求的人，如何处理人与人、人与社会、人与自然之间的关系，如何适当地控制自己的情绪。

从以上四个方面来看，人文素养是一个有根本、有目标、虚实相接的立体状态。那么当下的高职教育又是通过什么途径来培养学生的人文素养的呢？除了改善校园文化建设，创造积极有益的人文环境以外，绝大多数的高职院校把人文素养的培养放在了第二课堂，通过讲座、活动、比赛、研讨等方式来完成人文素养的培养。这些方式无可厚非，它在提升学生人文素养方面确实起到了积极而显著的效果。无论是第一课堂还是第二课堂，它们的根本区别在于外在的形式，而学习的内容与体系构架仍然是科学而严谨的。对于人文素养的培养，除了遵循循序渐进的教学规律以外，最重要的是如何在"根源"上建立科学而系统的学习体系。因为无论是人文素养内化的精神品格，还是外化的言谈举止、待人接物，以及它指向的终极目标，都是建立在吸取文史哲艺等学科知识的基础之上的。那么问题随之而来了：我们能否找到一本容纳中国优秀传统文化最全面的书，从而构建一门课，让学生在此平台上提升自己的人文素养呢？笔者认为《红楼梦》是极佳的选择，它是中国传统文化的结晶，也是中国传统社会的百科全书，以它作为平台构建提升学生人文素养的课程内容与体系将事半功倍。

以《红楼梦》作为平台，从而构建一门人文素养课程，需要解决以下四个方面的问题。

第一，课程目标的设置。

以《红楼梦》作为人文素养课程，其目标分为三个层面。知识目标，通过对《红楼梦》相关章回的阅读，了解《红楼梦》故事、人物、语言艺术等；掌握故事背后的中国文化基因；理解《红楼梦》故事包含的哲学意蕴。能力目标，通过对《红楼梦》的阅读，掌握"读名著故事—读中国文化—读哲学意蕴"的三层读法，从而具备灵活运用三层读法阅读中国古典名著的能力。素质目标，通过对《红楼梦》的阅读、欣赏、解析，激发学生对中国传统优秀文化的热情，从而传承中华文化传统，让学生对华夏文化心怀自豪感，进而对自己的本源文化充满信心。

第二，课程体系的构建。

在上面的课程目标阐释中，我们已经明确了以《红楼梦》作为人文素养课程的能力目标是学生能够灵活运用"三层读法"阅读中国的古典名著。基于此，课程体系就应该围绕着这个中心目标来构建，所以我们构建起来的就是"红楼故事层、中国文化层、哲学意蕴层"的三层体系。"红楼故事层"是指《红楼梦》原文节选。"中国文化层"是指探析诠释出来的所节选文本中的文化基因。"哲学意蕴层"是指根据文本故事以及中国文化背景升华总结出来的人生的反思与启示。这种体系呈现在课本上，一般都采用章节式，每一章分三节，第一节是《红楼梦》相关原文，第二节是此原文的文化解析，第三节是了解故事、理解其中文化内涵之后得到的哲学反思与人生启示。

"三层体系"的构建，除了围绕课程培养的目标以外，还依据着三个方面的理论要素。首先依据的是小说的功能。小说的功能主要有三个，一是用于阅读消遣的娱乐功能，二是文化的承载与呈现功能，三是对人生、社会的反思和启示功能。其次依据的是人的认知规律。人的认知一般分为三步，第一步是表象认识，第二步是表象的内涵理解，第三步是理解之后的升华提炼。最后依据的是中国人的文化心理。中国人对"三"这个数字有着天然的好感，所以常用于文学创作构建模式，例如"三打白骨精""三顾茅庐"。也用于思维习惯，例如老百姓常说"事不过三"，等等。从以上三个方面的理论要素来看，用"三层体系"构建《红楼梦》课程从而提升学生的人文素养是有理论根基的。

第三，课程内容的选取与编排。

上文已经提到，人文素养扎根在文学、史学、哲学、艺术等领域。以《红楼梦》作为人文素养课程内容，其核心是以《红楼梦》作为透视中国文化的大窗口，所以在课程内容选取上就要围绕这一核心展开。

　　我们将《红楼梦》课程分为四篇，分别是博篇、雅篇、精篇、专篇。"博篇"包含三个部分的内容：《红楼梦》与中国儒家文化，《红楼梦》与中国道家文化，《红楼梦》与中国佛家文化。"雅篇"也包括三个部分的内容：《红楼梦》与中国诗词文化，《红楼梦》与中国戏曲文化，《红楼梦》与中国绘画艺术。"精篇"包括六个部分的内容：《红楼梦》与中国园林文化，《红楼梦》与中国饮食文化，《红楼梦》与中国服饰文化，《红楼梦》与中国茶文化，《红楼梦》与中国酒文化，《红楼梦》与中国游戏文化。"专篇"包括八个方面的内容：《红楼梦》与中国中医文化，《红楼梦》与中国民俗文化，《红楼梦》与中国姓名文化，《红楼梦》与中国避讳文化，《红楼梦》与中国官制文化，《红楼梦》与中国奴婢文化，《红楼梦》与中国家族文化，《红楼梦》与中国礼制文化。

　　"博、雅、精、专"四篇的编排，依据着四个因素。"博篇"所包含的内容是中国文化的基石——儒、释、道，华夏的一切文化形式都发源于这个基底。这个基底越厚博，上层建筑越牢固，所以称之为"博"。"雅篇"所包含的内容是诗词戏曲、书画艺术，它是让我们生活雅致的源泉，所以取名为"雅"。"精篇"所包含的内容是一个人日常的衣食住行、饮食起居，它是我们精致生活的开始，所以取名为"精"。"专篇"所包含的内容是中国文化的特色，也是中国文化所专有的部分，所以命名为"专"。"博雅精专"连缀成一个词，这便是培养学生人文素养所追求的最高境界。

　　第四，课程主要教学方法。

　　《红楼梦》作为人文素养课程，教学方法可以是多种多样的，可以说并无定法。但是按照上文课程目标的设置、课程体系的构建、课程内容的选取与编排方式来看，任务设计法、引导文法、讨论法是必不可少的三种教学方法。例如《红楼梦》与中国中医文化，首先选取《红楼梦》第十回"张太医论病细穷源"作为阅读任务，学生通过阅读这一原文节选，完成对文本故事的理解，对字词句以及写作方式的赏析与探究，从而完成"读红楼故事"。教师再通过引导文法，引导学生思考：秦可卿病症的临床表现是什么？张太医是怎么问诊的？什么叫做"脾土被肝木克制"？秦可卿为什么会得这样的病？等等，从而完成对文本中中医文化基因的探析。最后教师和学生一起讨论分享：从这段红楼文本故事中你获得了什么反思与启示？从而完成对哲学意蕴的探究。

　　以上三种教学方法的选取，依据的是黑格尔"正反合"的哲学思维。任务设计让学生自己完成红楼故事的阅读，这属于"正"的范畴。教师运用引导文法让学生探究红楼故事背后的中国文化，这属于"反"的范畴。教师和学生一起通过讨论法，寻求红楼故事中的哲学意蕴，这属于"合"的范畴。哲学反思以及哲学启示的获得因人而异，没有对错之分，能悟到什么除了"正""反"两面的刺激以外，还需要融合生命个体的阅历与感知，最终能获得什么并不能完全统一。所以在"哲学意蕴层"以讨论法的方式让学生和教师共同分享感悟是最为合适的选择。

《红楼梦》作为人文素养课程的内容与体系是一种全新的尝试，此时我们会问一个问题：《红楼梦》作为人文素养课程的意义在何处？换而言之，这样的研究与尝试有没有必要？我想通过以下三个方面来梳理。

第一，红学被称之为华夏文化中的显学，通过百余年的发展，早已形成了严谨的学术体系。以《红楼梦》研究作为课程在我国高等学府中并不新鲜，但是这类课程几乎集中在中国文学类专业的本科或者研究生阶段，将它作为高职院校的人文素养课程，并且科学而系统地建构体系、编排内容，这算是一种创新。从目前的文献资料来看，真正意义上的《红楼梦》教材，只有一部，是陈维昭先生撰写的《红楼梦精读》，2009年由复旦大学出版社出版。它也是当前唯一一部普通高等教育国家级规划教材。然而这部教材是针对汉语言文学专业的学生编撰的。所以我们站在高等职业教育的角度开发《红楼梦》人文素养课程，这是开创性的举动，其意义不言而喻。

第二，从人文素养的概念来看，学生需要在文史哲艺等方面吸收养分，从而提升自己的人文素养。在时间有限、专业课时量较大的情况下，任何学院都不可能在公共课里同时开设文学、史学、哲学、艺术等课程。能找到一个容纳文史哲艺、容纳中国优秀文化最全面的平台，一直都是我们的愿望。《红楼梦》堪当此任。它是中国五千年文化的结晶，它具有深厚的时代性以及超强的现代性。它浓缩的中国文化最精致，它呈现的中国文化最唯美，它启示人生最彻底。所以将它作为提升高职院校学生人文素养的教材，其效果事半功倍。

第三，红学研究虽然属于学术范畴，但是《红楼梦》是小说却是不争的事实。高职院校的学生，文学基础薄弱，对学理性较强的课程并不感兴趣，而小说这种文学形式最受学生的青睐。所以以《红楼梦》作为平台，有着天然的吸引力。学生会在阅读小说故事的愉悦中欣赏认知中国文化，也会在《红楼梦》日常生活式的情节发展中体会、悟到生活的真谛。

言论

红·楼·论·稿·集

为《红楼茶事》序言

  红学发展至今已有两百余年的历史,这对于一门学科而言并不算长,然而因其产生的专著、论文等学术成果早已汗牛充栋。如此丰硕的学术研究原本应该让人振奋,但是面对浩如烟海的红楼书籍总有莫可名状的伤感,其中悲喜欢愉,五味杂陈,难以言表。在很长一段时间我被这种感知所困顿,就如同陷入了迷雾与泥潭不能自拔,越挣扎越难以呼吸。红楼学术的研究路径可谓阡陌交错,看似四通八达,然而在很多道路上又似乎弥漫着荒诞与诡谲的浓烟,让人望而却步。红学有历史,这表明它是充满活力的;一书能名学,这表明它是有学理逻辑的;红楼有流派,这表明它是可释可辨的。然而当我们乐此不疲地在自己开创的红楼园地里自圆其说,振臂高呼,越走越远之时,我们也许都忘记了问"红学为什么而出发"这个简单至极的问题。正是因为走得太远以至于忘记了为什么而出发,才导致了原本应该是百花齐放的大观园,如今却是狰狞相向。

  彭从凯先生不是专门从事红学研究的学者,然而一部《红楼茶事》却让我看到了大道至简的学术原则。单纯地出发又简单地结束,清爽明了,来去从容。其中没有怪力乱神,没有唾沫横飞,只有娓娓道来,引经据典,辨源识径。你能从一本《红楼茶事》读懂一部中国茶史,你又能从中国茶史看到红楼茶事的来龙去脉。其中桩桩件件,有考有辨,蔚为大观。然而更让我惊讶的是,一位并非从事红学专门研究的学者,其专著却让我看到了红学研究的真正意义——回文归本。

  因为《红楼梦》研究的现实状态让不少有文化责任感的红学家担忧,所以近些年呼唤"回归文本"的声音渐次高涨。然而善意的唤醒又迎来了新一轮的尴尬,人们一头扎进《红楼梦》文本之时,却并不知道要在字里行间寻找些什么。于是宫闱秘史说、钩心斗角论纷至沓来，街头巷尾道听途说之流皆可以和《红楼梦》拉扯上关系，美其名曰细读文本。但是这一切所谓学术研究的意义究竟在何处？不惠及民众的研究，不能传承与发扬本源文化的学术，恐怕最后只能落于写书人聊以自慰、孤芳自赏的宿命。当今红学界"回归文本"的呐喊并没有错，但是回到何处？归到何地？却含混不清，这正是红学研究始终尴尬的根源。《红楼梦》扎根于中华文化，它蕴藏着丰厚的华夏文化基因，这一点无可异议。换句话说《红楼梦》的伟大归根结底是中国传统文化的伟大，推动着红学跃居显学之尊的能量也源于中国传统文化。既然如此"回归文本"的字样就应该变换一下位置——"回文归本"。所以我们应该振臂高呼的是："回到《红楼梦》文本之中，归到中国传统文化之本。"以《红楼梦》来透视、欣赏、研究、传承中国本源文化才是未来红学的坦途。红学就如同透视中国文化的窗子，它的精雕细琢自不必说，然而更为重要的是通过这扇窗你最终看到了什么，领悟到了什么。恐怕这才是一扇窗的终极意义。

彭从凯先生撰写的《红楼茶事》，所彰显的"回文归本"的红学精神最是清晰明了。彭先生回到《红楼梦》中，徜徉在红楼茶事里，将整部书的茶品、茶具、茶水、茶果、茶境、茶俗、茶诗来了一次系统的梳理与总结。从附录"《红楼梦》茶事摘句"就能看出这项工作的琐碎与细腻，这正是"回文"的体现。与此同时，我又从彭先生洋洋洒洒的文字里读到了蔚为壮观的中国茶史，从唐代的贡茶制度到宋代的精美茶具，从元代的茶叶制造到明代的吃茶方法，从妙玉收的梅花上的雪到茶和水的关系，从王熙凤的一句玩笑话到茶礼、茶赠、茶祭。这种酣畅淋漓，这种通透了然，这种纵横茶史的博大，这种出入红楼闺阁的精细，正是红学"归本"精神的呈现。所以读彭先生的著作，总会有一种空间的穿越感，不知道是从《红楼梦》到中国茶史，还是在中国茶史中品评红楼茶事，然而一切都显得那么顺理成章。

彭从凯先生在《凡例》中说《红楼茶事》遵"事以类从"为例，以"茶道即人道""茶性即人性""茶品即人品"的文人情怀和人文思想为主旨。这为此书奠定了理论基础，勾勒了撰写脉络。通读全书，其中呈现出了"四性"状态。

第一，统计性。彭先生在一年内细读《红楼梦》文本四遍之后，将红楼相关茶事细细归纳、统计了出来。这既是红学研究的基本功，也是探究红楼茶事的前提条件。在第一章"《红楼梦》中茶事概述"里就罗列了详细而准确的相关数据，例如全书出现"茶"字489处，茶事器具共有20类72处，全书出现的茶叶品目有若干种，等等。并且，书末附录了《红楼梦》中的茶事摘句。这是红学界到目前为止，统计最详尽、数据最准确的红楼茶事研究。这为后续研究者提供了便利。

第二，认知更正性。《红楼梦》博大精深，所涉及的内容与知识可谓浩瀚无边，注解《红楼梦》更是一项宏大的工程，再才高八斗，再满腹经纶的红学家也未必能面面俱到，所以注释《红楼梦》文本最权威的《红楼梦大辞典》也不免有疏漏之处。但是这些疏漏如果不是从事相关领域研究的专家，是很难发现的。而彭从凯先生刚好站在茶史专家的角度为我们更正了一些知识性错误。例如《红楼梦》中的"茶面子"，红学研究者们多认为是贾府常吃的一种点心或小吃。彭先生通过研究对比，再依据《红楼梦》文本中的故事情节描写，推断"茶面子即抹茶之名"，又以《说文解字》《广雅》等文献记载再次佐证了这一观点，有理有据，令人不得不服。这为完善《红楼梦》注解又弥补了一点缺失。

第三，辨识考证性。陈维昭先生在《红学通史》一书中说，《红楼梦》呈现较强的待释、待考状态。产生这两种学术状态的根源是复杂的，除了文学作品具有先天的阐释性以外，《红楼梦》传抄版本的错综复杂导致了后天的待考性。例如贾宝玉的小厮茗烟，到底叫"茗烟"还是叫"焙茗"，不同的版本有不一样的表述。庚辰本直接称呼为"焙茗"，梦稿本中又有从"茗烟"改为"焙茗"的情节描写。彭从凯先生从茶叶制造史的视角出发，辨识梳理各类版本的异同之后，倾向于"焙茗"。贾宝玉身边有六个小厮，分别是焙茗、引泉、扫花、挑云、伴鹤、锄药。彭先生认为："这六个小厮的名字都很雅致，有茗、泉、花、云、鹤、药。这六个小厮的名字中第一个字焙、引、扫、挑、伴、锄都是动词。用焙茗则与其他五位小厮的名字从词语结构上相谐和。"通过彭先生这样一解释，似乎"茗烟"与"焙茗"之争可以暂告一段落了。

第四，文化根源性。这是《红楼茶事》一书的最大亮点，它充分彰显了以《红楼梦》作为引子透视中国传统文化的理念。"红楼茶事"如果去掉"红楼"二字就是"茶事"，一部简约而不简单的中国茶文化史。彭从凯先生在写作中也极力地展示了这一层面的文化内涵，例如《红楼梦》第四十九回，描写贾宝玉因为想着芦雪庵的活动，迫不及待，所以"以茶泡饭"赶时间。彭先生就能从最早记录茶泡饭的《古食珍选录》一直说到"好看不过素打扮，好吃不过茶泡饭"的川东北民谚。这份文献功力真让人佩服，同时也让读者从一件小小的"茶事"拓展开来,深刻细腻地了解一段茶史。

中国文化界有一种奇特的现象:无论是从事文学创作的人,还是从事文史研究的人,或多或少,或深或浅,都会和红学有一丝牵连。正如刘梦溪先生说:"一部《红楼梦》仿佛装有整个中国,每一个中国人都可以从中找到自己。"《红楼梦》的这份召唤力是惊人的,这份召唤力又恰巧成就了红学的厚重与博大。彭从凯先生是四川巴中知名学者,曾著有《中国古代茶法概述》《通江茶事概览》等茶史专著,如今又将中国茶文化与《红楼梦》结合起来研究,独辟蹊径,融红楼茶事于中国茶史之中,让我们在一位茶史专家的笔尖下读到了一部别有韵味的《红楼茶事》。

我想,曹雪芹是幸运的,因为有如此多的人懂他敬他。《红楼梦》是幸运的,因为它聚集起来的不仅仅是红学家,还有文学家、哲学家、史学家、医学家、管理学家、建筑学家,还有像彭从凯先生这样的茶史专家。红学也是幸运的,因为它熔铸了各领域的专业专攻,从而成就了它显学之尊的荣耀。红学的未来也必将在不同视野、不同层面、不同领域的切入下五彩斑斓。

为《红学三十年论著选读》序言

开卷有益,当我们迫不及待地翻开一本书时,总希望从中领悟并得到些什么,然而获得的前提是书中都有些什么。

在《红学三十年论著选读》这本书里,有梁归智投石问路,探佚妙方;有蔡义江谈诗说赋,曲解歌唱;有刘梦溪纵观百年,指点迷茫;有胡德平寻遍西山,拾得旧墙;有余英时两个世界,苦苦奔忙;有刘心武红楼望月,对秦联想;有梅新林哲学精神,回归大荒;有马瑞芳趣话红楼,闲聊家常;有邓遂夫红学草根,拼命三郎;有沈治钧成书研究,寻找配方;有孙玉明红学史稿,远渡东洋;有孙伟科美学阐释,梦里放光;有陈维昭学术思想,源远流长;有蒋勋的感悟大千,佛家心肠;有郑铁生叙事艺术,层层铺张;有吕启祥红楼寻梦,品味悠扬;有邓云乡风俗名物,件件桩桩;有曹立波版本研究,故纸觅章;有克非的红坛伪学,是非渺茫;有王蒙的作家启示,在水一方。还有冯其庸那说不完的家世新考,也有周汝昌流不尽的华夏情殇。真是数不清的学说思想,道不明的著作煌煌。即便是闫红的误读红楼,那也是在文化基因中流淌,然而我还看见其中有一股红学生机在盎然成长。

宋长丰进入红楼世界的时间并不算长,也许在他的字里行间你还能寻找出一丝稚嫩,然而幼苗破土而出的勇敢和它朝着阳光努力生长的坚定是谁也否定不了的。稚嫩和勇敢的混合可能会演化成"初生牛犊不怕虎",如果能多一份坚定,可能就会升华成果敢。让我欣喜的是,在宋长丰的书中我看到了这份精神与状态。

宋长丰在梳理解读克非先生的《红坛伪学》时,所表现出来的敏锐与果敢就让我瞠目结舌。克非先生的红学研究以"反脂学"而立论,与欧阳健、曲沐、吴国柱等学者一道组建起了一支主张"程前脂后"说的强大队伍。按宋长丰的话说:"这个派别所要达到的效果，无疑是要看到主流红学百余年体系的彻底崩溃。"然而当宋长丰梳理完《红坛伪学》的思想理论后，他质疑了！特别是对克非先生"暂将曹雪芹挂起来"的主张以及对胡适的治学方法和态度的评判都表示"似有不妥"。本着自己对红学的认知，他指出"伪学"不"伪"，克非先生的理论也不能真正冲垮新红学的体系。虽然宋长丰并没有构筑一套严密的学术体系去论证"似有不妥"的来龙去脉，然而这种智慧灵光的闪现对一个学人而言是极其重要的星星之火。当然宋长丰的质疑并没有带着偏见和逆反，所以他仍然能在克非先生的观点和理念中得到反思与借鉴，也许对宋长丰来说这才是"选读"的真正目的与意义。

人的一生似乎永远都在奔波的路上，所以才有屈原的"路漫漫其修远兮，吾将上下而求索"的辞句。在踏上征程之前，我们都有着不同的目标，它就悬挂在前方，光彩夺目，然而当我们高速奔跑在霓虹灯下，穿梭于高低肥瘦之间，目标却反而离我们越来越遥远，为什么呢？不是因为我们没有努力，而是在世俗的坐标系中走得太远，以至于忘记了我们为什么而出发。在当下，我们最不缺的是理想，欠缺的是对理想的认识。人往往会错误地认为社会标签就是理想，又往往会在寻求社会标签的状态下丢掉理想。在这种混沌的意识中能保有一份自我的清醒已经是难能可贵了，而宋长丰不仅有，还脚踏实地地向理想迈出了第一步。

涉足红学需要有一份勇气，不仅仅是因为它博大精深，更重要的是稍有不慎就可能在这个领域万劫不复，所以红学研究也被称为梦魇。两百余年的红学史可以说就是一部深渊挣扎史，然而一旦领略到其中的哲学真谛，你又会迷恋这"无限风光在险峰"。因为险峰虽险却能让你目极千里，一览无余。就宋长丰而言，他攀爬险峰的目的是想以此深入中华文化从而立心、立命、立言，虽然深知任重而道远，但"士不可以不弘毅"的思想已经在这位"80后"学人身上生根发芽了。有了理想，本着内心的真实感受而出发，意志坚定，就能实现自我。宋长丰用两年的时间精读精选三十部红学著作就是确定理想、认识理想、坚定理想的最好举动。

知识体系的构建原本就是一个日积月累的过程，选读红学三十年论著本身就是在为知识体系夯土奠基。记得当时宋长丰在选择"论著选读"这个课题时，并没有想着著书立说，仅本着多读多看的想法，以开卷有益为出发点。谁曾望，到如今洋洋洒洒二十余万字的书稿已摆在案头，沉甸甸，光灿灿。所谓"积水成渊，蛟龙生焉"的道理就在于一旦确定了目标，就不要老想着结果，春种秋收，辛勤耕耘，结果就在不期而遇中。

《红学三十年论著选读》虽然把时间划定在三十年内，所选取的著作也只有三十部，但是这三十部书的选取却并非随意，它几乎涉及红学研究的方方面面。有曹学、脂学、版本学、探佚学；有考证派、索隐派；有美学研究、叙事研究、成书研究；还有现代阐释、感悟启示以及红学史，等等。这种梳理方式和撰写体例对于初入红学之门的人而言是一次非常好的导读。

人生就是一次从生到死的历练，生命也需要在历练中一次次矫正与修复。在这本书里，你能体会一个学术生命成长的全过程。

书中有胆怯。例如宋长丰在选读孙伟科先生的《红楼梦美学阐释》一书时说："说起'美学'，请恕我这个半路出家，非中文科班出身的行脚僧人不能以正确的理论来解释，甚至我看过许多的教材，也没有弄懂何谓'美学'。"这种直言不讳的坦白，正是一个青年学者必须具备的品行，这是对知识的尊重，更是提升修为的第一关。

书中有虚心。例如宋长丰在选读梅新林先生的《红楼梦哲学精神》一书时说："直至文章快要结束，我也不敢说我真的读懂了，可书中大量的文化联系着实学习到了不少东西，开阔了视野，另外不少地方让我沉思，可谓收获巨大。"虚心向学被我们树立成一种美德，然而在我看来，这不仅仅是一种情操，还是在实现理想的途中一旦出现胆怯时所要采取的必要反应，只有如此生命才能得以修正，从而趋向圆满。

书中有思考，有觉悟，有智慧。思考能让人觉悟，觉悟能获得智慧，这是构建学术体系的妙门，更是人生修行的阶梯。在《当代红学的走向与红学史料学的建构》一文中，我明显地感知到一股气脉由天灵盖直冲云霄。宋长丰说，纵观1983年以来的红学研究，文学意义阐释的比重远远超过了传统的考据学，从治学的方法论上讲，传统治学中的"演绎""归纳"等方法还不能放弃。这些言论无疑是深思熟虑之后的判定，虽然还是零星的，浅尝辄止的，但是有眼光，有见地，也有高度。这就如同一江春水总是从点滴汇集而流动一样，表面的缓慢与细小却正是滚滚东流的开始。

书中还有一样最重要的东西，那就是一颗恬淡而火热的心。恬淡是一种生活态度，这也是一位学人所必须具备的基本条件。在物质丰盛得无以复加的当下，对于奔忙的人们而言，拥有恬淡却成了一份奢侈。和恬淡形成鲜明对比的就是火热，对于宋长丰而言，这颗火热的心是传承中华文化的承诺与担当。

这本《红学三十年论著选读》问世的意义，不仅仅是展示作者读红的一心所得，更重要的是让我们学会与优秀的人分享思想成果，这才是成长、成才、成功的路径。

为《情续红楼》序言

《红楼梦》待续是红楼学术、红楼文化、红楼娱乐的三重交集。待续是红楼探佚学的终极指归;待续也是红楼文化中追求完善的美好允诺,待续更是红楼娱乐中每个人的期待与向往。所以"待续"包含着理性的分析,糅合着细腻的情感,伴随着清晰的思绪,要在黑白分明的字里行间作画,要在坚硬的笔尖上跳舞。它是激情与冷静、智商与情商、传承与融通、清醒与梦幻的高度统一。难怪它让人望而却步,难怪它是如此的高不可攀。然而何恩情续写了,洋洋洒洒近三十万言,单是这份纯然式的果断,单是这份不知天高地厚的勇敢就让我钦佩。

俞平伯先生曾在《论续书的不可能》一文中说:"从高鹗以下,百余年来,续《红楼梦》的人如此之多,但都是失败的。"失败的原因不仅仅是天才与人才的悬殊,更重要的是生命格局与生活体悟的不能复制与不可重合性。所以俞先生断言:"凡书都不能续,不但《红楼梦》不能续;凡续书的人都失败,不但高鹗诸人失败而已。"

当然,俞平伯先生的言论有他的道理,我们也不必在他所设定的条件下去争辩。然而此时的俞先生触碰到了一个非常棘手的现实问题——对于梦想我们能不能追,对于完美我们敢不敢要。如果我们的生命中没有了梦想,现实中的一切都可能成为我们的包袱与累赘;如果我们的意识里没有了完美,现实中的一切都可能变得狰狞与诡谲。《红楼梦》未完这份残缺不仅仅是张爱玲的人生之恨,也是两百多年来中国读者追求完美的深刻遗憾。如果说续写《红楼梦》是我们多年来红楼学术与红楼文化的一个唯美的梦的话,那么我们的探佚学家包括此续的作者恩情,他们所做的一切都值得鼓励、赞赏与尊重,因为他们所做的正是人类追求永恒之美的缩影。

所以对于续写《红楼梦》的这份梦想而言，在实践中我们就不能用俞平伯先生的成功与失败来简单地判定，因为梦并没有失败与成功之说，只有美梦和噩梦之别。

恩情的这部续书并非完美无缺，甚至我们可以在其中挑出很多的毛病。但是我们可能会忽略一个问题：文学创作的个性往往就藏在所谓的毛病之中，这就如同优点常常就站在缺点的延伸线上一样。如果我们对于续写《红楼梦》有了这样一份宽容，对经典的再创作有了一份期待，就可以去领略恩情笔下红楼人物生命的延续，去接受恩情心中对红楼格局的铺陈，去理解在不同时空、不同环境之下对同一命题的不同视野和角度。

恩情续书的总体布局是我读后最欣赏的一点，其中没有了高鹗式的"怪力乱神"，却多出了一份紧凑与顺畅。续书在气脉上仍然延续着两大主线——以贾府为代表的四大家族的衰落和以宝黛钗为代表的情感纠葛。其余人物就在这一经一纬中穿梭并构成故事，定格在大大小小的网眼中。

续书可分为三部分，从第81回到第90回，重点描写贾府的内忧外患，主子与主子之间、主子与奴仆之间、奴仆与奴仆之间剑拔弩张，矛盾明朗化。贾府的衰败已经由内而外扩散开来。内忧未平，外患又至，"平安州之事"及贾府藏匿"甄府罪产之事"并发，故事可谓风波迭起，引人入胜又扣人心弦。从第91回到第100回，重点描写宝玉、黛玉和宝钗之间的爱情纠葛。其中，史湘云和卫若兰的婚事、贾芸和小红的婚事等相继叙述，三种截然不同的爱情相互映衬，又重新把人类永恒的命题再次进行皴染。从第101回到第110回，笔触逐渐收缩，红楼气脉渐渐化为"空无"。欠命的命已还，欠泪的泪已尽，此时悲也好，喜也罢，沉重也好，释然也罢，都在一片白茫茫大地之中完成了《红楼梦》里所有的宿命。

续写《红楼梦》和探佚《红楼梦》是两个不同的概念，虽然二者之间千丝万缕，但绝不可混淆。我说这话想表达什么意思呢？就是当我们走进恩情给我们构建的红楼世界里时，你会发现很多人物的结局并非自己设想和理解的那样，也和探佚学家的研究成果不尽相同。你会感觉不对甚至失望，但我想提醒你的是，探佚是学术，其中严谨的逻辑、层层的推理都只是指向结局这一点。而续写是创作，其中的延展、铺陈、添减、藏露、起承、转合，所有的技法与意法都是为了拉开一个面从而构建一个立体，所以探究"点"和欣赏"面"就完全不同了。

所以在恩情的续书里，我除了看到一个最终出家了的贾宝玉以外，还看到了一个用情去贴近自然，用心去感悟万物的贾宝玉。例如书中说："眼下已是深秋，宝玉忽抬眼瞧见窗外园中一株株晚菊开谢，风一吹残红成阵，花影如梦，寒霜萧萧。"于是他想到了世间清清白白的女儿们，想到了光影一瞬、昙花一现的美丽，宝玉落泪了，我也落泪了。这是文学还是哲学？这是反思还是唤醒？我辨识不清了，我只知道恩情笔下的贾宝玉，如同雪芹笔下的贾宝玉一样能感动我。

所以在恩情的续书里，我除了看到一个魂归离恨天的林黛玉以外，还看到了一个能实现"冷月葬花魂"意境的林黛玉。书中写道，林黛玉抬头细瞧，却见冷月空寒辉映，那湖面亦有丝丝月光。"春残惜月，芙冷怜香。玉挂青山溪外，竹接翠墨幽兰。湖水未漾，西萍难觅其踪；浪湿鱼台，旧影空悬帘外。风寒天寂，孰悲即落之魄？淡烟暗茫，谁怜芙蓉似画？寥寥琴音空洒，羞落桃花满庭……"林黛玉在恩情的笔下死了，此时我却没有一滴眼泪，因为在这么唯美的背景下，我心中的林妹妹不是死了，是"回去了"，带着她一世的诗情画意，归于离恨天之外去了。

所以在恩情的续书里，我除了看到一个大厦已倾的贾府以外，还看到了一个用情节去诠释空与无、好与了的意蕴之图。这就如同我们的生命始于啼哭而终于沉寂一样，这份无言不是垂头丧气，而是积蓄了一生之力发出的最高亢的呐喊。

在恩情的书里，我还看到了当下一个生机勃勃的青年人，用年华调和着深邃，用激情搀扶着沉稳，在为我们一笔一画地勾勒一幅似乎永远绘制不完的期待。

这篇所谓的序快合上了，但是何恩情笔下的《情续红楼》才刚刚开始。它能不能感动你，我不得而知，但是它已经感动了我。

为《红楼梦的职场人生》序言[①]

经典的意义在于它能穿越时空活在当下，《红楼梦》的意义在于它传递的信息朴实而温暖。在生活琐事的纠缠之下，在对生命的感悟之中，在对人性的思索之上，你似乎都能在大观园中找到可供参照的坐标系，这是一股渗透古今的力量，这是一脉相承的文化基因，这也是《红楼梦》待释、待辨的状态。如果一个人能在《红楼梦》中寻找到自己对生命、生活、生存的诠释，能在《红楼梦》中看到当下的社会样态，能在《红楼梦》中笑谈古今而不离现实，可以毫不夸张地说：你读懂了《红楼梦》。《政照红楼》的作者张志鹏先生正是在懂的层面，用自己的思维、智慧和感悟载着我们乘《红楼梦》以游心。在他独特而别致的"政照"之下，我们惊讶地发现——《红楼梦》还可以这样读。

这部洋洋洒洒十余万言的书稿，首先吸引我的是它的题目。"政照"二字如何解释，如何切入？这种暗藏玄机的召唤，不能不引起我阅读的兴趣，就如同《红楼梦》中那一首首诗谶一样，只有你通观全书才能找到它的妙门与玄关。书中没有烦琐的考据，也没有理论式的长篇演说，张先生运用淡雅而洗练的文字，紧紧抓住红楼人物的一个转身、一张笑脸、一句言论，便可以作为"政照"的角度。这种瞬间定焦的切入方式展现了作者的机智果敢，同时又让读者耳目一新。

在书中"政"与"照"相互支撑，政是方式和手法，照是目的和结果。照需要政来阐释，政又依靠照去表达，二者缺一不可，在书中你会发现两者浑然天成。通读全稿，"政"的手法十分丰富，张先生的笔触之细，主要展示在五个方面。

[①] 《红楼梦的职场人生》是张志鹏先生的著作，原名《政照红楼》。

第一,"政"的语言。

语言的表达是思维的外显,更是人相互沟通的桥梁,它与一个人的职业、性格、情感息息相关。张志鹏先生是工作在政府机关的公务员,语言习惯自然是"政"式的。"政"的语言首先就是严谨,具有高度的概括性,在简短朴素的文字中,能让读者在短时间内抓住作者想表达的思想核心,更重要的是不能发生歧义。所以《政照红楼》中的文字读来朗朗上口,绝不会出现故弄玄虚、佶屈聱牙的词汇。但这种"政"式的表达用于文艺阐释、人物评论,会不会落入俗套和呆板呢?张志鹏先生用了一招——古今嫁接法,便轻轻松松地规避了政治言语带来的刻板,而融入了艺术的柔美。例如在《多元耦合促夭亡》篇中,张先生写道:"(绣春囊事件)成了对王夫人'执政能力'的一场综合考验,于是,在'特别工作组'成立后的第三天,王夫人亲临大观园。"用当今我们耳熟能详的官方语言来叙述大观园中的政治风波,切入得精准而又妙趣横生。

第二,"政"的格式。

《政照红楼》中的文章,评述每一个人物都独立成篇,这并没有什么奇特,但是在书写格式上却运用了行政公文模式。也许是我孤陋寡闻,用行政公文模式来点评艺术人物,我还是第一次遇见。新鲜的东西总会吸引人的眼球,但这种模式不仅仅是为了吸引眼球那么简单,在字里行间,它多了一份规整和明了。每篇文章开头有一小段引子,正文中的每一个段落都用一句提纲挈领式的语言开头,文章的最后一段必是总结性的陈述。所以当读者翻看此书时,顺便浏览一页便可以瞬间找到主线,少去了埋头苦读的辛苦,多了一份休闲式的惬意。

第三,"政"的思维。

政治思维往简单了说就是通观全局,不偏不倚。对待一件事情需要从多层次、多角度、多方位去考察。对于一部小说,人物是核心,古今中外任何一部成功的小说,其中必定有一位或者多位不朽的人物。对于小说人物的评论,历来都是见仁见智,众说纷纭,但无论如何有一把尺度亘古不变,那就是把握背景,正反兼顾,多元切入。只有这样才能看到一个活生生的人,否则就成了纸片人,你的言论也就成了纸上谈兵。

《政照红楼》对于人物的分析,运用的就是"政"的思维方式。例如"驱晴雯出园致死"的这一节,张志鹏先生认为,晴雯的夭亡,完全是多股力量耦合的结果。"以久蓄的'邢王斗法'为背景,以可怜的'袭人怀妒'

为缘起，以无端的'春囊事件'为主线，以众人的'寻隙舞谤'为助力，以晴雯的'两次弄巧'为内因。"可以说张先生的这种分析是体现了完整严密的思维，更是当代人运用自己的职业习惯对经典的一种切合，为经典能活在当下提供了可行路径。

第四，"政"的视角。

"一部《红楼梦》就是封建社会的百科全书"这句话似乎都被用成了俗套，但在俗套之下，谁又去细细琢磨过说这句话的角度呢？把《红楼梦》当成解读封建社会的引子，实质就是站在了"政"的角度。但用"政"的视角去审视《红楼梦》，并非跳入书海，旁征博引，寻求历史真实，而是把这种形式升华成一种精神和解读经典的方法。

《政照红楼》之所以能吸引我，就是因为它有独到的政治视角，更可贵的是，这种政治视角不是停留在《红楼梦》时代，而是能适用于当下。例如张志鹏先生谈到探春理家，除了写她开源节流，兴利除弊外，更重要的是他看准了探春实施一切措施的前提——稳定。张先生说："探春理政与行权的可贵之处，恰是从节奏和力度上成功掌控了稳定。"对于当下而言，没有稳定，改革与发展皆无从谈起。我一直坚信经典是活在当下的，如何能活就要看你如何将经典化成智慧用于现实，从书中看来张志鹏先生用活了经典。

第五，"政"的高度。

其实无论是思维还是视角都需要有一个高度才可能发挥作用。《政照红楼》的政，无疑从高度上占据了优势。只有站得高才能照得远。具有政治的高度，不是一件容易的事情，因为它需要有才学、笃定、勇敢、机智和果断，还要有必不可少的洞察力。在这一点上，我从张志鹏先生的文字中感受到了他的细腻。贾元春是一位具有政治色彩的红楼人物，所以她的归省政治氛围总是那么浓烈。而对一句寻常的"太奢华过费了"，张志鹏先生却能站在一个"政"的高度来分析当时元妃的心理："这种默叹，一方面表明元春对皇宫妃子所享有的'接待标准'了然于胸；同时也表明，这种奢华形式还在可以容忍的范围之内。所以，她没有发布任何干预性口令，也没有采取任何干预性行动。"但是对于敏感的政治问题，贾元春的纠正刻不容缓，例如把"天仙宝境"改为"省亲别墅"就是最好的例子。要实现这种细腻的政治心理揣摩，必定要有一个"政"的高度，在背后驾驭文字的也必定要有一个政治视野广阔的人。

书中有了"政"的支撑，它又"照"出了什么呢？首先是照出了公正。

人物品评最怕的就是偏执一端，往往又容易走入一厢情愿式的解读。虽然作者只是选用人物描写的某些片段具体分析，但是客观二字却贯穿始终。例如对于尤氏，她在大众读者的心中，是一个没有口齿、没有才学之人，宁国府也因为她无能整治而变得一团乱麻，但就是这样一个人物，在张志鹏先生的笔下我却发现了她的才干，她沉默背后的痛苦，以及无药可救的根源。

其次就是照出了启发。"政"式的语言永远都是那么精短，所以《政照红楼》中的文章就显得短小而精练，虽然没有长篇大论式的海阔天空，却不乏智慧闪现式的朵朵浪花。智慧的获得与聚敛是一个日积月累的过程，它需要一个生命个体在时间的长河之中去打磨和沉淀，在面对人生、人性与社会之时要能有一种了然于心的辨别。正如张志鹏先生在书中所言："纷繁复杂的现代社会，客观上要求我们既要洞悉别人的善恶和真伪，同时还必须进一步认清自己的能力和不足。"像这些启发式的言语，必定是亲见亲闻亲感之后的总结。

张志鹏先生的这部《政照红楼》是他在工作之余辛勤笔耕、精心解读的成果。他用自己的方式去完成了一次自我超越，他用文字去呈现了一种全新的尝试。他用了十年，穿越时空去倾听了一回雪芹的呐喊。正如张先生自己所言："或导读，或资政，或学习，或闲品，权当引玉抛砖。"殊不知，这自谦的表达正是中国传统文人们追求的一种学术境界。

我与巴中的红楼情缘

如果从我三岁跟着父亲背诵《葬花吟》算起，到如今我和《红楼梦》结缘已经 32 年了。如果从我 1997 年发表第一篇红学小文章算起，我和红学研究结缘也有 19 年了。所以我常说，《红楼梦》在我的生命体系里，有精神色彩，有生活色彩，这种根深蒂固的融合，恐怕再也无法从我的人生轨迹中剥离出去。然而和《红楼梦》如此亲近的我，却总被一个问题困扰——《红楼梦》研究到底有何用？于我而言，这个问题是如此的不堪一击。但是要用语言去说服他人，此问题似乎又坚不可摧。我应该如何去解释？我应该用什么例子去解释？它就像一个魔咒让我寝食难安。时间到了 2014 年 7 月 11 日，受四川巴中红楼梦学会的邀请，我与巴中的红迷们一同分享了"红楼梦与中国传统文化"的讲座，从此我和巴中红学会结下了缘分。正是这次结缘，让我找到了化解上述魔咒的方法，找到了解释《红楼梦》研究到底有何用的最好例证。对于研究红学史的我，回忆并记录这段开悟的历程是极有意义的。

在红学研究的历程中，为红学做出贡献的四川籍红学家并不少，四川研红队伍也在逐渐壮大，但遗憾的是直至今日四川也没有属于自己的省级红学会。然而让人意想不到的是，四川省的第一个市级红学会竟然诞生在经济不算发达的巴中。这其中蕴含的必然与偶然真是让人惊喜又惊叹！

我和巴中红学会的缘分要从结识向前先生说起。早在 2011 年，我和向先生就在新浪博客上相识，相互之间偶有问答往来，但也仅限于书面文字形式，只知道向先生是一位"红迷"，且精通书法与摄影，仅此而已。2013 年 6 月 21 日，向先生发送了一张"纸条"到我的新浪博客，邀请我到巴中讲《红楼梦》。一番电话联系之后，才知道向前先生在筹备成立巴中市红楼梦学会，更重要的是一年前巴中"红学沙龙"已经成立，并且开展了一系列的活动和讲座。这些信息让我既震撼又惊喜，震撼的是四川终于有了属于自己的红学组织，它的诞生来得如此无声无息，又如此惊天动地。惊喜的是，一个学术组织的成立，不是为成立而成立，而是有真正孕育它的土壤和环境，有情感的基础，有研究的基础，有现实的基础。这一切巴中都具备了，而且是那么的现成，那么的自然，那么的水到渠成。2013年11月29日，这个日子定会载入中国红学史，巴中市红楼梦学会正式成立，向前先生当选会长，众望所归。成立大会上，除巴中市各级领导外，中国红学会会长张庆善先生、中国红学会秘书长孙伟科先生也莅临指导。唯一遗憾的是，我因工作原因未能亲眼见证这一时刻，我和巴中红学会的相见也因此推迟了近一年。也许带有一点遗憾的现实才是追求美的开始，就如同《红楼梦》的残缺，成就了探佚学的永恒之美一样。

2014年7月11日，我第一次来到了巴中，第一次见到了向前先生，第一次和巴中的红迷们面对面地分享了"《红楼梦》与中国传统文化"。2015年6月21日，我第二次来到了巴中，依然面对面地和红迷们分享了"趣话王熙凤"。接下来，我相信还有第三次、第四次、第五次……

巴城江北滨河玉盘16楼雪涛尚茶坊是巴中红学沙龙活动的固定场所。茶坊古朴典雅，满屋书香，女主人热情好客，贤淑端庄，精通茶道，熟读《红楼梦》，我尊称她为"陈姐姐"。每到巴中陈姐姐都以好茶款待，此时向前先生会带着红迷们围坐在一起，一杯淡茶，一个红楼话题，就可以品评一个晚上。此时此刻，我们都不用去恪守什么标准，一切本着心随着意。我坐在其中，聆听着各位的见解，交流着彼此的心得。透过窗子，可以看到江边霓虹闪烁，桥上车水马龙，街头人来人往，然而内心却没有丝毫的烦杂，感受到的是宁静，是茶汤沁入心脾的清爽，是《红楼梦》带来的精神安稳。突然之间，我似乎找到了回答《红楼梦》研究到底有何用的答案——于生命个体而言，它不就是一个能安顿心灵的方式吗？对于一个处于喧嚣市井的人来说，还有什么比安放内心更重要的事！我们都曾渴望生命的绚烂，轰轰烈烈之后才发现，绚烂至极归于平淡，人生的境界和世间最美妙的风景在于内心的恬淡与从容。我们渴望他人的认可，然而鲜花与喝彩声之后，你才发现舞台是自己的，与他人无关，心有多辽阔，人生才有多丰富。这难道还不足以回答《红楼梦》研究的用处吗？

话说到这里，也许你依旧不屑，你会认为我在煲心灵鸡汤。如果只是灌一通汤水也就罢了，但是有鸡汤的前提是要有鸡肉，鸡肉应该算"硬菜"

吧！接下来让巴中红学会上一道"硬菜"给各位尝尝。

巴中红学会成立仅一年，在向前会长的引领下就有了丰硕的研究成果。彭从凯先生撰写的《红楼茶事》于 2014 年 12 月由中国文史出版社正式出版发行。整本书洋洋洒洒 32 万言，从中国茶史说到《红楼梦》中的茶事，桩桩件件，层层铺展，既有史学的宏大又有文学评论的精细。张庆善会长和孙伟科秘书长都分别作序写评推荐，并认可其学术价值。我也涂鸦了一篇文章，勉为其序。在细读彭先生的书时，我感受到了一种借《红楼梦》"回文归本"的文化精神。我一直都坚定地认为，《红楼梦》的伟大归根结底是中华文化的伟大，《红楼梦》的博大精深是中国文化的源远流长。如果我们都坚信这一点，再理解红学的意义就不困难了。那么研究《红楼梦》的意义该如何表达呢？就是以《红楼梦》作为透视、欣赏、研究、传承中国文化的载体，研究《红楼梦》究其根源就是研究中国的传统文化。

探究红学的意义是一个庞大而复杂的工程，百余年来多少博学鸿儒，殚精竭虑，倾其一生，也未能说服众人。我也曾幼稚地想刨根问底，终因学识尚浅而退下阵来。然而万万没有想到的是，在山水幽静的巴中，在一群痴迷《红楼梦》的普普通通的读者身上，我看到了《红楼梦》的意义，看到了红学研究的真正价值。

《红楼梦》不是需要我们置于庙堂顶礼膜拜的圣典，它需要像巴中红迷们这样的实实在在热爱它的读者。《红楼梦》也不玄妙诡谲，它需要像向前先生这样的研究者引领一群文人雅士剖析它的内涵和价值。只有如此，《红楼梦》的精神才能真正落地生根。

跋：《红楼论稿集》渐悟典例拾零

宋长丰

这是一部文论集，共计收录了作者马经义先生47篇研读《红楼梦》的文章。这些文章在过去的20年间曾以多种形式与读者见过面，有刊发在学术刊物上的，有辑录自《红楼文化基因探秘》《红楼十二钗评论史略》《从红学到管理学》等专著的，也有共享于网络博客的。现在马先生重新将它们挑选出来汇成一部书，既是温故而知新，又是对他研红二十年的纪念。

细读每一篇文章，都会有令人拍案击节叫好之处。通观全书布局，有史识、文心、哲思的闪耀。这些都是会心赏《红楼》之后悟出的点滴。周汝昌先生说悟有顿渐之分，窃以为绝大部分"一见即晓，当下即悟"的顿悟背后，少不了"涵泳玩味，积功既久"的知识积累、消化、整理、融合。这种悟性，仍可用周先生非常看重的一个词来概括，那就是"通灵"。因为悟性，吸收的文化从而得到了滋养、营造、升华。马经义先生的"一旦开窍，洞彻光明"，在《红楼论稿集》一书中得到了最好的展示。

史识之悟：模块研究定格局，三层现象见红楼

该书"史论"篇中，将两百余年的红学研究划定为四个模块，分别是内核、外延、辅助和学术史。

内核是什么？就是把《红楼梦》真正放在一部纯小说的本位上展开研究。分析它的语言，欣赏它的诗词，解析它的结构，剖析它的人物，分辨它的思想。具体如何研究，如何悟？《"葬花吟"的名称演变》其实就是内核研究的一篇典型范文。面对"葬花吟""葬花辞""葬花词"三种说法，作者给出了自己的意见，首先解释三

个字的含义，其次根据林黛玉苦吟葬花的行为艺术，得出最合适的题目应该为"吟"。曹雪芹没有定名，后人却自斟自酌地考究，不禁令人想起苦吟诗人贾岛的"僧敲（推）月下门"之典了。

外延是什么？就是将《红楼梦》置于华夏文明的长河之中，以此去透视中国的传统文化、社会、人性等。我们以茶文化为例，中国茶文化绵延不绝，可谓中华文化中一重要组成部分。关于茶道，又如何将原著联系研究呢？《妙玉的茶道》当中有关妙玉才学的研究给我们提供了一种思路。妙玉喝茶，用什么水，用什么器皿，怎么喝，都是大有考究的。作者认为，妙玉不太懂茶，这里的不懂我更愿意理解为没有遵循世俗关于"茶道"的理解。如作者说，茶道是指向内心的平和大道，在妙玉那里变为了一次茶艺的展示。妙玉不遵循，当然也有可能是当时故意的，或许曹雪芹正是以此侧面表现她才华过高，所以世同嫌呢？因此，外延的研究需要以内核做辅助，从而透视出整个人生百态，世间万象。

四大模块研究都是红楼学术的范畴。作者认为，当今红坛，应还有红楼文化和红楼娱乐，这足以囊括涉及《红楼梦》的著述评论全貌。三者之间并不冲突，有时甚至融合在一起无法区分。如刘心武先生的"秦学"，他自言是严谨的学术，然而引起的轰动却形成了当年的文化现象。如外延模块，本身也是用学术的方法在思考，而结果却是在为红楼文化添砖加瓦。于是乎，作者说，学术是根本，文化是核心，娱乐是平台。

文心之悟：文化基因蔓延在《红楼梦》中的每一处

如前所述，"文论"和"人论"篇中的文心之悟，都是属于内核和外延模块的，而这些论点，终将成为学术史模块的组成部分。

天上掉下个林妹妹，似一朵青云刚出岫。林黛玉形象之深入人心，已不用赘言。她留给世人的印象最深刻处莫过于眼泪。《曹雪芹笔下的还泪艺术》一文，对林黛玉的眼泪作了一番梳理。18种哭泣方式，37次掉泪，在前八十回中，几乎有一半的时间，黛玉处于情绪波动。作者总结道，林黛玉就是为情而哭，不仅是忧伤，也有感怀、怜悯、体贴等。似乎离开了眼泪，黛玉已没有更好的方法表达情感。宝玉祭奠芙蓉女儿时，黛玉已不似往常激动，反而笑着和他修改文句，怪不得有论者曾说道，已没有眼泪的黛玉，其实心已灰，距离死期不远矣。

除四书外，杜撰的也太多；除明明德外无书。贾宝玉惊世骇俗的理论，在贾府是空谷足音，然而却是有独立思想的文人对思想统治千篇一律要求的不满。《贾宝玉心中的书》这篇文章告诉我们，如果是为功名读书，书变成了一种扬名立万的工具，那就是宝玉说的"禄蠹"，如第二次做官的贾雨村之流。因此，贾宝玉不仅要读书，喜欢读书，还是真正将生命历程与学问经典融会贯通的才子。他读的书，是人生不断的自我历练，并且基本上是自学成才。试想，若无扎实的基本功，如何具备惊世骇俗，震惊于当世，传承于千秋的先进思想和情怀呢？郭靖若不是熟记《九阴真经》原典，又如何在后面每次一见高手过招、疗伤时，都可以与所学联系起来，从而迅速地参与第二次华山论剑呢？我们都觉得影视剧中的郭靖有点傻，但是一个人知道自己只有靠努力才能改变命运，这不是大智若愚吗？这样来看，无故寻愁觅恨，有时似傻如狂的贾宝玉，同样是机灵得很啊！

相对于贾琏国孝、家孝期间停妻再娶这种用实际行动突破"礼教藩篱"的不当举动来说（与朋友闲聊时发现，洪昇在皇后丧期召集伶人演《长生殿》而受到处罚，连看戏的赵执信也"可怜一出长生殿，断送功名到白头"，洪昇等人难道不知道丧期不该演戏？很明显，这应该是有意挑战礼法之约。于是想到贾琏，难道他真的那么急不可耐要娶妾？），贾宝玉始终是温润地在践行他的思想，这也是他具有大智慧的一个体现。

哲思之悟：三层读法进红楼，打通门户立大道

作者对怎样阅读《红楼梦》，提出了一种方法——三层读法，即读红楼故事，读中华文化，读哲学意蕴。三层读法是层层渐进，读了故事，才能知道小说如何叙事，情节如何发展等；故事背后读文化，这又是前述内核、外延模块的结合；读哲理，就是一种感悟，一种启迪了。文学艺术作为一种上层建筑，更多的是带给人精神上的满足和愉悦。长篇小说作为一种文学体裁，不仅是原作者才华尽情显露的手段，还能给后世读者带来最为恒久不变的生命体悟。如果非要问读《红楼梦》何用，似乎可以说，通过阅读经典，能让我们的生命在成长中不断自我修复。

红学的生命力在于多维度的阐释，以及现代学科的切入。红学研究不能故步自封，敞开心胸吸纳各学科之精气，才能更好地发展这门学科。以《从控制职能的丧失看贾府的衰败》这篇文章为例，作者以科学管理学中的控制

职能丧失分析原文,认为管理弊病彻底将贾府推向深渊,预算控制的失败导致经济枯竭。作者曾说过,中国文化自古以来都是以"大一统"的状态呈现,打破门户之见,其思想理念又可相通,这为红学与管理学结合起来研究提供了内在逻辑。因此,红学与管理学甚至其他许多学科,都不是割裂并存,而是有机共融的。

妙语连珠、出口成章吸引人,文采斐然、赏心悦目同样吸引人。文章的艺术性如果仅仅是文笔上佳还不够,文章背后体现的思想亦很关键。灵动有悟性,是《红楼论稿集》一大特色。这本书同样贯彻着马经义先生的一个理念——通过文化基因的手段,回文归本,终极目标是惠及民众,惠及的内容是以《红楼梦》为窗,透过这扇窗领略中华文化的博大精深。

曹雪芹高谈雄辩,《红楼梦》惊天泣地,是中国文学史上一座高峰,是沉闷的清代文学中难得的闪光点,照亮暗黑无边,点醒千秋万代。一部优秀的文学作品,经得起各种打磨,各种阐释,借酒杯浇心中块垒也好,当作台阶登顶高峰也罢,无论是兴奋还是遗憾,或许也有赞叹或鄙视,"红学"应运而生并已走过两个多世纪。其实,任何一门学问,只有研究对象不同、研究方法各异等问题,并无高低贵贱之分。但治红学却成为一些讥笑来源,甚至许多学界中人耻谈红学,反感被冠以"红学家"之称呼,问题何在,值得学界深思。愿读者朋友们能从这部《红楼论稿集》找到上述问题症结所在,或是思考到解决问题的方向。

丁酉年二月初八惊蛰于绵州碧水寺旁